Du même auteur :

Greg Mandel :
1. *Mindstar*
2. *Quantum*
3. *Nano*

Dragon déchu

L'Étoile de Pandore :
1. *Pandore abusée*
2. *Pandore menacée*
3. *Judas déchaîné*
4. *Judas démasqué*

La Trilogie du Vide :
1. *Vide qui songe*
2. *Vide temporel*
3. *Vide en évolution*

Les Naufragés du Commonwealth :
1. *L'Abîme au-delà des rêves*
2. *Une nuit sans étoiles*

Manhattan à l'envers
(recueil de nouvelles)

La Grande Route du Nord – tome 1
La Grande Route du Nord – tome 2

Salvation :
1. *Les Portes de la délivrance*
2. *Les Chemins de l'exode*
3. *Le Signal des Saints*

L'Arche spatiale
1. *Une brèche dans le ciel*
2. *La Fille de la Capitaine*

Aux éditions Robert Laffont,
collection « Ailleurs & Demain » :

L'Aube de la nuit :
Rupture dans le réel – 1 : Émergence
Rupture dans le réel – 2 : Expansion
L'Alchimiste du neutronium – 1 : Consolidation
L'Alchimiste du neutronium – 2 : Conflit
Le Dieu nu – 1 : Résistance
Le Dieu nu – 2 : Révélation

CE LIVRE EST ÉGALEMENT DISPONIBLE
AU FORMAT NUMÉRIQUE

www.bragelonne.fr

Peter F. Hamilton

La Fille de la Capitaine

L'Arche spatiale – tome 2

Traduit de l'anglais (Grande-Bretagne) par Sébastien Baert

Bragelonne

Collection Bragelonne SF dirigée par Tom Clegg

Titre original : *The Captain's Daughter*

ISBN : 979-10-281-1667-5

Bragelonne
60-62, rue d'Hauteville – 75010 Paris

E-mail : info@bragelonne.fr
Site Internet : www.bragelonne.fr

Chapitre premier

Le contact de l'air froid me fascinait. C'était une sensation vraiment curieuse.

Ces dix-sept dernières années, depuis ma naissance, il avait toujours fait agréablement bon à bord du *Daedalus*. À l'école, on nous apprenait que si les cultures poussaient bien et si les forêts étaient denses, c'était grâce à la chaleur. Et aux pluies abondantes qui irriguaient l'habitat. Un système d'arrosage géant était fixé à la roche incurvée qui formait le ciel. Les bâtisseurs l'avaient installé entre les bandes lumineuses qui couraient sur toute la longueur du cylindre, et il déversait infailliblement un flot continu d'eau durant trois heures toutes les trois nuits.

Lorsque nous avons surgi tous les cinq de la cascade, projetant des gerbes d'eau dans le bassin situé au pied de la paroi terminale avant de l'habitat, il pleuvait. Sauf que, cette fois, ce n'étaient pas les fines gouttelettes qui provenaient normalement du système d'arrosage. John, mon IA, appelait cela de la « neige ».

Pendant quelques minutes, nous avons joué avec les flocons duveteux qui flottaient autour de nous, leur donnant la forme d'étranges boules dégoulinantes, riant de la manière dont elles croustillaient quand on les croquait, nous engourdissant la langue en fondant. Ce n'était qu'un court intermède, mais nous en avions besoin, tous autant que nous étions, un bref moment de répit après la dure épreuve à laquelle nous venions de survivre. Enfin, à laquelle certains d'entre nous avaient survécu.

À quelques pas de moi se tenait Frazer, mon petit... – ah, je dois cesser de l'appeler comme cela –, mon jeune frère. C'était aussi la personne la plus intelligente que je connaissais, même si son esprit s'emballait un peu trop souvent. Il était là, dans la faible lueur argentée émise toutes les nuits par les bandes lumineuses, les bras tendus, examinant chacun des flocons qui se posaient sur les gants de sa combinaison spatiale, comme si leurs motifs délicats renfermaient une sorte de secret insaisissable. Et il y avait aussi Rell, que j'étreignais béatement sous le tourbillon fou de la neige. Rell qui me rendait heureuse comme jamais depuis... Non, ce n'était pas le moment de songer aux erreurs, voire aux désastres qu'avaient été mes précédents copains.

Il avait vingt ans, le teint plus hâlé que le mien – ce qui n'est guère difficile puisque j'étais presque aussi blanche que la neige, avec ma chevelure de feu – et un visage que je trouvais très agréable à contempler. C'était le futur médecin du village d'Akebia, ce qui était un des signes qui indiquaient que c'était quelqu'un de bien. Et, contrairement à tant d'autres, il croyait en moi, ce qui comptait bien plus que des kilos de nourriture inscrits au registre. Nous étions ensemble, un vrai couple, surtout après ce que nous venions de vivre.

Dans ses bras, je lançai un regard coupable à l'autre couple de mon petit groupe d'amis : Alice et Shao, accrochés l'un à l'autre. L'espace d'un bref instant, Alice était parvenue à oublier son chagrin après la mort de son cousin Tamran. Shao était son amant. Il l'avait suivie fidèlement dans la partie interdite d'accès, à l'avant de l'arche spatiale où elle m'avait accompagnée. Ce qu'il devait probablement regretter amèrement à présent. Mais Alice m'avait emboîté le pas parce que nous étions depuis toujours les meilleures amies du monde, et elle m'avait fait confiance. Je n'avais pas d'excuses à lui présenter : il nous avait absolument fallu nous rendre dans ces compartiments bouclés des siècles auparavant.

Quelques semaines auparavant, j'avais découvert que le *Daedalus* perdait de l'air par un trou. Notre vaisseau filait entre les étoiles à dix pour cent de la vitesse de la lumière et, malgré la présence de notre bouclier – une sorte de nuage de gaz, m'avait expliqué John –, il arrivait que nous croisions occasionnellement des débris cosmiques suffisamment gros pour passer à travers. Personne ne réparait la brèche ; pour assurer notre sécurité, nous dépendions de machines qui ne fonctionnaient plus. Alors j'y étais allée, pleine d'obstination et de vertu. « Impétueuse », comme disait ma mère.

Et c'était là que les ennuis avaient réellement commencé. À l'école, on nous avait appris qu'il y avait eu la Mutinerie à bord, cinq cents ans auparavant. À l'époque, après un trajet de quatre cents années depuis la Terre, le *Daedalus* avait atteint une planète habitable. Mais il s'était avéré que des aliens y vivaient, les yis, des créatures presque conscientes. D'un point de vue moral, nos ancêtres n'avaient pas pu s'installer sur une planète occupée par une espèce indigène susceptible d'atteindre un jour la conscience pleine. Ils sont donc repartis. Cette fois pour un trajet de cinq cents années vers une planète en cours de terraformation par l'un des vaisseaux semeurs robotiques que la Terre avait envoyés dans la galaxie. Un monde où leur installation ne poserait aucun problème éthique.

D'après cette version, les Mutins souhaitaient rester sur la première planète. Ils n'avaient aucune envie que leurs enfants et petits-enfants passent encore cinq cents années à bord d'une arche. Ils avaient donc tenté d'obliger le *Daedalus* à faire demi-tour. La dernière capitaine du vaisseau, Ashleigh Kruger, et ses fidèles étaient parvenus à les vaincre, mais ils en avaient payé le prix. Ce qui pouvait s'apparenter à une guerre avait éclaté à bord, et la plupart des adultes y avaient trouvé la mort.

Mais tout cela n'était qu'un mensonge.

Il s'était finalement avéré que les yis étaient des êtres conscients, et redoutables. Il n'y avait pas eu de Mutinerie. En toute discrétion, les yis avaient pris les commandes du *Daedalus* et exterminé la quasi-totalité des humains à bord. Nous, les descendants des survivants de cette guerre aussi courte que brutale, avons vécu dans ce mensonge durant cinq cents années.

De toutes les révélations, celle-ci m'avait anéantie. Car j'avais croisé des yis dans la partie avant. Ils avaient tué Tamran et Elijah.

Sans sommation. Sans pitié. Une mort aussi violente qu'épouvantable.

— Avec la neige, tu as le nez tout froid, sourit Rell en m'embrassant de nouveau.

Les casques de nos combinaisons s'entrechoquèrent. Même avec la visière ouverte, j'avais du mal à lui effleurer les lèvres avec les miennes.

— Eh bien, maintenant que tu le dis, répondis-je, je...

— Qu'est-ce que c'est que ça ? s'écria soudain Frazer d'un ton inquiet.

Animée par la peur, je me retournai. Nous avions échappé aux yis de type III – la classe des soldats – qui nous poursuivaient. Un affrontement au cours duquel Elijah s'était sacrifié pour que nous puissions nous éloigner d'eux. Malgré la neige et le soulagement d'être de retour au sein de l'habitat, nous étions encore tous à cran.

Ils nous ont suivis ! songeai-je aussitôt. Les autres aussi, visiblement. On braqua tous brusquement nos torches électriques sur Frazer, qui pointait la sienne vers la piscine. Je suivis la direction de son faisceau lumineux.

Au-dessus de nos têtes, la cascade continuait de déverser son déluge d'eau sur le rocher qui constituait la paroi de l'habitat et dans le bassin. Cela créait des ondulations qui venaient clapoter contre les roseaux sur la berge. Mais la torche de Frazer avait trouvé une autre succession de vaguelettes, le genre de remous qu'aurait pu engendrer l'étrave d'un bateau. De plus en plus grandes, elles se dirigeaient vers la rive. Il n'y avait aucune embarcation. Je ne distinguais qu'une lueur rouge sous la surface. Lâchant ma torche, je dégainai mon pistolet laser.

Le temps que je reporte mon attention sur le bassin, le haut d'un cylindre blanc et violet émergea. Je laissai échapper un sanglot de soulagement.

C'était l'un des trois cybots qui nous avaient été assignés comme escorte par l'IA que nous avions découverte dans les compartiments avant. Les yis avaient détruit les deux autres durant notre fuite, et je pensais avoir perdu celui-là lorsqu'il avait chuté dans la conduite alimentant la cascade. Il était manifestement plus résistant que je l'avais cru. En même temps, si j'avais pu survivre à la chute d'eau…

Il se hissa sur la terre ferme, s'immobilisant un moment, le temps de rétracter ses trois petites pattes. Sa carapace était bossuée et certains de ses packs d'équipement manquaient à l'appel, ainsi qu'un de ses bras, arraché à un moment ou à un autre. Les trois autres étaient encore intacts.

J'éclatai d'un rire nerveux qui se dissipa rapidement.

— Je ne crois pas pouvoir supporter une surprise de plus, admis-je.

— Moi non plus, acquiesça Rell.

Je lui adressai un sourire reconnaissant.

— John, tu peux communiquer avec lui ?

— Oui. J'ai établi une liaison ultraviolette sécurisée. Le réseau de l'habitat n'est pas en mesure de l'intercepter.

— Et il est encore en bon état de fonctionnement ?

— À l'exception de son bras, les dégâts visibles sont superficiels. Les trois autres suffiront à la plupart des tâches qu'on pourrait lui confier. Certains packs d'équipement ont été arrachés. Il ignore où ils sont.

—Au fond du bassin, marmonna Frazer.

—Très probablement, reconnut John.

Malgré la chaleur dans ma combinaison, je frissonnais.

J'étais lessivée. J'avais désespérément besoin d'une bonne nuit de sommeil, voire d'un bon petit déjeuner…

—On ferait bien d'aller à Akebia, suggérai-je. Il faut que je dorme. Même par terre.

—Le chef Sedilko nous trouvera un lit dans une de ses cellules, j'en suis certain, déclara Frazer.

—Non, rétorqua Rell d'un ton catégorique. Pas après la diffusion d'Hazel depuis la section 17.

Je l'avais presque oubliée. Après tout ce qui s'était passé, cela m'était presque sorti de la tête. Avant que les yis l'attaquent, l'IA de la section 17 était brièvement parvenue à transmettre un message dans l'ensemble de l'habitat. C'était moi qui avais expliqué à tout le monde ce que nous avions découvert dans la partie avant du vaisseau et annoncé que nous comptions réparer la fuite. Je n'avais pas réussi à achever mon discours, car nous avions dû fuir à l'arrivée des yis. Pour la première fois, je me demandai ce qu'avaient pu penser ceux qui avaient vu la retransmission : moi qui m'exprimais avec enthousiasme, avant qu'on se mette tous à courir pour sauver notre peau.

—Tu crois que beaucoup de monde l'a vue ? demandai-je.

—C'était il y a tout juste quelques heures, intervint Alice avec un sourire qui frisait la malice. Tout le monde devait être en train de dîner. Ils l'ont forcément vue.

Elle avait raison, bien sûr. Il y avait dans chacun des villages une salle commune où nous prenions nos repas. Et toutes ces salles étaient équipées d'un écran où la Capitaine Électrique faisait ses annonces.

—Capitaine me protège…, grommelai-je.

— Ça va aller, tenta de me rassurer Rell. Grâce au fait que tu les as avertis sur la fraîcheur de l'air de remplacement, tu seras totalement crédible à notre arrivée.

— Tu crois ?

Tout le monde hocha la tête, me garantissant que ce serait le cas. Même Shao, qui ne s'exprimait presque jamais. Je n'étais guère convaincue.

On longea le sentier qui menait à Akebia, le cybot roulant à nos côtés. Les flocons de neige qui parvenaient à s'immiscer dans mon casque fondaient sur mes cheveux, mais je décidai de ne pas baisser ma visière. Les gens trouveraient cela trop bizarre à notre arrivée à Akebia. Le simple fait que nous portions une combinaison spatiale allait déjà suffisamment les surprendre.

Elijah avait raison quand il m'avait fait remarquer que trop de choses d'un coup, cela risquait de faire fuir les gens devant la vérité.

Juste avant le village, le sol s'élevait légèrement. Une fois au sommet, nous nous sommes tous immobilisés.

— Nom d'un crapaud ! s'exclama Frazer d'un ton réjoui. Ils font la fête !

Un feu de joie brûlait dans la grande cour devant la mairie. Il y avait beaucoup de monde et une sacrée animation.

J'observai la scène en fronçant les sourcils. La dernière fois que je m'étais rendue dans cette cour, c'était lorsque les filles d'Ixia avaient été invitées au bal, le soir où j'avais fait la connaissance de Rell. Il y avait eu des musiciens, un festin et à boire. J'avais trouvé cela charmant. Cette fois, cela me sembla… différent.

— Ça ne ressemble pas à une fête, déclarai-je.

— Le grand conclave, lâcha Rell. Tu te rappelles ? Le chef Sedilko nous a dit qu'il allait convoquer un grand conclave des maires et des régulateurs en chef pour décider de ce qu'il fallait faire de…

Il s'interrompit, penaud.

— … de moi, achevai-je. Pour décider de ce qu'il fallait faire de moi.

Le conclave était encore une chose que j'avais oubliée ou dont j'avais fait abstraction à cause de toute la tragédie et de la terreur de cette dernière journée. Pour être honnête, j'avais été préoccupée par des choses plus importantes qu'une bande de vieux maires se chamaillant à propos des événements qu'ils ne comprenaient pas.

À présent, en observant cette même foule de maires et de régulateurs et en écoutant le bourdonnement régulier de leurs voix alors qu'ils discutaient d'une manière des plus « civilisées », je n'avais qu'une envie, m'enfuir dans la nuit.

— Tu ne peux pas remettre ça à plus tard, dit Alice fermement.

Je lui jetai un regard désespéré. Elle me connaissait si bien…

— On débarque de cette façon, déclara-t-elle en désignant nos combinaisons. Et avec ça (elle tendit le doigt vers le cybot), ils seront bien obligés de t'écouter. De vraiment t'écouter !

Je jetai un coup d'œil à Rell, qui sourit d'un air compatissant.

— Elle a raison. Nous te soutiendrons.

Je laissai échapper ce qui devait être le plus gros soupir de ma vie.

— Capitaine me vienne en aide ! D'accord. Finissons-en.

* * *

Le silence se propagea comme une épidémie.

Ce qui était relativement approprié. La foule s'écarta sur notre passage comme si nous étions une sorte de virus mortel. Les maires et les régulateurs en chef occupaient le centre de la cour, certains d'entre eux sur la petite estrade, sur un côté. Le reste des habitants du village formaient un cercle autour d'eux, agglutinés sous les cerisiers pour le peu d'abri que les feuilles leur offraient contre les flocons. À cause de l'humidité et de la neige, les gens avaient froid. Ils portaient plusieurs couches de vêtements et tapaient des pieds pour se tenir chaud.

Ils s'efforçaient tous d'écouter le conclave, criant un commentaire à l'occasion, débattant entre eux.

On s'était faufilés entre les huttes d'Akebia sans être détectés jusqu'à ce qu'on atteigne l'arrière de la foule. En se retournant, une femme remarqua notre présence. Sous le choc, elle se crispa. Puis la personne à côté d'elle se retourna à son tour pour voir ce qu'elle regardait. Et ainsi de suite.

Personne ne nous adressa la parole. Enfin, que dire à cinq personnes en combinaison spatiale accompagnées d'une machine de l'époque pré-Mutinerie toute cabossée ? Incapable de croiser le regard de qui que ce soit, je me contentai d'observer le chemin qui s'ouvrait devant moi. Quelques jeunes villageois nous sourirent, saluant Rell et Shao d'un signe de main.

À notre arrivée dans la cour à proprement parler, j'eus un moment d'hésitation. Un des côtés de la cour était constitué d'un pan du mur de la mairie d'Akebia. Un bâtiment circulaire datant d'avant la Mutinerie, avec un toit de pierre et des parois vitrées. Je voyais directement à l'intérieur, où des dizaines de personnes étaient installées aux longues tables du réfectoire. L'écran était accroché au mur derrière elles. Allumé, il diffusait mon portrait.

Au moment où les yis avaient envahi la section 17, l'image s'était figée. Au moment précis où j'ai crié : « Courez ! » et où j'ai commencé à me retourner. Le mouvement avait brouillé mes épaules, mais mon visage était parfaitement distinct, marqué par l'effroi. Les autres se tenaient derrière moi, leur propre inquiétude tout aussi visible.

J'étais incapable de détourner le regard. Il y avait Elijah, son désarroi évident.

Je le connaissais suffisamment pour déceler de la colère dans son regard, aussi. Nous n'avions jamais été amis, surtout après que j'eus rompu avec son frère Zawn. Il ne m'avait pas crue, m'avait traitée de criminelle, et m'avait même poursuivie après que la Capitaine Électrique m'eut accusée d'être une Mutine, mais ce qu'il avait vu et vécu dans la section avant avait tout changé. Cela avait été difficile, mais, si un régulateur aussi peu imaginatif et aussi conventionnel qu'Elijah était parvenu à changer d'avis, tout le monde en était capable. Tout le mérite lui en revenait, pas à moi.

Les larmes aux yeux, je détournai le regard de l'écran.

Sedilko, le régulateur en chef d'Akebia, se tenait sur le devant de la scène, accompagné de Damaso, le maire. Juste à côté se tenait Atov, le régulateur en chef d'Ixia, qui me dévisageait en fronçant les sourcils. Le voir là me donna envie de m'enfuir. Je savais précisément ce qu'il allait me demander et je n'étais pas prête à lui répondre.

— Hazel, appela Sedilko d'un ton étrangement coupable. Je crois qu'il vaudrait mieux que tu viennes.

— Suivez-moi, ordonnai-je à voix basse, s'adressant à mes amis.

Et on se dirigea tous les cinq vers l'estrade.

Lorsque, se dressant sur ses pattes télescopiques, le cybot nous accompagna sur scène, un murmure de curiosité parcourut la foule.

Atov s'approcha de moi, d'un air inexpressif. Puis il se tourna vers Frazer d'un air surpris.

— Donc, c'est vrai, tu marches ?

— Oui, répondit Frazer d'une voix limpide. La Fille de la Capitaine a remis en état une machine médicale à Tressaco. Elle a soigné ma colonne vertébrale. (Se tournant vers la foule, il s'exprima de manière appuyée.) Je ne pouvais plus marcher après mon accident. Et maintenant, j'en suis de nouveau capable.

La plupart des habitants d'Akebia étaient au courant de l'accident de Frazer. C'était la raison pour laquelle on m'avait appelée au milieu du bal.

Atov était sur le point d'intervenir, mais Frazer l'interrompit.

— Toutes les machines médicales peuvent être remises en état. Hazel sait comment s'y prendre.

Cela provoqua une certaine agitation. Les personnes présentes commencèrent à poser des questions.

Damaso fit de son mieux pour rétablir l'ordre. Pendant ce temps, Atov s'approcha de moi.

— Où est Elijah ?

J'ignorais comment le lui dire, de quelle manière on annonçait ce genre de mauvaise nouvelle. Après tout, en plus d'être son adjoint, Elijah était son cousin.

— Il est mort, lâchai-je un peu trop fort. Et Tamran aussi. (Le silence se fit. Tout le monde me regardait, me jugeait.) Désolée.

— Comment c'est arrivé ? voulut savoir Sedilko.

Je pris une profonde inspiration.

— Nous avons dû nous battre pour ressortir de la partie avant du vaisseau. Ils sont morts en nous sauvant.

— Vous battre contre quoi ? demanda Damaso, déconcerté.

— Eh bien, euh…

Je savais que cela allait mal se passer. Ils n'étaient pas prêts pour ça, pour apprendre que des aliens avaient pris les commandes du *Daedalus*. Que tout ce qu'on nous avait enseigné sur la Mutinerie n'était qu'un mensonge. Ils ne l'accepteraient probablement pas de la part d'un maire et ne croiraient certainement pas une fille de dix-sept ans accusée elle-même de mutinerie. Je cherchais désespérément un moyen de les convaincre, des paroles intelligentes. Elijah m'avait prévenue que ce serait difficile, qu'il allait me falloir faire appel à mon sens de la politique. Je n'avais pas la moindre idée de comment m'y prendre.

— Si je peux vous faire une suggestion, me proposa John, sa voix douce résonnant dans mon casque.

— Tout ce que tu voudras, lui murmurai-je en retour.

— Montrez-leur.

— Hein ?

— Montrez-leur. Le cybot d'escorte est équipé de caméras. Il a tout enregistré depuis que nous avons quitté la section 17.

— « Enregistré » ?

— Comme la musique que je stocke, mais ce seront des images.

— Ils peuvent les voir ? demandai-je d'une voix trop aiguë.

Les personnes présentes commençaient à s'agacer. Je les vis froncer les sourcils en me voyant parler toute seule, comme une folle. Les murmures qui résonnaient dans la cour ne me disaient rien qui vaille.

— Oui. Le cybot a un projecteur holographique, il peut…

— John !

Je savais bien que c'était une erreur de me fâcher contre lui, il faisait ce qu'il pouvait pour m'aider. Mais, chaque fois qu'il parlait de ce que nous pouvions faire avant la Mutinerie, je devais reconnaître que je n'y comprenais rien.

— Les images vont se matérialiser dans l'air, m'expliqua-t-il.

— Ah. Parfait.

— Pardon ? demanda Sedilko en me regardant dans les yeux. Qu'est-ce qui peut bien te sembler parfait ?

— Eh ! s'écria Alice. Évitez de vous adresser à la Fille de la Capitaine sur ce ton. Si l'un d'entre vous s'était donné la peine de lever les yeux, il aurait pu constater qu'il n'y avait plus de Tourbillon. C'est Hazel qui a colmaté la fuite. Elle vous a sauvés. Elle nous a tous sauvés.

Je réprimai un sourire. Je faisais confiance à Alice pour s'exprimer franchement. Je vis même quelques personnes lever les yeux vers le ciel couvert. Pendant le bal, j'avais constaté la présence du Tourbillon au-dessus d'Akebia, une fine brume qui s'échappait par le – relativement – petit trou. Il n'était visible que la nuit, lorsqu'on n'était pas ébloui par les bandes lumineuses, et ils ignoraient ce que c'était. Si je l'avais découvert, c'était grâce au sacrifice que d'autres avaient fait pour me l'apprendre.

La foule répondit par des cris à Alice, visiblement prête à en découdre. Sedilko et Damaso appelèrent au calme. Je me tournai vers Rell d'un air impuissant qui signifiait : « *Qu'est-ce que je fais maintenant ?* »

Frazer s'approcha du bord de la scène et dégaina son pistolet laser.

— Non ! glapis-je.

Il le tendit au-dessus de la tête des spectateurs, visant la falaise rocheuse, dans le lointain, qui constituait la paroi avant de l'habitat. Et il tira.

Le mince faisceau d'intense lumière écarlate surgit du canon de l'arme, vaporisant les flocons de neige en crépitant. Certains tressaillirent, mais le silence revint.

— Votre attention ! brailla Frazer. La Fille de la Capitaine vous parle.

Il se tourna vers moi en haussant les sourcils, attendant que je prenne la parole.

Je n'avais plus le choix. Il me fallait croiser les doigts pour que la vérité suffise, sans que j'aie besoin de faire appel à mon sens de la politique.

— J'ai quelque chose à vous montrer, déclarai-je. C'est un enregistrement de ce qui nous est arrivé dans la partie avant. Quand vous l'aurez vu, je répondrai à vos questions. À toutes vos questions.

Le cybot roula jusqu'au bord de la scène.

— Vas-y, ordonnai-je à John.

Un vaste halo de lumière se forma au-dessus du cybot et des silhouettes surgirent à l'intérieur. La foule était ravie : une merveille d'avant la Mutinerie.

Ils nous virent nous enfuir de la salle de rassemblement de la section 17, l'action reprenant en gros au moment où s'achevait la diffusion de mon message. Ils assistèrent à une course dans les couloirs plongés dans la pénombre jusqu'à la salle où le *Daedalus* était perforé. Puis on voyait les gros cybots des incidents majeurs scellant la brèche avec de la morphtallique. Ensuite la sortie de notre expédition.

Quelque part dans les interminables galeries, un groupe de yis de type II fit irruption dans notre passage, la silhouette noire et lisse, agitant leurs tentacules pour s'en prendre à nos cybots. Là, on ouvrit le feu avec nos pistolets, puis Rell lança une de nos batteries explosives.

Tout compte fait, les membres du conclave le prirent plutôt bien. Ils sursautèrent, poussant de petits cris de surprise et d'effroi.

L'enregistrement se poursuivit, nous montrant en train de ramper dans le tuyau jusqu'à l'entonnoir au sommet de la cascade. Nous commencions à descendre la pente à l'aide de treuils et de câbles fins, projetant de grandes gerbes d'eau.

En fait, vu sous cet angle, je m'aperçus qu'il fallait être fou pour tenter une chose pareille, l'entonnoir étant haut et dangereux. Puis le point de vue changea, le cybot se tournant vers le tuyau derrière nous, alerté par quelque chose. En apparence, il faisait totalement noir là-dedans. Puis l'obscurité se mit à remuer. C'était une forme solide, le yi de type III occupait tout le diamètre du passage et il avançait rapidement. Un tentacule de la taille d'un torse humain jaillit, son extrémité s'ouvrant sur plusieurs rangées de crocs redoutables. Il percuta le cybot. L'image se mit à tournoyer dans une sorte de chaos, tandis que le cybot chutait dans l'entonnoir jusqu'à la conduite d'alimentation au fond.

L'enregistrement s'acheva.

Le silence régnait. Dans la cour, tous les regards étaient rivés sur nous.

Le chef Atov me désigna d'un doigt accusateur. Son doigt tremblait.

— Qu'est-ce que… ? (Il déglutit.) Capitaine nous protège ! qu'est-ce que c'est que ces créatures ?

— Ce sont des aliens, des yis, répondis-je calmement. Il n'y a jamais eu de Mutinerie. Ils ont tué nos ancêtres et sont désormais aux commandes du *Daedalus*.

Chapitre 2

À mon réveil, il faisait noir. Très noir. Anormalement noir. Alice était penchée au-dessus de mon lit. Je la voyais uniquement parce que la porte était ouverte et que Shao éclairait la pièce adjacente à l'aide de sa torche. Par terre, Rell se retourna dans les couvertures moelleuses dans lesquelles il s'était enroulé.

— Désolée, Hazel, me dit-elle. Mais on a besoin de toi.

J'avais dû bien dormir, parce que je ne lâchai rien de stupide, pas même un « *hein ?* ». En outre, pour la première fois depuis fort longtemps, je n'avais pas mal à la tête. L'atmosphère avait dû retrouver sa pression idéale pendant la nuit.

La nuit ?

Je jetai un coup d'œil par la fenêtre. Elle était ornée de fins rideaux. Je me souvins de les avoir remarqués à notre arrivée à la hutte, après le conclave. Nous étions chez Rell. Dans d'autres circonstances, je m'y serais rendue pour une raison très différente. Mais, après avoir répondu du mieux possible aux questions des maires, des chefs et des autres, il avait vraiment fallu que je dorme si je ne voulais pas m'effondrer.

Aucune lumière n'était visible autour des rideaux. Aucune lumière du tout. Ce qui était curieux, car, la veille, le clair de lune argenté et enneigé qui éclairait Akebia avait été suffisant pour que je puisse ôter ma combinaison et trouver le lit sans avoir à me servir de ma torche. Pendant un moment, je me demandai si la neige ne s'était pas entassée contre le mur extérieur et la fenêtre.

— Qu'y a-t-il ? demandai-je d'un air inquiet.

— La lumière du jour, me répondit-elle. Il n'y en a pas.

— Euh... il est censé faire jour ? demandai-je, mais mon corps me disait que j'avais dormi longtemps.

D'ailleurs tout le monde avait le rythme des jours et des nuits de l'habitat ancré dans son organisme. Je savais très bien qu'il devait faire jour.

— Oui, il devrait bien faire jour. Les bandes lumineuses auraient dû passer du clair de lune à la lumière du jour il y a deux heures. Au lieu de ça, elles se sont complètement éteintes.

— Capitaine nous protège ! (Levant mon bras, je regardai le bracelet noir en plissant les yeux. Son petit voyant vert clignotait de manière régulière.) John ? Comment est-ce possible ?

— C'est très simple, répondit-il. Les yis ont éteint les bandes lumineuses.

— Ce n'est pas tout, ajouta Alice. La cascade aussi s'est arrêtée.

— Arrêtée ? (Elle avait raison. Je n'entendais pas le bruit de fond de cette incroyable chute d'eau dans le bassin.) Pourquoi ?

— Les yis font une démonstration de force, suggéra John. Ils ont la maîtrise du *Daedalus* et comptent bien vous le faire comprendre.

Je me levai d'un bond. Mon pantalon en peau de daim et ma chemise violette étaient extrêmement froissés et auraient bien eu besoin d'être lavés, mais je les enfilai malgré tout. Shao pénétra dans la pièce, sa torche à la main. Il portait plusieurs couches de vêtements. Je mis ma veste noire. Je n'eus pas plus chaud pour autant.

— Il ne neige plus, n'est-ce pas ? demandai-je.

— Non, répondit Alice. Mais, par terre, la neige ne fond plus.

— Les bandes lumineuses fournissent également de la chaleur, expliqua John. Sans elles, la température de l'habitat va chuter.

— Jusqu'à combien ?

— En permanence, le *Daedalus* perd une partie de sa chaleur dans l'espace interstellaire. En temps normal, ça n'a aucune d'importance, car la chaleur diffusée par les bandes lumineuses la remplace à la même vitesse. Le *Daedalus* étant vaste, il lui faudra beaucoup de temps pour se débarrasser de l'ensemble de sa charge thermique, mais en fin de compte, la température descendra au minimum à moins deux cent cinquante degrés.

Je savais que l'eau bouillait à cent degrés et que l'habitat était normalement chauffé à trente-trois, mais moins deux cent cinquante… Qui savait à quoi cela ressemblerait ?

— John, quelle est la température minimale supportable par les humains ?

— Le corps humain entre en hypothermie lorsque votre température interne tombe à vingt et un degrés. En dessous, vous mourez.

— Capitaine nous vienne en aide ! De combien de temps dispose-t-on ? Enfin, si les bandes lumineuses ne se rallument pas ?

— Probablement environ trois mois. Actuellement, le problème est accentué par la libération dans l'atmosphère de l'habitat d'air froid issu des réservoirs de stockage. Ensuite, l'habitat va recommencer à se réchauffer en absorbant la chaleur de la terre, mais quand il atteindra le point d'équilibre, ce sera le début du véritable déclin.

— Trois mois ? répétai-je bêtement.

— À peu près, oui.

— Alors, que fait-on ?

— Il faut que nous rallumions les bandes lumineuses, suggéra Rell. Que pourrait-on faire d'autre ?

— Mais… comment ? Les yis ont la mainmise sur tout.

— C'est vrai. Mais… Hazel, on le sait depuis que Lazarus nous a expliqué ce qui s'est réellement passé il y a cinq cents ans. Le fait qu'ils aient éteint les lumières ? Ça ne change rien.

— Ça change tout ! protesta Alice.

— Non. Ça rend les choses beaucoup plus difficiles, c'est tout. Nous aurions de toute façon été confrontés à ce problème. Ils nous obligent simplement à le résoudre plus vite que prévu.

— Rell a raison, approuva John. Une guerre est composée d'une succession de mesures et de contre-mesures, chacune d'elles destinée à infliger le plus possible de dégâts à l'ennemi. C'est la réponse des yis au fait que vous avez colmaté la perforation et découvert leur existence.

— Une guerre ? dis-je d'un air hébété.

— Oui. Il s'agit bien de cela.

— Capitaine nous vienne en aide…

— Nous avons toujours su que, dans l'état actuel des choses, nous n'étions pas en mesure d'affronter les yis, ajouta Rell. Nous devons retourner dans la partie avant et tâcher d'y découvrir une autre IA de commandement.

Il avait raison. Cela ne me plaisait pas, mais, d'une certaine manière, je lui étais reconnaissante de m'avoir mise face à la réalité. Je lui adressai un sourire crispé.

— Ouais, lâchai-je.

— Mais pas tout de suite, poursuivit-il. Tu dois retourner t'exprimer devant le conclave. Tu dois inciter les villages à s'organiser.

— Moi ?

— Oui, toi, la Fille de la Capitaine. Pour l'instant, tes paroles ont beaucoup de poids. Dis-leur ce qu'ils doivent faire. Les gens sont effrayés par ce qu'ils ont découvert hier soir. Comment crois-tu qu'ils vont se sentir aujourd'hui ? Ensuite seulement nous pourrons retourner dans la partie avant. Mais, Hazel, tu dois leur parler en face. Tout se passera bien, je serai là, juste à côté de toi.

— Promis ?

— Bien sûr.

Il m'embrassa.

— Il faut aussi que nous retournions à Ixia, nous rappela Alice. Qui sait de quelles stupidités Fininen est capable, aujourd'hui.

Je grimaçai. Nous avions découvert la veille que, malgré la convocation du conclave envoyée par Damaso à tous les villages, le maire Fininen avait préféré rester à Ixia. Atov nous avait avoué que la situation là-bas était catastrophique. Quand l'équipe des régulateurs était revenue de Tressaco, la tour-montagne où Frazer et moi avions pris refuge, elle avait ramené plus de cinquante prisonniers. Des vieux qui s'étaient enfuis avant leur Jour de Cyclage, quand ils devaient accepter leur Bénédiction. Essentiellement, il s'agissait d'un acte de suicide volontaire afin que l'environnement de l'habitat ne soit pas surchargé par une population humaine croissante. Ou du moins, c'était le mensonge que l'on nous racontait.

Mais en voyant tous ces prisonniers, les villageois d'Ixia s'opposèrent à l'idée de les Cycler. Atov était suffisamment réaliste pour savoir qu'il y avait des limites à ce qu'il pouvait ordonner à ses régulateurs. Il lui aurait été impossible d'imposer la Bénédiction – en clair, un massacre – à cinquante personnes. La plupart de ceux qui avaient été désignés pour aider les régulateurs au cours du raid étaient partis, refusant d'avoir quoi que ce soit à voir avec cette affaire.

La nouvelle de ce que j'avais fait dans la tour-montagne, y compris la manière dont Frazer avait été guéri, s'était répandue dans tout le village. Ensuite, Hauer avait ramené Mortos et Alisha, qui s'étaient sacrifiés pour nous laisser le champ libre, à Frazer et à moi. Manifestement, ils n'avaient pas hésité à expliquer à quel point la Capitaine Électrique avait tort sur tous les points.

Le sujet devenant éminemment politique, l'autorité de Fininen avait commencé à s'effriter. Savin, mon père, l'avait même défié, faisant acte de candidature au poste de maire et exigeant un vote… qu'il aurait probablement remporté. Fininen avait donc refusé d'assister au conclave, préférant rester sur place afin de négocier avec l'ensemble des mécontents. Et si Fininen était doué pour quelque chose, c'était bien parler.

Je n'avais aucune envie de penser à ce qui s'était passé ce matin-là quand les bandes lumineuses ne s'étaient pas allumées. Dans le pire des cas, cela aurait pu effrayer les gens au point de les inciter à croire que la Capitaine Électrique avait raison et que la prétendue Mutinerie de Tressaco devait être punie par le Cyclage de toutes les personnes impliquées.

Il y aurait de véritables problèmes à régler à la maison, j'en étais convaincue, parce que je connaissais très bien ces gens. Ils étaient tellement ancrés dans leurs habitudes qu'ils étaient prêts à tout pour résister au changement, ce qu'ils redoutaient par-dessus tout. Il faudrait que j'intervienne. Et, bien sûr, j'étais très impatiente de revoir mes parents, ainsi que mon arrière-grand-mère Alisha.

— Tu as raison, confirmai-je. Nous partirons pour Ixia dès que nous en aurons terminé ici. Je vais avoir besoin de ton aide. Qu'est-ce que je dois leur dire ?

Je m'aperçus alors que quelqu'un manquait à l'appel, car j'aurais bien eu besoin de ses conseils.

— Où est Frazer ?

— Il est parti il y a une heure. Pourquoi ? demanda Shao en haussant les épaules.

— Il a passé la moitié de la nuit à discuter avec la tablette que Lazarus lui a donnée, précisa Alice. Je pense qu'elle est aussi intelligente que John.

— Pas du tout, intervint aussitôt John. C'est un simple assistant éducatif, tout juste un cran au-dessus d'un livre imprimé.

Alice et moi avons échangé un rapide sourire. Même si ce n'était qu'une machine, John pouvait se révéler sensible à certaines choses. Comme s'il avait des sentiments humains.

— Tu peux aller le chercher ? demandai-je à Alice. Il faut qu'on soit prêts à partir dès que j'aurai fini de m'exprimer devant le conclave.

* * *

On se dirigea, Rell et moi, vers la cour du village. Le cybot nous précédait, illuminant les larges allées entre les huttes à l'aide de ses projecteurs puissants.

— Que puis-je leur dire ? lui demandai-je. Je n'ai aucune idée de ce que les yis comptent faire par la suite.

— Sois franche, ne prétends pas être ce que tu n'es pas, ni que tu disposes de toutes les réponses. Dis-leur que nous allons retourner dans la partie avant pour y chercher l'aide d'une IA de commandement et tenter de découvrir ce qu'il faut faire. Admets que nous ignorons de quoi il s'agit, mais reconnais que les yis ne vont pas abandonner sans se battre. Et, Hazel, ils auront besoin de se défendre. Qu'ils le veuillent ou non, nous sommes tous dans le même bateau à présent.

— Tu as sans doute raison.

Pour être honnête, *« on y retourne »* ne me semblait pas être le genre de plan susceptible de résoudre quoi que ce soit.

À notre arrivée dans la cour, le brasier brûlait de nouveau, avec plus de bûches apportées par les villageois, cette fois. Il ne semblait pas y avoir autant de maires et de chefs que la veille.

— Certains d'entre eux sont partis quand les bandes lumineuses sont tombées en panne, m'expliqua le maire Damaso tandis que nous nous dirigions vers l'estrade. Ils ont déclaré que leurs villages avaient besoin d'eux.

— Ils ont probablement raison, admis-je.

D'une certaine manière, je trouvai bien pire de me retrouver face à tout le monde uniquement éclairée par le feu. La lueur orangée rendait les visages plus durs. J'étais sûre qu'ils me jugeaient.

— Je ne sais pas pourquoi les bandes lumineuses sont restées éteintes, commençai-je d'un ton hésitant.

— Plus fort ! brailla quelqu'un au fond de la cour.

À cette remarque, je sentis mes épaules s'affaisser.

— Euh... mais je compte le découvrir et les rallumer.

— C'est vous les responsables ! s'écria une femme. C'est vous qui êtes allés dans la partie avant. C'est à cause de vous si l'air est froid, c'est vous-même qui l'avez dit. Ça a endommagé les bandes lumineuses.

— Les bandes lumineuses ne sont pas endommagées, rétorquai-je. Pas par le froid. Les yis ont simplement coupé le courant. Il y a un vaste réseau électrique dans le ciel.

Je me rappelais que c'était ce que John m'avait dit, ou, du moins, quelque chose d'approchant. La foule perçut l'incertitude dans ma voix. Je fis de mon mieux pour éviter de soupirer et de lever les yeux au ciel, car ce n'était pas en jouant les filles capricieuses que je parviendrais à convaincre qui que ce soit.

— Il fait froid et les lumières sont éteintes, répéta la femme avec obstination. N'essayez pas de nous dire que ce n'est pas lié.

— Bien sûr que non. Mais vous avez vu les yis. Vous avez vu l'enregistrement.

— Ha ! (Elle se tourna vers les villageois d'un air blessé, faisant appel à ses voisins et amis, sollicitant le soutien de ceux qu'elle connaissait.) Vous nous avez dit que la Capitaine Électrique n'existait pas réellement, que son visage n'était qu'une image créée par les machines intelligentes du *Daedalus*. Alors, pourquoi devrions-nous croire ce que vous nous avez montré ? Je parie que c'est faux aussi.

— Ce n'est pas le cas, intervint Rell d'une voix distincte et sans concession. J'y étais. Les yis sont des monstres. Vous les avez vus à présent. Vous savez. Ils ont tué nos ancêtres et vont nous éliminer aussi, si on ne les arrête pas. Maintenant, Hazel et moi allons retourner dans la partie avant pour y chercher l'aide dont nous avons désespérément besoin. Nous ferons tout ce que nous pourrons pour vaincre les yis, qu'importe le prix à payer. Si ce n'est pas suffisant, alors, tant pis. Mais je ne compte pas rester ici sans rien faire dans le froid et l'obscurité. Durant notre absence, vous allez devoir vous préparer, car personne, même pas nous, ne sait ce qui va se passer. S'ils viennent vous chercher ici, dans les villages, il faut que vous soyez prêts. Vous en êtes capables, parce que vous n'avez pas le choix. Quel que soit le sort qui a été réservé à Ashleigh Kruger, elle avait foi en nous, la population humaine de l'arche. Elle savait que nous allions nous relever. Désormais, nous avons Hazel. Les machines la connaissent, elles savent que c'est la Fille de la Capitaine, elles l'ont déjà aidée et elles l'aideront encore.

J'aurais vraiment préféré qu'il évite de parler de moi, mais il avait l'air si furieux, si déterminé, que personne ne trouva à y redire. C'était le discours parfait, émouvant et honnête, exactement celui que j'aurais dû prononcer si je n'étais pas si nulle face à un auditoire. Je souhaitais simplement faire ce qu'il fallait. Parler aux gens, leur faire prendre les bonnes décisions… c'était le travail des maires, pas le mien.

— Merci, chuchotai-je pour que seul Rell puisse l'entendre.

J'avais beau lui être extrêmement reconnaissante, je m'abstins également de lui sourire.

Puis Frazer arriva. Comme seul Frazer en était capable.

Une lueur blanche se mit à étinceler du côté de la mairie d'Akebia. Au début, je crus que c'était un autre cybot, le large faisceau de lumière puissante ressemblait à celui dont nos cybots d'escorte étaient équipés. Mais il se déplaçait rapidement, accompagné d'un étrange gémissement à la limite du perceptible tant il était aigu. Puis une autre lumière se matérialisa derrière la première.

Je plissai les yeux pour éviter d'être éblouie, portant ma main au pistolet à ma ceinture.

Puis la voix de Frazer retentit au-dessus des cris de surprise de la foule.

— Poussez-vous ! Attention ! J'apprends encore à me diriger. Faites attention !

— Oh, quoi encore ? geignis-je.

Rell se mit à glousser et ne s'interrompit même pas lorsque je lui lançai un regard agacé.

Frazer était juché sur une sorte de machine à trois roues à la fois petites et grosses. Il était assis sur une selle derrière la roue avant et tenait une poignée qu'il tournait pour se diriger. À l'arrière du véhicule se trouvait une petite plate-forme équipée d'une étroite banquette. Il me sembla qu'il devait y avoir une sorte de toit, à l'origine, car de fins montants dépassaient d'une cinquantaine de centimètres à chaque angle de la plate-forme, visiblement brisés à leur sommet.

— Qu'est-ce que c'est que ça ? demandai-je.

— Ça s'appelle un « tuk-tuk », révéla John. Les gens les conduisaient sur les chemins de l'habitat pour se divertir.

Frazer s'immobilisa devant l'estrade en m'adressant un sourire.

— Regarde ce que j'ai trouvé.

Alice arriva à son tour sur un autre tuk-tuk. Le sien était coiffé d'un morceau de toile sale, au-dessus de sa tête, maintenu par quelques montants intacts. Shao avait pris place derrière elle, sur la banquette.

— Trouvé ? demandai-je bêtement.

— Il y en a un garage entier, sous la station, révéla Frazer en désignant la mairie à l'aide de son pouce. Je suis descendu grâce à la plate-forme de Cyclage en début de matinée. J'ai rechargé ces deux-là. Les batteries ne sont pas en parfait état, mais je pense qu'elles nous permettront d'aller jusqu'à Ixia.

—Comment as-tu deviné... ?

Il désigna sa tablette.

—C'est Newton qui me l'a dit.

—Hein ?

—Newton, mon IA.

—Votre tablette n'est pas une IA, lui fit remarquer John d'un ton hautain. C'est un assistant éducatif adaptatif.

—Oui, bien sûr. Newton a la liste de tous les véhicules qu'ils utilisaient avant la Mutinerie. Il y a un tas de tuk-tuks à chaque station de l'habitat. Je me suis dit que ça valait le coup d'aller y jeter un coup d'œil. Si les yis ne les avaient pas détruits, j'étais convaincu d'en trouver en état de fonctionnement.

—Tu as utilisé la plate-forme de Cyclage ? demanda Damaso d'un air désapprobateur.

—Il n'y a plus de Cyclage, lui fis-je remarquer, parvenant pour une fois à prendre un ton assuré. Le *Daedalus* est proche du deuxième monde à présent. C'est la fin du trajet. Plus personne ne sera tué.

Au moins, cela souleva une vague d'approbation dans la cour.

Damaso lança un regard interrogateur au chef Sedilko.

Ce dernier se contenta de hausser les épaules.

—Hazel a raison, dit-il simplement. Et donc... ?

—Et donc vous allez vous préparer, répondit Rell en regardant de façon insistante les maires et les chefs. Quand vous rentrerez chez vous, réunissez tout le monde au centre du village avec toute la nourriture possible et tous les animaux. Il vous faudra des arbalètes et tout ce que vous pourrez fabriquer pour vous défendre. Évitez d'utiliser la mairie, en fait, c'est une station donnant accès aux voies souterraines. Les yis sont en mesure d'ouvrir la porte en bas de l'escalier et de vous attaquer par là. Vous feriez bien de tenter de bloquer la plate-forme de Cyclage aussi.

— Et après ? demanda une voix.

— Nous allons tâcher de rallumer les bandes lumineuses, promis-je. Dès que ce sera fait, nous reviendrons vous dire ce que les machines intelligentes veulent que nous fassions.

— C'est tout ? demanda Damaso, stupéfait.

— Oui.

Rien qu'en le disant, je me sentis de nouveau déprimée, regrettant de ne pas pouvoir leur offrir davantage. Ils méritaient mieux. Ils avaient besoin de certitudes, et je ne pouvais pas leur en donner.

Il y eut un silence durant lequel je redoutai qu'un villageois m'interpelle ou me pose une question à laquelle je ne pourrais pas répondre. Mais un de mes auditeurs se mit à applaudir. Je scrutai la pénombre, mais je ne pus voir qui avait commencé. Cela n'avait pas d'importance, d'autres l'imitant, certains poussant des cris de remerciements et d'encouragements. Durant un bon moment, cette reconnaissance me fit chaud au cœur. Écarlate, je hochai la tête en signe de gratitude, avant de descendre rapidement de l'estrade, préférant éviter toute attention supplémentaire.

— Monte, me proposa joyeusement Frazer.

Je me hissai sur la banquette du tuk-tuk, parvenant tout juste à m'agripper à l'accoudoir, sur le côté, avant qu'il fasse pivoter d'un coup de poignet la barre de direction.

Le petit véhicule se mit à avancer, et on sortit de la cour sous les vivats d'une dernière ovation.

Je remarquai que tout le monde ne s'était pas joint à cette scène de liesse.

* * *

Frazer pilotait, bien sûr. Je ne pouvais lui en vouloir. Il s'était révélé très astucieux en allant vérifier l'état des tuk-tuks. Je n'avais aucune idée du temps qu'il aurait fallu pour retourner à pied à Ixia dans l'obscurité.

On fit une brève halte à la hutte de Rell pour rassembler nos affaires et nos combinaisons spatiales. Au moment de monter à bord des véhicules pour prendre la route, Atov surgit, écarlate et en sueur après avoir couru depuis la cour.

— Il faut que je retourne à Ixia, haleta-t-il.

Certes, ce n'était pas l'habitant d'Ixia que je préférais, mais il s'était toujours montré franc avec moi, même si cela s'était fini par l'envoi d'une équipe de régulateurs à Tressaco pour nous arrêter, mes camarades Mutins et moi. Mais il fallait bien que quelqu'un fasse respecter les règles qui nous gouvernaient. Ce n'était pas sa faute si elles étaient imposées par des aliens.

Dans mon plus grand geste de mansuétude à ce jour, je lui répondis :

— Bien sûr. Montez.

Parce que Elijah avait raison, j'avais besoin de soutien. Il allait falloir que les gens fassent ce que je leur demanderais, et cela allait nécessiter un peu de politique ; j'allais devoir forger des alliances. Le fait d'avoir le régulateur en chef d'Ixia de mon côté serait un grand pas dans la bonne direction.

Attendant que le chef soit installé, Frazer se contenta de me lancer un regard accusateur. Puis nous sommes partis. Brinquebalés dans tous les sens, Rell, Atov et moi nous cramponnions avec toutes nos forces à la banquette, aux accoudoirs et au rebord de la plate-forme.

On sortit du village. Le feu dans la cour dissimulé par les cabanes derrière nous, l'obscurité était désormais totale. La seule lumière provenait désormais des phares des tuk-tuks et des projecteurs de notre cybot d'escorte. Rien d'autre n'existait. Frazer ralentit aussitôt. Le chemin était assez large pour les véhicules, mais il était couvert de neige, ce qui rendait difficile la perception du relief par le seul faisceau lumineux du tuk-tuk.

On arriva au canal qui longeait un des côtés d'Akebia. Il était presque à sec. Sans le réapprovisionnement constant de la cascade, l'eau s'était écoulée vers le grand lac annulaire au pied de la paroi arrière de l'habitat, à cinquante-cinq kilomètres de là. Je me demandai si le lac était suffisamment grand pour contenir d'un coup toute l'eau des canaux. Peut-être les villages sur ses rives étaient-ils à présent inondés. J'imaginai alors Scott dans son embarcation, emmenant avec précaution sa femme et son enfant à l'abri, avec son beau visage, son air déterminé… exactement comme lorsque j'avais pris ce bateau.

Je fus vite ramenée à la réalité par des bruissements dans les roseaux, sur le rivage boueux. On se crispa tous subitement, et Rell et moi avons sorti nos pistolets laser.

—Ce sont juste des canards, nous rassura Frazer.

Ces stupides volatiles jaillirent de leur abri, nous dévisageant d'un air confus, ne comprenant pas ce qui se passait. *Moi non plus*, leur dis-je mentalement.

Frazer fit pivoter la barre de direction pour amener le tuk-tuk sur le chemin du canal.

—Nous allons longer ce canal, expliqua-t-il. Je demanderai des directions au prochain village, ou avant si nous croisons un maître de péniche.

Je scrutai l'obscurité dans la direction approximative que je pensais être celle d'Ixia, à trente-cinq kilomètres de là, deux tiers de la longueur de l'habitat.

Il allait nous falloir des heures, voire des jours pour trouver notre chemin sans lumière.

—John, connais-tu la route pour retourner à Ixia ? demandai-je, contente d'avoir eu l'idée avant Frazer.

—Je pense que oui. La station d'Ixia, sur la Ligne bleue, est un point fixe, et les canaux sont d'origine. Je devrais être en mesure de vous guider. (Le cybot d'escorte accéléra pour nous dépasser et s'engagea sur le chemin du canal.) Il est sous mon contrôle direct, annonça John. Suivez-le.

Frazer fit de nouveau tourner la poignée, et on suivit le cybot. Il allait beaucoup trop vite à mon goût. Le double faisceau lumineux qu'il projetait devant lui glissait avec fluidité sur le manteau de neige étincelante, mais il ne révélait pas grand-chose d'autre.

— C'est un peu trop effrayant, dus-je admettre. On ne voit rien autour de nous, j'ai l'impression d'être de retour dans les voies souterraines.

— Vos lunettes-V ont une fonction infrarouge, déclara John. Ça ne vaut pas un spectre complet, mais ça devrait vous permettre de beaucoup mieux discerner votre environnement immédiat.

— Des lunettes-V ? Qu'est-ce que c'est ? demanda Rell.

— C'est comme un petit écran que vous portez sur vos yeux, expliqua John. Lazarus en a fourni une paire à chacun d'entre vous. Elles sont dans vos sacs.

Rell et moi avons aussitôt sorti les lunettes de nos sacs et avons crié à Alice et Shao de récupérer les leurs. Quand je les eus mises en place, eh bien… l'image était curieuse. Le paysage était à nouveau visible, mais je le voyais comme un monochrome flou de rose pâle et de noir, comme si j'avais été étourdie par un coup sur la tête. Mais, au moins, j'y voyais quelque chose à présent. Si des yis étaient présents, ils ne pourraient pas nous tendre une embuscade.

— C'est quoi ce truc à ton poignet ? me demanda Atov d'une voix faussement douce.

Lorsque je me retournai pour lui lancer un regard coupable, je le vis briller de mille feux, comme s'il était fait de braises.

— C'est John. Une machine intelligente, appelée une « IA », comme celles de la partie avant. Je l'ai découvert à Tressaco, et c'est lui qui m'a identifiée comme l'un des descendants d'Ashleigh Kruger, ce qui lui a permis de se rallumer. Nous pensons que la plupart de ses semblables ont été dissimulés ou détruits durant la guerre contre les yis.

— Pourquoi ?

— Parce qu'ils sont très intelligents, ce qui les rend puissants.

— Vraiment ? (Atov observa d'un air songeur le bracelet noir orné de son petit voyant vert.) Alors, John, comment allons-nous vaincre les yis ?

— Avant de pouvoir vous répondre de manière définitive, il va me falloir beaucoup plus d'informations sur l'état du vaisseau et les ressources disponibles. Et ces données ne sont disponibles que dans la partie avant.

— Où Elijah a été tué.

— Malheureusement, oui.

— Tu comptes vraiment y retourner ? me demanda-t-il.

— Oui. Vous allez tenter de m'en empêcher ?

Il esquissa un sourire attristé.

— Je n'ose imaginer ce que tu penses de moi, mais je t'assure que je suis réaliste. Ceci (il remua sa main chatoyante dans l'obscurité) signifie que notre ancienne vie est terminée, quelle que doive être l'issue de ton action. Et c'est toi qui es à l'origine de ce bouleversement.

— Non, intervint Rell. Ce n'est pas Hazel qui a commencé, elle a simplement découvert ce qui se passait.

— C'est juste, concéda Atov. Ce que je veux dire, c'est qu'il ne va pas nous être d'une grande utilité de vouloir garder les choses comme avant. Nous devons découvrir ce qui se passe exactement, et je ne crois pas que la Capitaine Électrique va nous y aider.

— Je vous remercie, dis-je. Je sais que ça doit être difficile pour vous. Elle m'a accusée de mutinerie.

— Quand je suis devenu régulateur en chef, même si c'était difficile, j'étais prêt à Cycler les Tricheurs, ceux qui s'enfuiraient plutôt que d'accepter la Bénédiction. Je savais qu'il y en aurait sans doute quelques-uns durant mon mandat, car il y en a toujours qui se font prendre. Mais cinquante ? Ça a amené beaucoup de monde à s'interroger sur ce qui était juste ou non. Et Frazer allait être Cyclé aussi. Personne ne considérait que c'était juste. Ni le maire ni moi. Mais on le faisait quand même, parce que c'était comme ça que ça devait être. Eh bien, désormais, ce n'est plus le cas. Certains au conclave ont prétendu que les photos que tu as montrées étaient destinées à nous berner, mais pas moi. Je te connais, Hazel. Tu peux parfois avoir un comportement irréfléchi, mais ça, c'est du réel. Je vais donc faire mon boulot et protéger Ixia du mieux possible.

Je fus surprise par cette phrase.

— C'est ce qu'Elijah a dit, que c'est le travail d'un régulateur de protéger les autres.

— Ah bon ? Ça prouve au moins qu'il m'a écouté. C'était quelqu'un de bien, tu sais ? Il aurait fait un bon régulateur en chef.

— Oui, je sais.

— Alors, maintenant, toi et moi, on doit faire ce qu'on peut pour donner un sens à sa mort, pour qu'elle en vaille la peine. Penses-tu vraiment que nous sommes proches de la seconde planète ?

— L'IA de commandement que nous avons découverte le croyait, oui. Et ça va bientôt faire cinq cents ans.

Il secoua la tête d'un air incrédule.

— Une planète. À ciel ouvert. Difficile à croire...

— Si elle existe vraiment, nous l'atteindrons, déclarai-je solennellement. Il faut juste qu'on nous en laisse l'occasion.

Chapitre 3

Malgré les trépidations du tuk-tuk, j'avais du mal à jauger la vitesse à laquelle nous allions. Je n'avais aucun repère. Mes trajets occasionnels en péniche avaient été des plus tranquilles, voguant le long du canal tandis que le cheval nous tractait d'un pas régulier. Pour le bal, il nous avait fallu presque toute la journée pour aller d'Ixia à Akebia. Mais, en tuk-tuk, cela nous prit trois heures. Il nous aurait suffi d'une seule, mais nous avons fait une halte dans deux villages, à Malva puis à Ulex.

Leurs maires et leurs régulateurs en chef n'étaient pas encore revenus d'Akebia. Les villageois étaient donc impatients d'apprendre ce qu'il était advenu de la lumière de l'habitat. Notre arrivée avec des machines en état de marche datant d'avant la Mutinerie et capables de projeter des images – bien que très dérangeantes – avait été accueillie avec un étonnement vite suivi par la consternation. Mais cette présentation visuelle avait l'avantage d'interdire que nos paroles soient mises en doute. Je fus heureuse en pensant qu'au moins ces deux villages-là prendraient quelques précautions.

Comprenant que toute leur détresse et leur contrariété était due à mes actes, je me retins un peu plus à Ulex. Je savais qu'une fois le choc initial passé, les gens chercheraient un coupable. Inutile d'avoir le cerveau de Frazer pour comprendre de qui il s'agirait.

Je fus plus troublée encore par les péniches croisées lors de notre trajet le long des chemins de halage que par les villages affolés. La disparition de l'eau avait laissé ces embarcations engluées dans la boue épaisse au fond des canaux. Après avoir vu les deux premiers bassins d'intersection vidés, il devint évident pour nous que toutes les chutes d'eau avaient été désactivées. Je m'étais accrochée à l'espoir pathétique qu'il s'agissait uniquement de celle d'Akebia, mais, non, les yis avaient tout arrêté.

Totalement perdus, les maîtres de péniche ne savaient plus quoi faire. La plupart d'entre eux avaient fait monter à bord leurs chevaux de trait déconcertés, allumant toutes leurs lanternes pour tenter d'empêcher les pauvres animaux de s'affoler dans l'obscurité. Nous n'avions pu que leur conseiller de patienter, leur promettant que nous comptions rallumer les bandes lumineuses. Ils nous avaient dévisagés en silence. À mon avis, ils ne nous avaient pas crus. L'obscurité était trop accablante.

— C'était bien les yis, n'est-ce pas ? demandai-je à voix basse à John tandis que nous nous éloignions de la septième barge échouée. Je veux dire : le froid aurait-il pu casser les bandes lumineuses ?

— Non. Elles fonctionnaient parfaitement lorsque la pression a été remise dans l'habitat, c'est-à-dire au moment où l'air était le plus froid. C'était un acte délibéré. Le fait que les chutes d'eau aient été coupées en même temps le confirme. Vous étiez à l'intérieur du système d'écoulement d'eau, vous avez pu constater combien il était robuste. Elijah a déclenché une explosion au-dessus du débouché, et la cascade a continué de se déverser pendant le reste de la nuit.

— Oui. Oui, bien sûr. Tu as raison.

Je m'ordonnai de cesser d'avoir des doutes si stupides. Mais je ne pouvais m'empêcher de penser que, quoi que nous fassions par la suite, cela risquait de décider du sort de chaque humain à bord du *Daedalus*. Cette responsabilité était un fardeau écrasant.

— Ça va ? me demanda Rell lorsque la lueur de la lanterne d'une péniche commença à s'estomper derrière nous.

Je m'appuyai contre lui, savourant le confort de son bras sur mon épaule.

— Nous ne pouvons pas nous permettre de nous tromper, déclarai-je, comprenant enfin l'énormité de la tâche qui nous attendait.

— Nous ne nous tromperons pas, me garantit-il. Les IA de commandement sauront quoi faire.

— Elles ont laissé tomber Ashleigh Kruger...

Le simple fait de le mentionner me parut totalement déloyal.

— Je vais te dire quelque chose, intervint Atov. Une chose que j'ai apprise depuis que je suis régulateur et que je sais ce que signifie maintenir l'ordre. Pendant tout ce temps, personne n'a jamais contesté mes décisions, personne n'a refusé de faire ce que je lui disais. Jamais je n'ai eu à faire usage d'un de nos pistolets pour tranquilliser quelqu'un.

J'attendais la suite, mais, avec ses traits fins, il m'adressa un sourire bienveillant.

— Euh... c'est tout ?

— Réfléchis-y. Les villages comptent environ mille habitants chacun, et chacun d'eux a, au maximum, quinze régulateurs. Nous sommes en complète infériorité numérique. Si nous pouvons faire appliquer la loi, c'est parce que la population le souhaite.

— Vous voulez dire que les gens souhaiteront que je demande de l'aide aux IA de commandement ?

— Ce que je dis, c'est que le pouvoir, le vrai pouvoir, c'est être capable de faire ce qu'il faut lorsqu'il le faut, sans que personne soit en mesure de t'en empêcher. En ce moment, tu détiens ce pouvoir. Tu as des armes, des véhicules, le savoir et l'ébauche d'un plan. C'est plus que n'importe qui à bord du *Daedalus*.

Par la toute-puissante Capitaine, ils ne savent même pas qu'il faut un plan ! Fais ce que tu as à faire, Hazel.

— Il a raison, s'écria Frazer par-dessus son épaule. Tu es la Fille de la Capitaine et tu as un travail à accomplir. Tout le monde compte sur toi, mais les gens ne le savent pas encore.

* * *

Je trouvai très étrange de pénétrer dans Ixia avec ce véhicule. J'eus l'impression de ne pas reconnaître le village. Et pas seulement à cause de l'obscurité qui ne permettait pas de bien distinguer les huttes. Si incroyable cela puisse-t-il paraître, ça ne faisait que quelques jours que je m'en étais échappée avec Frazer, mais il s'était passé tant de choses que je l'avais oublié. Ixia était devenu un lieu que je ne connaissais plus que par ouï-dire. Tout comme Elizabeth Bennet dans mon livre préféré, *Orgueil et préjugés*, qui connaissait tout de Londres sans y avoir vécu.

Un grand feu était allumé sur la pelouse du village, derrière la salle. Tout le monde s'y était rassemblé. En roulant le long des chemins, nous entendions déjà des éclats de voix. Les gens se turent dès qu'ils virent approcher la lueur de nos phares.

Ils reculèrent, incertains, les mains levées pour protéger leurs yeux des faisceaux lumineux. Deux régulateurs se précipitèrent à notre rencontre en brandissant leurs pistolets.

— Qui va là ? brailla Hauer. Qu'est-ce que… ?

— Baissez vos armes, ordonna Atov.

À ce moment-là, ma mère accourut vers nous en poussant un cri de joie. Elle me serra fort dans ses bras, puis se tourna vers Frazer qui était descendu du tuk-tuk. Elle fondit en larmes en l'étreignant.

— C'est donc vrai ! s'exclama-t-elle. Tu peux de nouveau marcher…

— Bien sûr, maman.

Les curieux se pressaient de tous côtés, poussant des cris de joie et applaudissant. Papa s'approcha et me serra à son tour très fort contre lui. C'est sans doute ce qui me donna les larmes aux yeux.

— Ne refais plus jamais ça, chuchota-t-il d'un ton féroce.

— Quoi donc ?

— Tout ça, tout ça. J'étais si fier… et si effrayé.

— Faites place, demanda Alisha, qui se tortilla autour de mon père pour me donner un énorme baiser.

Je poussai un cri de plaisir.

— Tu vas bien !

— Bien sûr que je vais bien, répondit-elle en riant, essuyant quelques larmes sur ses joues.

Presque tout le monde voulait nous souhaiter la bienvenue. On nous cria des « bonjour » au milieu des embrassades et des étreintes. On m'embrassa plus de fois que je n'aurais pu en compter, et on nous répéta combien il était merveilleux de nous voir, combien on était ravi que Frazer puisse marcher. Que s'était-il passé, demandaient-ils avec impatience, étions-nous vraiment allés dans la partie avant ? Que se passait-il avec la Capitaine Électrique, et comment se faisait-il qu'il n'y ait plus ni lumière ni eau ? La foule bruyante d'amis et de voisins aussi heureux que bruyants me laissa à la fois étourdie et ravie. L'accueil était si différent de celui, plus prudent, que nous avions reçu à Akebia.

Alice était bien sûr dans son élément, tenant en haleine ses nombreux admirateurs et acolytes avec le récit de ses aventures.

Toutes les personnes âgées de Tressaco étaient impatientes de me saluer. Il me fallut un moment pour me rendre compte de l'évidence, à savoir qu'elles n'étaient pas en état d'arrestation, ni soumises à aucune restriction.

— Nous avons voté, expliqua Alisha d'un ton suffisant. (Elle porta son regard au fond de la foule, où le maire Fininen se tenait seul, observant les réjouissances d'un air impassible.) Surprise, nous avons annulé la décision de la Capitaine Électrique! Nous ne sommes pas des Mutins, et j'ai rattrapé le temps perdu avec mon très cher petit-fils.

Elle prit papa par les épaules, et tous deux se mirent à sourire comme des imbéciles heureux.

Puis je sentis quelqu'un tirer sur le bras de ma combinaison. Me retournant, je faillis pousser un cri de surprise. Et de culpabilité. C'était Etina, la mère de Tamran, la perplexité se lisant dans son regard. Avant qu'elle ait pu poser la moindre question, je déclarai :

— Toutes mes condoléances. (Toute l'euphorie due à notre accueil se dissipa aussitôt, me privant de mes forces.) Les yis... Les yis nous ont attaqués. Il y a eu un combat.

Sa bouche forma un grand « O ». Elle porta sa main à ses lèvres.

— Non.

Je voulus lui faire comprendre que la mort de Tamran n'était pas de mon fait, que n'importe lequel d'entre nous aurait pu être happé par les yis ; que nous avions tenté de le sauver, que nous avions tiré sur les aliens qui s'étaient emparés de lui. Mais tout ce que je pouvais voir, c'était Tamran disparaissant sous un enchevêtrement de tentacules grotesques. Ses cris résonnaient encore dans mon esprit.

Alice s'approcha et prit sa tante dans ses bras.

— C'est un héros, lui assura-t-elle à voix basse.

Etina se mit à sangloter.

Je me retournai. Zawn se tenait d'un côté de la foule, regardant autour de lui en fronçant les sourcils. J'aurais voulu remonter dans le tuk-tuk et partir très loin. La destination n'avait aucune importance. Juste ailleurs... Mais je me dirigeai jusqu'à lui. Chacun de mes pas me demandait un effort surhumain. Cela ne me plaisait guère de devoir lui annoncer la nouvelle, mais c'était mon devoir. Je lui devais bien ça. Et plus encore.

En voyant mon air bouleversé, il eut un mouvement de recul.

— Zawn, dis-je d'une voix cassée.

— Où est-il ?

Je pris ses deux mains dans les miennes.

— Il ne s'en est pas tiré.

— Pardon ?

— Il nous a sauvés, Zawn. Il nous a tous sauvés.

Ce fut horrible de voir son air franc et innocent se décomposer.

Je le pris dans mes bras, comprenant à quel point il avait besoin de ce contact. Je ne pouvais pas le lui refuser. Il tremblait, sanglotait, mais sans larmes.

— Mais je l'ai vu, protesta-t-il. Il était avec toi quand tu es apparue à l'écran. Je ne comprends pas. De quoi t'a-t-il sauvée ?

On resta un long moment dans les bras l'un de l'autre. Je ne tentai même pas de me libérer. Je voulais qu'il sache que mon geste était sincère, que je tenais à lui.

Pendant qu'il s'efforçait de se ressaisir, trop de souvenirs défilèrent dans mon esprit. Des bons, et d'autres, pour lesquels je me sentais à présent gênée et coupable parce que je l'avais maltraité.

Un groupe de personnes se forma en silence autour de nous, troublées par ce qu'elles voyaient. J'étais incapable de croiser le regard de Rell.

— Hazel ? demanda papa. Que s'est-il passé ?

— Quelque chose de terrible, grognai-je. Quelque chose de vraiment terrible. Nous allons te montrer.

* * *

Pendant que le cybot d'escorte diffusait une nouvelle fois l'enregistrement, je tins la main de Zawn. À la fin, lorsque le yi de type III apparut à l'écran, il laissa échapper un cri d'horreur silencieux et tourna la tête lorsque l'image se figea. La mort d'Elijah ne faisait pas partie de l'enregistrement, mais ce n'était pas nécessaire. Les images précédentes étaient si éloquentes qu'il ne fallait vraiment aucune imagination pour deviner les derniers moments d'Elijah.

Comme le conclave d'Akebia, les spectateurs d'Ixia éprouvèrent un bouleversement persistant une fois l'enregistrement terminé. Notre arrivée avait été un événement joyeux dans un moment aussi étrange qu'incertain ; la vérité de ce qui nous attendait désormais était dévastatrice. Elle les avait privés de ce qu'ils croyaient être un dénouement heureux, le remplaçant par un avenir sinistre.

À la lueur des phares des tuk-tuks et des projecteurs du cybot d'escorte illuminant la pelouse, je leur annonçai que je comptais retourner dans la partie avant pour y chercher de l'aide. Une fois de plus, je trouvais que cela trahissait une certaine faiblesse, une incapacité à leur offrir quelque chose de solide.

— Le temps que nous serons là-bas, vous devrez vous préparer à une éventuelle attaque de yis, parce qu'ils vont venir nous chercher, leur expliquai-je.

— Comment peux-tu le savoir ? protesta Fininen. Tu ne peux pas deviner ce qu'ils vont faire, maintenant que tu les as énervés.

— Ils ont éteint les bandes lumineuses pour une raison, lui fis-je remarquer. On ne sait pas vraiment pourquoi ils ont laissé les humains en vie après avoir vaincu Ashleigh Kruger. Lazarus pense qu'ils veulent la nouvelle planète pour eux. Ils se sont probablement servis de nous pour entretenir l'habitat, afin de maintenir la faune et la flore en vie et en bonne santé. Mais nous ne sommes plus des ignorants. Et ils vont vite comprendre que nous n'allons plus tolérer cela très longtemps.

— Ils n'auront pas besoin de venir nous chercher, fit-il remarquer. Nous allons tous mourir de froid si les bandes lumineuses restent éteintes.

— Alors, ils mourront aussi. C'est également leur habitat.

— Ce n'est pas tout à fait exact, intervint John.

Je regardai le bracelet d'un œil noir. Pour quelqu'un qui était censé s'adapter aux besoins et aux humeurs de son utilisateur, il avait la fâcheuse habitude de se manifester aux moments les plus inopportuns. J'avais parfaitement conscience que tout le monde me regardait, fasciné par le fait que je puisse m'entretenir avec l'une des légendaires machines intelligentes d'avant la Mutinerie, même si elle n'était guère impressionnante.

— Que veux-tu dire ?

— L'absence de chaleur dans l'habitat ne les éliminera pas.

— Pourquoi ?

— Ils ne vivent pas dans l'habitat.

— Hein ?

Durant le trajet de retour jusqu'à Ixia, j'avais songé à leurs nids ou à ce que les reines-cerveaux qualifiaient de « foyers ». Lazarus nous avait expliqué que, sur Kianira, leur planète, les yis vivaient sur le rivage de petites îles. Des corps inertes projetant un enchevêtrement de nerfs radiculaires reliant leurs cerveaux les uns aux autres de sorte qu'ils ne formaient à eux tous qu'un seul esprit quasi immortel. À bord du *Daedalus*, ces racines nerveuses s'étaient introduites dans notre réseau d'IA et en avaient pris le contrôle. Je savais donc que les yis ne pouvaient se trouver qu'à un seul endroit, sur la rive éloignée du lac annulaire. S'ils s'étaient établis sur la rive la plus proche, tous les villages comme Viride – où vivait Scott – seraient au courant de leur présence. Mais la rive éloignée, au pied de la paroi arrière, était protégée par une succession de seuils où l'eau s'engouffrait dans des conduites afin d'y être pompée et acheminée vers les chutes d'eau. Les courants y étaient si forts qu'aucune embarcation n'aurait osé s'y aventurer. Depuis la Mutinerie, personne n'était allé au pied du mur arrière.

— Où vivent-ils, alors ?

— D'après les données que Lazarus m'a fournies, l'équipage du *Daedalus* a localisé les premières reines-cerveaux dans la mer centrale.

— Le lac annulaire, tu veux dire ? demandai-je avec perplexité.

— Non, la mer centrale.

— Quelle mer centrale, John ?

— Celle qui est au-dessus de vous. Vous l'ignoriez ? Le *Daedalus* a été conçu avec deux environnements distincts ; l'habitat qui est la terre, et la mer centrale, destinée à alimenter les créatures marines de la Terre tout au long du voyage. Le cylindre rocheux qui forme votre ciel est également creux. Il fait cinquante-cinq kilomètres de long, comme l'habitat, et cinq kilomètres de diamètre. L'eau à l'intérieur a cinquante mètres de profondeur.

Je contemplai un long moment le petit voyant vert du bracelet, avant de lever lentement la tête vers le ciel invisible. Sans un mot, tous les villageois m'imitèrent. J'avais toujours cru que la paroi rocheuse bombée au-dessus de nos têtes était solide.

Capitaine nous protège... C'était donc là que se trouvaient les yis depuis le début à notre insu. Comme nous étions stupides. Évidemment, jamais les bâtisseurs n'auraient laissé un cylindre de roche solide au milieu du vaisseau...

Je me sentis parcourue par un froid plus mordant que l'air glacial.

— Houlà, dit Frazer d'une petite voix. Ils ont une mer entière pour eux tout seuls ? Ça laisse entendre qu'ils risquent d'être nombreux.

On se regarda un long moment dans les yeux. Puis je m'aperçus que tout le monde m'observait. Ils voulaient que je leur dise quoi faire, compris-je à mon grand désarroi. Et je n'en avais pas la moindre idée.

Papa porta sa main à ses lèvres comme pour couvrir une toux imaginaire.

— Des défenses...

— Il va nous falloir des défenses, balbutiai-je. Une sorte de barricade pour les empêcher d'entrer dans le village.

Rien qu'en le disant, je savais que c'était sans espoir.

Les types II franchiraient n'importe quel obstacle, tandis que les types III le feraient voler en éclats. Mais nous ne pouvions pas rester sans rien faire.

— On met tout le monde à l'intérieur, et on les arme d'arbalètes de chasse.

Tu parles d'une évidence! Mais peut-être avaient-ils besoin qu'on leur rappelle l'évidence. Capitaine seule savait à quel point ce serait rassurant.

— Une haie de pieux, suggéra Frazer. (Il avait le nez rivé sur Newton, la lueur blafarde émise par son écran lui donnant un effrayant teint verdâtre.) Les gens en fabriquaient sur Terre, ils appelaient ça un « cheval de frise ». Nous ne pourrons pas en mettre tout autour du village, il est trop grand, mais rien ne nous empêche d'ériger une enceinte sécurisée.

Il montra à mon père l'image sur l'écran de Newton.

— C'est dans nos cordes, répondit papa d'un air confiant.

— On pourrait également faire appel à d'autres villages, proposa Rell. Plus il y a de monde pour défendre une enceinte, plus on a de chances d'empêcher des assaillants de la franchir.

— Faire venir d'autres villages ici ? demanda Fininen, donnant l'impression qu'il avait du mal à suivre.

— Oui, excellente idée, approuva Atov. Pour l'instant, seuls Akebia et les villages voisins connaissent l'existence des yis. Dans cette obscurité, il faudra des jours aux maires et aux régulateurs en chef pour rentrer chez eux. Nous devons prévenir tout le monde.

Grâce au soutien d'Atov, il y eut peu de protestations. Il fut convenu de disposer la haie de pieux de Frazer autour de la pelouse.

— Je vais désactiver la plate-forme de Cyclage, déclara Frazer. Ça les empêchera de monter.

Fininen eut l'air peiné, mais ne souleva aucune objection. Papa et ses amis se rendirent à la menuiserie, revenant avec la plupart de leurs outils. D'autres villageois dressèrent des poteaux en piochant dans leurs réserves de bois. Ils sélectionnèrent avec soin les différents postes de guet. Ils établirent un roulement pour les tours de garde. Puis ils s'attelèrent sérieusement à trouver des volontaires pour aller dans les villages voisins afin de leur expliquer ce qui se passait et de les inciter à venir à Ixia.

— Il faut qu'on voie si on peut leur trouver de bonnes torches, suggéra Alisha. Je n'aimerais pas longer les chemins du canal avec juste une bougie dans une lanterne.

— Je jetterai un coup d'œil dans la station avant de fermer la plate-forme de Cyclage, promit Frazer. Il y a certainement d'autres choses qui pourraient nous être utiles, en bas.

— Excellente idée, déclarai-je en tapotant mon pistolet laser. Je vais vous rejoindre pour monter la garde.

Tout ce que je voulais vraiment, c'était une excuse pour ne plus être le centre de l'attention.

— Pas toute seule, en tout cas, ajouta aussitôt Rell.

Alors Alice et Shao se proposèrent immédiatement, tout comme Alisha, Mortos et Noran. Personne ne protesta. J'imagine qu'ils ne voyaient pas vraiment comment.

Chapitre 4

Nous étions presque arrivés à la plate-forme de Cyclage quand je vis quelqu'un se précipiter vers nous. Quand je me retournai, Itzy, tout sourires, nous rattrapa et m'enlaça.

—Je suis tellement contente de te revoir, Hazel! s'exclama-t-elle avec une telle gratitude que je me sentis presque sur la défensive. Merci!

—J'ai toujours eu l'intention de revenir, lui fis-je remarquer.

—Je veux dire: « Merci d'avoir colmaté le trou. » Je peux de nouveau respirer correctement, Hazel. Mes maux de tête ont disparu, et je n'ai pas toussé une seule fois depuis que je me suis réveillée ce matin.

Itzy avait toujours été quelqu'un de fragile, attrapant constamment des rhumes et des infections qui duraient beaucoup plus longtemps que chez n'importe qui d'autre, mais, l'année précédente, elle était tombée très malade. Je ne me souvenais pas de l'avoir déjà vue si souriante, pas à ce point.

—Je suis ravie que tu te sentes mieux.

—Je veux vous aider à tuer ces yis.

—La meilleure façon de nous aider est de garder le village en sécurité. Si tout le monde survit à cette longue nuit et réussit à mettre le pied sur la nouvelle planète, ce sera notre victoire sur eux.

Elle hocha la tête d'un air sérieux.

— Je comprends. (En s'éloignant, elle adressa un petit sourire à Frazer.) Je suis vraiment contente que tu sois guéri aussi.

Il la regarda d'un air étonné.

— D'accord. Je te remercie.

Il lui rendit machinalement son sourire, même si cela ressemblait plutôt à une grimace, en fait. Quand elle fut hors de portée, Alice lui donna une tape sur l'épaule.

— Eh ben..., le railla-t-elle avec un clin d'œil.

— Quoi ?

— Ouais, c'est ça.

— Tu es folle. Comme toujours.

Mais je m'étais aperçue que la gentillesse d'Itzy l'avait touché. Je n'étais pas certaine que les autres l'avaient remarqué. Puis je vis Alisha réprimer un sourire.

— C'est incroyable comme le fait d'avoir la bonne quantité d'oxygène permet à tout le monde de se sentir mieux, fis-je remarquer.

— Cette jeune fille a souffert ? demanda John.

— On a tous eu des quintes de toux et des maux de tête, dernièrement, mais elle plus que n'importe qui d'autre.

— Itzy est toujours malade de quelque chose, déclara Frazer d'un ton bourru. Il faut qu'elle mange plus, elle est trop maigre et petite.

— Elle souffre peut-être d'une immunodéficience, suggéra John. C'est un trouble médical qui empêche le corps de combattre les infections, ajouta-t-il avant que j'aie le temps de poser la question.

Peut-être bien qu'il s'adaptait, finalement.

— Les processeurs pharmacologiques du *Daedalus* sont-ils capables de produire un traitement contre ça ? demanda Frazer.

— Pour un remède permanent, il faut passer un scan génétique afin que le patient puisse bénéficier d'une thérapie vectorielle sur mesure. Cependant, un rappel d'immunité à large spectre pourrait l'aider à court terme.

— D'accord. Noran, allons voir si nous parvenons à refaire fonctionner le processeur de l'hôpital du village.

— Bien sûr, dit Noran. Si ce ne sont que des fibres yis qui l'empêchent de fonctionner, ce sera assez facile. Comme l'autre fois.

— Un processeur en état de fonctionnement sera utile à tout le monde, commenta Frazer.

Alisha et moi avons échangé un sourire en coin.

On envoya le cybot d'escorte en éclaireur sur la plate-forme de Cyclage.

Quand Alice appuya sur le bouton du boîtier de commande du garde-corps, je vis avec inquiétude la plate-forme s'enfoncer. Les Jours de Cyclage où je m'étais tenue sur la pelouse, applaudissant de tout mon cœur pendant que ceux qui avaient reçu la Bénédiction descendaient silencieusement sous terre, étaient à présent des souvenirs que je trouvais très dérangeants.

— Rien à portée des capteurs, signala John.

Il me fallut un moment avant de trouver le courage de monter sur la plate-forme. Les salles sombres et humides sous Ixia étaient les mêmes que celles de toutes les stations souterraines que nous avions vues lors de notre fuite. De l'eau ruisselait au fond des tunnels de transport, de petites lampes de secours bleu-vert au plafond produisaient une faible lueur. Des machines brisées et couvertes de cinq siècles de crasse.

Je voyais tout cela grâce à mes lunettes-V, qui amplifiaient à tel point la lumière du plafond que j'avais l'impression d'être en plein jour. Et aucune trace de lumière rosée signalant la présence de yis, comme John nous l'avait décrite.

— Génial ! s'exclama Frazer. Voyons ce qu'on peut trouver.

On s'arrêta d'abord dans un garage creusé de baies profondes le long des murs, cinq d'entre elles occupées par des tuk-tuks. Il manquait des roues à deux d'entre eux. Un autre était une épave mutilée. Les deux restants avaient également été victimes d'attaques et leur carrosserie était cabossée et rayée, mais Frazer et Noran étaient convaincus de pouvoir les remettre en état.

— Nous n'avons pas le temps, déclara Alisha.

On jeta un coup d'œil dans la salle de maintenance de la station. Les yis y avaient saccagé la majeure partie du matériel technique, mais nous savions ce qu'il nous fallait chercher désormais. On y découvrit plusieurs torches et quelques lanternes électriques. Toutes hors service.

— On pourra les recharger, fit remarquer Noran.

Je mis la main sur une soudeuse à faisceau d'électrons, et Alice s'empara de deux lames-D. Mortos récupéra quelques outils électriques sous un établi.

— Il y a plein de ports de chargement. Aucun d'entre eux n'a de courant, cependant.

— Voilà ce qu'il nous faut ! s'exclama Frazer. (Il redressa un touret de câble électrique.) Si on l'apporte au village, on va pouvoir tout remettre sous tension.

Sur les conseils de John, nous avons découvert une rangée de prises de courant près de l'ancien monte-charge. Frazer y brancha son câble et laissa le touret se dérouler tandis que la plate-forme nous ramenait à la surface. Noran et lui bloquèrent les portes de sécurité entrouvertes, laissant un espace suffisant pour que le câble puisse passer. Mortos le relia ensuite aux ports de chargement.

— Nous pourrons probablement recharger les tuk-tuks, aussi, annonça Frazer.

— Je vais les chercher, se proposa Alice.

J'observais toute cette activité, me sentant inutile ; la même sensation que lorsque papa et Frazer étaient occupés à concevoir quelque chose dans la menuiserie. Noran s'affairait sur la plate-forme, tentant d'ouvrir le boîtier de commande à l'aide de certains des nouveaux outils. Soudain, il y eut un flash lumineux accompagné d'une détonation. Noran fut projeté en arrière et se retrouva étendu par terre.

Nous nous sommes tous précipités vers lui. Il haletait comme un poisson hors de l'eau. Je sentis une odeur de brûlé. Ses doigts semblaient calcinés, du sang suintant de ses chairs noires. Le regard hébété, il clignait lentement des yeux.

— Il a reçu une décharge électrique, annonça John.

— Qu'est-ce qu'on fait ? glapis-je.

— Ne le bougez pas. La tension dans le mécanisme de l'ascenseur est de quatre-vingts volts. Il faut que le médecin surveille les battements de son cœur afin de détecter une éventuelle anomalie rythmique.

Marana était déjà là. Elle l'examina, jetant un regard désapprobateur à ses doigts brûlés.

— Est-ce que vous savez vraiment ce que vous faites ?

— Oui, répondit Frazer, sur la défensive.

— Si on vous apprend à l'école que l'électricité est dangereuse, c'est pour une bonne raison, rétorqua-t-elle. Et ça n'a rien à voir avec les yis.

— J'ai glissé, souffla Noran. C'est tout. Le tournevis a touché le boîtier de dérivation. Il est sous tension.

— Toi, tais-toi, lui ordonna-t-elle.

Sa main ne me semblait pas trop grièvement atteinte, mais, comme Marana, je n'étais pas convaincue que Frazer et Noran en savaient autant sur les appareils électriques qu'ils le prétendaient.

— Au moins, la plate-forme ne fonctionnera plus à présent, déclara Frazer. (Je lui lançai un regard affligé, mais il se contenta de hausser les épaules.) C'est vrai.

Un couple de villageois amena Noran à l'hôpital. Je les accompagnai, le cybot nous éclairant. Le fait de me retrouver dans la mairie me rendait anxieuse, je me méfiais du grand escalier central. Il était bloqué en bas par l'ancienne porte de secours, fermée depuis que les yis avaient pris le pouvoir lors de la prétendue Mutinerie. Mais elle était là pour nous interdire de descendre dans les tunnels, pas pour empêcher les yis de monter.

Dehors, papa et les charpentiers avaient commencé à fabriquer la clôture hérissée de pointes censée délimiter l'enclave défensive d'Ixia. Derrière la paroi de verre incurvée, je l'observais. Jc voyais le mal que sa jambe lui causait, mais il passait outre. C'était l'un de ces moments où il s'épanouissait, totalement impliqué dans la direction de son équipe, conseillant, aidant, prenant des décisions rapides. Tout le monde l'écoutait avec respect, ce qui me rendait fière. Je n'avais jamais compris pourquoi il n'était pas devenu maire. Il aurait été tellement mieux que Fininen. Mais la douleur permanente provoquée par sa jambe artificielle l'avait rendu grincheux et caustique. Il buvait trop, aussi.

— Frazer !

Je l'emmenai avec Mortos dans la petite pièce où se trouvait la machine médicale d'Ixia.

— Réparez-la, leur ordonnai-je.

C'était simple pour eux. Marana les observa d'un air extrêmement sceptique. Je vis bien à quel point elle eut du mal à se contenir quand ils ouvrirent les panneaux d'inspection, en bas de la machine. Après tout, c'était la seule dont disposait Ixia. Tout le monde en dépendait.

Quand Mortos et Frazer eurent ôté le dernier panneau, nous nous sommes tous accroupis et avons braqué nos torches à l'intérieur.

— Ils sont là, déclara Frazer d'un air entendu, tendant l'index.

Marana se pinça les lèvres en voyant le réseau de fines fibres blanches qui s'enfonçait dans les entrailles de la machine.

— Je vois ce que vous voulez dire, leur assura-t-elle.

Frazer tira une petite lame-D et se mit à trancher dans le vif.

— Le nœud de réseau du processeur pharmacologique est à présent actif, annonça John au bout d'une minute. Je me suis connecté à lui et ai ordonné un redémarrage complet du système.

À ce moment-là, nous avions attiré un petit groupe de curieux, et tous regardaient la machine avec curiosité. Des chuchotements élogieux résonnèrent lorsque la surface noire et brillante du processeur s'illumina de lignes de symboles colorés.

— Peut-elle produire un remède qui permettrait de réduire la douleur à la jambe de mon père ? demandai-je.

— Du gel analgésique, suggéra John.

Le motif lumineux se mit à pivoter. Une minute plus tard, un petit tube tomba d'une fente. Je le ramassai, éprouvant un sentiment victorieux. Tout ce qui pouvait aider papa à tenir le coup était un réel progrès. Je voulus demander à John ce qu'on pouvait faire d'autre pour papa, vu que le processeur pharmacologique de Tressaco était parvenu à rétablir le système nerveux de Frazer. Peut-être pourrait-on, dans un hôpital de tour-montagne, fabriquer quelque chose de mieux qu'une jambe de bois.

— Peut-elle nous donner quelque chose pour l'arthrite de Narline ? demanda Alisha.

Le motif changea de nouveau.

— Ah… et ce rappel de spectre dont nous avons parlé pour Itzy ? demanda Frazer avec modestie.

— Capitaine soit louée ! jura Marana avec un léger grondement lorsque les gélules tombèrent de la fente. Ça veut dire que cette machine a toujours été capable de faire ça ?

Je hochai la tête.

— Oui.

— Comment elle s'utilise ?

John passa une bonne demi-heure à lui en expliquer le fonctionnement.

Le processeur pharmacologique acceptait les instructions verbales, mais, via l'écran, il pouvait également faire appel à une vaste bibliothèque de traitements disponibles en plusieurs modes d'administration, avec des options basiques permettant de faire varier les dosages en fonction de la taille, de l'âge et du poids du patient.

Je m'aperçus combien j'avais faim lorsque maman arriva avec mon déjeuner, une assiette remplie de poulet rôti, de pommes de terre au four, de fromage et de maïs. Elle avait aussi apporté une bouteille de vin à partager. J'étais tellement surprise que je m'abstins de tout commentaire et la laissai me servir un verre.

Ce n'était plus la femme si distante et abattue de ces dernières années. Ce changement me plut énormément.

— Je suis fière que tu aies emmené Frazer loin d'ici, déclara-t-elle doucement alors que nous étions assises sur le sol humide, juste devant la salle. C'était un acte plein d'abnégation. Et ça a causé bien du souci à Fininen, qui ne savait vraiment pas quoi faire de toi. Je comptais te rejoindre quelques jours plus tard pour t'aider à t'occuper de Frazer.

— Tu ne savais pas où j'étais, répliquai-je.

Quelque chose m'angoissait. Je ne parvenais pas à déterminer quoi au début ; j'étais à la maison avec maman, j'avais des amis, des projets et de l'espoir. Puis je levai les yeux.

En dehors du halo de lumière vacillante émise par le brasier et les torches, il faisait totalement noir. Comme si plus rien n'existait, comme si le *Daedalus* s'était dissous, nous laissant voler librement dans l'espace.

Je finis par comprendre pourquoi j'étais encore sur les nerfs. Elles étaient là-haut. Depuis le début. Les reines-cerveaux, menant la belle vie au-dessus de nos têtes dans une mer que les humains avaient créée pour les créatures avec lesquelles nous avions partagé notre Terre.

Pouvaient-elles me voir ? Avaient-elles passé tout ce temps – des siècles – à nous épier comme des insectes ?

— Je t'aurais trouvée, répondit maman.

— Hein ?

Je n'avais pas écouté. J'étais incapable de m'ôter de la tête l'idée qu'un œil extraterrestre me surveillait depuis le ciel, me cherchant sans relâche. Moi. Les yis savaient que je m'étais échappée, que je me trouvais quelque part dans l'habitat...

Maman prit ma main dans la sienne.

— Je savais que tu serais dans une des tours-montagnes. C'est là que tous les Tricheurs finissent. Tout le monde le sait. J'en aurais fait le tour jusqu'à trouver la bonne.

Je fis un effort pour me concentrer, pour éviter qu'elle remarque à quel point j'étais troublée.

— Tu aurais Triché ?

Elle saisit son verre de vin et le regarda fixement.

— Je n'aurais eu aucun problème à vivre au-delà de mon jour de Cyclage. Georgi m'aurait probablement suivie.

— Vraiment ?

— On n'a pas vraiment eu l'occasion d'en parler, parce que tout est arrivé très vite. C'est là que j'ai commencé à m'inquiéter.

Elle désigna du doigt la paroi vitrée de la salle. J'aperçus l'écran au fond du réfectoire. Et j'étais là, sur cette stupide image figée, le visage à jamais paralysé dans la surprise et peut-être aussi une pointe d'excitation.

Je levai mon poignet pour lui montrer John.

— Nous allions bien. Nous avons des amis dans des endroits dont nous ignorions totalement l'existence. C'est pour ça qu'on va tous s'en sortir.

— Hazel, tu ne vas pas faire quelque chose de trop risqué, n'est-ce pas ?

— Non, maman. Vraiment. John veillera sur moi.

— Je vous le promets, déclara l'IA de sa voix la plus solennelle.

— Au fait. (Mon regard s'illumina.) Tu savais que, toi et moi, on descendait d'Ashleigh Kruger ?

— Non.

— Eh bien, c'est le cas. John l'a découvert, et c'est ce qui a tout déclenché.

— Je ne l'ai jamais su ; je ne suis pas sûre que qui que ce soit dans la famille le savait non plus. Même pas au stade de rumeur.

Certains de mes vieux amis nous rejoignirent avec leur déjeuner.

Zawn suivait le groupe. Cela ne me dérangeait pas. Il avait autant que nous besoin du réconfort des autres. Durant un moment, tout redevint comme avant. Enfin, presque. Ils étaient contents de me voir et avaient un million de questions à me poser. Cela ne me dérangeait pas. Plus je pouvais expliquer ce qui se passait, plus la vérité se répandrait. Il était rafraîchissant de constater combien ils étaient ouverts aux nouvelles idées. Peut-être jugeais-je les gens trop sévèrement.

Mais le fait d'être assise là avec mes amis et maman, de prendre un repas et de bavarder ensemble me donna un aperçu de ce à quoi pourrait ressembler ma vie dans le deuxième monde.

Certes, le *Daedalus* était plongé dans l'obscurité et se refroidissait à des niveaux mortels, mais quand on parvenait à voir au-delà de tout cela, il y avait toujours un espoir, un avenir collectif qui nous appelait. Tout ce qu'il me fallait, c'était la détermination d'y arriver.

Entendant soudain des cris et des gens qui couraient, je me retournai. Je vis Hauer traverser la salle en trombe, brandissant sa torche, dont les flammes crachotaient faiblement. En sueur, il était écarlate. Je n'avais jamais vu quelqu'un de si terrifié.

Atov et papa se précipitèrent à sa rencontre. Je me levai aussitôt.

— Hazel !

Il y avait une telle angoisse dans la voix de maman que j'hésitai.

— Peu importe ce que c'est, nous devons y faire face ensemble.

Si ma réponse la surprit, elle se garda de le montrer. Se contentant de hocher la tête, elle m'emboîta le pas.

Plusieurs équipes avaient été envoyées d'Ixia pour prévenir les autres villages. Hauer et Jakant avaient pris la direction de Nepeta, à trois kilomètres de là, dans le sens de la rotation du *Daedalus*. Ils venaient d'atteindre les enclos et les granges à la limite d'Ixia quand c'était arrivé.

— Quelque chose l'a eu ! déclara Hauer, à bout de souffle, quand je m'approchai de lui.

— Quoi donc ? demanda Atov.

— Aucune idée. Il fait vraiment noir, là-bas. J'ai entendu Jakant crier, puis il avait disparu.

— Un yi ? s'interrogea Rell.

— Ouais, probablement. Je ne sais pas. Je ne l'ai pas bien vu. Juste… Je crois l'avoir vu se faire entraîner dans une grange. Ses jambes, en tout cas.

— Tu as vérifié ? demanda papa.

Hauer secoua la tête.

— Désolé. Non. Je suis revenu.

— Ce n'est pas grave.

— C'est forcément eux, déclara Rell. Il faut que nous rassemblions tout le monde.

Atov acquiesça d'un air sinistre.

— Bien.

— Ils viennent nous chercher, chuchotai-je tandis qu'Atov et Fininen commençaient à appeler tout le monde sur la pelouse.

— Les gens allaient devoir les affronter à un moment ou à un autre, de toute façon, me fit remarquer Rell. (Il brandit son pistolet.) Au moins, nous sommes là pour les protéger.

— Nous devrions aller à leur rencontre, suggéra Shao. S'ils viennent ici, des gens vont mourir.

C'était brutal, mais sa logique était incontestable. Rell haussa les épaules.

—Il a raison.

—Attends-moi une minute, me retint papa.

—Non, lui répliquai-je aussi fermement que possible. Nous avons des armes pour nous aider à venir à bout des yis, s'ils ne sont pas trop nombreux.

—Et des lunettes-V, ajouta Frazer. Nous pouvons les voir dans le noir. Pas toi, papa.

—Ne discute pas, s'il te plaît, l'implorai-je. « Un outil pour chaque besogne », tu te rappelles ? Pour l'instant, la protection du village, c'est notre travail.

Papa me lança un regard désespéré. Oui, c'était minable de ma part de citer un de ses propres adages contre lui, mais je n'avais plus le choix.

—Juste…

—Je serai prudente. Nous ferons tous attention.

—Et pas qu'un peu, par la Capitaine, ajouta Alice.

Il y avait de plus en plus de monde sur la pelouse, la population s'y précipitant de tout le village. Les familles se serraient les coudes, les hommes se postant à l'extérieur du regroupement. Les propriétaires d'arbalètes de chasse les avaient apportées, les autres étant armés de massues et de couteaux. Je frissonnai à l'idée de ce qui se passerait si un yi s'en prenait à eux. Un cri retentit, quelque part dans l'obscurité.

—Allons-y, ordonna Frazer.

—Pas toi, rétorquai-je.

—Hazel !

—Écoute. Il faut que quelqu'un reste ici avec le cybot d'escorte au cas où on aurait de vrais ennuis. Aujourd'hui, c'est toi. Tu dois faire en sorte que les yis n'atteignent pas la pelouse. Tu es leur dernière ligne de défense, pigé ? Nous serons constamment en communication avec toi pour que tu saches ce qui se passe, d'accord ?

L'espace d'un instant, je crus qu'il allait se comporter comme d'habitude et se mettre à protester, mais il hocha la tête d'un air renfrogné.

— D'accord.

J'eus vraiment l'impression que nous étions entrés dans une toute nouvelle ère.

On s'éloigna de la pelouse. Rell et moi avons suivi un chemin, tandis qu'Alice et Shao en avaient pris un autre, parallèle au nôtre. Dès le début, nous étions convenus de ne pas utiliser nos torches. Les lunettes-V me donnaient une représentation acceptable de mon environnement... si tant est que je puisse m'habituer à ce que chaque surface soit d'une nuance de rose différente. Le fait que je connaisse parfaitement la disposition du village, jusqu'aux trous et aux pierres dans les sentiers, me fut très utile.

— Je ne sais pas comment font les yis pour y voir quelque chose là-dedans, marmonna Rell. Ce n'est pas facile, même avec les lunettes-V.

— Ils n'ont pas une bonne vue, répondit Frazer.

Je portai mon doigt à mon oreillette, l'enfonçant pour rendre sa voix plus distincte.

— Qu'est-ce que tu veux dire ?

— Je suis en train de consulter les fichiers que Lazarus nous a remis. Leur principal sens est l'écholocalisation, comme les chauves-souris. Apparemment, certaines créatures aquatiques de la Terre l'utilisaient aussi. Nos ancêtres l'appelaient « biosonar ».

— Bon à savoir.

Je souris pour moi-même. Il n'y avait que Frazer qui ferait des recherches dans un moment pareil. Mais, là encore, j'étais plutôt contente que ce soit le cas.

— Ça vous donne un avantage, poursuivit-il. Surtout dans l'obscurité. Il est plus facile pour leur sens acoustique de percevoir tout ce qui est en mouvement. Si vous restez totalement immobiles, ils sont incapables de faire la différence entre vous et un rocher ou un tronc d'arbre. En tout cas, à distance.

— Merci, Frazer, dit Alice.

— La mire de votre pistolet peut également être connectée à vos lunettes-V, nous apprit John. Mais je dois vous prévenir que le réseau du *Daedalus* peut saboter le lien, s'il est activé.

— Alors, le réseau est activé à présent ? demandai-je.

— Non. Je vous informerai s'il redémarre.

La mire apparut sur mes lunettes-V. Durant notre progression, je tenais le pistolet d'une main, et l'endroit vers lequel il était braqué était matérialisé par un cercle vert sur l'image.

Chaque fois que papa avait tenté de m'apprendre à me servir d'une arbalète de chasse, je m'étais montrée relativement nulle. Nous n'étions jamais parvenus à progresser suffisamment pour pouvoir compter sur le produit de notre chasse au cygne et au canard. Le cercle vert qui me montrait précisément la cible de mon tir me donna un peu de confiance.

Nous approchions des dernières huttes. Tous les deux pas, je faisais un tour complet sur moi-même, comme John me l'avait recommandé, pour vérifier qu'aucun yi ne s'était faufilé derrière nous.

Je fis une halte à côté de la dernière cabane, puis je m'accroupis pour imiter cette masse immobile dont Frazer avait parlé. Les granges et les écuries se trouvaient devant moi. Leurs murs brillaient un peu plus que ceux des huttes abandonnées, car, à l'intérieur, les animaux dégageaient de la chaleur. J'entendais les vaches et les chevaux s'ébrouer et s'agiter nerveusement. Étonnamment, les poulets étaient silencieux.

— Quelque chose ? demandai-je.

— Pas encore, répondit Alice.

Je scrutai lentement les alentours à la recherche d'un éclat révélateur. À côté de moi, Rell brillait comme un brasier de forme humaine. Au-delà des granges, rien de tel dans les vergers et les plantations.

—Allons voir si on peut trouver Jakant, proposai-je. Hauer a dit que ça s'était passé près de cette grange devant nous. S'il dit vrai, il devrait y avoir des marques là où Jakant a été traîné.

Chapitre 5

Nous nous déplacions avec précaution. Je tentai de voir s'il y avait des traces par terre, mais tous ces jolis flocons de neige s'étaient transformés en une fine couche de cristaux durs qui craquaient à présent sous nos pas. À une cinquantaine de mètres de nous, Alice et Shao progressaient lentement, pistolet à la main.

— Je voudrais vérifier la grange, déclara doucement Rell. Jeter un coup d'œil à l'intérieur. Ils pourraient se dissimuler au milieu des animaux.

J'avais des doutes à ce sujet, car, si nos vaches avaient vu ou senti un yi se glisser dans la grange, elles se seraient enfuies.

— D'accord.

On s'approcha nerveusement de la grange. Je pris conscience du bruit que nous faisions : nos pas, notre souffle, les mouvements de nos corps qui devaient faire vibrer l'air. Autant de signaux idéaux pour une créature dont le principal sens était lié au son.

La grange avait été bâtie à l'aide de planches superposées et fixées à une charpente. Des décennies de chaleur et de pluie régulières avaient fait vieillir le chêne jusqu'à ce qu'il devienne argenté, et déformé certaines parties. Des fentes longues et étroites entre les planches nous permirent de jeter un coup d'œil à l'intérieur avant d'atteindre la porte, sur la façade principale. À l'intérieur, les vaches étaient serrées les unes contre les autres, la chaleur de leurs corps produisant une brume lumineuse qui remplissait tout l'espace.

Rell dépassa l'angle du bâtiment, puis se baissa devant la porte.

— Je ne vois pas de yis là-dedans, finit-il par admettre.

J'observais devant moi la plantation d'oliviers bien alignés, à la recherche d'une lueur de la taille d'un yi de type II ou pire. Tout ce que je voyais, c'étaient des oiseaux qui s'agitaient sous les arbres, d'étranges taches phosphorescentes rose saumon qui grossissaient sans prévenir lorsqu'ils se mettaient à battre des ailes. Puis je remarquai des traces dans la neige le long du pourtour de la plantation. Elles étaient fines et sinueuses.

Je secouai Rell par l'épaule et les lui montrai du doigt.

— Devine ce qui a fait ça, chuchotai-je.

— Des tentacules, comprit Rell.

— Alice, je crois qu'ils sont ici. Cherche des traces.

— Guano ! Bien, on s'en occupe.

On changea de cap simultanément pour tenter de déterminer où menaient les traces de yi. Elles semblaient retourner au village. Alice et Shao étaient des silhouettes brillantes, penchées en avant, se déplaçant lentement en scrutant le sol. Je me figeai : derrière eux, une tache rouge filait d'une hutte à une autre, au ras du sol, d'une démarche vacillante étrangement irrégulière.

— Derrière vous ! m'écriai-je en brandissant mon pistolet.

Le cercle vert de la mire était braqué sur l'angle d'une hutte où des filaments de chaleur vacillaient. Des tentacules ! Je tirai. Un long jet de flamme jaillit de la paroi en bambou, faisant aussitôt place à une pluie d'étincelles. De plus petites flammes léchèrent le pourtour du trou, et l'éclat de chaleur m'éblouit.

Suivie de Rell, je m'élançai vers Alice et Shao. Pendant que je courais, le cercle de mire se baladait dans mon champ de vision.

Je dus ralentir pour pouvoir tenir mon bras aussi fermement que possible afin de viser la hutte au cas où j'apercevrais de nouveau le yi.

— Il est passé le long de la terrasse, leur appris-je en m'immobilisant auprès de Shao. On se sépare et on fait le tour de la hutte ?

— Non, intervint Frazer par nos oreillettes. Restez ensemble. C'est plus sûr et vous aurez plus de puissance de feu.

— Entendu, dit Alice.

Je connaissais cette hutte. C'était celle de Saida et Elimu. Ils n'avaient que quelques années de plus que moi et s'étaient mariés neuf mois auparavant. La hutte n'était pas en parfait état, car elle était restée inoccupée plusieurs années avant qu'ils y emménagent. Le bord du toit était irrégulier, où les roseaux s'effilochaient. Une partie du côté le plus proche, là où le toit surplombait la véranda, avait été réparée avec de nouvelles tiges. Les volets de quelques fenêtres s'affaissaient sur les sangles de cuir qui leur servaient de gonds, et les murs de bambou étaient rapiécés à de nombreux endroits.

On contourna l'angle encore fumant à cause de mon tir de laser. Le plancher de la terrasse était presque entièrement dépourvu de neige. Mais on remarqua tous que la fine couche de flocons était marquée d'éraflures menant à la porte entrouverte.

Alice se rendit de l'autre côté de la porte, tandis que je rejoignais Rell et Shao au bord de la terrasse, nos trois pistolets braqués sur la porte.

— Prêts ? demanda-t-elle. Allez !

Elle ouvrit la porte vers elle.

Il me fallut beaucoup de sang-froid pour me retenir de tirer au jugé. Je m'attendais à ce que les yis se cachent dans l'entrée, prêts à se jeter sur nous. Ils s'étaient déplacés incroyablement vite, la première fois que nous les avions affrontés, dans la partie avant de l'arche.

Il faisait sombre et froid, à l'intérieur de la hutte. Rien ne bougeait. Aucune lueur rouge nulle part.

Rell et Shao entrèrent épaule contre épaule, braquant leurs armes vers toutes les cachettes possibles. Alice et moi les avons suivis.

La hutte était agencée de la même manière que toutes celles d'Ixia : quatre pièces en forme de « T » simple, avec la plus grande pièce sur le devant. Saida et Elimu n'avaient pas beaucoup de meubles : quatre chaises d'apparence solide, un long banc contre un mur, une petite table et un vieux buffet qui faisait presque ma taille. Des rideaux étaient tirés sur les fenêtres. Il y avait trois portes sur le mur du fond, toutes fermées.

— Il n'est pas ici, constata Alice à voix basse.

On braqua nos pistolets sur le mur du fond et les trois portes. Je prenais de petites inspirations, m'attendant à ce que l'une d'elles s'ouvre à la volée. Mais je n'avais aucun moyen de savoir laquelle. Mes muscles étaient si tendus que j'avais l'impression d'être en pierre.

— Quelqu'un veut deviner dans quelle pièce il se trouve ? demanda Rell.

— Prends-les une par une, répondit Alice. Je te couvre.

— S'il n'est pas dans les deux premières, on devrait peut-être balancer une batterie explosive dans la troisième.

— Elles sont trop puissantes, fis-je remarquer. Toute la hutte s'écroulerait sur nous.

— Alors, on ferait peut-être bien de ressortir et d'en faire sauter une quand on sera à l'abri.

— Ce serait possible, intervint Frazer. Mais nous n'avons pas beaucoup de ces batteries. Ce serait du gâchis d'en utiliser une pour éliminer un seul yi. D'autant plus qu'il n'est que de type II.

— Tu en es sûr ? lui demandai-je.

— Si c'était un type III, nous ne serions pas là en train de le pourchasser, déclara Rell d'un ton laconique.

— Il a raison, dit Alice.

— Ouais, approuvai-je à contrecœur.

Alors, on inspecterait les pièces une par une. Alice saisit la poignée de la première porte, se tourna vers nous pour vérifier que nous étions prêts, et l'ouvrit brusquement.

Il faisait si noir que même les lunettes-V ne me permettaient pas de voir grand-chose. Je saisis ma torche et l'allumai. Il fit soudain aussi clair dans la hutte que si la lumière du jour était revenue. Rell et Shao m'imitèrent, et on pénétra dans la première chambre. Elle servait de remise. Des sacs étaient entassés sur un lit de camp, des bols et de grands bocaux vides empilés. Je me souvins que la mère d'Elimu aimait faire des chutneys épicés.

Il n'y avait pratiquement aucun endroit où un yi aurait pu se cacher et, de toute façon, aucune trace lumineuse de chaleur. On rebroussa chemin, pointant nos pistolets et nos torches vers la deuxième porte.

Alice prit son courage à deux mains et ouvrit sèchement la porte. C'était la chambre de Saida et Elimu, dont la moitié de l'espace était occupée par un lit. Les draps étaient froissés, des vêtements jonchaient le sol. Rell s'approcha prudemment, faisant signe à Shao de tirer les draps qui pendaient sur le bord du lit. Je me cramponnai à mon pistolet. Sous le lit, c'était une cachette évidente. Mais est-ce qu'un yi y aurait pensé ?

Je pénétrai dans la chambre juste derrière eux. Mon pied se posa sur quelque chose qui céda avec un léger craquement. Je baissai les yeux. Je marchais sur des roseaux.

J'ignore si c'est mon instinct ou mon inconscient qui prit le dessus. Quoi qu'il en soit, je ne pris pas le temps de réfléchir à ma réaction. Je me jetai en arrière, braquant mon pistolet vers le plafond. Je tirai.

Le rayon du laser sembla durer une éternité. Il illumina les chevrons qui soutenaient les poutres du toit, ainsi que le dessous des roseaux du toit. Le yi était perché là-haut, juste au-dessus de moi. Il projeta ses tentacules vers moi en les faisant claquer.

Je poussai un cri…

Si la colère brute pouvait se matérialiser en quelque chose de physique, ce serait ça, un enchevêtrement de tentacules fins et puissants s'agitant férocement en faisant claquer leurs pinces à leur extrémité. Ces serres aiguisées comme des couteaux auraient dû m'entailler les épaules jusqu'à l'os et probablement me trancher la gorge aussi.

Mon tir de laser désespéré n'avait pas fait mouche, calcinant les roseaux à quelques centimètres de son corps ovoïde noir.

Mais, au lieu d'entamer mes chairs, il avait projeté ses tentacules presque paresseusement, me manquant complètement. Puis il se hâta de les enrouler de nouveau, et je braquai mon pistolet. Je fis glisser le cercle vert sur le corps du yi, derrière ses tentacules, à l'endroit où il commençait à se rétrécir en une sorte de queue. Je tirai.

Le fin rayon écarlate le toucha, le brûlant en profondeur. Il poussa un cri strident. Puis, avec rapidité, il projeta ses tentacules vers le haut. Je tirai encore une fois alors qu'il tentait de déchiqueter les roseaux. Un bout de tentacule tomba, de la vapeur et des morceaux de chair rougeoyante s'échappant de l'extrémité sectionnée. J'esquivai cette chose macabre qui s'écrasa par terre. Une pluie de roseaux déchiquetés s'abattit dans son sillage.

— Que se passe-t-il ? demanda la voix inquiète de Frazer.

— Il est sur le toit ! s'écria Alice.

Elle braqua son pistolet vers le trou déchiqueté, tentant de trouver une cible. Elle tira, expédiant le faisceau lumineux vers le ciel. Quelques flammes prirent parmi les roseaux. Rell et Shao se précipitèrent hors de la chambre, fouillant frénétiquement les alentours.

— Vous l'avez eu ? voulut savoir Frazer.

— Dehors ! hurlai-je.

On courut vers la terrasse avant de se figer. J'avais parfaitement conscience du bord du toit irrégulier, en surplomb, et du fait que le yi pouvait nous bondir dessus si nous passions dessous. Je me mis à tirer sur la frange de roseaux décrépits, sur toute la longueur de la terrasse. Le feu prit aussitôt, ce qui nous permit de nous élancer vers le chemin.

J'entendis le yi pousser un cri strident, quelque part au-dessus de nous, mais les flammes s'élevaient vers le ciel, nous empêchant de le voir.

— Ne le laissez pas sauter, s'écria Rell.

Il se précipita sur le côté de la hutte, tirant sur le bas du toit sur toute la longueur de la pièce principale. Je le suivis tandis que le feu se propageait rapidement sur le toit ; Alice et Shao prirent de l'autre côté. Entre nous quatre, on entourait la hutte.

Le feu était la seule chose qu'Ixia avait toujours redoutée. Tout était construit en bois et en bambou. Beaucoup de bâtiments avaient plusieurs décennies, et certains étaient encore plus vieux que ça. Tout le monde savait que, si un incendie se déclarait, il fallait sortir de sa hutte, ne pas tenter d'emporter des objets précieux, ne pas perdre de temps à enfiler son pantalon… juste sortir. Parce qu'on avait très peu de temps.

Les gens avaient raison. Je regardai les flammes se précipiter vers le haut du toit. Et là, sur le faîte, le yi s'agitait. Rell le vit en même temps que moi. On le visa tous les deux. Je me forçai à rester calme pour m'assurer que le cercle de mire se trouvait bien sur lui.

Je ne fus pas assez rapide. Lorsque Alice et Shao lui tirèrent dessus, de l'autre côté de la hutte, il se dressa en agitant ses tentacules. Les lasers creusèrent de vastes sillons dans sa chair, et il dégringola dans les flammes. Le voyant se précipiter vers le bord du toit en une boule de feu, je reculai prestement. Il s'écrasa par terre à moins de cinq mètres de moi.

Rell et moi, on se mit à tirer. Je pressai la détente à trois ou quatre reprises avant de m'apercevoir que l'horrible créature ne bougeait plus. Alice et Shao arrivèrent en courant. Nous sommes restés là un moment à regarder le yi mort, sa peau fumante et son corps désarticulé.

— Tout le monde va bien ? demanda Frazer. On aperçoit les flammes d'ici.

Je jetai un coup d'œil à la hutte. Le toit entier était en feu à présent, les flammes dévorant rapidement le roseau. Des plaques de toit tombaient dans l'intérieur, et les murs commençaient à se consumer. Les rideaux s'étaient déjà embrasés.

— On va tous bien, répondis-je. Les lasers ont mis le feu à la hutte. On a eu le yi.

— Un seul ?

On s'est tous raidis.

— Pour le moment, me défendis-je, commençant à scruter les ténèbres, au-delà du halo de lumière orangée projeté par les flammes.

— Il ne nous est jamais arrivé d'en voir seuls.

— Ouais, merci, Frazer. On cherche les autres maintenant.

— Ils peuvent se trouver dans n'importe quelle hutte, fit remarquer Alice.

— Ou dans toutes !

— Frazer ! m'écriai-je, tu ne nous aides pas, là.

Soudain, les huttes noires et silencieuses prirent un tour menaçant.

Frazer avait peut-être le tact d'un enfant affamé, mais il avait raison. N'importe laquelle d'entre elles pouvait dissimuler un yi, ou une dizaine… Je réagis en brandissant machinalement mon pistolet, faisant glisser la mire sur les murs vierges qui semblaient s'être rapprochés.

— S'ils étaient si nombreux, ils seraient déjà sur nous, fit remarquer Shao.

Ce qui n'était pas vraiment rassurant, mais sa logique était aussi imparable que celle de Frazer.

— John, que conseilles-tu ?

— Vous devez tenir compte de votre objectif principal, répondit-il. Votre priorité est de retourner à la partie avant et d'entrer en contact avec une autre IA de commandement. Tout le reste est secondaire. Vous n'arriverez à rien ici. Je vous recommande de prendre les tuk-tuks et de vous rendre au plus vite à la paroi avant.

Alice haussa légèrement les épaules.

— Ça me semble juste.

Je jetai un coup d'œil à Rell pour me rassurer, car l'idée de quitter Ixia alors que nous savions que des yis se rassemblaient dans l'obscurité ne me plaisait guère.

— John a raison, dit-il. Les yis ne vont pas nous faciliter la tâche. Nous ferions mieux d'y aller.

— D'accord, mentis-je.

Je tentai de trouver un moyen de laisser Frazer au village avec le cybot d'escorte. Sur la pelouse, les habitants avaient besoin d'être protégés. Non pas que quelques pistolets laser puissent contenir un essaim de yis pendant longtemps...

— Après notre départ, il nous faudra créer une sorte de diversion, déclarai-je. Quelque chose qui montre aux reines-cerveaux que nous avons quitté Ixia, afin qu'elles se lancent à notre poursuite et laissent le village tranquille.

C'est alors que j'admis que les yis étaient venus pour moi. C'était moi qu'ils voulaient. Je ne savais pas s'ils m'avaient vue grâce au réseau dans les compartiments avant ou si Lazarus avait encore des traces de moi dans sa mémoire quand il s'était fait écraser par les reines-cerveaux. Mais ils savaient.

— Un autre feu, peut-être ? proposa Rell. C'est facile avec les lasers.

Alice tira avec son pistolet en poussant un cri. Le rayon rouge fendit l'obscurité et toucha par terre devant une autre hutte. De la fumée et des flammes jaillirent du sol. J'eus juste le temps de voir une tache rouge disparaître derrière la hutte.

— Tu avais raison, dis-je à Frazer. Ils sont plusieurs.

— Allons-y, nous somma Rell.

Il se dirigea vers l'habitation derrière laquelle le yi avait filé. Je le suivis avec une certaine réticence.

— Ils seront plus de deux, estima Frazer d'un ton sinistre.

— Je le sais. Mais si nous parvenons à en tuer quelques-uns avant de partir, le village sera plus sûr.

— On ignore combien ils sont, Hazel. Il y en a une mer entière, tu te rappelles ?

Je levai les yeux. Même les lunettes-V n'étaient pas en mesure de percer une telle obscurité, mais je sentis la présence du ciel. Ce avec quoi j'avais vécu heureuse toute ma vie était désormais une masse rocheuse intimidante au-dessus de moi.

— Je le vois ! s'exclama Rell.

On s'immobilisa tous à l'angle de la hutte, jetant un coup d'œil derrière le mur.

Trente mètres devant nous, le yi s'enfuyait vers les granges.

— Je l'ai touché ? demanda Alice, perplexe.

Il y avait quelque chose d'anormal dans sa façon de se déplacer. Ses tentacules habituellement si efficaces manquaient de coordination, ce qui le rendait beaucoup plus lent qu'à l'accoutumée. Il était incapable de progresser en ligne droite, comme s'il ne savait pas où aller.

Je résistai à l'envie de le soumettre à une volée de pulsations laser.

— Tu vois ça ? demandai-je à John.

— Oui.

— Il est blessé ?

— Je n'ai décelé aucune blessure évidente.

— Que se passe-t-il ? demanda Frazer.

— On voit un yi, mais c'est comme s'il était ivre, expliqua Rell.

— Ivre ?

— Il y a quelque chose qui ne va pas.

— Où va-t-il ?

— Je ne sais pas, répondis-je. Mais on va tâcher de le découvrir.

— Faites attention, insista Frazer. Ces créatures vivent en meute.

Nous avons suivi le yi alors qu'il se faufilait entre une grange et une écurie, avant de se glisser sous la clôture délimitant une cerisaie. Les arbres étaient en pleine floraison, mais lorsqu'on s'éloigna de la lumière du feu, les lunettes-V eurent du mal à nous permettre de distinguer les fleurs des flocons de neige qui s'amoncelaient sur les branches.

Alice me saisit par le bras.

— Un autre, siffla-t-elle.

Les cerisiers étant taillés pour rester relativement petits, je m'accroupis pour voir en dessous. Alice avait raison. Parallèlement à nous, un autre yi se faufilait entre les rangées de troncs, ses tentacules projetant un peu de neige dans son sillage. Il avait la même démarche hésitante que celui que nous suivions.

— Guano ! gémit Rell en désignant devant lui.

— Quoi ?

Je me tournai dans la direction indiquée. Je crus d'abord qu'il y avait un autre feu devant nous. Une puissante lueur rosée émanait du sol, contre laquelle les troncs des cerisiers formaient des piliers noirs.

— Ils doivent être une vingtaine, estima Rell.

Je vis fluctuer la lueur thermique tandis que les yis se déplaçaient les uns autour des autres. C'était étrange, ils étaient serrés les uns contre les autres et pourtant constamment en mouvement, ceux à l'extérieur tentant de mieux s'intégrer à la masse.

— Ils ne nous prêtent aucune attention, chuchota Alice d'un air perplexe. On ne peut pourtant pas dire que nous ne faisons aucun bruit.

Le yi que nous suivions rejoignit le groupe, se frayant un passage au milieu des autres de manière si vigoureuse que je crus qu'une bagarre allait éclater, mais la meute fit en sorte de l'accueillir assez facilement.

— J'ai peut-être une explication, se risqua John. Ce comportement ressemble à celui des moutons.

— Non, pas du tout. En tout cas, je n'en ai jamais vu se conduire de cette façon.

— Parce que vous n'avez jamais connu l'hiver, rétorqua John. Les nuits les plus froides, les moutons se serrent les uns contre les autres pour se réchauffer, et ils frissonnent pour que leurs muscles génèrent une chaleur corporelle supplémentaire.

— Les yis ont froid ?

— C'est une possibilité.

Il avait sans doute raison. J'avais froid depuis que je m'étais levée ce matin-là, puis, sur le chemin d'Ixia, j'avais frissonné. Il me paraissait simplement curieux de comparer les yis à des animaux ordinaires.

— Tu crois qu'on pourrait s'approcher d'eux ? demanda Rell.

— Tout ce que je sais, c'est que je n'en ai aucune envie, lui répondis-je avec véhémence.

— S'ils sont tous serrés comme ça, et qu'on lance une batterie explosive au milieu…

— Ah. D'accord.

— Risqué, jugea Alice.

— Mais, si ça fonctionne, le village sera beaucoup plus sûr, répliqua Rell.

J'examinai le groupe de yis.

— Il faudra plus d'une batterie.

— D'accord, alors on en lance chacun une.

C'était très tentant. Les yis étaient dans une situation vulnérable, et cela nous permettrait de protéger le village.

— Je ne sais pas.

—Alors, que dites-vous de ça : on y va par étapes. On voit si on peut s'approcher sans qu'ils s'en aperçoivent. Si c'est le cas, alors on lance les batteries.

—Nous courons plus vite qu'eux lorsqu'ils sont dans cet état, ajouta Shao.

Je réfléchis un long moment, cherchant du courage quelque part au fond de moi. Soit on combattait les yis, soit on ne les combattait pas.

—Allons-y, déclarai-je.

—Nom d'un crapaud ! résonna la voix de Frazer. Soyez prudents.

Sans doute la phrase la plus incongrue qu'il ait jamais prononcée.

On se mit à ramper lentement, calculant notre trajectoire de sorte que les troncs des cerisiers couvrent autant que possible notre approche. Pendant ce temps, je ne manquais pas de vérifier derrière nous pour m'assurer qu'aucun d'eux ne bloquerait notre retraite. La tension était à son comble.

Au bout d'un moment, on s'immobilisa derrière un tronc, à une dizaine de mètres du groupe de yis. Le bruit qu'ils faisaient en se tortillant les uns contre les autres me dérangeait au plus profond de mon être.

Sans un mot, on se contenta de tirer nos batteries explosives de nos ceintures. Quand les autres se tournèrent vers moi, je hochai la tête. Ensemble, on se leva et on activa le détonateur des batteries. Cinq secondes…

Deux des yis se figèrent, avant d'exécuter de nouveau des gestes rapides. Leurs tentacules se firent plus rigides, et ils les tendirent vers le ciel. En lançant ma batterie explosive, je vis du coin de l'œil les autres faire de même. Le petit disque n'était qu'un flocon rose qui ternissait ma vision en volant dans les airs. J'activai le détonateur de ma seconde batterie et la lançai, avant de me jeter par terre, enroulant mes bras autour de ma tête, retenant mon souffle. J'eus vaguement conscience de Rell se laissant tomber à mes côtés.

Les explosions se succédèrent, si puissantes que je sentis trembler mes os. Leur grondement n'était interrompu que par les sifflements stridents des yis.

Soudain, le silence régna. Je me risquai à dresser la tête. Je faillis vomir. Les yis avaient été déchiquetés. Sur une grande surface, le sol était couvert de sang. Il brillait d'un éclat écarlate, comme si des flaques de flammes avaient rempli les cratères peu profonds. Un énorme nuage de fleurs arrachées aux arbres par l'explosion tourbillonnait avec délicatesse.

J'étais si choquée que j'avais la gorge nouée. Je dus détourner le regard.

Brandissant son pistolet, Rell se releva pour contempler le carnage.

Mes oreilles bourdonnaient. Secouant la tête, je me redressai tant bien que mal. Le bourdonnement fit place à une voix.

— Hazel ! criait Frazer. Ça va ? Vous les avez eus ?

— Ça va, bredouillai-je. Ils sont morts.

— Ils sont tous morts ? Tu en es sûre ?

Je me forçai à regarder le charnier sous la tempête de fleurs. C'était une boucherie sans nom.

— Ouais, à peu près certaine.

— D'accord. Bon travail. Vous revenez, maintenant ?

— Oui, répondis-je doucement. Nous rentrons.

Je vis trembler Alice, aussi abattue et écœurée que moi par ce spectacle. Je tentai de me convaincre que c'était une vengeance pour Tamran et Elijah, et Jakant aussi, mais j'eus du mal à trouver la bonne dose de conviction.

Chapitre 6

Lorsque nous sommes sortis du verger, nous étions abattus. Les murs de la hutte de Saida et Elimu s'étaient effondrés, les débris continuant à brûler. Autour, toute la neige avait fondu, créant de petits ruisseaux chargés de cendres qui s'écoulaient dans l'obscurité.

Je m'immobilisai pour la regarder. Je ne me suis pas sentie désolée. Je ne ressentais rien.

— Est-ce que c'est… ? commença Alice.

— Oh non, gémis-je.

Shao et elle s'étaient tournés vers la cerisaie, derrière nous. La lueur provenant du sol soufflé par les batteries explosives s'était réduite à un éclat orangé. D'un côté, une source de chaleur remuait.

— Un autre groupe de yis, chuchota Rell.

Je brandis machinalement mon pistolet. C'était un miracle que je n'aie pas aussitôt pris mes jambes à mon cou. Une petite voix un peu folle me disait que nous avions bien liquidé le premier groupe, alors, pourquoi pas celui-là aussi ?

— S'ils ne se séparent pas, nous pourrons de nouveau utiliser nos batteries, déclarai-je.

J'en avais encore quelques-unes accrochées à ma ceinture.

— Il faut que nous les surprenions quand ils se trouvent entre des bâtiments, réfléchit Rell. Ainsi, ils seront regroupés.

— D'accord. (Je jetai un coup d'œil rapide autour de moi.) Peut-être plus loin, dans l'allée entre les huttes en bas…

— Ce n'est pas un groupe, m'interrompit Shao.

— Hein ?

— Trop grand. C'est un type III.

J'aurais préféré que ce ne soit pas le cas, mais il avait raison. La source de chaleur était trop grande, trop constante, trop haute par rapport au sol pour qu'il s'agisse d'un groupe de types II. Un type III se dirigeait droit sur nous, progressant entre les cerisiers comme on marchait dans les herbes hautes. J'entendais craquer les branches sur son passage.

— Combien mesure cette créature ? gémit Alice.

Il allait falloir beaucoup de tirs de laser pour abattre un monstre pareil. D'une main, j'attrapai une batterie explosive. Elijah en avait déjà tué un avec les siennes, les faisant toutes détoner d'un coup, mais il s'était trouvé juste à côté quand elles avaient explosé. Et il s'agissait cette fois d'une cible mobile. Il fallait déposer une batterie juste devant le yi et croiser les doigts pour qu'elle explose au bon moment. Mais nous n'avions pas le choix.

— Il nous faut un abri, brailla Rell. Courez !

Je m'élançai en trombe.

— Dans quelle direction ? demandai-je.

— Vers les huttes.

— J'ai bien entendu ? demanda Frazer. Il y a un type III là-bas ?

— Oh que oui, tu as parfaitement entendu.

En atteignant la seconde rangée de huttes, on tourna à droite.

— D'accord. Conduisez-le à la menuiserie.

— Pardon ?

— Faites-le entrer. Nous sommes prêts.

— Prêts ? Qu'est-ce que… ?

— Fais-moi confiance ! Amenez-le ici.

Mon choix était binaire : faire confiance à Frazer ou tenter d'attirer le yi dans le dédale de huttes pour pouvoir faire usage de mes batteries.

— Allons-y, dis-je aux autres avant de bifurquer sur ma gauche. Par ici.

Derrière nous, les fragiles parois en bambou d'une hutte éclatèrent en une pluie de débris sur le passage du type III. Je tirai quelques coups de feu pour lui faire savoir où nous étions. Il changea de direction pour foncer droit sur nous.

— Pourquoi il n'est pas perturbé par le froid, lui ? voulut savoir Alice.

— La grande masse corporelle d'un type III prend plus de temps à se refroidir, répondit calmement John. Normalement, une différence thermique de…

— Pas maintenant ! lui criai-je.

Comme un seul homme, on s'élança dans l'allée entre les huttes. Quand on ne connaissait pas le village, on pouvait croire que toutes les habitations étaient identiques, une grille de huttes qui s'étend à l'infini. Mais je le connaissais, je connaissais toutes les plantes grimpantes qui s'enchevêtraient sur les terrasses, les murs qui avaient été réparés, les fleurs qui poussaient dans les jardins entretenus avec amour. À la hutte de Jane, dont la clôture de la terrasse était couverte d'une toile, je tournai à gauche. Devant la maison de Mellar et sa pile de balles de laine provenant directement de ses moutons, je pris tout droit. Puis il y avait la cabane abandonnée, la seule du village, qui tombait en ruine à cause des champignons parce que personne ne souhaitait vivre à l'endroit où un meurtre avait été commis quarante-deux ans auparavant.

Shao tira quelques coups de feu lorsque le type III surgit derrière nous. Au croisement suivant, je changeai de direction.

— Tu veux essayer une batterie ? demandai-je à Rell, à bout de souffle.

— Pourquoi pas…

Quelque part derrière nous, une autre hutte vola en éclats lorsque le type III en percuta l'angle sans même ralentir. Rell tâtonna à sa ceinture.

— Il me faut une trajectoire rectiligne, me prévint-il.

— D'accord.

Dans mon esprit, je voyais parfaitement l'itinéraire à prendre. Nous approchions rapidement de la mairie, mais si nous suivions notre cap actuel, la pelouse se trouverait sur le chemin de la menuiserie. Le seul endroit où il me fallait à tout prix éviter d'amener le type III, car des habitants pouvaient encore s'y trouver. Il nous fallait un angle d'approche différent. J'ai laissé échapper un grognement d'angoisse.

— Tournez ici, ordonnai-je.

Encore un virage à angle droit à grande vitesse, faisant protester mes genoux et mes chevilles.

— Tout droit sur cinq huttes à présent, poursuivis-je.

Rell se laissa distancer et jetait des coups d'œil derrière lui pour tenter de repérer le yi.

Ce ne fut pas très difficile : l'alien fonçait vers nous. Rell s'immobilisa, activant le détonateur d'une batterie explosive avant de la lancer sur le trajet du type III. Je tirai à deux reprises pour détourner l'attention de la créature monstrueuse. Elle était presque deux fois plus grande que moi – et je n'étais pas particulièrement petite –, un gros corps ovoïde pourvu de nageoires, sur l'arrière de sa partie la plus effilée. Il était muni de deux sortes de tentacules, des dizaines de minces filaments jaillissant sur le pourtour de son abdomen lui permettaient de se propulser, et cinq autres, devant, plus gros que ma jambe, se terminaient par des bouches aux crocs acérés. Mais ces dernières n'étaient rien comparées à l'orifice cauchemardesque au centre de sa tête, un sphincter musculaire bordé de défenses concentriques qui se tendaient simultanément vers moi comme si cela leur suffisait pour me capturer.

Le cercle vert de ma mire oscillait le long de son corps. Je savais qu'avec mon laser je creusais des trous profonds dans sa chair noire : j'apercevais les petits cratères plus chauds que le reste de son corps. Le yi semblait indifférent aux dégâts que je lui infligeais.

Puis la batterie explosa juste devant lui. Son corps titanesque se souleva d'un côté et traversa la façade d'une hutte. Des morceaux de bambou brisés furent dangereusement projetés dans les airs. Lorsqu'ils se mirent à retomber comme un déluge de lances, je tentai de les esquiver. Trébuchant, Alice s'étala de tout son long.

S'immobilisant, Shao l'aida à se relever. Le yi balança sa masse dans tous les sens, nous cherchant à l'aide de sa tête. Rell lança une nouvelle batterie.

Ce serait la bonne, je le savais. Il visa extrêmement bien. Le petit disque tournoya dans les airs avant de retomber directement sur la tête du yi. Il ricocha. Le yi se contorsionna, se cabrant pour fondre sur nous.

La batterie explosa à quelques mètres de ses tentacules. Je vis ses chairs s'ouvrir, le sang jaillir, ses tentacules lacérés tomber inutilement sur le côté. Tout cela ne servit à rien. Il s'élança de nouveau vers nous.

— Courez !

On prit nos jambes à notre cou. C'était une question de vie ou de mort.

— Frazer, on arrive !

— Nous sommes prêts.

Le bout de l'allée approchait rapidement. J'aperçus la mairie, d'un côté. Ensuite, ce ne serait plus très loin jusqu'au canal, où se trouvait la menuiserie.

— Prêts pour quoi ?

— Écoute, Hazel. Tu dois l'attirer à la menuiserie, d'accord ? Les portes sont ouvertes. Il faut juste qu'il te suive à l'intérieur.

— D'accord.

Je voulais savoir ce qui allait se passer, mais je n'eus pas le courage de le lui demander. Et si ce qu'il avait prévu ne me plaisait pas ? Nous n'avions de toute façon pas le choix, je pouvais difficilement commencer à me disputer avec lui. Et, peu importe de quoi il s'agissait, papa l'avait aidé à tout planifier. Un piège, sans doute ? Pour un type III ? C'était de la démence !

Je continuai à courir. L'air commençait à me brûler dans la gorge et les poumons. Curieux, vu le froid qu'il faisait. Je sentais le sang battre dans mes tempes, parvenant à rendre ma vision encore plus rouge.

Après avoir dépassé la dernière hutte, on traversa les champs de fraises autour de la menuiserie. J'entendis gémir Alice, auprès de moi, tant elle se forçait à poursuivre son effort. Je savais que nous n'étions plus aussi rapides qu'au début.

Nous étions à trente mètres de la menuiserie. C'était le plus grand et le plus ancien bâtiment d'Ixia, ainsi que le plus solide, car il avait été construit autour d'une charpente de lourdes poutres, une autre façon de dire « des troncs de chêne entiers ». Au fil du temps, ses murs avaient été régulièrement réparés, renforcés et modifiés.

En nous précipitant vers l'établissement, je pus constater que les portes doubles étaient grandes ouvertes.

De chaque côté, à l'extérieur, se trouvaient des chariots chargés de rondins. Une dizaine de personnes se tenaient accroupies derrière leurs roues, immobiles.

Malgré ma vision tavelée, je pus remarquer la présence d'Atov et Zawn parmi elles.

Un puissant rayon lumineux jaillissait du bâtiment. Celui qui tenait la torche faisait jouer la lumière sur le yi qui accourait.

— Frazer ?

— Tu te débrouilles bien. Quand tu seras à l'intérieur, va directement à la roue hydraulique. Ne t'arrête pas.

— Hein ?

— La roue hydraulique. Papa s'y trouve.

Tant de questions. Et pas le temps de les poscr. Jc savais que je ne pourrais pas continuer à ce rythme beaucoup plus longtemps. Chacun des muscles de mes jambes me criait de m'arrêter.

Dix mètres. Seule la peur me poussait à continuer. J'entendais les tentacules du type III frapper le sol, faisant autant de bruit que dix chevaux en train de galoper après moi, de plus en plus fort à mesure qu'il se rapprochait.

Le plus effrayant était incontestablement le silence de tout le monde, derrière les chariots. Je compris que, sans bruit ni mouvement, le yi ne pourrait pas les détecter. Ils n'avaient pas dû manquer d'implorer la Capitaine...

Je franchis la porte ouverte à pleine vitesse. Ils avaient réorganisé l'intérieur de la menuiserie. C'était tellement bizarre que j'eus du mal à comprendre ce que je voyais. Ils avaient poussé tous les bancs contre les murs. Ils les avaient couverts de grands tas de sciure et de copeaux de bois. La salle était donc à peu près vide, à l'exception de deux rangées parallèles de ce qui devait être tous les barils d'huile d'olive disponibles à Ixia.

Au fond, à l'endroit où la menuiserie surplombait le canal, je vis pour la première fois de ma vie la roue hydraulique immobile. Sans eau dans le canal, rien ne permettait de faire tourner la structure complexe de rouages dentés, de courroies en cuir et de poulies qui alimentait les trois grandes scies circulaires.

Papa était accroupi à côté de la roue, là où elle traversait le plancher. On avait retiré deux seaux, ce qui laissait un petit espace. Il nous faisait de grands signes.

— Par ici ! s'écria-t-il. Venez. Tous. Vite !

Comme si j'avais besoin d'encouragements…

Puis je vis Frazer. Il était debout au milieu du mécanisme de la roue dans sa combinaison spatiale, avec son casque, visière fermée. Le cybot d'escorte était à ses côtés, ses projecteurs braqués directement sur le yi.

Je faillis fléchir.

— Frazer ?

— Pousse-toi !

Il leva son bras droit, un pistolet à la main. Le cybot leva les trois bras qu'il lui restait, armés de lasers. Ils ouvrirent le feu tous les deux.

— Ce ne sera pas suffisant, m'écriai-je.

Le yi avait déjà atteint la porte et pénétra dans la menuiserie à une vitesse phénoménale.

— Sortez d'ici, ordonna Frazer d'une voix remarquablement calme.

Ses tirs laser ne visaient pas le yi, mais les barils.

Chacun de ses tirs était d'une précision remarquable. Chaque fois qu'il touchait un baril, ce dernier éclatait, projetant une vague d'huile visqueuse. En atteignant la roue hydraulique, je la heurtai les bras tendus, ce qui m'immobilisa complètement, m'assommant à moitié.

— Par ici, ordonna papa d'une voix sonore, attrapant Alice et l'attirant à lui.

Alice obtempéra, se laissant guider dans le petit espace entre la roue et le sol. Elle s'y laissa tomber, disparaissant dans l'obscurité, en dessous. Shao la suivit.

Inquiète pour Frazer, je me retournai. Grâce aux projecteurs du cybot, je vis que le yi se trouvait entièrement à l'intérieur de la menuiserie. Paraissant exagérément grand dans l'espace exigu, il aurait pu s'en prendre au mécanisme de la roue à tout moment. De chaque côté, la moitié des barils d'huile d'olive avaient éclaté, désormais, leur huile se répandant par terre.

Grâce à mes lunettes-V, je vis un léger tapis de flammes se propager sur le sol. On ferma les portes.

Le yi alla s'écraser contre le cadre d'étançons et de traverses du mécanisme. Ce dernier avait plus de cent cinquante ans. Il était en chêne, et, avec le temps, le bois avait durci au point de finir par avoir la même résistance que le métal. Le cadre trembla, mais il tint bon. Le yi recula mollement.

Je laissai échapper un cri d'effroi. Il ne se trouvait qu'à quelques mètres de Frazer. Cela ne sembla pas déranger mon cinglé de frère. Il continua à tirer sur les barils et à les faire éclater.

— Hazel, beugla papa. Ramène tes fesses ici !

— Hein ?

J'étais incapable de quitter des yeux cette scène de folie. À l'extérieur, les gens poussèrent les chariots en criant, bloquant ainsi les portes.

Le yi poussa un cri strident et projeta ses épais tentacules vers l'avant pour frapper Frazer. Il ne fut pas en mesure de les faire passer à travers le treillis de bois au milieu duquel se trouvait mon frère. Avec les tentacules de son abdomen, il chercha à s'agripper pour s'introduire dans le mécanisme récalcitrant. Il en fut incapable. Le sol était à présent inondé d'huile, ce qui lui interdisait toute prise.

Si je n'avais pas été si terrifiée, je me serais moquée de cette créature impuissante qui titubait et dérapait. Elle chuta sur le flanc, s'écrasant contre les bancs, le long du mur. Elle agita furieusement les tentacules de son abdomen, en vain. La majeure partie de son corps avait durement frappé le sol. Comme le yi était désormais couvert d'huile, des flammes insidieuses commençaient à se frayer un chemin vers le haut de son flanc. J'étais consciente qu'il ne réfléchissait ni ne réagissait comme un humain, mais j'aurais juré qu'il semblait effrayé par sa situation.

Rell me saisit par le bras et tira fort vers lui. Je me retrouvai à basculer dans l'ouverture, papa me tirant par l'autre épaule. Je pus jeter un dernier coup d'œil dans la menuiserie. Frazer actionnait la soudeuse à faisceau d'électrons, dirigeant le rayon éblouissant sur les copeaux de bois et la sciure sur les bancs. Des flammes en jaillirent.

Je me réceptionnai dans une épaisse couche de boue, épuisée et à bout de souffle. Je sentis d'autres mains s'emparer de moi et me relever. Puis Rell se laissa tomber, suivi de mon père.

— Allons-y, ordonna papa.

— Pardon ? hoquetai-je. Non ! Où est Frazer ?

Au-dessus de nos têtes, les flammes se propageaient à une vitesse hallucinante, projetant une puissante lumière orangée au-delà de la roue immobile.

— Il faut qu'on parte, insista papa. Ce surplomb ne va pas tarder à s'embraser et à s'effondrer.

— Frazer !

— Ça va, répondit-il d'un ton calme dans mes oreilles. Fiche le camp, vite ! Je ne veux pas que tu te fasses roussir.

— Mais...

Le yi mugit de surprise et de douleur. Cela me fit tressaillir. Il devait se débattre là-haut. Les bruits sourds qu'il produisait en heurtant la solide charpente de l'atelier faisaient trembler le sol. J'étais sûre d'entendre la soudeuse à faisceau d'électrons, aussi.

Rell posa la main sur mon dos, m'incitant à avancer. On se mit à patauger dans la boue écœurante pour s'extraire de sous le logement de la roue. Une foule de gens s'étaient amassée le long de la berge du canal. De nombreuses mains nous aidèrent à nous hisser sur la terre ferme. Tout le village s'était rassemblé devant le champ de fraises. Je me retrouvai à côté de maman, qui me serra fort contre elle.

Quand je jetai un coup d'œil derrière moi, je fus étonnée de voir à quelle vitesse le feu s'était propagé.

L'ensemble de la menuiserie était en feu, et les flammes s'élevaient à dix ou quinze mètres de haut. La chaleur qui me brûlait les joues était presque douloureuse. Tout le monde s'éloignait du brasier. Je vis la charpente trembler une fois de plus lorsque le yi la frappa. Puis plus rien : ni cris, ni mouvement. Rien que le crépitement des flammes et le bruit sourd des parties du sol et du toit qui s'effondraient à l'intérieur en projetant des gerbes de flammèches.

— Frazer ? demandai-je désespérément.

— J'arrive, me répondit-il joyeusement.

Levant un instant mes lunettes-V, je contemplai la tempête de feu infernale. Comment Frazer pouvait-il être encore en vie ? Il y eut soudain un mouvement au milieu du mur de l'atelier. Des planches enflammées se brisèrent, et le cybot d'escorte passa à travers. Une silhouette le suivit dans l'ouverture. Elle leva un bras en guise de salut.

L'acclamation qui s'éleva de la foule couvrit le bruit de l'incendie. J'éclatai de rire, pleurant des larmes de soulagement.

Vu à travers mes lunettes-V, Frazer brillait comme un fragment de lumière du jour tandis qu'il marchait vers nous. À chacun de ses pas, de la fumée s'échappait de ses bottes.

— Quoi ? grondai-je. Comment est-ce possible ?

— La combinaison spatiale possède une couche extérieure thermozéro, indiqua John. Elle résiste pendant six heures à des températures pouvant monter jusqu'à mille degrés. Et, bien sûr, la combinaison possède son propre système de recyclage de l'air. Il était parfaitement à l'abri des flammes.

Sa façon de me l'expliquer me plongea dans une colère irrationnelle. À moins que cela m'ait donné un aperçu du ton suffisant de Frazer quand il me l'expliquerait.

L'aura éblouissante de mon frère s'estompa rapidement, le « thermozéro » de la combinaison évacuant la chaleur. Finalement, le noir se fit de nouveau. Frazer ôta son casque, affichant son plus grand sourire. Il fut accueilli par une vague d'acclamations et de cris. D'accord, oui, je me joignis même aux autres. Par soulagement plus qu'autre chose.

Maman s'élança vers lui et l'enlaça. Je m'apprêtais à lui expliquer très clairement pourquoi il ne devait plus jamais refaire quelque chose de si stupide. Mais elle me devança. Même si la moitié de tout ce qu'elle lui dit était incohérent à cause de ses sanglots.

Chapitre 7

À notre retour sur la pelouse le feu ne brûlait presque plus. Les villageois l'alimentèrent, et les flammes reprirent rapidement de l'ampleur. Je me demandai quelle quantité de bois il restait à Ixia. La menuiserie était toujours en train de brûler rageusement, ainsi que l'entrepôt de bois à côté, où on empilait les bûches fraîchement coupées pour la saison. Personne n'avait souhaité rester à proximité. La puanteur causée par la chair grillée commençait à s'en échapper.

Maintenant que les villageois étaient parvenus à éliminer le yi grâce à un énorme effort collectif, la satisfaction commençait à faire place à l'inquiétude. Je le voyais sur leurs visages, dans leur façon de regarder inlassablement l'atelier qui s'effondrait, puis l'obscurité implacable qui engloutissait de nouveau peu à peu l'habitat. Il y avait vraiment des aliens qui voulaient les tuer. Personne ne savait comment les affronter. Alors, ils se réunirent de nouveau pour nous le demander, à moi en particulier.

— Est-ce qu'on doit abandonner le village ? demanda un Fininen hagard. Ou veux-tu toujours que nous fassions venir les autres villages ici ?

— Il est risqué de voyager dans l'obscurité, répondis-je pour tenter de gagner du temps. John, quelle est la meilleure stratégie dans ces circonstances ?

— Plus vous pourrez rassembler de défenseurs au même endroit, mieux vous serez protégés, répondit-il. Je vous suggérerais d'envoyer des groupes plus importants dans les villages les plus proches et de leur demander d'envoyer d'autres groupes à leur tour. De cette manière, vous couvrirez plus de terrain en un minimum de temps. Parallèlement, vous feriez bien de continuer à fabriquer vos barricades et vos chevaux de frise.

— Je vais ordonner au cybot d'escorte de rester pour vous aider à vous défendre, proposai-je. (En réalité, ce que je voulais dire était : « *Gardez papa, maman et Alisha en sécurité.* ») Il reste encore beaucoup d'énergie dans ses armes.

— Très bien, dit Atov. Des groupes de dix pour aller dans les autres villages. Je vais organiser ça.

— Mais qui sera choisi ? se plaignit Fininen.

— Ils pourront prendre des chiens, poursuivit Atov sans tenir compte de l'intervention du maire. Et il faudra des arbalètes pour tous les membres de chacun des groupes.

Pendant qu'Atov et ses régulateurs commençaient à sélectionner ceux qui se rendraient dans les autres villages, je me reculai.

— Il faut qu'on y aille, dis-je doucement à Rell.

Il jeta un coup d'œil aux tuk-tuks encore en train de charger, à côté de la mairie.

— Ouais.

Il fit signe à Alice et Shao de venir. Nous avions tous un air coupable. Je m'en voulus : nous ne laissions pas Ixia sans la moindre défense, quand même. Ensuite, je vis Zawn s'éloigner du groupe de personnes autour d'Atov et s'approcher de nous.

— Je m'occupe de lui, murmurai-je à Rell. Tiens-toi prêt à partir dans cinq minutes.

— Pas de problème.

Zawn m'adressa un regard angoissé.

— Vous allez retourner dans la partie avant, hein ?

— On s'y prépare, oui.

— Je veux venir avec vous.

— Oh, Zawn, non. Ta place est ici, à protéger Ixia.

— Vraiment ? Ce yi, le... type III. C'est l'un d'eux qui a tué Elijah, hein ?

— Oui, répondis-je d'un ton attristé. Mais il l'a affronté et tué. C'est grâce à lui si je suis encore en vie.

— Raison pour laquelle je veux... je dois venir.

— Zawn, commençai-je d'un ton désespéré. Je ne peux pas...

— Non. (Il continuait à s'exprimer à voix basse, mais avec beaucoup d'intensité.) C'était un monstre mangeur de guano. Je ne pourrai protéger personne de l'un d'eux, et tu le sais. On ne risque pas d'arrêter un yi de ce genre avec des barricades et des arbalètes. Les explosions ne l'ont même pas ralenti.

Après avoir vérifié que personne ne nous écoutait, je baissai d'un ton.

— J'en suis consciente, et tu ne peux pas savoir à quel point ça me fait souffrir. Mais ces préparatifs permettent d'occuper tout le monde. Ça les empêche de penser au pire et leur donne de l'espoir.

— Notre seul espoir, c'est ce que vous faites.

— Peut-être. Je ne sais pas. Mais les gens respectent les régulateurs. Ça les réconfortera de te voir ici.

— Écoute, si vous échouez, nous allons tous mourir. C'est aussi simple que ça, tu le sais, je le sais. Et s'ils n'étaient pas trop effrayés pour y penser, tous les habitants d'Ixia s'en apercevraient aussi. Les yis ont vaincu Ashleigh Kruger et nos ancêtres, et ce malgré tout leur savoir et leur pouvoir. Ixia ne va donc certainement pas survivre. Je veux vous accompagner.

— Je ne veux pas que tu meures, lui dis-je doucement. Je ne pourrai pas le supporter.

— Je ne suis pas un lâche !

— Je ne l'ai jamais pensé. Je sais que ce n'est pas le cas, rappelle-toi. Ce que tu as fait pour moi…

— Aucune importance. Si on doit mourir, alors tant pis. Mais Capitaine me vienne en aide, Hazel ! laisse-moi mourir en essayant de vous aider. Ça ne servira à rien que je meure ici. Ne m'oblige pas à finir comme ça. Je t'en prie.

Fermant les yeux, je me remémorai cette nuit-là, tout juste une semaine auparavant… comment était-ce possible ? Sous une pluie battante, je poussais Frazer dans son fauteuil roulant à travers le village, une tentative désespérée pour nous échapper, pour l'empêcher d'être Cyclé. Et Zawn qui se tenait là, pendant son tour de garde, sans rien dire, fermant les yeux, me laissant partir. Nous laissant vivre, Frazer et moi.

— Ce n'est pas comme ça que je veux te remercier.

— Tu ne me dois rien, Hazel. Si j'ai fait ça, c'est parce que je voulais que tu aies la meilleure vie possible. Et tu sais pourquoi. Tu imagines ce qu'aurait été le reste de ton existence si les régulateurs avaient Cyclé Frazer alors qu'il n'avait que quatorze ans ? Et nous savons tous que c'est notre génération qui a le plus de chances d'atteindre le nouveau monde. Il n'y aura pas de Cyclage, là-bas, alors quel intérêt de Cycler Frazer ? C'était une terrible injustice.

Je m'approchai de lui et lui effleurai le visage. Je culpabilisais tellement, je suppose, qu'il ait risqué la colère d'Atov à cause de nous. Surtout vu la façon dont je l'avais traité après notre rupture.

— Tu es quelqu'un de bien.

— Tu sais pourquoi je voulais vraiment être un régulateur ? Tout le monde croyait que c'était pour faire plaisir à Elijah, mais j'étais convaincu que la meilleure façon de passer ma vie était d'aider le village à bien fonctionner.

— Je me sens nulle maintenant…

Il posa sa main sur la mienne.

— Alors, je peux venir ?

— Tant que tu comprends que ça va être dangereux. Je veux dire : vraiment dangereux.

Esquissant un sourire, il libéra sa main pour désigner la menuiserie.

— Ouais, j'ai cru remarquer.

— Très bien, alors.

— Tu ne le regretteras pas.

— On part dans cinq minutes. Prépare-toi.

Je parvins à attirer Frazer sur le côté. On se tenait près de la baie vitrée incurvée de la mairie. Derrière, les cuisiniers sortaient le pain des fours. Les miches me semblaient un peu brûlées, mais tout le monde avait été quelque peu distrait par le yi.

— Je voudrais te parler de papa et de maman, commençai-je.

Il me lança le genre de regard à la fois innocent et interrogateur qui me rendait aussitôt soupçonneuse.

— Je t'écoute.

— Il faut qu'ils restent ici pendant que nous allons dans la partie avant.

— Bien sûr. Ce ne sera pas un problème, papa sait qu'il ne peut pas venir, avec sa jambe. Et maman n'est pas prête pour ce genre d'expédition. Même si elle voulait venir, je pense qu'on pourrait compter sur Georgi et Marana pour lui faire entendre raison.

— Parfait. Il faut donc s'assurer qu'ils soient en sécurité ici.

— Absolument.

— Bon. Je pensais laisser le cybot d'escorte ici.

— Excellente idée.

— Vraiment ? Ça ne te dérange pas ?

— Quoi donc ?

— De rester pour le contrôler ?

— Oh ! tu crois vraiment qu'il vaut mieux que je le commande à distance plutôt que de le mettre en mode « sentinelle autonome » ?

— Euh…

— Bien sûr. Je vais rester ici. Comme si vous n'aviez pas besoin de moi…

— Euh…

— Enfin quoi, vous étiez parfaits, tous les quatre, pour affronter tout seuls ce type III.

Même si le sol de l'habitat était constitué d'une épaisseur de deux kilomètres de roche, j'eus l'impression – familière – de m'y enfoncer. J'avais souvent cette sensation quand je me disputais avec Frazer.

— Ce n'est pas…

— Ne sois pas modeste, vous faisiez un excellent appât. Et quand tu faisais semblant de paniquer, c'était vraiment crédible ! J'ai marché à fond. Je parie que ça a encouragé le yi à te courir après, aussi.

— Frazer !

— Oui, Hazel ?

Son air horriblement inexpressif avait pris une dimension totalement diabolique. Oh, cette suffisance…

— On part dans deux minutes. Tiens-toi prêt.

— Compte sur moi. Je vais de ce pas charger les instructions du mode autonome dans le cybot.

Je me retournai pour éviter qu'il voie l'étendue de sa victoire.

— C'est possible, ça ? demandai-je à John. Faire en sorte que le cybot d'escorte protège ma mère et mon père ?

— Absolument. Il a cette possibilité. Il lui suffit d'assigner leur profil visuel dans le sous-programme de défense.

— D'accord.

— Votre frère apprend extrêmement vite.

— Oui.

— Je suis impressionné.

— Bien. Je suis contente pour toi.

Je pris le temps d'inspirer profondément. Penauds, les cuisiniers se rassemblaient autour des pains noirs et en discutaient.

Je me demandai si je ne devais pas aller leur dire que n'importe quel pain ferait l'affaire ce jour-là. Qu'ils ne devraient pas se trouver dans la mairie de toute façon, au cas où les yis ouvriraient la porte de secours au pied de l'escalier et s'introduiraient dans le village par cet accès. En fait, nous avions de la chance que les fours soient encore allumés. À y réfléchir, c'était même… curieux.

—John ?

—Oui ?

—Pourquoi les fours sont-ils toujours allumés ?

—Je l'ignore.

Je jetai un coup d'œil dans le reste de la salle. Plusieurs personnes patientaient devant l'hôpital. À l'intérieur, tandis que Marana sélectionnait de nouveaux traitements sur le processeur pharmacologique, l'éclairage vacillait.

—Et la machine médicale est allumée aussi ?

—Elle est reliée au même circuit électrique que les fours.

—Et ce circuit est différent de celui qui alimente les bandes lumineuses, c'est ça ? Tout comme Tressaco avait des circuits différents. Je me rappelle que tu m'avais dit que certains étaient à haute tension et d'autres à basse tension.

—Exact. Le réseau électrique primaire du *Daedalus* alimente des systèmes tels que les bandes lumineuses et les pompes à eau des canaux, tout ce qui nécessite une grande quantité d'énergie.

—Les yis ont donc éteint le réseau primaire, mais ont laissé allumé le circuit de faible puissance qui alimente les villages ?

—Oui.

—Ça n'a aucun sens, fis-je remarquer. Ils veulent nous faire mourir de froid, mais nous laissent malgré tout les fours et les machines médicales ?

—Je suis d'accord, ça peut paraître paradoxal.

—Cela signifie-t-il qu'ils n'ont pas la mainmise sur le circuit de faible puissance ?

— J'ai du mal à voir comment ce serait possible. Ils semblent avoir la maîtrise de toutes les unités électriques de l'habitat.

— Exactement.

Je jetai un coup d'œil au fond du réfectoire, derrière les tables. Là-haut, au mur, l'écran affichait encore ma tête dans la section 17, mon visage figé dans ce moment d'effroi et de confusion. Je m'étais adressée à l'une des colonnes translucides de la salle de rassemblement principale de la section 17 afin que Lazarus puisse transmettre l'image à tous les écrans des villages. Et Lazarus avait aussi été une image dans la colonne. Les colonnes pouvaient donc montrer et voir…

J'avais le regard rivé sur l'écran. Combien de fois – dans mon existence – le village s'était-il réuni devant pour voir la Capitaine Électrique et écouter ses instructions ? Elle nous indiquait quand Cycler, lançait des invitations aux bals. Toute ma vie, j'étais restée là, trouvant que c'était passionnant. Papa m'avait dit que, par le passé, elle répondait aux questions. À l'époque où les gens avaient encore des questions. Avant que la vie à bord du *Daedalus* devienne si routinière qu'il n'y avait plus rien à demander.

— John ?

— Oui ?

— L'écran peut-il voir ?

— Il y a une caméra intégrée, oui.

— Oh, guano ! lâchai-je.

Je longeai la baie vitrée jusqu'à l'entrée et pénétrai dans la salle. Les gens s'arrêtaient sur mon passage et me regardaient. Il devait y avoir quelque chose dans mon expression… Aucun d'entre eux ne me demanda ce que je faisais. J'avais conscience qu'Alice, papa et d'autres me suivaient prudemment.

À deux mètres de l'écran, je m'immobilisai, reprenant mes esprits.

— Que voulez-vous ? demandai-je.

Au bout d'un moment, mon portrait s'effaça et elle apparut. Comme si rien n'avait changé, comme si nous ignorions que les yis avaient pris les commandes du vaisseau, comme s'il n'y avait jamais eu notre Mutinerie. La Capitaine Électrique était à sa place habituelle, dans la grande salle aux parois rocheuses, des rangées de machines métalliques brillantes derrière elle. J'étais certaine qu'elle m'étudiait. Ce visage fin avec un petit nez, des cheveux roux foncé ramenés en arrière… la confiance et l'expérience à l'état pur. La femme qui s'était sacrifiée pour s'assurer que nous atteindrions un jour le nouveau monde. Comment pourrait-elle ne pas être notre capitaine ?

— Bonjour, Hazel, me salua-t-elle.

Tous ceux qui m'avaient suivie dans la salle furent surpris.

Je fis mon possible pour me retenir de sursauter. Je n'étais pas paranoïaque, après tout. Les reines-cerveaux yis me connaissaient vraiment.

— Pourquoi avez-vous éteint l'éclairage de l'habitat ? demandai-je.

— Il a été endommagé par les machines que tu as allumées, elles-mêmes défectueuses. Tu n'aurais pas dû faire ça, Hazel. Tu as mis en danger l'ensemble de l'arche. Je travaille en ce moment même à la remise en service de l'éclairage et des chutes d'eau.

— Non. Non, ce n'est pas vrai. Le *Daedalus* a été victime d'une perforation. J'ai vu le trou.

— Oui, le *Daedalus* a été heurté par quelque chose qui a perforé sa coque. Je préparais les machines qui n'ont pas été détruites par les Mutins pour colmater le trou. Ils ont détruit énormément de choses, il y a cinq cents ans, et le temps ne s'est pas montré particulièrement clément avec notre merveilleuse arche. Tout est très long à réparer, aujourd'hui. Cependant, j'aurais eu colmaté le trou avant la fin de la semaine.

— Il n'y a pas eu de Mutinerie, rétorquai-je. Vous êtes une extraterrestre !

— Hazel, ma chère Hazel. Les machines que tu as croisées dans la partie avant sont les derniers vestiges en décrépitude de la Mutinerie. Elles sont impuissantes, mais elles savent encore mentir. Leurs paroles sont empoisonnées. Et tu es une enfant innocente.

— Non ! Je…

Rell posa la main sur mon épaule.

— Attention. On va voir ces images sur les écrans de tous les villages. (Il adressa un sourire agacé à la Capitaine Électrique.) N'est-ce pas ?

Je serrai les dents. J'aurais dû le comprendre toute seule. Cette conversation ne visait qu'à me discréditer. Dès que je serais partie, traquée par les types III, l'éclairage reviendrait et la vie poursuivrait son cours. Juste sans cette imbécile, cette folle qui avait causé tant de dégâts.

— Ça ne va pas marcher, rétorquai-je. Tout le monde a vu votre soldat. Celui que vous avez envoyé pour me tuer. (Je lui adressai un sourire sournois.) Il ne reviendra pas.

— La perte de la lamia est des plus regrettables. C'était la dernière survivante de son espèce, maintenue en suspension à bord du *Daedalus*. Il y a sur l'arche de nombreuses créatures de la Terre destinées à être relâchées dans le nouveau monde. C'est une fois de plus votre intervention dans la partie avant qui l'a libérée.

— Du pur guano, la railla Frazer. Et moi ? Comment vous l'expliquez ? Je ne pouvais plus marcher, après mon accident. Nous avons réparé une des machines médicales que vous avez sabotées, et son traitement m'a guéri.

— Frazer, le réprimanda la Capitaine Électrique. Cette machine médicale se trouvait dans le nid de mutins de Tressaco, n'est-ce pas ? Ils t'ont menti. Ton propre médecin t'a expliqué que tu allais guérir, non ? Et voilà. Tu marches à nouveau. Elle avait raison.

Ce n'était pas souvent que Frazer restait sans voix. Mais il s'appuyait toujours sur des faits pour prouver ses dires. Cet argument était purement politique.

Un rayon laser transperça l'écran. Ce dernier se brisa, projetant des fragments de verre un peu partout dans la salle. Me retournant, je vis Shao rengainer son pistolet.

— Menteuse, lâcha-t-il simplement.

Chapitre 8

Quand il fut temps pour nous de partir, je crus que maman ne cesserait jamais de me serrer dans ses bras.

— Tu reviendras, déclara-t-elle finalement, séchant ses larmes sur son visage.

— Je reviendrai, lui promis-je.

Elle m'embrassa, avant d'étreindre Frazer. Pour une fois, il n'avait pas l'air d'être sur le point de mourir de honte.

— Tu ne prends aucun risque, hein ? m'ordonna papa. Compris ?

— Compris.

— Bien. J'espère que ce ne sont pas des paroles en l'air et que tu le penses vraiment.

— Papa ! On sait ce qu'on fait, d'accord ?

— Je sais. Mais si ça commence à vous dépasser, revenez chercher des renforts.

— Il faut que vous terminiez les barricades.

— Ouais.

L'espace d'un instant, je crus qu'il allait me dire autre chose. Mais il prit mon visage entre ses mains, se pencha et m'embrassa.

— Et empêche Frazer de faire n'importe quoi.

J'esquissai un sourire.

— Pas de problème. Il fait toujours ce que je lui dis.

On se sourit un long moment.

— Et toi, dis-je. Tu restes près du cybot. Il te protégera.

— Je ne le quitterai pas d'une semelle.

Ce fut difficile, mais je parvins à partir sans me retourner. Je ne ralentis que lorsque je vis qu'Alisha et Mortos attendaient à côté des tuk-tuks, avec Zawn, Alice, Rell et Shao.

— J'espère que tu ne comptes pas nous dissuader de vous accompagner, déclara Alisha.

Je faillis lui répondre qu'elle était trop vieille, mais, en fin de compte, je n'osai pas.

— Pourquoi ferais-je une chose pareille? répondis-je innocemment.

Lorsqu'on sortit d'Ixia sous les acclamations, les tuk-tuks étaient pleins. J'avais pris place dans le premier, derrière Frazer, avec Rell et Alisha. Alice pilotait le second, avec Shao, Zawn et Mortos.

Frazer avait trouvé le moyen de réduire la puissance des phares à une simple lueur.

— Les lunettes-V compensent, expliqua-t-il. Nous pouvons voir où nous allons assez facilement, et elles nous montreront aussi les sources de chaleur alentour.

— Bien sûr.

Une fois les granges et les vergers derrière nous, je me sentis de nouveau rapidement engloutie par les ténèbres.

* * *

Il faisait froid, dans le tuk-tuk. J'avais trouvé un vieux pull chez moi et l'avais enfilé sous ma veste. Mais l'air sur mes mains et mon visage me frigorifiait. Nous n'avions fait que quelques kilomètres le long du canal quand je fus tentée de demander à Frazer de s'arrêter pour que je puisse enfiler ma combinaison spatiale. Elle me protégerait convenablement de la basse température.

Mais nous n'étions que cinq à en avoir une, et ce ne serait pas juste pour les autres. Cela prendrait aussi du temps. J'avais hâte d'atteindre la partie avant le plus vite possible, avant que les reines-cerveaux parviennent à nous localiser.

Cette pensée me poussa à lever les yeux vers l'obscurité inquiétante. Malgré la puissance atténuée des phares, je me demandai si les yis pouvaient nous voir. Ils devaient se douter de notre destination, le seul endroit où nous pouvions nous faire des alliés, même si ces derniers avaient été vaincus cinq cents ans auparavant.

Maintenant que j'avais traité directement avec les yis, je commençais à comprendre comment Ashleigh Kruger et son équipage avaient pu se laisser battre. Non seulement le combat pour le *Daedalus* était physique, mais c'étaient aussi des menteurs.

Levant mon bras, j'observai le bracelet noir qui hébergeait John.

— Existe-t-il vraiment un animal du nom de « lamia » ?

— Non. Je n'ai pas de dossier complet sur le sujet, mais la lamia est une créature de la mythologie grecque, sur Terre, qui chassait les enfants et les tuait. Prétendument mi-serpent mi-femme, elle a été créée par un conflit entre divinités.

— Ça ressemble à un yi de type II, pour moi.

— Absolument.

— Alors, les yis savent vraiment tout sur nous ?

— Oui, Hazel.

— C'est tellement pervers…, grimaçai-je. Ils savent tout sur la Terre et notre histoire, alors que nous ne sommes au courant de presque rien.

— Ils ont les informations qu'ils ont dérobées dans les fichiers mémoires des IA qu'ils ont capturées. Ça ne signifie pas pour autant qu'ils comprennent ou apprécient la culture humaine et son histoire.

— La seule histoire que je connaisse est celle d'*Orgueil et préjugés*.

— Jane Austen est connue pour avoir dépeint avec précision la société de son époque.

— C'était une bête histoire d'amour, répliquai-je d'un ton maussade.

— Peut-être, mais réfléchissez : Jane Austen l'a écrite il y a mille ans, mais vous l'avez comprise et appréciée. Ça la rend intemporelle.

— Tu crois que les yis ont lu *Orgueil et préjugés* ? qu'ils l'apprécieraient ?

— Aucune chance, intervint Alisha en souriant. Il faut avoir de la compassion et un grand cœur pour aimer cette histoire. Ils n'ont ni l'un ni l'autre, ça me paraît évident.

— Ça me rappelle un dicton terrien qui me semble parfaitement adapté à la situation, poursuivit John : les yis « connaissent le prix de tout et la valeur de rien ».

— C'est exactement ça. (Me promettant de ne plus lever les yeux vers le ciel, je me concentrai sur le tracé flou du chemin de halage sur lequel nous roulions.) Bon, sinon, quel est le moyen le plus sûr de pénétrer dans la partie avant, désormais ? demandai-je à John. On ne peut plus emprunter le passage d'accès derrière la cascade d'Akebia. Ils vont le surveiller…

— Je ne peux garantir aucune sécurité, répondit-il. Chacun des points d'accès aux compartiments avant est détaillé sur les plans du *Daedalus*, et les IA compromises en ont des versions encore plus précises que les miennes. Chaque voie d'accès est donc connue des yis et présente par conséquent un risque.

— Personne ne te demande de garantir quoi que ce soit. Je veux juste savoir quelle est notre meilleure option.

— Je suggère que nous tentions de gagner la section 3 du service d'écologie. D'après les fichiers de données de Lazarus, elle était verrouillée pendant la prise de pouvoir des yis, il y a cinq cents ans. Il me semble également avoir identifié le trajet le plus court pour y accéder, ce qui réduira notre temps de présence dans les compartiments avant.

— Très bien.

— Il faut que vous sachiez que, si j'ai choisi cet itinéraire, c'est parce que les yis pourraient ne pas juger utile de le surveiller.

— Euh… pour quelle raison ?

— Parce qu'il nécessite un court vol spatial vers l'entrée de fret de la section 3.

— Capitaine nous protège ! tu plaisantes ?

— Nom d'un crapaud, j'espère bien que non ! s'exclama Frazer. Ça a l'air vraiment cool !

— Non, Hazel, reprit John. Je ne plaisante pas, je suis très sérieux.

— Mais… un vol spatial ?

— Dans les faits, nous effectuons déjà un vol spatial. Celui-là nécessite simplement que nous quittions le *Daedalus.*

— Est-ce vraiment la voie la plus sûre ?

— Absolument. Je propose que nous descendions dans le tunnel de la Ligne orange par un des puits de ventilation de l'habitat. Ça nous conduira presque directement à un hangar de vaisseaux auxiliaires, ce qui réduira le risque d'interception.

— Il y aura donc dans ce hangar des vaisseaux spatiaux comme ceux que nous avons vus la dernière fois ?

— Oui. Il devrait y avoir plusieurs appareils de types Gagarine et Armstrong en mode veille.

— Au bout de cinq cents ans ? demanda Frazer d'un air sceptique.

— Les vaisseaux auxiliaires du *Daedalus* ont tous de nombreux systèmes redondants, et ils ont été conçus pour durer. La probabilité qu'un ou plusieurs d'entre eux soient encore en mesure d'effectuer un vol court est forte. Sinon, nous étudierons le second itinéraire le plus pratique vers la section 3. J'ai identifié dix-huit trajets possibles, chacun avec un risque d'exposition et de capture légèrement plus élevé que le précédent.

Si, d'après John, le vol spatial était la méthode la moins risquée, en termes d'exposition et de capture, je n'avais vraiment pas envie de connaître les dix-sept autres. En outre, je savais qu'il faisait preuve de tact en parlant de capture. Les yis n'avaient certainement pas l'intention de nous garder prisonniers.

Au bout d'un moment, je remarquai que la buée de mon souffle se faisait de plus en plus épaisse, tandis que mes cheveux se paraient d'une frange scintillante de cristaux de glace microscopiques.

— Du givre, expliqua John lorsque j'y fis allusion.

— C'est-à-dire ?

— Il fait désormais suffisamment froid dans l'habitat pour que l'humidité de l'air se change en glace.

— Capitaine nous vienne en aide !

Je n'avais pas remarqué que la température continuait à baisser. Mais mes mains étaient à présent si froides qu'elles étaient devenues insensibles. Je les enfonçai sous mes aisselles, tressaillant à l'étrange sensation de morsure que cela me procura.

— Il me semblait que tu avais dit qu'on avait trois mois devant nous ?

— C'est le cas. Mais l'atmosphère a dépassé le point d'équilibre. La température va désormais commencer à chuter de manière continue. Mon estimation était établie sur l'espoir que les gens finiraient par se rassembler dans un espace clos avec un feu allumé.

— Ils deviendraient alors des cibles faciles pour les yis, fit remarquer Alisha.

— Si tout le monde meurt de froid, les yis n'auront rien à faire, lui rétorquai-je. Rien de tout cela n'a de sens. Les yis nous ont maintenus en vie pendant cinq cents ans, pourquoi nous tuer maintenant ?

La réponse la plus évidente à cette question était : « *À cause de moi.* » J'avais rompu le *statu quo* en nous conduisant dans les compartiments avant et en apprenant la vérité sur la prise de pouvoir par les aliens. Mais si je n'avais pas colmaté la fuite, nous serions morts asphyxiés.

— Parce que nous ne sommes plus loin du deuxième monde, déclara Frazer. Ils n'ont plus besoin de nous.

— Ils n'ont jamais eu besoin de nous, lui fis-je remarquer.

— La population a fait fonctionner l'écologie de l'habitat, rétorqua-t-il. Sans le bon équilibre entre la faune et la flore, la teneur en gaz carbonique serait modifiée. John, les yis ont-ils besoin de l'habitat ? Notre atmosphère est-elle liée à la mer centrale ?

— Dans une certaine mesure, oui. L'atmosphère de la mer centrale est très humide. L'air y circule donc lentement à travers des filtres qui éliminent l'humidité entre les deux environnements. À elle seule, la mer n'est pas en mesure de maintenir le bon équilibre des gaz atmosphériques.

— Mais sont-ils capables d'isoler la mer centrale de l'air qui circule au sein du *Daedalus* ?

— Oui. Le *Daedalus* est équipé de nombreux joints d'urgence susceptibles d'isoler des sections entières, y compris l'habitat et la mer centrale.

— Et je parie que les yis pourraient tenir plusieurs mois, voire un an sans l'air frais de l'habitat. Suffisamment longtemps pour que le *Daedalus* atteigne le nouveau monde.

— Possible, oui. L'atmosphère de la mer centrale leur suffirait durant des années avant que sa dégradation ne la rende dangereuse.

— Nous y voilà, alors ! dit Frazer d'un ton énergique. Ils n'ont plus besoin de nous. Et ils ne veulent certainement pas de nous sur le nouveau monde.

— Je ne comprends toujours pas pourquoi ils avaient besoin de nous jusqu'à présent, insistai-je. L'habitat aurait sans aucun doute continué de fonctionner sans nous, non ? Enfin, les types II auraient pu le maintenir. Ou des cybots contrôlés par une IA.

— Ces deux options sont pertinentes, reconnut John avec une certaine prudence.

— Ne me dis pas qu'« il nous faut plus de données ».

— Dans ce cas, si.

Nous étions à trois kilomètres d'Akebia lorsque John demanda à Frazer de quitter le chemin de halage. On s'engagea sur un sentier cahoteux.

Sans le canal à nos côtés, mon angoisse vis-à-vis de l'obscurité s'intensifia. Je n'avais vraiment aucune idée de l'endroit où nous nous trouvions.

Les indications de John étaient claires et précises, mais cela ne me permit cependant pas d'apaiser mon anxiété. Je suppose que je n'aimais simplement pas être à ce point dépendante de quelqu'un d'autre.

Au bout d'un quart d'heure, j'eus envie de crier : *« Laissons tomber, tentons notre chance dans le passage de la cascade. »* Nous étions ballottés sur une prairie au sol cahoteux. J'entendais piailler des oiseaux ou je ne sais quoi d'autre dans l'obscurité. Aucune tache infrarouge n'était assez grosse pour être un yi.

— Nous allons dans la bonne direction, annonça John. Plus que cinquante mètres.

Sa façon de me le dire, si rassurante, me rappela qu'il pouvait surveiller mon corps et donc connaître mon rythme cardiaque. Je pris de grandes respirations pour m'efforcer de me calmer.

John ordonna à Frazer de s'arrêter. Nous sommes tous descendus, illuminant les alentours à l'aide de nos torches électriques.

— Que cherchons-nous, exactement ? voulut savoir Zawn.

— Le sommet du puits de ventilation est une structure circulaire de trois mètres de haut, détailla John. Elle devrait se trouver à une dizaine de mètres sur notre gauche.

Comme un seul homme, on braqua tous les huit nos torches dans la direction indiquée. On illumina un énorme monticule de chèvrefeuille rose qui avait dû grimper sur quelque chose de solide pour atteindre une telle hauteur. Quelques amandiers se battaient avec les vignes pour savoir qui allait dominer l'autre. N'ayant jamais été taillés, ils formaient un enchevêtrement de branches presque aussi élevé que le chèvrefeuille.

Rell posa les mains sur ses hanches en poussant un soupir de découragement.

— Je suppose que ça doit être là-dedans…

— Comment on entre, John ? demandai-je.

— La grille du dessus s'ouvre.

— Le dessus ?

— Oui. À l'intérieur se trouvent une échelle pour les humains et un rail pour les cybots.

On se consulta tous du regard.

— Et comment faisait-on pour parvenir au sommet, tu sais, avant qu'il ne soit recouvert de végétation ?

— Il y a une échelle à l'extérieur.

— Parfait, déclara Alice en dégainant une des lames-D qu'elle avait trouvées dans les sous-sols d'Ixia. John a raison, les yis ne s'attendront pas à ce que nous entrions par ici.

Elle s'approcha de l'enchevêtrement de chèvrefeuille et actionna sa lame-D. Les branches s'écartèrent comme si elle sculptait l'air. Shao la rejoignit avec sa propre lame-D.

Nous autres, nous restâmes en retrait. Ces lames-D pouvaient couper n'importe quoi avec facilité, et on les maniait peut-être avec un peu trop d'enthousiasme. Alice jetait allégrement de grandes touffes de lianes hors du passage que Shao et elle étaient en train de frayer.

— Il y a un mur, ici, signala-t-elle au bout de quelques minutes.

Ils découvrirent l'échelle assez rapidement, puis il leur fallut tailler le chèvrefeuille au-dessus d'eux pendant qu'ils grimpaient lentement. La prétendue échelle n'était composée que de fins barreaux métalliques qui dépassaient du mur de la tour. Les doigts partiellement engourdis, je parvins tout juste à m'y cramponner pour gravir prudemment la paroi.

Le sommet de la tour mesurait quatre mètres de diamètre et était couvert de feuilles de chèvrefeuille qu'Alice et Shao étaient encore en train de trancher lorsque je passai la tête au-dessus du bord. Je constatai que la tour était couverte d'une grille, mais la plante avait poussé partout où elle en avait eu la possibilité, créant une couverture continue.

— On ne va jamais réussir à la soulever, déclarai-je à John.

— Non. Vous allez devoir la découper.

Rell alluma sa lame-D, plus courte, pour faire quelques trous exploratoires, les éclairant de sa torche pour chercher l'échelle intérieure. Lorsqu'il la trouva, il dut découper la grille avec précaution. Personne n'avait envie que des morceaux de métal chutent dans le tunnel en contrebas. Le bruit qu'ils auraient fait se serait répercuté très loin.

— Je passe en premier, annonça-t-il dès qu'il eut dégagé un espace suffisamment grand pour s'y introduire.

Je cherchai une bonne raison de l'en empêcher, car si un yi l'attendait en bas, il n'y survivrait pas.

— Non, le retint Zawn. C'est mon boulot. (Il soutint le regard de Rell d'un air calme et lui tendit la main.) J'aimerais bien avoir un pistolet.

Se tournant vers moi, Rell vit mon air parfaitement neutre, sans la moindre hésitation. Poussant un soupir, il tendit son pistolet laser à Zawn.

— Ça ne te suffira pas, fit remarquer Frazer d'un air désapprobateur. Prends une des batteries explosives et une paire de lunettes-V. Grâce à elles, les yis ne pourront pas se cacher dans l'obscurité. Si tu repères une source de chaleur en dessous de toi, laisse tomber la batterie.

Zawn hocha la tête d'un air reconnaissant.

— Je te remercie.

J'étais partie du principe que le tunnel avait été creusé à quelques mètres seulement sous la prairie. Après tout, les stations dans lesquelles j'étais descendue se trouvaient juste en dessous de la surface. Il s'avéra que j'avais tort.

Zawn entama sa descente. Je vis vaciller la lueur de sa lampe, de plus en plus faible.

J'étais consciente que Zawn tentait simplement de nous prouver sa valeur et, sans doute, d'honorer la mémoire d'Elijah. Mais s'il n'était pas descendu, cela aurait été Rell. Je devais accepter qu'il s'agisse d'une aventure incroyablement risquée, uniquement justifiée par la seule autre option.

Finalement, la lueur se dissipa. Je pris une inspiration, même si c'était ce dont nous étions convenus lorsqu'il approcherait du fond. Une source lumineuse pourrait alerter les yis à proximité.

Quelques instants plus tard, il braqua la torche vers nous et la fit clignoter à trois reprises.

— Allons-y, annonça Rell.

Il passa en premier, et je le suivis. La descente n'était pas facile. Les échelons étaient froids et glissants et je devais tâtonner avec mes pieds pour les trouver. Encombrement supplémentaire, je portais ma combinaison spatiale dans le sac à dos que Lazarus m'avait remis. Elle n'était pas lourde, mais me faisait perdre l'équilibre. Ma descente fut certainement plus lente que celle de Zawn. Le seul bon côté était qu'il faisait beaucoup plus chaud à l'intérieur. Quand j'atteignis le fond – à au moins dix mètres sous le niveau du sol –, je sentis des picotements dans les mains, mes doigts recouvrant leur sensibilité.

Après avoir descendu le dernier échelon, je me retrouvai dans une pièce cubique dont l'une des parois était une grille semblable à celle au sommet de la tour. Derrière elle, je distinguai deux énormes ventilateurs dont les pales immobiles étaient couvertes de crasse. Le sol était jonché de fientes d'oiseaux, de feuilles mortes de chèvrefeuille et de brindilles cassantes.

Zawn se tenait près de l'unique porte, une plaque métallique grossière pourvue d'un levier en son centre.

— Je ne l'ai pas ouverte, déclara-t-il. J'ignorais si les yis auraient pu détecter son mouvement.

Je connaissais ce ton : il cherchait mon approbation. Dans la vie, Zawn se comportait énormément en fonction des autres. Ses parents n'étant pas les personnes les plus chaleureuses d'Ixia, il avait toujours été le type bizarre à l'école. Comme pour compenser cet état de fait, il avait toujours cherché le soutien d'Elijah, qu'il idolâtrait. Quand nous étions ensemble, il cherchait constamment à plaire, à faire et à dire ce qu'il fallait. Il était si crispé que cela le rendait encore plus malheureux, toujours en manque d'affection. Une autre des raisons pour lesquelles j'avais rompu.

Il faut que je cesse d'en dresser la liste.

— Tu as fait ce qu'il fallait, le rassurai-je. John, la porte est-elle connectée au réseau ?

— Je ne crois pas. Elle est équipée d'une simple serrure.

— Il va tout de même nous falloir découper la serrure, annonça Frazer en sortant sa lame-D. Évitons de prendre le moindre risque.

— Absolument, confirmai-je, même s'il ne m'avait pas vraiment demandé la permission.

J'aidai Alisha à descendre les derniers échelons pendant que Frazer commençait à découper le métal.

Elle observa la pièce lugubre d'un air dédaigneux.

— Retour à la case départ, marmonna-t-elle. Sous terre et dans le noir.

— Comment ça s'est passé quand les régulateurs vous ont ramenés à Ixia ? lui demandai-je.

Je n'avais pas vraiment eu le temps de prendre de ses nouvelles depuis mon retour. Nous ne nous connaissions que depuis quelques jours, mais elle m'avait vraiment manqué.

— Ce fut un moment très intéressant, répondit-elle avec un léger sourire. Le village n'allait certainement pas accepter l'ordre de Cycler tous les habitants de Tressaco. La colère et le ressentiment couvaient. Même si nous n'avions pas découvert l'existence des yis, je crois bien que les choses auraient pu commencer à changer.

— Voilà qui est encourageant.

— Oh, et votre maire, Fininen, est un idiot.

— Ça, tout le monde le sait, intervint Alice d'un ton désinvolte.

— Mais il parle, poursuivit Alisha. Bon sang, ce qu'il parle, il ne s'arrête jamais ! C'est sa façon d'amener les gens à le soutenir : en leur disant ce qu'ils veulent entendre, en étant d'accord avec eux, mais pas de façon honnête. Il déforme le sens des réalités.

— Vous voulez dire que c'est un politicien ? me moquai-je.

— Oui. Alors, fais attention avec lui.

Je vis Zawn nous observer, se retenant d'intervenir.

Fininen était le cousin de sa mère, et il avait soutenu la candidature de Zawn au poste de régulateur stagiaire.

Je lui adressai un sourire complice pour l'intégrer au consensus général, et il me répondit par un tic d'appréciation.

Quand il faisait cela, quand il se détendait un peu, il redevenait le Zawn dont je me souvenais, à l'époque où nous sortions ensemble.

Rell et Shao se tenaient derrière Frazer, tandis qu'il finissait de découper le mécanisme de verrouillage. Pistolets dégainés, ils hochèrent la tête quand Frazer poussa la porte. Elle ne bougea pas d'un pouce. Il poussa de nouveau, plus fort.

— Tu as vraiment découpé la serrure ? demandai-je.

— Oh ! c'était ce qu'il fallait faire ? Si seulement tu m'avais guidé. (Il poussa la porte avec son épaule. Sans plus de résultats. Il lui donna ensuite un coup de pied. Toujours rien.) Ça doit être grippé. C'est une porte manuelle. Elle a cinq cents ans. C'est inévitable. Je vais juste devoir la découper. Ça ne devrait pas être long.

Zawn posa sa main sur la poignée de la porte, et tira. Elle pivota en douceur. Il s'écarta aussitôt du chemin.

Je voulais dire quelque chose. J'en mourais vraiment d'envie. Mais je fis preuve de maturité et gardai le silence tandis que nous nous enfoncions dans le passage. En passant devant Frazer, relativement confus, je ne pus maîtriser ma bouche ni m'empêcher d'esquisser un sourire en coin.

* * *

Le passage menait directement au tunnel de la Ligne orange, où de minuscules lueurs bleu-vert brillaient au plafond, s'étendant à l'infini dans les deux directions. C'était la même scène que dans la voie souterraine sous Tressaco, sauf qu'aucun filet d'eau ne ruisselait par terre.

Nos lunettes-V ne détectaient aucune source de chaleur.

— On dirait que la voie est libre, se risqua Alice.

— Dans quelle direction ? demandai-je à John.

— Sur votre gauche.

On se mit en route, Rell et Shao jetant régulièrement un coup d'œil dans le tunnel derrière nous, au cas où un yi surgirait. On ne tarda pas à ôter nos vêtements d'extérieur. Le froid engourdissant de l'habitat n'avait pas encore atteint le sous-sol, ce dont je me sentis à la fois reconnaissante et coupable.

Environ une heure après le début de notre excursion sous terre, une lueur jaillit devant nous, au détour de la légère courbure des parois du tunnel, et son intensité augmenta au fur et à mesure que nous nous en approchions. C'était le genre de lumière blanche rassurante et normale qu'il était impossible de distinguer de la lumière du jour de l'habitat. Nous n'avions pas encore passé une journée entière dans l'obscurité, mais je fus instinctivement soulagée de la voir. Puis, une ou deux secondes plus tard, soudain inquiète, je m'immobilisai.

— D'où est-ce que ça vient ?

Dans mon esprit, j'eus la vision de types III approchant dans le tunnel, les lumières principales s'allumant autour d'eux pour nous repérer.

— Il doit s'agir de la station de Mercou, expliqua John. Ce qui signifie qu'il devrait y avoir un passage latéral non loin.

Il avait raison. Après nous être remis en route, nous sommes arrivés à un trou dans le mur du tunnel, des marches menant vers le bas, un rail de cybot parallèle aux marches. En bas, la porte était un simple rectangle gris avec une poignée ordinaire.

— Ici, tous les couloirs sont des accès de maintenance, expliqua John. Ils ont une couverture réseau, mais aucun capteur. Nous devrions être relativement en sécurité.

— Mais si les yis savent qu'il n'y a pas de capteurs, ne vont-ils pas surveiller davantage ces passages ? s'inquiéta Mortos.

— Si. Il y a cependant des centaines de kilomètres de couloirs. Il faudrait des milliers de yis pour les couvrir de manière raisonnable. La logique veut que, si des humains souhaitent retourner dans la partie avant pour contacter une IA de commandement, ils devront emprunter les tunnels principaux à un moment ou à un autre. Raison pour laquelle je propose d'utiliser plutôt un vaisseau.

— Tu penses que les yis sont logiques ? demanda Alisha. Avec tout ce que nous savons sur eux ?

— L'esprit des reines-cerveaux est connecté aux IA de commandement, elles se servent de leurs programmes pour réfléchir. Toute évaluation tactique de la situation impliquant des analyses d'IA sera fondée sur une base logique.

— Mais si tu peux envisager cet itinéraire, elles aussi, fit remarquer Frazer. Toi aussi, tu te fondes sur la logique.

— C'est vrai. C'est une option qui aura été considérée et dont le niveau de risque aura été calculé, ce qui leur fournira la probabilité que nous l'exploitions réellement. Cependant, mes routines s'adaptent à mon opérateur. Hazel considère que le risque est acceptable.

Je faillis demander : « *Vraiment ?* »

Tout le monde me regarda en guettant ma réaction. Je haussai les épaules, comme si cela n'avait aucune importance.

— C'est vrai, répondis-je, refusant de montrer à quel point j'étais déconcertée par le fait que John puisse deviner de quelle façon fonctionnait mon cerveau.

Il était aussi inquiétant que gênant que quelqu'un vous comprenne si bien. Parce que je devais admettre que, depuis qu'il avait fait allusion à son projet de faire voler un vaisseau spatial à l'extérieur du *Daedalus*, j'avais hâte de le faire.

— Alors, j'ouvre ? demanda Zawn.

Alisha me jeta un coup d'œil avant de hocher la tête.

— Vas-y.

Ceux d'entre nous qui étaient armés de pistolets les braquèrent sur la porte. Frazer tenait aussi une des batteries explosives, prêt à la lancer. Alisha et Mortos pointèrent les faisceaux de leurs torches droit devant.

Zawn ouvrit la porte.

Chapitre 9

Aucun yi ne surgit vers nous. Les rayons des torches illuminèrent un couloir désert. Mes lunettes-V ne révélèrent aucune source de chaleur.

Shao et Rell franchirent le seuil épaule contre épaule.

— Rien par ici, annonça Rell.

Le passage de maintenance n'était pas éclairé, mais on apercevait son plafond nervuré de tuyaux et de câbles. Il y avait énormément d'intersections. Nous avons parcouru le labyrinthe en suivant les indications de John, nous émerveillant une fois encore qu'une si petite unité puisse contenir tant de connaissances.

Quelques minutes plus tard, on s'immobilisa devant une nouvelle porte. Elle ne semblait pas différente des dizaines d'autres que nous avions déjà franchies.

— Qu'est-ce qu'il y a, derrière ? voulus-je savoir.

— Un compartiment dédié aux systèmes de soutien du hangar, répondit John. Un des nombreux semblables sur ce niveau.

— Nous sommes donc proches du hangar des vaisseaux auxiliaires ?

— Oui.

Nous avons de nouveau pris nos précautions, pistolets braqués sur la porte. Zawn saisit la poignée. Nous avions éteint nos torches.

Lorsque la porte s'ouvrit, une lueur pâle se fit. De l'autre côté se trouvait une grande salle de peut-être deux cents mètres de long et cinquante de haut. C'était difficile à dire tant il y avait par terre de cylindres et de sphères dorés qui m'empêchaient de bien voir. Des tuyaux couraient le long des murs en un treillis géométrique strict, s'appuyant au-dessus de nos têtes sur des portiques jusqu'au sommet de réservoirs.

De grandes machines en forme de boîtes équipées de portes de verre étaient alignées au pied de chacun des réservoirs. Des cybots formaient de longues files silencieuses dans des alcôves peu profondes, et, en passant devant, je les trouvais extrêmement intimidants, sachant que les reines-cerveaux pouvaient les activer à tout moment.

— Est-ce qu'ils fonctionnent encore ? demandai-je.

— Ils sont en veille, répondit John. Aucun n'est actuellement actif.

— Mais ça pourrait être le cas ?

— Oui.

Je me hâtai de passer devant les cybots jusqu'au grand passage voûté au fond de la salle. Si le compartiment des systèmes de soutien était grand, la nouvelle pièce que j'ai découverte au-delà était encore plus vaste. Taillée directement dans la roche, elle faisait facilement cinq cents mètres de long, et plusieurs centaines de mètres de haut. Au plafond, de nombreuses rangées de lampes circulaires diffusaient une maigre lueur rougeâtre, comme si elles vivaient leurs derniers instants. Le hangar de vaisseaux auxiliaires où nous étions déjà allés était vaste, mais il contenait de nombreux vaisseaux spatiaux de types différents. Celui-ci n'en hébergeait qu'un seul.

Je ne savais pas qu'un tel engin existait, mais rien qu'en le regardant je devinai qu'il pouvait voler. Ses ailes avaient une gracieuse forme triangulaire, convergeant vers un long nez devant une grosse section centrale cylindrique. Son fuselage gris foncé était si lisse et brillant que l'on imaginait aisément ses doigts glisser dessus comme s'il était huilé. Chacune de ses parties était élégamment incurvée, au point que l'on aurait plus dit une œuvre d'art qu'une machine. Le plus grand oiseau de l'univers. Je le trouvai magnifique.

Frazer s'était fendu d'un large sourire.

— Qu'est-ce que c'est ? demanda-t-il, émerveillé.

— C'est un Braun, répondit John. Un des vaisseaux de débarquement.

— De débarquement ?

— Quand le *Daedalus* atteindra le nouveau monde, c'est dans ce type de vaisseau que les villageois descendront sur la planète.

— Capitaine soit louée ! il est magnifique.

— Il est gigantesque, constata Zawn.

— Il fait trois cents mètres de long et pèse cent mille tonnes, expliqua John. Il ne volera donc qu'une seule fois.

— Pourquoi ?

— Il est trop lourd pour qu'un moteur puisse le soustraire à la pesanteur d'une planète de même type que la Terre. Ces trois tuyères, à l'arrière ? Ce sont des moteurs à fusion. Ils le propulseront du *Daedalus* jusqu'à la couche d'atmosphère de la planète, mais c'est tout. En pénétrant dans l'atmosphère, il se laissera planer jusqu'à la mer, et réalisera un amerrissage.

— Ouah, ça va être le plus cool des voyages ! s'exclama Frazer.

— Très probablement.

— Combien de Braun y a-t-il ? voulus-je savoir.

— Quinze en tout. Chacun d'eux est équipé du matériel nécessaire à l'établissement d'une colonie humaine indépendante de même niveau technologique que celui que la Terre avait atteint au départ du *Daedalus*. C'est un soulagement de voir que celui-ci est intact. En fait, les portes du hangar sont toujours verrouillées, ce qui laisse entendre que les yis n'y sont pas encore entrés.

— Alors, c'est avec ce type de vaisseau qu'Ashleigh Kruger s'est rendue sur le premier monde ? demanda Alisha.

— Non. L'équipage a utilisé des Tereshkova, des navettes beaucoup plus petites, capables de voler dans l'atmosphère et de retourner en orbite. Elles ont été conçues pour transporter vers les planètes des équipes scientifiques et d'exploration.

J'étudiais le berceau qui passait sous le fond du Braun, le maintenant en place. Un socle de métal argenté brillant qui s'évasait à sa base pour former au sol un large bassin ovale. Un grand demi-cercle de la même matière recouvrait la majeure partie de la paroi devant le nez du Braun, l'atterrisseur et le hangar s'y reflétant dans les moindres détails.

— Nous ferions bien de nous remettre en route, suggéra John.

— Ouais, d'accord.

J'avais l'impression que nous étions tous réticents à l'idée de quitter les lieux. En passant devant le Braun, nous avions du mal à le quitter du regard, comme si nous n'arrivions pas à croire qu'il était bien réel.

John nous guida vers un passage voûté au fond du hangar. Par rapport au hangar du Braun, ce passage ne paraissait pas grand, mais on aurait pu y faire entrer la mairie d'Ixia. Il était orné à chaque extrémité d'une nervure du même métal argenté poli que le berceau du Braun. Des joints de sécurité, nous expliqua John. Le métal argenté était du flexsteel, comparable à la morphtallique que nous avions utilisée pour colmater la fuite, sauf que ce matériau pouvait changer de forme en permanence et ne se solidifiait pas après utilisation.

— La plupart des sas des vaisseaux auxiliaires du *Daedalus* en utilisent, expliqua-t-il. Pour des engins si grands, c'est plus pratique que les écoutilles solides.

Je jetai un coup d'œil en arrière à la vaste paroi du hangar en flexsteel, comprenant soudain qu'il n'y avait que du vide derrière.

Comme toujours, je fus impressionnée par les capacités de nos ancêtres. J'avais du mal à comprendre comment un peuple si talentueux avait pu être terrassé par les yis. Peut-être la douceur de vivre et la générosité de nos ancêtres les avaient rendus négligents et trop confiants… Papa les aurait probablement qualifiés de « mous ».

Le hangar de vaisseaux auxiliaires se trouvait au bout du passage. Il faisait sombre à l'intérieur. Même si l'éclat roussâtre provenant du hangar du Braun y jetait un long halo de lumière. Je ne distinguai que deux des vaisseaux Gagarine, avec leurs coques ovoïdes. Comme la plupart des choses que nous avions vues dans la partie avant, ils auraient pu être tout neufs.

— Ils sont en bon état ? demandai-je.

— Je préfère éviter d'interroger le réseau, confia John. Et les Gagarine ne peuvent accueillir que trois passagers. Je vous suggère de trouver un Armstrong, plus près de l'ascenseur qui descend au quai de lancement.

Je m'étais habituée à avoir de nouveau de la lumière, même faible, dans la partie avant. Mais maintenant que nous nous enfoncions dans l'obscurité profonde qui régnait dans le hangar auxiliaire, la lueur provenant du passage voûté s'estompant progressivement derrière nous, mon anxiété remonta en flèche. C'était stupide, nous avions parcouru la moitié de la longueur de l'habitat et y étions retournés, alors que des yis auraient pu se cacher n'importe où. Mais, pour une raison ou une autre, dans le hangar, mon impression de danger imminent s'était amplifiée. C'était leur territoire, ils pouvaient se trouver derrière n'importe quelle porte, nous observer grâce à n'importe quel capteur…

Au bout d'une minute, Frazer alluma sa torche.

— Frazer ! Ça va se voir.

— S'ils sont là, ils nous ont vus arriver par le passage voûté, de toute façon, répliqua-t-il. Ils peuvent facilement nous entendre, même s'il fait sombre, tu te rappelles ? Ce n'est donc pas une torche qui y changera quoi que ce soit.

Serrant les dents, j'allumai ma propre torche, son faisceau se reflétant sur le fuselage des vaisseaux. De ce côté du hangar, il n'y avait que des Gagarine.

— Il y en a tellement…, constata Zawn. À quoi tous ces engins servaient-ils ?

— Ils étaient principalement destinés aux opérations industrielles, une fois le *Daedalus* arrivé au nouveau monde, expliqua John. À l'époque où l'arche a quitté la Terre, toutes les opérations minières à grande échelle avaient déjà été transférées loin de la surface de la planète afin de réduire la pollution. L'équipage du vaisseau aurait donc placé un astéroïde en orbite haute autour du nouveau monde et y aurait raffiné les minéraux et les métaux.

L'agencement du hangar ressemblait à celui de la section 17, avec des blocs de machines de la taille d'une hutte empilés à côté des vaisseaux, des tuyaux et des unités d'ingénierie plus petites couvrant les murs. Les quelques surfaces de roche nue visibles étaient toutes creusées d'alcôves pour les cybots. Il était très étrange de se déplacer au milieu de toutes ces machines intactes sans qu'aucune d'elles soit active.

Enfin, on atteignit une partie des Armstrong. Ils étaient plus grands que les Gagarine, leur coque sphérique couverte d'un tissu blanc argenté, des pointes et des panneaux noirs faisant saillie ici et là. Leurs hublots noirs semblaient observer le hangar, comme s'ils nous jugeaient.

— Le deuxième, dit John.

En nous dirigeant vers l'appareil indiqué, je remarquai la présence d'un grand demi-cercle de flexsteel sur la paroi juste derrière. Mon inquiétude s'accrut. Quelques minutes plus tard, nous allions le franchir et voler librement dans l'espace, quelque part dans le vide total entre les étoiles. Après tout, peut-être n'était-il pas si judicieux de suivre ce parcours pour gagner la section 3. Mais nous n'avions pas vraiment le choix. Franchement, j'étais surprise que nous ayons pu aller si loin. Changer d'itinéraire à ce moment-là aurait été une folie.

On fit une halte au pied d'une des cinq pattes insectoïdes de l'Armstrong, laquelle était équipée d'une échelle menant à une écoutille dans la coque. Je remarquai que la patte reposait sur une grande plaque de flexsteel. En allumant ma torche, je constatai la présence d'une plaque similaire sous chacune de ses pattes.

— Servez-vous du déverrouillage manuel d'urgence, conseilla John à Frazer. C'est la poignée rouge du côté droit de l'écoutille. Poussez-la vers le haut et tournez-la à quatre-vingt-dix degrés.

— Pigé, s'enthousiasma Frazer.

Il gravit aussitôt l'échelle.

Avec difficulté, je m'abstins de lui demander d'attendre qu'on ait réfléchi à ce qu'on allait faire, et d'être prudent. À en juger d'après leur tête, les autres étaient tous presque aussi enthousiastes que lui.

La poignée manuelle fonctionna visiblement. Il ne fallut que quelques secondes à Frazer pour ouvrir l'écoutille. Dès qu'il fut à l'intérieur du vaisseau, Alice se pressa de grimper l'échelle à son tour. L'écoutille se referma derrière elle. Je laissai Alisha et Mortos la suivre, puis je leur emboîtai le pas.

Le sas était une pièce assez petite, ses parois couvertes d'une couche de rembourrage de couleur crème, comme si quelqu'un avait collé des coussins moulés sur tout. Alisha et Mortos attendant à l'intérieur, je m'entassai auprès d'eux.

— Il faut fermer l'écoutille extérieure avant de pouvoir ouvrir la porte intérieure, expliqua John. Les deux sont mécaniquement liées. C'est une mesure de sécurité élémentaire.

Me tortillant, je refermai la trappe extérieure. Heureusement que j'avais ma torche allumée, sinon l'exiguïté des lieux m'aurait paru encore plus oppressante. Mortos frappa avec ses doigts sur la porte intérieure, qui s'ouvrit aussitôt sur une Alice tout sourires.

L'Armstrong était divisé en deux niveaux. Le pont inférieur, par lequel nous sommes entrés, était constitué de casiers aux portes transparentes, tous remplis de matériel d'aspect complexe. Les autres parois étaient couvertes de rembourrage, comme dans le sas. Plusieurs des casiers contenaient des combinaisons spatiales semblables à la mienne. Des bouches d'aération dépassaient comme des champignons dans des endroits incongrus, tandis que l'éclairage provenait de cercles de verre protégés par des grilles blanches. Le plus étrange était qu'il y avait des arceaux en tissu rigide partout, suffisamment grands pour qu'on puisse les saisir avec la main.

En plein milieu, une échelle montait par une écoutille circulaire dans le plafond. Je devinai là-haut la lueur de la torche de Frazer.

— Il ne va pas essayer de piloter ça, hein ? demanda Alice d'un ton mal assuré.

— Non, répondit John. C'est l'IA de pilotage qui va s'en charger. Mais, d'abord, il nous faut faire quelques préparatifs afin de nous isoler de l'assaut numérique que les reines-cerveaux ne vont pas manquer de lancer dès que nous aurons mis le vaisseau sous tension.

Je m'empressai de gravir l'échelle pour rejoindre Frazer dans la cabine supérieure. Dix fauteuils étaient disposés en cercle autour de l'écoutille, tous orientés vers la coque et ses longs hublots incurvés. Trois des sièges étaient équipés de colonnes surmontées d'écrans et de piliers de cristal. À mon arrivée, Frazer était occupé à inspecter l'une d'elles.

— Ne touche à rien, lui défendis-je. (Il m'adressa un regard exaspéré.) Sérieusement, John souhaite d'abord faire quelques préparatifs.

— Avant d'activer l'IA de pilotage nous devons reconfigurer certains des modules-processeurs embarqués, précisa John.

— Ah, d'accord, dit Frazer d'un ton amical. Que veux-tu que je fasse ?

Donc, quand je dis quelque chose, je suis une enquiquineuse, mais si ça vient de John, c'est une super idée ? D'accord…

John lui expliqua quels étaient les trois panneaux muraux qu'il souhaitait ouvrir. Il y avait une sorte de petit bouton circulaire juste à côté. Quand Frazer le pressa, l'ensemble s'ouvrit comme un tiroir. À l'intérieur de chacun d'eux se trouvait un rectangle de métal noir incrusté de cubes de verre et d'un enchevêtrement de fils de verre. Une faible lueur verte brillait au cœur du verre.

Je fus vraiment heureuse de ne voir aucune trace des fibres blanches dont les yis avaient contaminé une si grande partie des machines électriques du vaisseau. Les autres montèrent du pont inférieur tandis que Frazer suivait attentivement les instructions de John, débranchant les fils de verre que ce dernier lui indiquait. Il les rebranchait parfois sur des prises différentes. Il ôta complètement plusieurs des cubes. Lorsqu'il en eut terminé, les tiroirs se remirent en place en silence.

— Qu'est-ce que ça fait ? demanda Mortos.

— Avec un peu de chance, je devrais à présent être en mesure de bloquer tous les forçages que le réseau tente d'envoyer à l'IA de pilotage du vaisseau, expliqua John. Le smartweb de bord est pourvu de multiples redondances de sécurité fournissant de nombreux canaux d'entrée possibles, mais les nœuds de réception sont à présent soit désactivés, soit privés d'accès.

— D'accord, dit Mortos comme s'il avait compris. Donc on peut y aller ?

— Je crois que oui. Je vous suggère de vous asseoir et de vous attacher.

Je pris place à côté de Rell, et on échangea un sourire nerveux pendant qu'on manipulait les sangles et leurs boucles métalliques. Frazer était de mon autre côté, une colonne entre nous. Je vis des symboles ambrés et violets s'y afficher, puis les écrans affichèrent un texte défilant trop rapidement pour pouvoir être lu. Un tourbillon de graphiques étranges apparut dans le pilier de cristal, au sommet de la colonne.

— J'active l'IA de pilotage, déclara John. Elle va lancer une vérification des systèmes pour voir ce qui est opérationnel.

— Et pour nous faire entrer dans le sas du hangar ? demanda Frazer.

— Je vais isoler notre vaisseau des routines de gestion du hangar et déclencher la procédure de lancement d'urgence. C'est à ce moment-là que le réseau du *Daedalus* s'apercevra de notre présence. Ça devrait nous laisser assez de temps pour pénétrer dans le sas avant que les reines-cerveaux puissent annuler la procédure.

Je ne pris pas la peine de lui demander ce qu'il faisait, ni de poser des questions. Soit il serait capable de nous faire sortir, soit ce ne serait pas le cas. Ce n'était plus de mon ressort. En fait, plus grand-chose ne l'était depuis un bon moment.

— Vous devez tous savoir qu'une fois lancés nous serons en chute libre, nous prévint John.

Ce ton de voix…

— Ce qui signifie ? demandai-je sèchement.

— Il n'y aura plus de pesanteur du tout. Nous aurons l'impression de chuter, mais, en fait, ce ne sera pas le cas.

— Je ne comprends rien, fut forcée d'admettre Alice.

— Si vous vous rappelez bien, lorsque nous avons remonté le puits d'accès en direction de la section 17, la pesanteur diminuait à mesure que nous approchions de l'axe du vaisseau. Et si nous avions atteint l'axe, où il n'y a pas de rotation, il n'y aurait plus eu de pesanteur. Vous auriez flotté dans les airs, car vous n'auriez plus eu aucun poids à ce moment-là.

— D'accord. Je vois. Enfin, je crois.

— Dès que nous aurons quitté le *Daedalus*, il n'y aura plus de rotation, donc plus de pesanteur. Votre cerveau interprétera cela comme une chute. Cette sensation est connue pour faire paniquer certains humains. C'est naturel : comme vous avez évolué dans un champ gravitationnel, votre instinct est conditionné pour interpréter une chute comme un prélude à un choc à vitesse terminale. Encore une fois, je vous garantis que ce ne sera pas le cas.

— C'est donc pour ça que les sièges ont des sangles ? demanda Mortos. Pour nous empêcher de partir à la dérive ?

— C'est la raison principale, oui.

Je suppose que j'aurais dû lui demander quelles étaient les autres raisons, mais je n'avais présentement aucune envie de le savoir. Soit cela allait fonctionner, soit non.

Rien d'autre ne comptait vraiment.

— En outre..., commença John.

Encore ce petit ton. Je m'attendis au pire.

— Une grande partie des humains éprouvent une sensation de nausée en chute libre. Si vous sentez que vous allez être malade, il y a un embout de vomissement dans l'accoudoir de chaque siège, relié à un tuyau. Il suffit de le tirer et de le placer sur votre bouche. Il appliquera une légère force d'aspiration.

Je baissai les yeux. Effectivement, une bande verte incurvée en plastique caoutchouteux avec un trou au milieu dépassait de l'accoudoir. En la regardant, je compris qu'elle était destinée à être placée sur les lèvres.

— Quelle curieuse idée de donner à chacun ce genre d'appareil plutôt que d'éponger un peu de vomi, railla Alisha.

Le silence régna un moment avant que John rétorque :

— « Éponger » n'est pas le terme adéquat. Ce sont non seulement vos corps qui vont flotter à la dérive, mais également tous les objets non sécurisés, y compris les fluides.

Une fois cette idée assimilée, je la trouvai vraiment écœurante.

— J'ai compris ! s'exclama Frazer avec beaucoup trop d'enthousiasme. Eh, sinon, comment on va aux toilettes en chute libre ?

— Il y a des unités spéciales...

— Et ça suffira pour le moment, l'interrompis-je. Le vol ne sera pas très long, n'est-ce pas ?

— Non, répondit John.

Frazer me lança un regard moqueur.

— Vérifications d'avant-vol terminées, annonça John. Nous avons suffisamment de systèmes fonctionnels et de réserves d'énergie pour voler.

— Tout le monde est prêt ? m'écriai-je.

Personne n'objecta.

— Allons-y, John.

— Très bien. Initiation de la séquence de démarrage.

Des machines jusqu'alors cachées se mirent à vrombir. Je sentis tourbillonner de légers courants d'air autour de moi, et une bande d'éclairage circulaire s'alluma au-dessus de nos têtes, nous baignant d'une douce lueur bleutée. Les graphiques affichés sur les colonnes s'illuminèrent, entamant une danse rapide les uns avec les autres. Au-dessus des hublots, des écrans plus grands s'allumèrent pour montrer des images du hangar plongé dans l'obscurité. Grâce à la lueur orangée qui s'en échappait, je parvins tout juste à distinguer le passage voûté menant au hangar du Braun.

Quelques bruits sourds résonnèrent, comme si quelqu'un frappait la coque avec un marteau en bois.

— Qu'est-ce qui se passe ? demanda Zawn.

— Ce sont les connexions ombilicales d'alimentation électrique et de masse de réaction qui se désengagent, expliqua John. Les systèmes à bord fonctionnent désormais grâce à l'énergie interne de l'appareil.

Le vaisseau se mit alors à bouger, une sensation subtile mais distincte. Je me cramponnai aux accoudoirs.

Alice poussa un petit cri.

— On est en train de voler ?

— Pas encore. Les patins en flexsteel qui se trouvent sous chaque pied de l'appareil nous conduisent vers le sas.

Je parvenais juste distinguer sur les écrans des formes sombres qui défilaient.

— Ça va durer combien de temps ? demanda Alice.

— J'ai chargé le plan de vol dans l'IA de pilotage, annonça John. Le temps de vol estimé jusqu'au sas de la section 3 est d'environ quinze minutes.

J'adressai un sourire à Rell.

— Nous allons voir des étoiles, lui dis-je. De vraies étoiles. Personne à bord du *Daedalus* n'en a vu depuis cinq cents ans.

Se penchant vers moi, il prit ma main.

— Ouais, qui l'eût cru ? C'est censé être très romantique.

— Pas étonnant qu'il y ait des embouts de vomissement partout ici, marmonna Frazer.

— Nous sommes arrivés au sas, annonça John.

Les yeux plissés, je scrutai les écrans qui nous montraient des images de l'extérieur. Il faisait encore si noir que je n'aurais su dire où nous nous trouvions.

— Lancement de la procédure de lancement d'urgence.

Un voyant rouge se mit à clignoter, quelque part dans le hangar. Le motif des graphiques sur les écrans de la colonne commença à changer. Je lus même les mots « OUVERTURE SAS », accompagnés d'un cube entier de chiffres.

Une lumière blanche illumina le vaisseau par les hublots de la cabine. Elle était si puissante que je dus cligner des yeux pour chasser mes larmes.

— Ils savent que nous sommes là, annonça John. Le réseau tente de se connecter au smartweb de l'appareil.

Je m'empressai de jeter un coup d'œil aux écrans. Tous les vaisseaux du hangar glissaient sur leurs patins de flexsteel, comme s'ils exécutaient une danse complexe au ralenti. Le sas s'ouvrait, aussi. Le demi-cercle de flexsteel se mit à onduler et un trou se dilata à partir du sol. Notre Armstrong prit de la vitesse et s'engagea dans l'ouverture. Au-delà, il y avait une simple cavité de roche nue, avec une autre paroi de flexsteel à son extrémité.

— Là ! s'écria Alice, abattant son doigt sur l'écran face à elle.

Une meute de yis de type II filait dans le hangar, bondissant par-dessus les machines d'appoint. Malgré moi, je poussai un petit cri. Pour être arrivés si rapidement, ils devaient se trouver tout près. Probablement dans la salle voisine.

La porte en flexsteel du sas cessa son mouvement. Au jugé, il me sembla qu'il y avait juste assez de marge pour permettre à l'Armstrong de traverser.

— Ils annulent la procédure d'urgence, annonça John.

— On va tout de même pouvoir décoller ? s'inquiéta Rell.

— Oui. Nous avons presque franchi le seuil du sas. Mais ils ont repéré que notre vaisseau refusait leur connexion réseau.

— Forcément, chuchota Alisha.

Une vingtaine de yis traversaient le hangar, se précipitant directement sur nous.

— Fermeture du sas.

Je vis l'ouverture dans le flexsteel se contracter derrière nous. C'était rapide, mais les premiers yis étaient déjà passés. Le reste de la meute se jeta sur la paroi métallique qui s'élevait, agitant leurs tentacules frénétiquement pour tenter de l'escalader. Ils dégringolèrent dans le sas.

Plusieurs d'entre eux bondirent sur l'Armstrong. On les entendait se cramponner à la coque. Sur les écrans, on les voyait s'en prendre aux pointes et aux panneaux saillants avec sauvagerie : tirant, tailladant, arrachant des câbles avec leurs griffes et déchirant l'étoffe blanche qui recouvrait le vaisseau.

— John ! m'écriai-je.

Je me recroquevillai craintivement dans mon fauteuil, enfonçant mes doigts dans les accoudoirs.

Un tentacule s'écrasa sur le hublot juste devant moi, tâtant la vitre, faisant claquer frénétiquement la griffe à son extrémité pour tenter de se frayer un passage. Puis le yi se pressa en entier contre la vitre, se tortillant avec force. Trois des écrans cessèrent de diffuser leurs images, les caméras ayant été détruites. Des yis se plaquèrent sur deux autres hublots.

— Pistolets ! s'écria Rell.

Puis il se mit à cogner sur la boucle de sa ceinture, se tordant dans tous les sens pour essayer d'accéder à son étui. Alice et Shao l'imitèrent. J'entendis Frazer pousser un petit gémissement.

— Porte intérieure du sas verrouillée, annonça John avec un calme déplacé. Évacuation d'urgence déclenchée.

— « Évacuation d'urgence » ? glapis-je.

— Dans ce contexte, une mesure draconienne qui…

La voix de John se perdit dans un hurlement soudain qui se répercuta contre les parois de la cabine. Tout le vaisseau se mit à trembler. Sur les écrans encore actifs, je vis de longues traînées de fumée aspirées vers la paroi de flexsteel extérieure du sas, dont l'ouverture se dilatait rapidement. Un yi volait dans les airs, agitant frénétiquement ses tentacules. Il fut rejoint par un des panneaux noirs de l'Armstrong et des morceaux d'étoffe blanche. Puis d'autres yis suivirent le même chemin. Le bruit assourdissant s'interrompit aussi brusquement qu'il avait commencé, et la cabine cessa de trembler.

— L'évacuation de l'atmosphère du sas est à présent achevée, annonça John. Nous sommes dans le vide.

— Capitaine nous protège ! gémit Zawn. Et les yis ?

— Ils ne peuvent pas survivre dans le vide, répondit John.

— Ont-ils endommagé l'appareil ? s'inquiéta Frazer.

Il vérifiait sa colonne. Une grande quantité de texte clignotait en rouge sur les écrans.

— Deux panneaux de refroidissement ont été perdus, prévint John. Ainsi que plusieurs mâts de capteurs et des caméras extérieures. Rien d'indispensable à notre trajet.

L'Armstrong se mit à bouger, se laissant glisser à travers le sas, franchissant la porte extérieure ouverte. Il ne semblait pas y avoir grand-chose là, une autre cavité rocheuse plus petite que le sas. Le sol était composé d'une grille de métal sur laquelle étaient étendus les corps des yis. Ils semblaient désarticulés, comme s'ils avaient chuté d'une grande hauteur. Je détournai le regard.

— Descente vers le quai, annonça John.

Le sol sembla s'enfoncer. Nous nous trouvions dans un grand puits de roche lisse quelconque.

— Jusqu'où allons-nous descendre ? demanda Alice.

— Le quai se trouve à neuf cents mètres sous le niveau du hangar auxiliaire, répondit John.

Comme toujours, mon esprit avait du mal à s'habituer à l'échelle du *Daedalus*.

L'Armstrong arriva finalement au fond du puits, s'immobilisant dans une grande caverne circulaire aux parois métalliques. Deux ouvertures se faisaient face, donnant sur des galeries faiblement éclairées.

— Tenez-vous prêts, nous recommanda John. Nous sommes sur le point de décoller. Vous allez ressentir une décélération, suivie d'une chute libre.

— Euh… une « décélération » ? demanda Alice. Tu veux dire que nous allons ralentir ?

— Oui, le tube de lancement nous ralentit par rapport à la rotation de l'arche. Si nous nous contentions de nous laisser tomber du quai, la force de rotation du vaisseau nous projetterait au loin. Le tube de lancement sert donc à nous ralentir. Quand nous atteindrons son extrémité, nous serons immobiles par rapport à l'arche.

Un puissant mécanisme se mit en marche, faisant vibrer l'Armstrong. Il semblait se trouver tout autour de nous. Je vis sur les écrans d'épaisses dalles cuivrées surgissant de la coque de manière télescopique.

— Déploiement des grappins magnétiques, énonça John. Charge confirmée, champs magnétiques activés. Lancement dans cinq, quatre, trois…

— John. Attends. Qu'est-ce que… ?

— … un. Lancement.

Chapitre 10

Une force invisible me poussa sur le côté de mon fauteuil. J'apercevais le tube de lancement par les hublots. Nous le descendions rapidement.

— Il y en a pour combien de temps ? demanda Frazer.

— Vingt secondes, répondit John.

Je me cramponnai aux accoudoirs, espérant ne pas grimacer. Mon corps était clairement convaincu que nous allions percuter quelque chose à la fin de ces vingt secondes. Pour quelle autre raison mon cœur serait-il en train de battre la chamade et serais-je en sueur, sinon ?

John se mit à compter à rebours à partir de cinq secondes. Frazer se joignit joyeusement à lui. Puis je crus entendre Zawn énoncer les derniers chiffres. À « un », Rell prit une profonde inspiration.

Au même moment, je fermai les yeux.

— Zéro.

La décélération s'acheva. Rien ne me poussait plus sur le côté de mon siège. En fait, rien ne me poussait nulle part. La pesanteur avait disparu. On chutait !

Je laissai échapper un glapissement. Je ne fus pas la seule : tout le monde avait les jetons. Nous étions vraiment en train de tomber, de dégringoler. Je le sentais et en redoutais le résultat…

— Ça, c'est cool ! s'exclama joyeusement Frazer. Qu'est-ce qui vous prend, bande d'idiots ? C'est une chute libre, rappelez-vous. On est dans l'espace !

Ouvrant les yeux, je m'obligeai à interrompre le geignement qui s'échappait de ma gorge. Je gardai cependant les mains fermement collées aux accoudoirs.

Nous étions toujours en pleine chute, une chute ridiculement longue. Et on ne s'était toujours pas écrasés par terre. *Parce qu'il n'y a pas de sol, idiote*, me dis-je.

Comprendre et croire étaient deux concepts très différents.

Mes cheveux flottaient autour de ma tête comme des algues dans l'eau. Lorsque je me tournai vers Rell, ils suivirent le mouvement avec un temps de retard, s'emmêlant devant mes yeux. Je les repoussai. Rell avait un air étrange, exprimant une sorte de plaisir nerveux. Il m'adressa un sourire timide. Puis son pistolet laser s'éloigna lentement vers le plafond de la cabine.

Il tenta de le rattraper, mais le manqua. Fascinée, je vis l'arme toucher le plafond, ricocher et s'en éloigner en tournoyant sur elle-même.

Frazer détacha sa ceinture et se poussa de son siège en gloussant. Il se rattrapa à un arceau et tenta de se stabiliser. Les mouvements de son corps entraînèrent ses jambes jusqu'à ce que ses pieds heurtent l'un des hublots.

Me détachant à mon tour, je le rejoignis aussitôt. Sauf que tous mes réflexes ou presque étaient à contretemps. Quand je me poussais d'une surface, je continuais à avancer, ce qui était normal. Mais lorsque je m'agrippais à quelque chose pour m'arrêter, je ne parvenais qu'à me tordre le bras, brusquement entraînée par mon poids (que je n'aurais pas dû avoir).

Il s'avéra que la clé de la chute libre était de se déplacer lentement et de réfléchir à sa destination avant de s'élancer.

Les humains ne pouvaient décidément pas se déplacer dans les airs aussi gracieusement que les oiseaux. Je l'appris à mes dépens. Après m'être cogné la tête pour la troisième fois, je commençai à comprendre que des limites naturelles m'empêchaient d'aspirer à l'élégance du cygne.

Rien d'étonnant, mais Zawn était en fait le meilleur d'entre nous pour manœuvrer dans la cabine. Alisha étant prudente, elle ne souffrit pas autant que nous d'ecchymoses et de poignets tordus. Alice s'amusait. Elle réalisait des sauts périlleux qui n'en finissaient pas, des vrilles, des pirouettes de gymnaste incroyables. Alors que ce pauvre vieux Rell était piteusement malade... D'ailleurs, heureusement que ces embouts de vomissement existaient. Je dus personnellement en attraper un à la hâte dès la première minute. Comme la plupart d'entre nous à un moment ou à un autre.

Au bout d'un moment, je finis par cesser mes stupides acrobaties et m'approchai d'un hublot. Il était cerné d'un grand nombre d'arceaux. Les concepteurs avaient sans doute deviné que c'était à cet endroit que les passagers souhaiteraient se trouver.

Je fus un peu déçue au début. Il n'y avait pas beaucoup de lumière. Tout ce que je voyais, c'était une surface noire marquée d'un million de petites imperfections qui défilaient à vive allure.

— Tu as de la chance, il n'y a rien du tout par ici, que du noir, déclara Alice lorsque je me plaignis. Je croyais que nous allions voir des étoiles. Ce sont des points lumineux, non ?

Elle était à un hublot de l'autre côté de la cabine. Quand je jetai un coup d'œil aux écrans, je vis sur l'un d'eux une brume rougeoyante, tandis que les autres étaient tous désespérément noirs.

— Nous sommes toujours très proches du *Daedalus*, nous rappela John. La perspective est difficile à apprécier, à cette distance. Je vais demander à l'IA de pilotage de nous emmener plus loin.

On s'éloigna lentement de la paroi sans fin. Je le savais uniquement parce que les taches devenaient de plus en plus petites et finissaient par se fondre en une marbrure insipide. Je commençai alors à comprendre la véritable taille de l'arche.

On passa devant une large bande noire qui clignotait, à la surface.

— Qu'est-ce que c'était ? demanda Zawn.

— Le tube linéaire d'un quai, répondit John. Comme celui dont nous venons de sortir. Tous les quais en sont équipés. Un de leurs côtés sert à faire ralentir les vaisseaux qui en sortent, l'autre à écoper ceux qui arrivent et les faire accélérer jusqu'à la vitesse de rotation de l'arche.

— Pour entrer dans la section 3, on va donc faire l'inverse de la procédure de sortie ? demanda Frazer.

— Oui.

— Génial.

Plus nous nous éloignions du *Daedalus*, plus je distinguais la courbure du rocher. Même s'il était impossible de voir autour ou quoi que ce soit de ce genre. Il était bien trop gros pour cela.

— Peux-tu modifier l'orientation de l'Armstrong ? demandai-je. J'aimerais voir l'avant de l'arche.

Notre petit appareil pivota légèrement. Il n'y avait peut-être pas de pesanteur, mais j'en demeurai bouche bée. Le contour cylindrique du *Daedalus* était désormais bien visible, et impressionnant. Je n'arrivais pas à croire que j'avais passé toute ma vie dans l'habitat, à l'intérieur de la forme qui s'étirait devant mes yeux. C'était mon univers, et je me trouvais à l'extérieur.

La section d'où nous venions était constituée de roche ancienne d'un gris tacheté étonnamment régulier, mais, devant, la surface s'assombrissait presque jusqu'au noir.

— Le bouclier de mousse de carbone, déclara Frazer d'un air satisfait.

Je me souvenais que John nous avait expliqué que le bouclier s'étendait sur huit kilomètres au-delà du rocher. Nous avions besoin de cette protection au cas où le *Daedalus* percuterait un météore errant entre les étoiles. Comme nous voyagions à dix pour cent de la vitesse de la lumière, tout impact notable à cette vitesse pouvait détruire l'arche.

Le bord avant du carbone était déchiqueté, ce qui contrastait avec la précision du reste de la coque.

— On dirait que ce bord a fondu, constata Zawn.

Je n'avais pas remarqué qu'il était collé à moi, lui aussi le regard rivé sur la vue extérieure. J'étais plutôt contente de la façon dont il réagissait, avec à la fois la même appréhension et le même empressement que moi. J'avais passé trop de temps à me dire qu'il était conformiste, peu disposé à considérer quoi que ce soit de nouveau.

— Il a fondu, confirma John. Toute masse suffisamment importante pour traverser le tampon de plasma intacte sera transformée en pure énergie thermique lorsqu'elle entrera en contact avec le carbone.

— Tu veux dire qu'il va exploser ? demanda Frazer.

— Oui. C'est fréquemment le cas, apparemment. Les capteurs de l'Armstrong mesurent la longueur du bouclier de carbone. Il n'en reste que cinq kilomètres et demi.

J'observai de nouveau le bord du bouclier de carbone, tentant d'imaginer les explosions qui l'avaient malmené tout au long de notre voyage de cinq cents années. C'était un miracle qu'il nous reste encore du carbone.

Puis la rotation modérée du *Daedalus* nous laissa entrevoir une énorme balafre, partant du bord et traversant l'épaisseur de la mousse de carbone. Je devinai que c'était l'endroit où le gros rocher nous avait frappés trois ans auparavant, celui qui avait perforé la coque et pénétré dans l'habitat.

Le silence régna un moment dans la cabine. Nous nous disions probablement tous que nous avions eu de la chance de survivre à cet impact. Les bâtisseurs savaient vraiment ce qu'ils faisaient.

Je regardai l'énorme entaille s'éloigner lentement. Je la voyais uniquement parce que, devant le vaisseau, l'espace semblait s'être embrasé. Le tampon de plasma... D'après John, c'était un nuage de gaz dont les molécules chargées d'électricité étaient maintenues en place par un champ magnétique. De l'endroit où je me trouvais, il présenta un hémisphère de lumière opalescente vers l'espace devant nous, et se rétrécissait en un cône dont la pointe se trouvait juste au-dessus du bouclier. Son éclat fluctuait en lentes impulsions, comme s'il s'agissait d'une créature fantomatique endormie. Sur sa surface supérieure, des impacts de poussière étincelaient, les plus gros se précipitant vers le sommet du bouclier de carbone dans une pluie de feu. Aucun d'eux ne parvenait à parcourir la moitié de la distance avant d'être réduit à néant.

— Nom d'un crapaud ! s'exclama Frazer. C'est incroyable.

— C'est vrai, confirma Alice. Mais où sont les étoiles ?

Fronçant les sourcils, je me plaquai contre le hublot, le nez écrasé contre la vitre. Alice avait raison, à part l'énorme lueur du tampon à plasma, l'espace était vide.

— En raison de notre vitesse, nous sommes soumis à un effet Doppler relativiste, expliqua John. Ça signifie que, devant nous, la lumière des étoiles devient bleue, tandis que, derrière, elle est décalée vers le rouge. À cette vitesse, seuls ces deux amas sont visibles pour nous.

— Mais on ne les voit pas, grommela Alice.

— Un instant, je vais aligner le réseau optique de l'Armstrong sur le tampon de plasma. Vous devriez alors être en mesure de voir l'amas décalé vers le bleu.

On se tourna tous vers l'écran, qui diffusait les images du réseau optique de la coque. Les caméras se tournèrent pour nous montrer le tampon de plasma. Une fois centrée, la vue sembla faire un bond en avant, comme si nous étions en train de traverser le plasma. Le nuage de gaz se fit moins opaque, et un amas de petits points lumineux intenses se matérialisa juste derrière. John avait raison, les étoiles avaient une teinte bleutée beaucoup plus intense que la lumière des bandes lumineuses de l'habitat.

— Ah, lâcha Alice en souriant. Voilà qui est mieux. Il doit y en avoir un millier. C'est bien ça ? Combien y a-t-il d'étoiles ?

— Dans cette galaxie ? demanda John. Personne n'en connaît le nombre exact, mais on estime qu'il y en a plus de cent milliards.

Je jetai un coup d'œil à la bande noire, à mon poignet.

— C'est... ? Ouah, vraiment ?

— Ce n'est qu'une estimation réalisée par des astronomes, mais fondée sur la masse de la galaxie. Il s'agit donc d'une évaluation réaliste.

— Il y en a tout autour de nous, alors ?

— Oui. L'amas décalé vers le rouge devrait être plus facile à voir, il n'y a pas de tampon de plasma derrière le *Daedalus*. Je vais réorienter l'Armstrong.

Heureuse, Alice récompensa Shao avec un baiser. Il était difficile de s'embrasser en chute libre, cela demanda beaucoup d'efforts et de rires.

Le vaisseau pivota de nouveau. Fascinée, je vis défiler le *Daedalus* par mon hublot. À l'arrière, le rocher était couvert d'innombrables rangées de panneaux noirs. Ils devaient faire des centaines de mètres de haut.

— Ce sont des panneaux d'échange thermique, révéla John. Semblables à ceux de la coque de l'Armstrong. Ils permettent d'éliminer les excès de chaleur générés par les systèmes de propulsion. Quand le moteur à antimatière sera en marche, ils deviendront brûlants et expulseront la charge thermique.

— Je vois les autres étoiles ! s'exclama Alice avec enthousiasme. Tu as raison, elles sont rouges. Plus ou moins. Orange, peut-être ?

Je m'éloignai de mon hublot et me dirigeai maladroitement jusqu'à Alice à travers la cabine.

Loin dans l'espace, derrière le *Daedalus*, les étoiles s'agglutinaient en un joyau lumineux. Lorsque je me tournai vers Alice pour lui adresser un sourire, je vis leur pâle lueur rosée se refléter sur son visage. Elle était magnifique, comme toujours.

— Incroyable, lâchai-je.

On s'étreignit. Les étoiles étaient une légende à bord du *Daedalus*, et plutôt farfelue : des taches de lumière qui scintillaient dans le ciel nocturne... Nous n'en avions jamais vu. Elles faisaient partie de notre histoire, nous devions y croire. Si elles n'existaient pas, il n'y avait pas de nouveau monde. Une si grande partie de ma vie s'était révélée un mensonge, que le fait de découvrir qu'elles étaient réelles était enivrant. Je commençai à voir flou à cause des larmes qui me montaient aux yeux. Je clignai des paupières, mais ce n'était pas suffisant, pas en chute libre. Je dus me frotter les yeux avec le revers de la main pour parvenir à les chasser.

— L'une d'elles est très lumineuse, constata Alice. John, est-ce que certaines étoiles sont plus grosses que d'autres ?

Frazer s'approcha du hublot, bousculant Alice avec un sourire d'excuses pas vraiment sincère. Je lâchai l'arceau à contrecœur afin de laisser la place aux autres pour qu'ils puissent eux aussi profiter de la vue. En reculant, je jetai un nouveau coup d'œil par le hublot. Je vis l'étoile dont parlait Alice. Au bord de l'amas, elle était bien plus lumineuse que toutes les autres. De très loin.

— Les étoiles sont de plusieurs tailles, expliqua John. Mais ce n'est pas la raison pour laquelle elle sort du lot. Un instant, j'accède aux données astronomiques de l'IA de pilotage.

J'échangeai un regard avec Rell. Il n'avait pas quitté son siège. Il était pâle et en sueur, cramponné à son embout de vomissement. Mais son air inquiet n'avait rien à voir avec sa nausée.

Derrière sa tête, l'écran diffusant les images du réseau optique de l'Armstrong se focalisait désormais sur les étoiles décalées vers le rouge.

J'étais toujours troublée quand John ne pouvait pas fournir une réponse immédiate à mes questions. Il était censé savoir à peu près tout ce que les humains avaient jamais découvert.

— Ce n'est pas une étoile géante, déclara-t-il finalement. C'est une étoile de type G de la séquence principale. L'IA de pilotage est en train d'effectuer une analyse pour moi.

— Dans quel but ? demanda Zawn, perplexe. Tu trouves qu'il y a quelque chose qui cloche avec cette étoile ?

Je commençais à avoir un très mauvais pressentiment à propos de l'amas décalé vers le rouge.

— Il n'y a rien d'anormal avec cette étoile, répondit John. Elle est du même type que le soleil de la Terre.

— Pourquoi est-elle si brillante, alors ?

Il y eut un léger silence.

— Si elle paraît plus brillante que les autres, c'est parce qu'elle est considérablement plus proche de nous, expliqua John. L'IA de pilotage estime qu'elle n'est qu'à 0,35 année-lumière de nous. Quant au réseau optique, il suit les sept planètes en orbite, dont une qui possède une biosphère comparable à celle de la Terre.

— Le nouveau monde, dis-je doucement. C'est vrai, n'est-ce pas ? Nous avons passé cinq cents années à arriver ici, comme l'a dit Ashleigh Kruger.

Je me poussai en avant, impatiente de revoir la lueur rouge. Nous avions réussi ! Notre périple touchait à sa fin.

— Euh…, se risqua Frazer.

— C'est l'étoile, déclarai-je joyeusement. Notre étoile. Le nouveau monde est là qui nous attend.

— Hazel.

— C'est la réalité. On a réussi. On a réussi, Rell !

Je ne pouvais m'empêcher de prendre un ton incrédule. C'était la bonne nouvelle que j'attendais. Quand on retournerait dans l'habitat et qu'on l'annoncerait à tout le monde, les gens allaient s'apercevoir que…

— Sa lumière est décalée vers le rouge, lâcha Frazer avec amertume. Tu ne comprends pas ? Tu ne comprends pas pourquoi ? Cette étoile est derrière nous, Hazel. On l'a dépassée.

Je le dévisageai d'un air ahuri.

— Mais… elle est juste là. Elle est réelle, Frazer.

— Ouais, elle est réelle. Mais nous ne nous y sommes pas arrêtés. Les yis n'ont pas allumé les moteurs pour nous mettre en orbite. On s'en éloigne. (Il plissa les yeux et remua silencieusement les lèvres.) Trois ans.

— Quoi ?

— Trois ans. John a dit qu'en ce moment nous en sommes à 0,35 année-lumière. À dix pour cent de la vitesse de la lumière, ça fait un peu plus de trois ans de trajet. (Il fit claquer ses doigts.) Au moment même où le *Daedalus* a été frappé par ce qui a perforé l'habitat. John, est-ce révélateur ?

— Très probablement. Tous les systèmes planétaires sont entourés d'un nuage de Oort. Il s'agit d'une bande annulaire de débris glacés, de comètes et de rochers datant de l'époque de la formation des planètes. Et les nuages de Oort sont immenses, s'étalant sur une demi-année-lumière, parfois davantage. À notre passage près de cette étoile, nous avons probablement traversé ce nuage. Normalement, nous aurions dû être en train d'entrer dans le système en décélérant, en marche arrière grâce aux gaz d'échappement du moteur à antimatière. Comme un bout de soleil qui anéantit tout sur son passage.

— Très bien, dis-je. Donc… quand on aura vaincu les yis, on pourra allumer le moteur à antimatière et y retourner.

Le silence dans la cabine. Frazer évitait mon regard.

— Quoi ? m'agaçai-je.

— Il ne s'agit pas seulement de décélérer de dix pour cent de la vitesse de la lumière, poursuivit John. Il nous faudrait ensuite rebrousser chemin vers le nouveau monde. Je ne sais pas si nous disposons encore de suffisamment d'antimatière.

— Eh bien, comment pouvons-nous le savoir ?

— Les IA du service de la propulsion le sauront. Elles sont responsables des moteurs à antimatière.

— On n'a qu'à le leur demander, alors.

Je ne comprenais pas pourquoi personne ne me soutenait sur ce point.

Frazer s'éclaircit la voix.

— De toute évidence, il y a assez d'antimatière pour nous ralentir, car c'était le plan depuis le début. Ensuite, nous trouverons bien un moyen de regagner le nouveau monde. Ce n'est pas loin, par rapport à la distance que nous avons parcourue.

— Exactement ! m'exclamai-je. Nous pouvons y arriver. Il nous suffit de récupérer le *Daedalus*.

— Entièrement d'accord, me soutint Alisha d'un ton ferme. Première étape : récupérer notre vaisseau. Ensuite, les cerveaux, comme John et Frazer, pourront commencer à travailler sur le problème. D'accord ?

Elle les regarda un à un dans les yeux, les obligeant à hocher la tête ou à murmurer leur accord. Je lui adressai un léger sourire de remerciements.

— John, l'interpellai-je. Conduis-nous à la section 3, je te prie.

Chapitre 11

Le reste du voyage fut déprimant. Nous aurions dû déborder de joie. Nous volions dans l'espace, en route vers la section 3 et une autre IA de commandement opérationnelle, nous nous étions montrés plus malins que les yis. Au lieu de cela, j'éprouvais un profond désarroi, un sentiment partagé par tous. À tort ou à raison, la perspective d'un nouveau monde était ce qui avait maintenu tout le monde en vie durant cinq cents années à bord du *Daedalus*, un espoir que j'avais gardé en moi même après avoir découvert l'existence des yis. Nous y amener était devenu mon unique objectif. Sans le nouveau monde, quel était le but de… quoi que ce soit ?

Et voilà que ce nouveau monde était à présent derrière nous. Nous nous dirigions vers l'inconnu, le véritable néant. John et l'IA de pilotage avaient réalisé un scan devant nous, suivant la trajectoire du *Daedalus*. L'arche ne semblait pas viser la moindre étoile en particulier, du moins dans un rayon de cent années-lumière.

N'ayant plus la moindre envie de contempler l'espace et ses étoiles perfides, je m'installai auprès de Rell. Il garda le silence, se contentant de prendre ma main dans la sienne. Je ne sais pas ce que j'aurais fait sans lui.

— Je me demande si les yis sont si intelligents que ça, reconnut Frazer en regagnant son fauteuil. Allumer des moteurs à antimatière pour nous conduire au nouveau monde, c'est la partie la plus élémentaire de tout le vol. Il n'y a rien d'autre ici, aussi bien pour eux que pour nous. Ils savent que le *Daedalus* a des limites. Bien sûr, il a suffisamment de carburant pour l'éclairage et le chauffage, mais ça ne pourra pas durer éternellement. Il leur faut atteindre une planète susceptible de les nourrir. Et ce n'est manifestement pas près d'arriver. C'est stupide, non ?

— Ils n'étaient pas au courant non plus pour la perforation, rappela Mortos. Ou alors, ils s'en moquaient.

— Ils savaient forcément que nous avions été touchés, protesta Frazer. N'est-ce pas, John ?

— Les capteurs du réseau ont fourni les informations sur les dégâts aux IA qu'ils contrôlent, donc oui.

— Alors, pourquoi ils ne l'ont pas réparée ?

— Parce que ce n'est pas comme ça qu'ils réfléchissent, intervint Alisha. Ce sont des aliens, dans tous les sens du terme.

— Ils se sont montrés suffisamment intelligents pour prendre les commandes du *Daedalus*, rappela Zawn. Comment auraient-ils pu ne pas savoir comment réagir ?

— En l'absence de données sur leur processus de réflexion, nous sommes dans l'incapacité de déterminer leurs motivations, répondit John. Et je ne crois pas que nous aurons un jour la réponse à cette question.

— Ils ont réagi relativement vite quand nous avons eu colmaté la fuite, fit remarquer Alice. Ils ont éteint les lumières, envoyé un type III pour nous tuer... enfin, tuer Hazel.

Elle m'adressa un clin d'œil.

— Cessons de nous focaliser sur les raisons qui les poussent à se comporter de cette manière, s'impatienta Frazer. Il nous faut juste un plan pour nous débarrasser d'eux afin de pouvoir remettre les choses en ordre.

— Nous devons nous entretenir avec une IA de commandement, déclara Rell. Et c'est ce que nous sommes sur le point de faire.

La coque extérieure du *Daedalus* était de nouveau visible par le hublot. On ne distinguait qu'une paroi de roche grise, son éternelle et laborieuse rotation créant un flou insipide. Il était trop complexe pour des humains de déterminer aussi bien notre position que notre destination, m'avait confié Frazer. La navigation dans l'espace était donc du domaine des machines.

Cela entraîna mon esprit sur un terrain glissant. Et si les yis avaient réellement tenté d'allumer les moteurs à antimatière ? Et s'ils n'avaient tout simplement pas fonctionné ? Au bout de cinq cents ans, l'hypothèse n'était pas si farfelue. John avait dit que c'étaient les machines les plus complexes que les humains avaient jamais fabriquées. L'énergie qu'elles consommaient était phénoménale. Chacun de leurs éléments devait fonctionner à la perfection, ou l'arche tout entière risquait de se vaporiser dans une explosion géante d'antimatière. Les sécurités se déclenchaient donc au moindre problème. Cinq cents ans avec des yis pour s'occuper de la maintenance ? Peut-être les reines-cerveaux étaient-elles très conscientes de ce qui s'était passé et étions-nous tous condamnés à dériver entre les étoiles jusqu'à ce que nous finissions par manquer d'énergie et que le tampon de plasma ait fini de s'éroder. Ce serait avant ou après que nous serions tous morts de froid ?

Peut-être avaient-ils éteint les lumières par bonté d'âme. C'était le moyen le plus rapide, et, engourdis par le froid, personne ne sentirait rien…

Stop !

— Nous approchons de la voie d'admission du quai de la section 3, annonça John. Je vais demander à l'IA de commandement de requérir l'amarrage.

Je lançai un regard perçant au bracelet noir.

— Comment ça, « requérir » ?

— L'IA de commandement de la section 3 devra accepter notre demande d'amarrage et activer l'écope.

Rell serra ma main dans la sienne.

— Tu ne peux pas t'en occuper tout seul ?

— Non. Je ne suis pas connecté au réseau de gestion des quais de la section 3.

— Et si elle refuse ?

— Aucune IA de commandement ne refuserait une telle requête. Je pense qu'elle sera heureuse de découvrir que des humains vivent encore à bord du *Daedalus*. C'était le cas de la section 17.

— Mais nous ignorons dans quel état se trouve la section 3 !

— Les informations reçues durant le bref moment où Lazarus a eu accès au réseau du vaisseau m'ont indiqué qu'elle est isolée et intacte. Elle s'est certainement isolée il y a cinq cents ans. Il est raisonnable de penser qu'elle est encore intacte et indépendante.

— Ah, tu plaisantes ? marmonna Frazer.

— J'ai reçu un accusé de réception, poursuivit John. L'IA de la section 3 me demande de confirmer que l'Armstrong transporte des humains. J'envoie des images de la caméra de la cabine.

Me tournant vers l'écran le plus proche, je levai la main pour saluer l'IA. Puis je la reposai sur l'accoudoir, car la Capitaine seule savait à quel point cette scène devait sembler pitoyable.

— Je m'appelle Josephine, annonça une voix féminine. J'ignorais qu'il y avait encore des humains en vie à bord du *Daedalus*. Je suis ravie de vous accueillir dans la Pouponnière.

— Je vous remercie, dis-je. Ah, qu'est-ce que la Pouponnière ?

— C'est le nom de la section 3 à présent.

— D'accord. Très bien. Alors, on peut s'amarrer ?

— Bien sûr. La procédure d'amarrage est à présent engagée. J'ai hâte de vous accueillir en personne.

— Parfait.

— Vaisseau aligné sur la trajectoire d'admission, annonça John. Nous sommes sur le point de rentrer dans l'arche.

Une fois de plus, l'Armstrong se mit à vibrer lorsqu'il sortit ses grappins magnétiques de la coque.

— Peut-on avoir une vue de l'écope? demanda Frazer.

L'un des écrans diffusa alors des images composées pour une moitié de roche et pour l'autre du noir absolu de l'espace interstellaire. Les petites imperfections et ondulations qui ternissaient la surface lisse de l'arche défilaient très rapidement, désormais. Je refusais d'imaginer ce qui se produirait si nous heurtions la coque accidentellement. Autrement dit, j'étais incapable de m'empêcher d'y penser.

Un cercle métallique sombre apparut au bord de l'image et se précipita vers nous.

C'était l'entrée d'une galerie qui s'agrandissait bien trop rapidement, passant d'un obstacle que nous pouvions éviter facilement à une bordure solide venant nous dévorer.

Je ne fus pas la seule à pousser un cri lorsqu'on se jeta dedans. L'accélération se fit sentir, me poussant de nouveau sur le côté de mon siège. Elle était plus puissante que la décélération. C'était du moins ce qu'il semblait à mon corps qui venait de s'acclimater à la chute libre.

Puis tout s'arrêta. J'étais de nouveau assise en pesanteur normale, ce dont mon estomac et mon oreille interne furent extrêmement reconnaissants. Par les hublots je distinguai une lueur blanche ordinaire. Lorsque je jetai un coup d'œil à l'extérieur, j'aperçus une salle métallique circulaire agencée de manière comparable à celle d'où nous avions décollé, mais sans doute deux fois plus grande.

— C'est une façon folle de s'amarrer! s'exclama Frazer. Pour rien au monde je n'aurais manqué ça.

— Le principe s'inspire du système d'appontage utilisé sur les porte-avions, expliqua John.

— Ah. D'accord. C'est quoi un porte-avions ?

— Un bâtiment de guerre mis au point au cours du XXe siècle sur Terre. Les données sont disponibles dans le fichier historique sur votre tablette.

L'Armstrong commença à s'élever dans un puits rocheux. Je déverrouillai ma ceinture et me levai. Bien qu'il ait remis l'embout de vomissement dans son logement, le pauvre Rell demeura assis.

Il fallut plusieurs minutes pour que le sas se pressurise. Dès que l'atmosphère eut de nouveau envahi la pièce, les fenêtres de l'Armstrong se couvrirent d'une fine couche de givre.

Le vaisseau glissa vers le hangar de la section 3. On se précipita tous dehors. Je fus la première à descendre l'échelle, dont le froid était mordant sur mes mains.

Une fois à terre, je ne sus pas trop quoi faire. Le hangar était plus petit que celui d'où nous venions, hébergeant un seul Armstrong et un trio de Gagarine. Mais il y avait également quatre vaisseaux aux ailes triangulaires d'allure plutôt élégante. Il devait certainement s'agir de Tereshkova.

— Que fait-on ? demandai-je à John tandis que les autres descendaient l'échelle derrière moi. Où va-t-on ?

Le mur du fond était percé de trois passages voûtés, tous ouverts. Il régnait dans l'atmosphère un parfum de terre, comme la forêt, le matin, après la pluie. Ce qui n'était pas du tout ce à quoi je m'étais attendue.

— Elle arrive, me répondit John d'un ton légèrement étonné.

— Hein ?

Je m'attendais à ce que Josephine se matérialise dans une colonne de cristal, ou sur un écran. Même si je n'en voyais aucun dans le hangar.

Une femme verte extraordinairement grande franchit le seuil de l'un des passages et approcha. Et vraiment verte, sa peau du même éclat d'émeraude qu'une feuille fraîchement ouverte. Même sa chevelure brillante était d'un ton olivâtre. Elle l'avait coiffée en longues boucles qui lui tombaient sous les épaules. Une jolie couronne tissée d'oiseaux de paradis orange la maintenait soigneusement en place.

— Oh, ouah ! s'exclama Frazer en se fendant d'un large sourire.

Josephine portait une tenue noire semblable à la robe de cocktail qu'Alisha m'avait fait essayer à Tressaco. Sauf que sa partie supérieure était principalement composée de larges bretelles qui s'entrecroisaient de manière stratégique, alors que sa jupe était si courte qu'elle couvrait tout juste ses hanches. Mais le tout était complété par un pantalon de la même étoffe qui lui descendait jusqu'aux genoux. À moins qu'il s'agisse d'un seul et même vêtement, qui sait ?

Moi qui trouvais mon pantalon en daim et ma veste noire audacieux… Comparés à elle…

— Euh… bonjour, la saluai-je, m'efforçant de ne pas paraître intimidée quand elle s'immobilisa devant moi.

Je dus lever la tête pour croiser son regard. Son visage élégant doté d'une structure osseuse fine lui donnait un air aussi distingué que raffiné. Maintenant qu'elle était tout près de moi, je n'avais aucune idée de son âge. C'était la peau verte qui me déroutait. Je n'avais aucune référence. Elle ne semblait pas aussi âgée qu'Alisha et Mortos, mais il était impossible qu'elle soit aussi jeune que moi.

— Vous êtes Hazel, déclara-t-elle gracieusement.

Je faillis baisser la tête comme les filles à l'époque d'Elizabeth Bennet quand un aristocrate s'adressait à elles. Ce qui était ridicule.

Mais en personne, Josephine était impressionnante.

— Oui, c'est moi, répondis-je docilement en me maudissant en silence.

— Quelle jeune femme remarquable vous êtes. John m'a informée de vos exploits. Je reconnais en vous l'esprit de cette chère Ashleigh. Elle serait très heureuse de savoir que sa foi en sa lignée n'était pas mal placée.

— C'est très gentil, merci.

— Par la Capitaine ! qui êtes-vous ? lâcha Frazer, devenant aussitôt écarlate. Enfin, je ne savais pas que les gens pouvaient être verts. Et... vous vivez tous ici depuis le début du voyage ?

Elle lui adressa un sourire béat.

— Quel beau garçon vous êtes, Frazer. Un si beau visage pour contenir un cerveau si exceptionnel.

Son visage était de plus en plus rouge. Il pouvait compter sur moi pour lui rappeler ce moment.

— Bienvenue à tous, nous salua Josephine. Je mets la Pouponnière entièrement à votre disposition. Voilà si longtemps que j'attends de la compagnie. Aujourd'hui, c'est un rêve très particulier qui se réalise.

— Quel âge avez-vous ? demanda Rell, fasciné.

Fermant les yeux, l'air attristé, elle prit une profonde inspiration.

— Je suis née dix-huit ans avant que nous atteignions Kianira, la planète mère des yis.

— C'est impossible, protesta Rell. Enfin, je suis désolé, mais j'ignorais que les humains pouvaient vivre si longtemps, même avec la médecine de la vieille Terre.

— Il existe toujours des circonstances exceptionnelles, charmant docteur. J'ai voulu survivre, ce qui m'a été permis grâce à l'aide et à la compétence de l'IA de la Pouponnière.

— Je ne comprends pas, avouai-je.

— L'être qui se tient devant vous est un androïde, révéla John. Une machine, la réplique d'un humain.

— Quel grossier personnage ! rétorqua Josephine d'un ton brusque en baissant les yeux sur mon poignet d'un air hautain. Je ne suis pas une réplique, je suis l'incarnation de la nature humaine et du courage.

— Toutes mes excuses. Les humains de l'habitat connaissent très peu la technologie. Il faut constamment leur fournir des explications simplifiées.

— D'accord, d'accord, dit-elle en recouvrant son calme. Je comprends très bien les enfants. C'est nécessaire, bien sûr. Ma responsabilité est énorme. Elle est même très lourde, pour moi. Mais je ne me déroberai jamais à mon devoir. Venez à présent, permettez-moi de vous faire visiter les jardins de la Pouponnière. Je suis convaincue qu'ils vous plairont. (Sur ce, elle se retourna et commença à s'éloigner. Elle nous fit signe de la suivre.) Venez.

Chapitre 12

Nous avons tous réagi comme si on nous avait donné un ordre. On lui emboîta docilement le pas. Je m'aperçus qu'elle n'avait pas de chaussures et que ses orteils étaient inexplicablement longs.

— Elle ne ressemble pas du tout à Lazarus, fis-je doucement remarquer à John. Mais, d'après toi, c'est une machine. Alors, que voulait-elle dire en affirmant qu'elle était née avant que le *Daedalus* atteigne la planète des yis ?

— Je n'en suis pas sûr…

Josephine nous conduisit dans plusieurs couloirs, avant de nous faire gravir un large escalier.

Contrairement à la section 17, tout ici semblait utilisé. Pas usé, mais les surfaces n'étaient pas très nettes, elles manquaient d'éclat. On croisa plusieurs cybots sur notre trajet. Leurs surfaces étaient légèrement éraflées, et leur teinte s'était ternie, comme c'était le cas des planches de bois au bout de quelques années.

Il était évident que, contrairement à la section 17, la Pouponnière n'avait pas chômé au cours des cinq cents dernières années. Je me demandai ce que Josephine avait fait pendant tout ce temps.

Cette question trouva sa réponse dans l'immense caverne où elle nous conduisit. Devant son entrée voûtée, elle se tourna vers nous avec un geste majestueux.

— Voici la salle principale d'agronomie.

La caverne s'étendait sur environ un kilomètre. On l'avait transformée en jardin. Un magnifique jardin. Je remarquai la présence de pelouses luxuriantes sur lesquelles on pouvait marcher comme sur une éponge. Elles s'enroulaient autour de curieux parterres de gravier et de sable ornés de délicats motifs géométriques dessinés au râteau. Des bordures soignées abritaient des centaines d'arbustes différents, tous en fleur, dégageant de riches arômes. Des avenues d'arbres dont les branches tissées formaient des galeries verdoyantes s'étendaient dans toutes les directions. Je vis ici et là des fontaines en pierre vieillie, ainsi que de longues cascades sur lit de galets, des statues de marbre abstraites et des ruisseaux bouillonnants. Des abeilles bourdonnaient industrieusement, chassant les papillons des pétales.

Je jetai un coup d'œil autour de moi d'un air étonné.

— C'est fabuleux. Ça fait combien de temps que ce jardin existe ?

— Je l'ai commencé dix ans après le génocide.

— Le génocide ?

— Le massacre des humains.

— Ah. D'accord.

— Après que l'IA de cette section se fut enfermée pour résister aux yis, j'ai attendu de l'aide. Aucune n'est venue, bien sûr, mais vous êtes au courant. Il m'est donc apparu clairement que le destin m'avait choisie pour sauvegarder l'avenir de la vie terrestre à bord du *Daedalus*. Je me suis dit qu'un jardin honorerait notre patrimoine biologique comme jamais des banques de gènes n'en seraient capables. J'ai donc donné vie à toutes les graines. C'est l'un des huit jardins de la Pouponnière. Chacun d'entre eux bénéficie d'un climat différent.

— Eh bien, vous avez accompli un travail remarquable. (On poursuivit notre visite sur l'herbe, humant les parfums et admirant les fleurs.) Ça plairait énormément à ma mère, déclarai-je. Elle fait pousser des herbes et des fleurs.

— Je le sais. C'est dans les fichiers que John m'a transmis.

Je me refusai à baisser les yeux sur le bracelet, mais je me demandais ce qu'il lui avait dit d'autre à notre sujet.

— Je suis très heureuse d'apprendre qu'il y a toujours de la vie dans l'habitat principal, se réjouit Josephine. Vous, les survivants, avez bien fait de le garder florissant.

— Eh bien… (Je haussai maladroitement les épaules.) Nous ne connaissions que ça. Il nous fallait le cultiver si nous voulions nous nourrir.

— Absolument. Je ne comprends pas pourquoi les yis ont laissé des survivants. Ils se sont pourtant montrés très consciencieux durant leur folie meurtrière d'il y a cinq cents ans.

— Ouais, admit Frazer. Nous espérions que vous pourriez nous l'expliquer.

— Hélas, ça m'est impossible. Leur comportement défie l'entendement. Maintenant que John m'a signalé notre position dans l'espace, je ne comprends pas pourquoi les reines-cerveaux n'ont pas allumé les moteurs à antimatière pour nous mettre en orbite autour du nouveau monde. Le fait que nous errions désormais sans but dans la galaxie est une très triste nouvelle. J'avais espéré qu'en arrivant sur le nouveau monde je pourrais y faire descendre mes plantes dans les navettes Tereshkova que vous avez sans doute vues dans le hangar. Sur le continent le plus éloigné de celui où les yis seraient descendus. À présent, cette vanité de ma part est tombée victime de notre suffisance.

» Peut-être aurais-je dû adopter une position plus ferme vis-à-vis des yis plutôt que de venir me terrer ici. Mais je ne voulais pas faire courir de risques aux enfants.

C'était la seconde fois qu'elle faisait allusion à des enfants. Le contexte était étrange.

— Euh... quels enfants ? m'enquis-je.

— Ah, mes enfants, qu'ils soient bénis. Ils dorment en attendant un nouveau jour. Je n'ai pas pu me résoudre à les contraindre à ce long et terrible purgatoire entre les étoiles.

— Vous avez des enfants ? demanda Alice avec enthousiasme. Pouvons-nous les rencontrer ?

— Mais oui. J'imagine que oui.

Je gardai le silence. Josephine était un androïde. Comment pouvait-elle avoir des enfants ? Cela n'avait aucun sens. Je supposai qu'elle voulait parler d'une chose dont elle avait la garde. De jeunes androïdes ? Vieillissaient-ils, alors ?

J'avais un grand nombre de questions à poser à John, mais en privé.

La promenade dans le jardin fut relativement longue. Je fus frappée par l'ordre dans lequel tout était arrangé. Je ne vis aucune fleur morte, tous les buissons étaient symétriques, et même les plantes étaient classées de manière agréable en fonction de leurs couleurs. De gros poissons multicolores nageaient dans les bassins, tout juste visibles sous des nénuphars d'une taille spectaculaire.

Des dizaines de petits cybots, pas plus grands que nos sacs à dos, s'affairaient, s'occupant de toute feuille qui osait pousser ailleurs qu'à sa place, aérant le terreau, coupant les fleurs fanées, arrachant les feuilles brunies.

— Croyez-vous qu'il soit possible de renverser les yis ? demanda Alisha tandis que nous traversions un tunnel de tulipiers dont les fleurs écarlates donnaient à la lumière qui brillait au-dessus d'elles l'apparence d'un nuage de flammes.

— Je ferai tout mon possible pour vous aider à anéantir ces abominables créatures, gronda Josephine. J'ai trop longtemps hésité. Maintenant qu'elles ont contourné le nouveau monde de manière injustifiée, elles ne me laissent plus le choix. Et en instituant ce principe du Cyclage elles ont continué à ordonner la mort d'humains par le truchement de la Capitaine Électrique, cette terrible parodie de la chère et noble Ashleigh. Même comparés à notre histoire sanglante sur Terre, ils sont d'une malveillance inégalée. Je m'engage à faire tout le nécessaire pour redresser cette funeste situation, quels que puissent être les dégâts qu'il faudra leur infliger. Après ce qu'ils nous ont fait, ils ne méritent aucune pitié.

Toute cette colère projetée par un individu si robuste, c'était intimidant. Si plus de monde avait eu la même réaction qu'elle lors de la prise de pouvoir des yis, l'issue aurait été très différente.

— Bien dit, approuva Zawn.

— Mais comment ramener le *Daedalus* vers le nouveau monde ? demanda Frazer. Y a-t-il assez d'antimatière à bord ?

— Il faudrait que je m'entretienne avec les IA du service d'ingénierie dans la partie arrière pour qu'elles m'expliquent la situation là-bas. La bonne nouvelle, c'est que le *Daedalus* transporte sans aucun doute assez d'antimatière pour nous immobiliser par rapport au soleil du nouveau monde. Ce que j'ignore, c'est quelle quantité il en restera après. Il y en aura encore, je sais que nous avons une réserve. Mais le temps nécessaire au voyage de retour risque d'être considérable.

— Mais il nous est possible d'y aller ? insistai-je.

— Oh, oui. Évitez de sous-estimer les capacités des IA une fois qu'elles sont déchaînées. La plus grande victoire des yis a été de nous séparer les uns des autres, de nous priver des connaissances de notre environnement.

Après l'émotion produite par la découverte que nous avions dépassé le nouveau monde, je trouvai sa grande confiance des plus encourageantes.

On entra dans un nouveau passage voûté – il y en avait partout – puis on regagna un des couloirs aussi larges que propres. Josephine finit par s'immobiliser devant une grande porte.

— Je dois vous demander d'ôter vos sacs à dos, déclara-t-elle. Ils contiennent de nombreux objets dangereux. Je ne peux tout simplement pas me permettre le moindre incident. Vos chaussures aussi, s'il vous plaît. À l'intérieur, un environnement propre est requis en permanence.

— Nos chaussures ? répéta Rell.

— Vous vous êtes promenés dans mon jardin. La saleté a pu s'accrocher à la semelle de vos chaussures.

Il jeta un coup d'œil dubitatif à ses bottes.

— C'est le sanctuaire le plus précieux de la Pouponnière, lui expliqua-t-elle. Bien que je sois heureuse de découvrir que tant d'humains sont encore en vie à bord du *Daedalus*, ceux qui résident là-dedans relèvent de ma responsabilité personnelle. Je ne peux pas relâcher ma vigilance simplement parce que vous êtes là.

— Bien sûr, accepta Alisha. Nous sommes chez vous, c'est vous qui décidez.

Elle fit glisser son sac à dos et s'assit par terre pour ôter ses chaussures.

J'obéis également en retirant même ma ceinture avec mon pistolet laser dans son étui, l'ajoutant à la pile d'affaires. J'avais du mal à me faire une opinion au sujet de Josephine. Je mourais d'envie de demander à John si les IA pouvaient finir par se dégrader, disons après des centaines d'années d'utilisation continue. Après tout, papa répétait toujours que tout finissait par s'user. Josephine était très éloignée du calme de Lazarus et ses accès de colère me mettaient les nerfs à vif. Je ne m'étais pas attendue à devoir gérer des machines en colère.

Je regardai avec curiosité de quelle manière elle ramassait le pistolet laser de Rell.

— Bonté divine ! pourquoi êtes-vous armés de ces choses ? demanda-t-elle.

— C'est Lazarus qui nous les a donnés, répondit Rell.

— Ainsi que les batteries explosives, ajouta aussitôt Frazer.

— Je vois. Vous savez… Non, bien sûr que vous ne savez pas. Mais ces pistolets sont les mêmes que ceux que les humains utilisaient pour se défendre contre les attaques des yis. Ils n'étaient pas très efficaces à l'époque. Malgré toute leur puissance, les lasers ne font pas de bonnes armes. Ils font d'excellents outils d'ingénierie, mais prennent trop de temps pour infliger des dégâts irrémédiables, surtout à une cible vivante qui continue à remuer tant qu'elle n'est pas morte.

— J'ai utilisé une soudeuse à faisceau d'électrons, déclarai-je.

— C'est plus puissant à courte portée, mais le problème d'application est le même. Lazarus me déçoit.

— Il s'est sacrifié pour que nous puissions colmater le trou dans le ciel.

— C'est la moindre des choses. Mais sa précipitation à vous envoyer faire ces réparations l'a mené à sa perte. S'il avait pris son temps, il aurait pu avoir un impact beaucoup plus important.

— Nous avons colmaté la brèche, répétai-je laconiquement. Tout le monde a survécu. C'est ce que j'appelle une victoire.

— Votre loyauté est exemplaire, chère Hazel. Loin de moi l'idée de critiquer Lazarus. Je suis également très attristée par sa disparition. J'estime simplement que ses routines de réflexion étaient trop prudentes. Les IA sont toutes les mêmes. Ça doit cesser au plus vite.

— Bon. Bien. Parfait.

Les portes s'ouvrirent. Je ne savais pas du tout à quoi m'attendre. Il ne faisait pas noir à l'intérieur, pas comme l'horrible nuit qui s'était abattue sur l'habitat, mais il y avait beaucoup moins de lumière que dans le jardin de la Pouponnière et dans les couloirs. Il s'agissait d'une salle à la fois grande et silencieuse. Il y faisait aussi plus frais, sans l'odeur de végétation qui régnait dans le reste de la Pouponnière. Un bourdonnement à la limite de l'audibilité m'informa qu'un grand nombre de machines travaillaient d'arrache-pied à proximité.

De grandes boîtes blanches oblongues étaient alignées par terre. Elles faisaient trois mètres de long sur un mètre et demi de haut. Chacune d'elles était pourvue à son extrémité d'une série de voyants bleus et verts qui brillaient de manière constante. Nous semblions être seuls. Je ne voyais pas d'autres issues, non plus.

Frazer s'approcha de la boîte la plus proche et y jeta un coup d'œil.

—Nom d'un crapaud !

Il recula d'un bond, lançant un regard choqué à Josephinc.

—C'est Marybelle, déclara-t-elle avec un sourire fier.

—Pardon ? demandai-je.

Secouant la tête, Frazer s'éloigna de Josephine avant de jeter un coup d'œil rapide au reste de la grande pièce comme s'il venait juste de s'apercevoir de quelque chose.

—Capitaine nous vienne en aide !... Tous ?

En deux grandes enjambées, j'atteignis la boîte qui l'avait tant horrifié. J'y jetai un coup d'œil à mon tour. Le couvercle en verre épais me permit de voir la fillette à l'intérieur. Elle devait avoir quatre ou cinq ans et était étendue sur un matelas dont les coussins côtelés suivaient parfaitement sa silhouette. Elle avait les yeux fermés, et un masque blanc recouvrait sa bouche et son nez. Et il y avait des tubes. Comme si son buste était équipé d'une demi-douzaine de nombrils métalliques auxquels les tubes étaient branchés. Leurs autres extrémités disparaissaient quelque part sous le matelas. Je l'observai un moment en silence. Sa poitrine ne bougeait pas. Elle ne respirait pas.

En posant la main sur la vitre, je sentis le froid à l'intérieur de la boîte. Je me tournai vers Josephine, puis, comme Frazer avant moi, je portai mon attention au reste de la pièce. Elle devait contenir des centaines de boîtes.

— Oh non…, lâchai-je avec angoisse. Que leur est-il arrivé ?

— Il n'est rien arrivé à mes enfants, répondit Josephine d'un ton agréable. Je m'en suis bien assurée. Ils dorment.

— Ils dorment ?

— Cette enfant se trouve dans un caisson d'hibernation, intervint John. Le métabolisme de son corps est suspendu pour une durée indéfinie. J'ignorais qu'il y avait ce genre d'appareil à bord du *Daedalus*.

— C'est moi qui ai demandé aux bâtibots d'en fabriquer, expliqua Josephine. L'IA de la section 3 avait des fichiers de conception.

— Elle n'est pas morte ? demandai-je bêtement.

— Bien sûr que non, se défendit Josephine. Aucun d'entre eux. Ils sont sous ma responsabilité. Je ne pourrais pas permettre qu'il leur arrive du mal.

— Aucun d'entre eux… Combien sont-ils ?

— Neuf cent trente-sept. Tous ont moins de dix ans.

— Des enfants. Ce sont tous des enfants.

— Oui. Je les ai conduits dans la section 3 quand les combats ont éclaté. C'était l'endroit sécurisé le plus proche des écoles primaires de notre quadrant.

— « Je » ? s'étonna Frazer. « Je les ai conduits » ?

Il regardait fixement le bout de la pièce, fronçant les sourcils, penchant la tête sur le côté. Soudain, il s'élança.

— Frazer ! m'écriai-je. (Il poursuivit sa course.) Oh, bon sang…

Je me lançai à sa poursuite.

Il continua à courir. Devant nous, au bout de la rangée de caissons d'hibernation, une sphère de verre de quelques mètres de diamètre était posée sur un petit socle. Je n'y avais pas vraiment prêté attention à notre arrivée. Un cercle de sphères plus petites, violettes et orange, entourait le socle. Elles brillaient, leur lumière douce battant en suivant un rythme lent. Il s'agissait d'une faible lueur qui projetait des ombres singulières sur le contenu de la sphère. Quand je finis par distinguer la forme à l'intérieur, je commençai à ralentir mon allure.

Frazer ne perdit pas de temps, lui. Il courut jusqu'à la sphère et s'immobilisa juste devant, levant les yeux vers elle. Dès que je l'eus rejoint, je demeurai immobile, la main sur son épaule, tandis que nous regardions tous les deux, stupéfaits, la silhouette enfermée dans le verre.

Au début, je n'étais même pas sûre qu'elle soit vivante. Son corps décrépit était si âgé et usé qu'il ressemblait à une parodie d'être humain. Cette femme tenait debout uniquement grâce à l'aide de côtes de métal noir qui l'enserraient tel un squelette ayant poussé à l'extérieur de son corps. Elle n'avait incontestablement pas assez de muscles sur ses membres pour rester droite sans soutien. Comme les enfants dans leurs caissons d'hibernation, elle avait le torse couvert de fiches métalliques envahissantes d'où sortaient des tubes. Ces derniers descendaient en serpentant comme des vignes luxuriantes jusqu'au fond de la sphère, traversant le verre pour se connecter aux petits globes lumineux. Elle n'avait pas de cheveux sur la tête, mais une couronne d'argent fusionnée au cuir chevelu, sur laquelle poussaient des milliers de fils d'or. Rassemblés en une tresse qui pendait dans son dos, ils descendaient jusqu'à une sorte de petit nuage blanc entre ses pieds atrophiés.

—Capitaine nous protège...

J'étudiai son visage, son affreuse peau jaunie s'affaissant pour former de profondes bajoues. Quelque chose dans ces traits en décomposition...

—J'espère que je ne vous fais pas trop de peine..., dit Josephine.

Frazer sursauta en même temps que moi. Elle était arrivée par-derrière. Les autres nous rejoignirent, se regroupant à quelques mètres de nous. Tous les regards étaient tournés vers la vieille femme dans la sphère de verre.

Je me détournai de la Josephine verte et extravagante et me tournai vers le corps presque mort. Il me fallut un peu de temps, mais la ressemblance était là.

— C'est vous, n'est-ce pas ? chuchotai-je, atterrée.

— C'est le corps dans lequel je suis née, oui, répondit Josephine avec franchise. Le temps n'est jamais clément avec les humains, n'est-ce pas ? En supposant que l'on puisse juger quelqu'un à sa seule apparence. Une attitude que j'ai toujours trouvée peu respectueuse des bonnes manières.

— Oui. Désolée. Mais… cinq cents ans ?

— Absolument.

— Vous faisiez partie de l'équipage d'Ashleigh Kruger, alors ? demanda Rell.

— Oui, j'étais infirmière en pédiatrie.

Je crus que j'allais me mettre à pleurer. Le Cyclage était une véritable abomination : on nous forçait à boire la Bénédiction pour que l'équilibre écologique de l'habitat soit maintenu, afin de permettre aux humains de continuer d'y vivre. Mais cela… une existence artificiellement prolongée durant des siècles, c'était un prix que personne n'aurait jamais dû avoir à payer.

— Vous êtes toujours en vie, là-dedans ? voulut savoir Frazer, impressionné.

Avec sa main verte, Josephine effleura la surface de la sphère de verre. Alors qu'elle contemplait son visage difforme, une lueur sinistre assombrit son regard.

— Oui, cher Frazer. Absolument. Même s'il ne reste plus grand-chose de moi. La plupart de mes organes ont cessé de fonctionner. Les tissus que vous voyez ne sont plus entretenus que par des machines. Cependant, grâce à des médicaments sur mesure et une thérapie génique, mon cerveau continue de fonctionner. Bien que je doute de son efficacité depuis plusieurs dizaines d'années.

— Cette couronne, dis-je en jetant un coup d'œil à la guirlande d'oiseaux de paradis tissée dans sa chevelure. Dans nos cours d'histoire sur la Mutinerie, on nous a enseigné que, pour nous sauver, Ashleigh Kruger avait projeté son esprit dans les machines intelligentes de la passerelle. Est-ce encore un mensonge ?

— Pas vraiment, non. Les haut gradés de l'équipage étaient pourvus d'une interface qui leur permettait de connecter directement leur cerveau au réseau du *Daedalus*. Si Ashleigh l'aurait fait, c'était voué à l'échec. Dès que les yis sont passés à l'attaque, les IA qui avaient résisté aux tentatives initiales de subversion se sont enfermées dans des compartiments sécurisés, les autres sont tombées entre les mains des reines-cerveaux. Donc, le téléchargement de son esprit n'aurait servi à rien. Le bandeau que vous voyez sur ma tête est une interface neuronale semblable. Mon esprit est connecté en permanence à l'IA de la Pouponnière, ainsi qu'avec ce corps androïde. Au fil des siècles, mes pensées et les routines de l'IA ont fusionné pour ne plus faire qu'un. Il n'y a plus de frontière entre les unes et les autres. À cet égard, je suis presque immortelle. Quand mon corps de naissance mourra, je continuerai de vivre sans le moindre changement. Je n'abandonnerai jamais mes protégés.

* * *

On quitta la salle d'hibernation, tous aussi abattus les uns que les autres, sans un mot. Josephine nous montra un ensemble de pièces que les cybots avaient préparées pour nous à sa demande.

— Il y a une chambre pour chacun d'entre vous, expliqua-t-elle. Vous pourrez vous détendre et vous rafraîchir. Je suggère que nous prenions un repas agréable tous ensemble, plus tard. Nous déciderons alors de ce que nous pourrons faire ensuite.

— Nous ferions bien de commencer dès maintenant, protestai-je. Dans l'habitat, tout le monde dépend de nous. Plus on prend du retard, plus…

— Ma très chère Hazel, dit-elle d'un ton énergique. J'ai consulté le journal de bord de John. Vous avez eu une journée très chargée, et il est maintenant tard. Vous n'êtes pas en état pour affronter les yis. Il vous faut une bonne nuit de sommeil. Ainsi, nous pourrons affronter ce qui devra être fait demain avec détermination et un niveau de préparation adéquat.

— Josephine a raison, l'épaula John avant que je puisse objecter. Vous avez entamé votre journée à Akebia, rappelez-vous. Et tout ce que vous avez eu à manger, ce sont quelques en-cas. Il vous faut récupérer correctement.

Je fus surprise. Était-ce seulement ce matin-là que nous nous étions réveillés à Akebia ? J'avais l'impression que cela faisait une semaine. Et les journées précédentes n'avaient pas été de tout repos, elles non plus.

— Ils ont raison, les soutint Alisha d'un ton bienveillant. Il faut que nous prenions du recul et que nous réfléchissions aux options qui nous sont offertes. Nous n'arriverons à rien en fonçant tête baissée sur les yis. La détermination, c'est bien, mais tâchons aussi d'être intelligents.

— Je vais utiliser ce temps de repos pour revoir les données que vous avez apportées, annonça Josephine. À l'heure du repas, je vous ferai des propositions. C'est bien pour ça que vous êtes venus me voir, n'est-ce pas ?

— Eh bien… oui.

— Alors, problème réglé, affirma-t-elle d'un ton péremptoire.

L'endroit où Josephine nous emmena était jadis un laboratoire, nous expliqua-t-elle. La pièce principale – la salle de réunion – donnait sur de petits couloirs qui menaient à des bureaux individuels, désormais nos chambres.

— J'espère que vous y serez à votre aise.

J'étais convaincue que ce serait parfait. Les bâtibots de la Pouponnière nous avaient fabriqué des lits. Les matelas étaient du même type que celui que j'avais tant apprécié pendant mes deux nuits à Tressaco, merveilleusement doux, mais aussi très ferme.

La salle de réunion avait été équipée d'imprimantes à nourriture en état de fonctionnement, et de deux imprimantes à vêtements.

— Il suffit de leur dire ce que vous aimeriez manger et porter, et elles le produiront, nous garantit-elle. Leur gamme est limitée par rapport à ce que les systèmes pouvaient fabriquer à mon époque, et la fabrication des vêtements peut prendre plusieurs minutes.

— N'importe quel type de vêtements ? demanda Alice avec une étincelle dans le regard.

— Oui, dans la limite du raisonnable. Les imprimantes à étoffes sont équipées d'écrans qui permettent d'avoir un aperçu des modèles déjà enregistrés.

— Ah oui !

— En ce moment même, l'eau coule dans vos salles de bains particulières, poursuivit Josephine. J'ai fait installer des douches.

— C'est quoi une douche ? demanda Zawn.

— Ah, je ne t'en ai pas parlé, hein ? le narguai-je. Nous en avions à Tressaco. C'est plutôt agréable.

Tout le monde se mit d'accord sur le fait qu'il valait mieux se laver avant de se retrouver pour le repas du soir. Alice entraîna Shao dans sa chambre.

J'attendis une minute dans ma chambre, le temps que les autres commencent leur douche, avant de prendre une serviette et de me glisser dans la chambre de Rell.

Assis sur son lit, il était en train d'ôter sa chemise.

— Je me suis dit que je ferais mieux de te montrer en personne le fonctionnement de la douche..., prétextai-je avant de l'embrasser.

C'était un moment hors du temps. Je fus ravie par la douceur de son contact, par le sentiment de justesse qu'il provoquait. Mieux encore, il m'enlaça et me serra contre lui.

En mon for intérieur, je remerciai Josephine d'avoir insisté pour que tout le monde fasse une pause, car, sans son obstination et son bon sens, nous serions passés à la journée suivante sans avoir vécu ce moment.

On échangea un sourire. Je levai mon bras.

— John, tu ne dors jamais ?

— Si, j'ai un mode veille qui est plus ou moins l'équivalent du sommeil humain. Cependant, la confiance entre un utilisateur et une unité telle que moi est absolue. Il faudrait que les circonstances soient exceptionnelles pour me demander de me mettre dans ce mode.

— Passe en mode veille, John.

Chapitre 13

Après ma douche, j'enfilai un peignoir merveilleusement épais et moelleux que j'avais trouvé dans la chambre de Rell, et je me séchai les cheveux. Le savon liquide parfumé avec lequel Rell m'avait frottée si minutieusement avait fait des merveilles. Mes cheveux n'avaient jamais été si propres et brillants. Ils avaient également doublé de volume. Je dus les rassembler en une tresse, sinon ils se seraient étalés sur mon visage, tel un rideau indiscipliné.

En traversant la pièce principale – pieds nus –, je retrouvai Alice devant l'une des imprimantes à vêtements. C'était une boîte blanche d'un peu plus d'un mètre de côté, avec un couvercle qui se relevait. En m'en approchant, je constatai que le couvercle était également un écran sur lequel des robes étaient actuellement affichées. Des robes courtes et moulantes.

— Puisque nous allons prendre un bon repas tous ensemble, je me suis dit que je pourrais m'habiller pour l'occasion, se justifia-t-elle. Je lui ai demandé des tenues de soirée.

Je scrutai les vêtements qui défilaient sur l'écran. Je n'aurais jamais eu le courage d'en essayer un, encore moins de le porter en public. Peut-être pour ma nuit de noces…

— Sous-vêtements, pantalon, chemisier, veste, bottes confortables et solides, s'il vous plaît, demandai-je à la seconde machine.

Alice me regarda en secouant la tête d'un air déçu.

— Un jour, on réussira à t'habiller aussi fabuleusement que tu le mérites. Et tu mérites le meilleur, Fille de la Capitaine.

Je commençai à choisir parmi les tenues les plus pratiques affichées sur la machine.

— Où est Shao ?

— Il se repose. Et Rell ?

— Il se repose aussi, répondis-je avec dignité.

Alice éclata de rire.

Soudain, la mémoire me revenant, je levai mon poignet.

— John, annule le mode veille.

Le rire d'Alice fit place à un véritable fou rire.

— Ton cas n'est pas si désespéré !

— Mode veille annulé, annonça John d'un ton terriblement contrarié.

— Content que tu sois de retour, le rassurai-je. Que penses-tu de Josephine ?

— Je n'ai aucune trace de fusion de ce genre, entre une IA et un humain, produite auparavant, constata-t-il. Les souvenirs humains ont certainement été copiés dans un noyau d'IA et des routines comportementales codées en tandem. C'est ce qu'on appelle un « téléchargement de la singularité », une immortalité numérique. C'était pratiqué un siècle avant que le *Daedalus* quitte le système solaire de la Terre. Le fait de savoir si ça constituait une véritable continuation de la vie relève plus de la philosophie que de la science. En tout cas, cette pratique était déjà tombée en disgrâce au moment du lancement du *Daedalus*.

— Euh… ouais. Ce que je voudrais savoir, c'est : est-elle fiable ? Enfin, quoi, c'est bizarre ce qu'elle a fait, non ?

— C'est un exploit extraordinaire rendu possible grâce à des événements exceptionnels. Cependant, sa personnalité d'origine double est parvenue à maintenir la Pouponnière en état de fonctionnement durant cinq cents années. Il faut le reconnaître.

— Donc, en gros, tu ne sais pas, hein ? le railla Alice.

— L'évaluation est difficile. Je ne peux que souligner ses réussites. Elles sont remarquables.

Je me contentai de hausser les épaules. John avait raison, il était impossible de la juger. Mais… à sa place, si je m'étais retrouvée obligée de refaire la même chose chaque jour pendant cinq cents ans, je serais probablement devenue un peu sinoque.

Quand le couvercle de l'imprimante s'ouvrit, je tirai la veste de la machine. Le pantalon fut disponible peu après, puis le reste des articles que j'avais demandés.

* * *

Une demi-heure plus tard, alors que tout le monde avait revêtu sa nouvelle tenue, on prit place autour de la grande table pour dîner. Installée à un bout de la table, Alice était superbe dans sa robe écarlate qui ressemblait plus à une seconde peau qu'à un vêtement. Après que je lui eus prodigué quelques conseils appuyés, Rell avait choisi une longue veste marron clair avec un col haut et une chemise blanche impeccable, très élégante et habillée.

Frazer, quant à lui, s'était vêtu tout en noir. Le pantalon était d'un style appelé « jeans », tandis que sa chemise à manches courtes et sans boutons – qualifiée de « tee-shirt », mais qui ressemblait davantage à un maillot de corps, à mon avis – était en coton très élastique. Je dois admettre que ce look lui allait bien.

Sur les recommandations de John, j'avais demandé à l'imprimante à nourriture de me préparer un bœuf à la Wellington avec un assortiment de légumes vapeur et une bonne quantité de sauce supplémentaire. C'était délicieux.

Frazer avait choisi un plat qui s'appelait un « burger ». Avec des frites.

Tout le monde était retourné aux imprimantes pour commander une assiette de frites.

Pour mon dessert, j'avais choisi un fondant au chocolat, une sorte de gâteau chaud avec du chocolat fondu au milieu, et servi avec de la crème glacée. De la nourriture si froide qu'elle picotait dans la bouche. Comment les gens ont-ils inventé une chose pareille ? Mais ce fut incontestablement la découverte de la soirée. De la décennie !

— Vous faites pousser des fèves de chocolat dans la Pouponnière ? demandai-je à Josephine, installée en bout de table, face à Alice.

Elle ne mangeait rien, son corps n'ayant apparemment pas besoin de se nourrir. Je trouvais que c'était un défaut de conception. Quand on avait toute cette nourriture incroyable à disposition, il aurait sans doute été bien de pouvoir y goûter de temps en temps. Si tant est qu'on fût encore humain, bien sûr.

— Plusieurs espèces de cacao poussent dans les jardins de la Pouponnière.

— On pourra donc emporter des graines dans le nouveau monde ?

— Les graines de chaque plante sont emballées pour le transport. Je les réapprovisionne tous les cinq ans pour qu'elles restent fraîches.

— Vous avez fait un travail merveilleux avec ces plantes, la félicita Alisha. Nous vous en sommes très reconnaissants.

— Je vous remercie, vous êtes très aimable.

— La raison pour laquelle vous nous avez invités à dîner… ? l'encourageai-je.

— Bien sûr. (Josephine posa les mains sur la table, ses longs doigts tendus.) Notre premier problème est que nous ne comprenons pas les yis.

— Ils ont éliminé la plupart des adultes et réduit les survivants en esclavage afin d'entretenir l'habitat, car celui-ci et la mer centrale sont liés, résumai-je. Ils ont donc un objectif précis. Tout comme nous, ils souhaitent se rendre dans un nouveau monde. Que nous faut-il savoir d'autre à leur sujet ?

— Leurs premières mesures avaient du sens, admit-elle. Celles qui ont suivi leur prise de pouvoir, surtout récemment, n'en ont pas. Les reines-cerveaux sont conscientes, elles savent qu'elles ont besoin d'un environnement particulier pour vivre, mais elles n'avaient pas colmaté la brèche. Le *Daedalus*, si formidable soit-il, a besoin de carburant pour les générateurs à fusion qui permettent d'éclairer et de chauffer l'habitat et la mer centrale, ainsi que pour alimenter le bouclier à plasma. La quantité de carburant est limitée. Nous ne pourrons pas continuer à voler indéfiniment dans l'espace interstellaire. Soit le *Daedalus* doit s'arrêter dans un système planétaire pour reconstituer ses réserves et restaurer ses machines, soit tout le monde descend sur une planète, comme c'était initialement prévu. Pourtant, les yis l'ont laissé passer devant le seul monde habitable dans un rayon de soixante-quinze années-lumière. Ce n'est pas seulement irrationnel, c'est suicidaire.

— Mais ils ont réagi à notre présence, fis-je remarquer. J'ai discuté avec la fausse Capitaine Électrique via laquelle ils communiquent. Ils me connaissaient et savaient ce que je faisais. Ils ont envoyé leurs types II et III pour me tuer. C'était une réaction logique : sans moi, ils auraient probablement pu convaincre les villages de continuer comme avant. Ils savent ce qu'ils font, ils ne sont pas stupides.

— Peut-être qu'ils viennent juste de se réveiller, suggéra Alice. Pourquoi pas ? Vous avez bien endormi tous vos enfants pour le voyage.

— Un point pertinent, concéda Josephine. Bien que je ne sois pas sûre que l'on puisse établir un véritable parallèle. D'après ce que j'ai compris, les yis ont été actifs tout au long du voyage. John m'a dit que vous en aviez croisé dans les vieux tunnels du métro, transportant des corps humains jusqu'aux machines de Cyclage ?

— Oui.

— Très bien. Compte tenu du peu d'informations dont nous disposons, réfléchissons à nos objectifs.

— C'est assez simple, dis-je. Éliminer les yis et reprendre les commandes du *Daedalus*.

— Absolument. J'espère qu'à l'heure qu'il est vous avez compris que ce ne sera pas sans conséquences.

— Quelles conséquences ? demanda Zawn.

Josephine lui adressa un sourire compatissant.

— Vous avez vu personnellement des yis en action. Vous savez combien ils sont physiquement menaçants, et impitoyables. Par conséquent, lorsque je parle de conséquences, je parle bien sûr de pertes humaines. Voire de pertes importantes. Ils ne renonceront pas au *Daedalus* sans se battre.

— Ah. Oui. (Il baissa la tête.) Je comprends.

— Il est parfaitement clair pour moi que nous devons comprendre le comportement des yis. Ensuite seulement nous pourrons passer directement à leur élimination.

— Croyez-vous que ce sera possible ? demandai-je.

Je devais avoir l'air dubitative, car Josephine me lança un léger regard de désapprobation. Mais je ne pouvais m'empêcher de penser à la quantité de fibres-racines infiltrées au sein du *Daedalus*. Il y en avait partout. Les yis étaient partout.

— Aucune autre issue n'est acceptable, me fit-elle remarquer. Si la situation actuelle venait à perdurer, tous les humains à bord périraient. En fin de compte, même mes enfants, car j'admets que la Pouponnière ne puisse plus être considérée de manière isolée.

Je ne m'attendais pas à ce que le *Daedalus* dépasse le nouveau monde. Je trouve ça terriblement choquant.

—Alors, comment va-t-on percer à jour le projet des yis ? demanda Rell.

—Ils vivent encore dans la mer centrale. En analysant les données acquises par Lazarus, j'ai remarqué que la zone entière constitue un point aveugle du réseau. Ils ont désactivé toutes les caméras là-dedans. Je suppose qu'il s'agit d'une mesure de sécurité au cas où les humains parviendraient à y accéder.

—Si nous ne pouvons pas les voir, comment allons-nous découvrir quoi que ce soit sur eux ?

—Pour le dire franchement, nous irons vérifier tout ça par nous-mêmes.

—Par... nous-mêmes..., répétai-je bêtement.

—Oui. Ainsi, notre objectif sera doublement atteint. Nous nous introduirons dans la mer centrale et chercherons des indices visuels sur leurs intentions. Et quand nous serons dans l'axe de l'arche, j'aurai l'occasion de m'immiscer dans le réseau et de pirater le flux de données entre les IA dont les reines-cerveaux se servent afin de maintenir leur mainmise sur le *Daedalus*.

—Je voudrais vous rappeler que, lorsqu'il s'est connecté au réseau, Lazarus a vite été submergé par les reines-cerveaux, remarqua John. Sa purge n'a duré que quelques minutes. La puissance de traitement combinée des IA aux mains des yis est considérable. Aucun pare-feu ne peut leur résister.

—Je te remercie, John, répondit Josephine d'un ton à la fois poli et tranchant. Et je te rappelle que ce sera très différent cette fois. Lazarus a lancé une offensive numérique tous azimuts destinée à récupérer temporairement la maîtrise du réseau. Pour employer une analogie simple, il a frappé un nid de frelons avec un bâton. Dès que les yis l'ont eu repéré, ils ont réagi en conséquence. Tandis que je serai une simple observatrice passive du flux de données. Ça n'a rien de comparable.

— C'est quoi un nid de frelons ? demanda Frazer.

J'étais contente qu'il ait posé la question, parce que je n'en avais aucune idée et j'avais préféré éviter d'avoir l'air idiote en l'admettant.

Josephine lui adressa un sourire poli.

— Le frelon était un insecte volant sur Terre qui piquait toutes les créatures qu'il estimait représenter un danger pour lui.

— Ah. Comme une abeille, vous voulez dire ?

— Comme une abeille qui a très mauvais caractère et qui ne fait pas de miel. Il arrivait que le venin de sa piqûre soit assez puissant pour tuer un humain de taille adulte.

— Houlà.

— Heureusement, il n'a pas été introduit dans l'écologie du *Daedalus*. Dans la nature, ses intentions étaient purement hostiles. Un peu comme les yis, en somme.

Alisha leva la main d'un air exaspéré, la paume vers Josephine.

— Attendez, revenez en arrière. Nous introduire dans la mer centrale ?

Josephine se fendit d'un nouveau sourire hautain.

— Oui.

— Vous voulez dire : y aller physiquement ?

— Oui.

— Là où vivent tous les yis ?

— Oui.

— C'est du guano qui nous tombe dessus d'une grande hauteur. Comment ?

— J'ai sélectionné un itinéraire qui me semble relativement sûr.

— C'est-à-dire ? demanda Frazer en souriant.

— Le long de l'axe du *Daedalus*.

— Cool. C'est à – quoi – près de cinq kilomètres au-dessus de nous ? Impossible de traverser la partie avant sur une telle distance sans que les yis nous repèrent. Ils savent que nous sommes là.

Je suppose donc que nous devrons faire un autre vol spatial pour y arriver ?

— Exactement, Frazer. Oui, il y a un petit quai d'amarrage au centre exact de l'arche, entre les générateurs de plasma du bouclier. Il semblerait que cet endroit occupe également un point aveugle pour le réseau. Il n'y en avait aucune image disponible quand Lazarus a récupéré l'accès au réseau.

— Ils y mènent donc des activités secrètes ?

— Aucune idée, mais j'estime que c'est très peu probable. Plusieurs zones du *Daedalus* ont subi des dégâts lorsque les humains se sont battus pour empêcher les yis de prendre les commandes de l'arche, et d'autres ont subi les conséquences de la perforation. Je vous propose d'y conduire l'Armstrong. Si ses capteurs détectent le moindre signe d'activité yi dans le quai, nous annulerons la mission.

— Mais ne risquent-ils pas de repérer notre départ d'ici ? demanda Mortos. Le réseau dispose dans l'ensemble du *Daedalus* de centaines de capteurs et de caméras encore en état. Et il y en a certainement à l'extérieur.

— Vous avez parfaitement raison, reconnut Josephine. Il y a en fait des milliers de capteurs sur la coque extérieure du *Daedalus*. Ne vous inquiétez pas pour eux, car je peux les détruire. Les yis ne verront pas où nous allons.

— Les détruire comment ? demandai-je, intriguée.

— Grâce à une machine qui crée une impulsion électromagnétique de haute puissance. En gros, ça va griller leur électronique, rendant le réseau aveugle.

— Possédez-vous une de ces machines à impulsion ?

— Pour mener à bien ce plan, il nous en faudra plusieurs. Les systèmes d'ingénierie de la Pouponnière ont déjà entamé leur production. Elles devraient être achevées demain matin, puis seront embarquées dans les trois Gagarine de la Pouponnière, que je piloterai à distance jusqu'aux positions correctes.

— Euh… nous n’aurons pas besoin de ces capteurs extérieurs ? Vous savez, pour retourner vers le nouveau monde ?

— Si. Après avoir éliminé les yis et récupéré le *Daedalus*, il nous faudra les remplacer. Ce qui sera relativement simple. Je ne proposerais pas quelque chose de si radical s’il n’était pas possible d’y remédier.

— D’accord, dit Frazer. Donc nous nous introduisons dans l’axe. Et ensuite ?

— On longe l’axe jusqu’au début de la mer centrale. Une fois qu’on l’aura atteinte, il existe un grand nombre de points d’accès que nous pourrons utiliser pour y pénétrer. Dès que j’aurai piraté le réseau, je déterminerai lequel sera le plus sûr.

— Vous ne cessez de répéter que vous allez espionner le réseau quand nous serons dans l’axe, fit remarquer Alice. Grâce à quoi ?

Josephine fronça légèrement les sourcils, creusant de rides son front impressionnant.

— Grâce à moi-même, bien sûr. Je vous accompagnerai.

Chapitre 14

Je mis un temps interminable à trouver le sommeil, ce qui ne m'accorda aucun repos, tandis que les siècles défilaient devant mes yeux clos.

Je me réveillai finalement frigorifiée, une lueur inconnue au-dessus de moi. Le couvercle de verre au-dessus du lit se souleva, permettant à l'air frais de descendre sur moi. Je me redressai difficilement, mourant d'envie de voir ma mère et mon père qui m'avaient envoyée là pour ma propre sécurité. Mes membres étaient effroyablement faibles. J'appelai mes parents. Ils me manquaient énormément. Une silhouette remua dans la pénombre.

—Maman ?

Je tendis la main vers elle pour qu'elle m'étreigne.

Les tentacules du yi s'enroulèrent autour de moi. Je poussai un cri.

Je me réveillai en sursaut en poussant un gémissement de désarroi.

—Eh, dit doucement Rell à mes côtés. C'est bon. Tout va bien.

Je me cramponnai frénétiquement à lui. J'avais les paupières collées par les larmes.

—Tu as fait un cauchemar, me rassura-t-il. C'est fini, maintenant. Tu es réveillée.

Incapable de prononcer la moindre parole, je hochai la tête. Ma respiration s'apaisant progressivement, je séchai mes larmes.

— Merci, chuchotai-je.

— Je suis juste surpris de ne pas en avoir fait après tout ce qu'on a vu.

— J'ai rêvé que j'étais l'un des enfants de Josephine, lui expliquai-je tandis qu'il me caressait le dos. Je me suis réveillée dans le caisson d'hibernation. Les yis étaient là, ils attendaient.

— Ce n'était pas réel, Hazel.

— Ça pourrait le devenir, lui rétorquai-je tristement. Si on échoue. Tu imagines ? Ils sont tous si jeunes. Ils ont dû avoir très peur. Et si, à leur réveil, ce n'était pas Josephine qui les attendait, mais juste les yis ? Ils seront seuls et terrifiés. Et puis… Et puis…

J'étais de nouveau sur le point de fondre en larmes.

— L'IA de la Pouponnière ne laissera jamais se produire une chose pareille.

— Non ?

— Non, répondit-il d'un ton catégorique.

Je me laissai retomber sur le matelas. Tout ce qu'il nous fallait faire semblait si intimidant. Anéantir les yis et reprendre le *Daedalus*. De qui se moquait-on ?

— Je ne suis pas certaine de pouvoir y arriver, lui avouai-je.

À ma surprise, Rell esquissa un sourire.

— Tu viens seulement de t'en rendre compte ?

— Tu crois qu'on va échouer ?

— La seule chose à laquelle je ne pense jamais, ce sont les probabilités. Tu sais pourquoi ?

— Pourquoi ?

— Parce que nous n'avons pas le choix. Surtout maintenant.

— Je ne comprends pas.

— Avant notre arrivée ici, si les yis étaient parvenus à nous tuer, ils auraient pu – simple hypothèse – convaincre tous les autres villageois de continuer comme avant. C'était leur plan, non ?

— J'imagine, oui. La Capitaine Électrique a tenté de nous piéger quand elle s'est adressée à moi.

— Mais, à présent, tout a changé. Nous savons que le *Daedalus* a dépassé le nouveau monde. Nous avons vu de nos propres yeux les enfants de Josephine. Alors...

Il m'adressa un regard bienveillant, comme s'il attendait que j'achève sa phrase.

— Alors ?

— Alors, nous savons ce qu'il nous reste à faire. Même s'ils n'en ont pas conscience, tous ces gens dépendent de nous. Ce qui veut dire que nos chances de réussite n'ont plus aucune importance. Nous n'avons plus le choix.

Je gonflai mes joues en signe de désarroi.

— Tu es aussi nul que Frazer.

— Comment ça ?

— Il a toujours raison. Je ne suis pas sûre de pouvoir supporter deux personnes comme ça dans ma vie.

— Oh non. Crois-moi, c'est seulement la deuxième fois de ma vie que j'ai raison.

— C'était quoi la première ?

— Je me suis promis de te revoir après le bal, quoi qu'il en coûte.

— Oh...

Je le serrai contre moi, et on s'embrassa.

* * *

Je pénétrai dans la salle de réunion en tenant Rell par la main. À part Alice et Shao, tout le monde prenait déjà son petit déjeuner.

Apparemment, Frazer était là depuis un moment. Il était installé à la grande table avec plusieurs plats vides empilés sur le côté. Il avait posé sa tablette devant lui, des graphiques colorés défilant à l'écran tandis qu'il tapait avec ses doigts. Josephine avait pris place à ses côtés, incarnation du calme olympien.

— Les réactions chimiques peuvent donc être exprimées sous forme d'équations ? demanda Frazer.

— Oui.

— Cool.

— Salut, toi, dis-je. Qu'est-ce que tu fais ?

— Frazer entame sa véritable éducation, répondit Josephine. Je crains que, dans la plupart des matières, l'école de votre village ait tout juste couvert l'essentiel.

— Il y a tant de choses à apprendre, s'enthousiasma-t-il. Je n'aurais jamais imaginé qu'il y avait tant de connaissances dans l'univers.

— Et c'est un excellent élève. Vous pouvez être fière d'avoir un frère si attentif et désireux d'apprendre.

— Je suis très fière de lui, répliquai-je, ce qui me valut un regard légèrement étonné de la part de Frazer.

Lorsque je me rendis aux imprimantes, John me recommanda des œufs Bénédicte, ainsi que du thé, des toasts et de la marmelade.

— Tu t'es vraiment adapté à moi, hein ? le taquinai-je en commençant à manger.

Il semblait avoir parfaitement saisi mes goûts en matière de nourriture. Tout ce qu'il nous fallait à présent, c'était nous accorder sur le concept d'intimité. Il s'était encore énervé quand je l'avais sorti de veille, en me levant, ce matin-là.

— Je vous remercie.

— Alors, comment se déroulent les préparatifs ? demandai-je à Josephine.

— L'inventaire de ce dont nous aurons besoin pour notre expédition est presque complet. Il faut simplement une vingtaine de minutes supplémentaires à mes chaînes d'assemblage pour achever l'intégration des composants sur les armures. Ce sont des dispositifs très complexes.

Rell dressa la tête de son saumon et de ses œufs brouillés.

— Des armures ?

— Oh oui, intervint Frazer. J'ai jeté un coup d'œil à leur conception. Ce sont les plus cool de tous les temps !

— Lorsque vous les revêtirez, il vous faudra porter une tunique, expliqua Josephine. Leur fabrication est déjà terminée.

— Une tunique ? demandai-je. Vous voulez dire comme un uniforme de soldat ?

Les officiers arrivés à Longbourn pour danser avec les sœurs Bennet étaient resplendissants dans leurs tuniques régimentaires.

— Je suppose, répondit Josephine.

— À l'école, un de nos livres faisait allusion à des chevaliers en armure, il y a longtemps, sur Terre, s'enthousiasma Rell. Il y a un millier d'années ou quelque chose comme ça. Mais, ah, les armures étaient si lourdes qu'ils ne pouvaient se déplacer qu'à cheval.

— Ces tenues marquaient les débuts de la tenue de protection personnelle, expliqua Josephine. Des siècles durant, les humains ont continué à améliorer le concept. Celles que j'ai fabriquées sont ce qui se fait de mieux dans le domaine. Elles ont été conçues pour l'AGD-FR. En fait, elles étaient encore en usage au moment où le *Daedalus* a quitté la Terre.

— L'âgé… des fers ? demandai-je.

— La Force de répression de l'Association des gouvernements démocratiques, précisa John. C'était une organisation paramilitaire de maintien de la paix déployée pour mettre fin aux guerres civiles et réprimer les insurrections armées. L'AGD la qualifiait d'agent de la démocratie. Hélas, la civilisation mondiale de l'abondance n'a pas eu une naissance paisible.

— Pourquoi ? voulut savoir Rell.

— Nous n'avons pas vraiment le temps pour une leçon d'histoire, le rabroua Josephine. Disons simplement que, sur Terre, la politique natio-tribale jouait encore un rôle important lorsque l'énergie de la fusion et les bâtibots universels ont été mis en service.

Alice et Shao vinrent prendre leur petit déjeuner. Alice portait une robe flamboyante, son corsage noir moulant se terminant par une jupe évasée composée de volants alternativement verts et orange. Tous les regards braqués sur elle, elle prit la pose.

— Ça s'appelle une robe flamenco, apparemment. Elle vous plaît ?

— Ouah, ouais ! s'enthousiasma Frazer, le reste d'entre nous lui adressant des signes d'approbation en hochant la tête.

Alice esquissa un sourire pudique.

— Je me suis dit que si ça devait être notre dernier jour, aujourd'hui, alors je partirais avec style.

— Ce ne sera pas votre dernier jour, lui assura Josephine d'un ton pincé. Comme je l'ai déjà expliqué, je compte prendre toutes les précautions nécessaires à la réussite de notre expédition. Si vous vous étiez levée plus tôt, comme le voulait la politesse, vous le sauriez.

Alice fronça les sourcils d'un air désapprobateur.

— À quoi ressemblait la Terre quand nos ancêtres sont partis ? demandai-je avec insistance. On nous a raconté que c'était un endroit agréable, mais une grande partie de ce qu'on nous a enseigné du passé n'est que mensonge…

— Ce n'était pas parfait, répondit John. Ce n'est jamais le cas. Mais plus personne n'avait faim, l'éducation et les soins médicaux étaient universels, et les progrès sociétaux étaient nombreux et impressionnants. Les conflits étaient relégués à l'arène des tribunaux. Quant à la Terre, elle faisait depuis plusieurs siècles l'objet d'un effort général pour ramener son environnement à un état « naturel » préindustriel, qui, pour être honnête, n'avait jamais été qu'un mythe. Comme je vous l'ai déjà raconté, on avait relocalisé l'industrie lourde et l'exploitation minière hors de la planète. En outre, la désintoxication des couches de pollution accumulées se poursuivait efficacement. La culture et les traditions des communautés locales renaissaient, se libérant de la monoculture commerciale de l'ère précédente. C'était du moins la version officielle. Certains documents indiquent que la gouvernance s'enfonçait dans une bureaucratie de moins en moins réactive, que certains considéraient comme oppressive. D'où la construction d'arches. Il était universellement reconnu que les conflits et les rébellions étaient une facette inévitable de la nature humaine. Les dissidents et les idéalistes ont donc été autorisés à partir pour être, je cite, « libres ».

— On dirait une sorte d'âge d'or, constatai-je avec nostalgie. Comme celui d'Elizabeth Bennet, mais avec des vaisseaux spatiaux.

— Si vous trouvez la Régence anglaise admirable, je crois que je vais devoir vous apprendre à vous montrer plus critique dans l'analyse de vos lectures, déclara Josephine. Pour le commun des mortels, cette époque n'avait rien de munificent ni d'éclairé.

De part et d'autre de la table, Alice et moi avons échangé un regard moqueur. Je me détournai aussitôt, avant que nous ne déclenchions un fou rire l'une chez l'autre. Cela n'aurait pas été la première fois que nous aurions eu des ennuis pour avoir perturbé un cours.

Deux cybots chargés de petits sacs pénétrèrent dans la pièce.

— Voici vos tuniques, annonça Josephine. Si vous voulez bien vous changer, nous allons procéder à la mise de vos armures.

En tirant sa tunique de son sachet, Alice afficha un air de pur dégoût. Elle était très… fonctionnelle, à la fois un pantalon et un haut d'une seule pièce dans un tissu gris équipé de plusieurs poches sur la poitrine et le long des jambes.

— Vous vous moquez de moi ?

Je brandis la mienne en m'efforçant de ne pas montrer ma déception.

— Il me semblait que vous aviez parlé d'un uniforme ?

— Absolument, répondit Josephine. Les treillis font partie intégrante de l'uniforme de soldat.

Il va falloir que je cesse de comparer ma vie à celle d'Elizabeth Bennet…

* * *

En pénétrant dans l'atelier de fabrication de la Pouponnière, j'eus l'impression que chacune des machines était au travail. Contrairement à l'efficacité tranquille et immobile de la salle d'hibernation, rien n'était figé, ici. Les écrans et les colonnes affichaient des graphiques aussi élaborés que colorés que Frazer examinait comme s'il en comprenait la signification. De petits cybots de maintenance se déplaçaient dans une danse complexe, transportant des composants ou effectuant des réglages sur d'autres machines.

Parfaitement immobile, Zawn souriait de plaisir.

— Capitaine soit louée, ouais ! rugit-il.

Au milieu de la pièce se dressaient neuf armures. Leur forme imposante et volumineuse me réconforta énormément. Même un yi y réfléchirait à deux fois avant de s'en prendre à l'une d'elles !

Leur surface extérieure, faite d'étroites bandes segmentées, avait le même éclat noir brillant que la carapace des scarabées, chaque segment chevauchant le précédent. De façon relativement déroutante, leur casque était parfaitement lisse, au-dessus d'une épaisse section de cou. Chaque armure était équipée d'un sac à dos compact, divers mécanismes surgissant du haut et des côtés.

— C'est là qu'on trouve l'alimentation, les systèmes de support-vie, le réapprovisionnement et les fonctions auxiliaires, expliqua John. Assez pour subvenir à vos besoins durant deux semaines.

— Parfait, dis-je en étudiant l'armure d'un œil plus critique. John, il n'y a rien qui puisse nous servir d'arme. Qu'est-ce qu'on est censés faire, se battre au corps à corps avec les yis ?

— Les armes sont intégrées à l'armure. Regardez bien les bras.

J'obtempérai. Les bras de la combinaison étaient volumineux, disproportionnés.

— Les armes y sont intégrées, répéta John. Il suffit de sélectionner le type de munitions que vous souhaitez utiliser, de viser et de tirer.

— Le type de munitions ?

— Les balles, précisa Josephine d'un ton enjoué. Principalement à tête explosive, bien que certaines soient à charge cinétique pour une pénétration plus profonde. Bien plus destructrices que les lasers dont vous vous serviez jusqu'à présent.

— Ah bon... (Je tapotai du bout des doigts sur la poitrine de la combinaison. Comme je l'avais soupçonné, c'était une sorte de métal.) Désolée, mais je ne suis pas sûre de pouvoir aller très loin dans ce truc. C'est lourd, non ?

— Son poids ne vous posera aucun problème, me garantit Josephine. La combinaison est équipée de bandes musculaires artificielles pour s'autoporter. Il suffit de bouger normalement, elle suivra vos gestes.

À mes yeux, cela ressemblait plus à de la magie qu'à de la science, mais je m'abstins de la contredire. Je n'aurais pas osé.

Derrière les combinaisons se tenaient une dizaine de cybots, considérablement plus petits et trapus que les habituels cybots d'ingénierie. De forme ovoïde, ils étaient du même matériau sombre que les armures, mais avec une surface bossuée comme une carapace de tortue, ce qui leur donnait un aspect plutôt sinistre. Si les yis fabriquaient un jour des machines, je me dis qu'elles ressembleraient certainement à celles-là.

Chacun d'eux était armé de deux fusils dotés d'un ensemble de six canons.

— Ce sont des milibots de classe sentinelle, les présenta Josephine. Ils nous accompagneront pour effectuer des opérations défensives si les yis venaient à s'en prendre à notre expédition. Leurs minicanons sont extrêmement puissants.

— « Minicanons » ? s'étonna Mortos. Ils n'ont rien de mini, à mes yeux.

— C'est un terme générique, s'impatienta Josephine. Obsolète bien sûr : les premiers canons rotatifs étaient beaucoup plus gros. Mais ne vous inquiétez pas, quelques tirs suffisent à une sentinelle pour éliminer un yi de type III.

— Ah oui ! se félicitèrent Zawn et Rell.

Même Shao se fendit d'un sourire arrogant.

— Quelque chose m'échappe, reconnut Alisha. Si vous êtes capables de fabriquer ces machines de guerre, comment les yis ont-ils pu s'emparer du *Daedalus* ?

Josephine prit un air songeur.

— Les yis ont mis en œuvre des tactiques extrêmement efficaces. Ils ont infiltré le réseau à notre insu et coupé le courant. Nous nous sommes retrouvés sans lumière ni communications. La plupart de nos machines se sont désactivées, soit électroniquement, soit faute de courant. Plus aucun ascenseur ne fonctionnait dans les tours-montagnes, et, même si l'on parvenait à descendre par un escalier, le transport souterrain avait cessé de fonctionner. Tout le monde était isolé. C'est alors que les types II et III ont surgi de l'obscurité pour nous attaquer. Tout s'est passé très vite.

— On nous a appris que la Mutinerie avait duré près d'un an, fit remarquer Mortos.

Josephine secoua la tête.

— Deux jours. Pas davantage. Ashleigh m'a ordonné d'évacuer les enfants de notre quadrant vers la section 3, parce qu'il était possible de la verrouiller et qu'elle était capable de fournir de quoi manger. C'était le matin du deuxième jour. Une fois les portes closes, c'était fini. Grâce aux capteurs indépendants situés juste à l'extérieur, j'ai pu voir que les yis avaient pourchassé plusieurs jours les survivants. Puis aucun signe de vie humaine dehors. Les mois suivants, les yis ont détruit les capteurs. Ils ont tenté à plusieurs reprises d'entrer par effraction. J'ai entendu leurs assauts contre les portes. Ils ont fini par renoncer. C'était il y a cinq cents ans.

— Mais…

Perplexe, Alisha désigna les sentinelles d'un geste de la main.

— Il est impossible de fabriquer des machines militaires perfectionnées à l'aide de bâtibots ordinaires, expliqua Josephine. C'était un bel idéal, sur Terre, pour empêcher des fanatiques solitaires de mettre la main sur des armes redoutables. Ainsi, même les bâtibots et les IA restés sous contrôle humain n'ont pas pu se reconfigurer à temps pour produire quoi que ce soit qui puisse contrer les yis.

— Mais, pour vous, c'est possible, dis-je.

— Maintenant, oui. Dès que mes doux enfants ont été endormis, j'ai commencé à travailler sur un plan pour nous évacuer sur le nouveau monde dès notre arrivée. Je n'étais pas assez naïve pour croire que cela pourrait se faire de manière pacifique. Les bâtibots de la Pouponnière se sont donc mis à produire des composants pour une nouvelle génération de systèmes de fabrication sans restrictions. (Elle écarta ses longs bras.) Et voici l'armurerie.

— Vous dites que les yis ont surgi de l'obscurité, la reprit Zawn d'un air songeur. Ils avaient donc éteint l'habitat avant ?

— Oui.

Il hocha la tête, se pinçant les lèvres en signe d'inquiétude. Je savais exactement à quoi il pensait. Plonger le *Daedalus* dans l'obscurité avait fonctionné à l'époque.

Mais pas cette fois. Vous n'imaginez même pas ce dont nous sommes capables.

Chapitre 15

Josephine nous montra comment enfiler les armures. Les différentes parties de la poitrine s'écartaient, la colonne vertébrale se repliait en arrière, ce qui rendait accessible le haut des jambes. Les cybots nous apportèrent de petits marchepieds sur lesquels nous avons dû monter pour nous glisser à l'intérieur. J'eus du mal à y insérer mes jambes, mais l'espèce de rembourrage spongieux dont était doublée la combinaison se mit à couler autour de moi. J'étais contente de porter une tunique, après tout, même si elle était très ajustée.

Une fois mes jambes dedans, une chose étrange se produisit : la plus grosse partie de l'armure s'articula vers le haut, ses différentes parties s'enroulant sinueusement autour de mon torse. Je m'empressai de glisser mes bras dans les manches.

L'ensemble se referma sur le devant.

— Ne vous affolez pas, me conseilla John.

— Pourquoi ? Qu'est-ce que… ?

Le casque m'enserra brusquement la tête. Il faisait entièrement noir, à l'intérieur. J'eus une violente crise de claustrophobie. Puis, comme par miracle, l'armurerie se matérialisa autour de moi. Même si je savais qu'il était encore là, à moins d'un centimètre de mes joues, je ne vis plus le moindre signe de la présence du casque.

Je sentais même un léger courant d'air sous le menton, comme dans le casque de la combinaison spatiale.

Quand je me tournai vers les autres, leurs casques étaient tout noirs.

— C'est un affichage virtuel à trois cent soixante degrés de votre environnement fourni par les capteurs de la combinaison, m'expliqua John.

— La combinaison peut donc m'afficher une mire, comme les lunettes-V ?

— Oui.

On consacra la demi-heure suivante à la découverte des fonctions élémentaires de la combinaison. Son électronique était activée par la voix et, dans mon cas, améliorée par John. Josephine avait raison, ses muscles artificiels me portaient sans effort. Comme si je n'étais habillée de rien de plus que ma tunique. Je pouvais marcher, courir, sauter ! Il existait un mode de saut amélioré qui me permettait de bondir dans les airs à deux fois ma hauteur. À la réception, le choc était amorti par des buses derrière mes épaules, qui, en s'ouvrant à la dernière seconde, laissaient échapper un souffle d'air pour ralentir la descente.

C'était vraiment magique.

Josephine dut ordonner à Frazer de cesser de bondir, tant l'expérience le grisait.

Les armes… Lorsque je levais mon bras droit, l'un des deux fusils surgissait, les petits éléments de l'avant-bras de la combinaison se réorganisant pour permettre à l'arme de coulisser. Une d'elles tirait des balles, l'autre des grenades. Je pus essayer brièvement de tirer une balle dans le champ de tir. Le projectile déchiqueta la cible avec une violence considérable. Et ce n'étaient que des balles d'entraînement !

Josephine nous défendit de tirer des balles à tête explosive, car elles étaient trop puissantes pour être utilisées dans un espace clos.

Mon avant-bras gauche contenait une lame-D télescopique, ainsi qu'un court tuyau qui projetait d'air très chaud, ce qui ne me paraissait pas très utile, mais qu'importe... Les gantelets, s'avéra-t-il, avaient suffisamment de force pour écraser de la pierre. Et la combinaison était dans l'ensemble assez robuste pour résister à la chaleur, comme la combinaison spatiale, et fonctionnerait aussi sous l'eau et dans l'espace.

— Mais on ne peut pas tester ces capacités ici, déclara sèchement Josephine. Alors, allons-y, d'accord ?

La veille, je m'étais couchée profondément troublée par l'immensité de la tâche à accomplir. La responsabilité était écrasante. Mais, à présent, en traversant la Pouponnière jusqu'au hangar, tous mes doutes avaient disparu. Je me trouvais dans une machine de combat personnelle que même Ashleigh Kruger n'avait pas eu l'occasion d'expérimenter. Si cela avait été le cas, je savais que le destin du *Daedalus* aurait été bien différent.

— Ça va vous affecter, tout ça ? demanda Frazer à Josephine tandis que nous approchions du hangar.

— Tout quoi, mon cher ? demanda-t-elle.

— Le fait de quitter la Pouponnière. Quand nous serons dans les sections de l'axe, votre corps ne sera plus connecté à l'IA...

— Merci de vous préoccuper de moi, Frazer, mais ça ne me posera aucun problème. Ce corps est totalement autonome. Dès que nous retournerons à la Pouponnière, je me reconnecterai. Les souvenirs de cette excursion seront réintégrés dans les routines unifiées, et nous redeviendrons moi.

Elle avait énoncé cela avec un grand calme, presque de la gentillesse. Cette idée était si éloignée de ce que j'avais vécu – ou même rêvé – jusqu'à la semaine précédente que je l'avais simplement rangée dans la partie de mon esprit contenant toutes les choses vues et entendues depuis que je ne comprenais plus vraiment. Cette partie de mon esprit commençait à prendre une place préoccupante.

* * *

Premier problème : les fauteuils de la cabine de l'Armstrong n'étaient pas assez grands pour que l'on y prenne place avec les combinaisons. Nous avons donc pu tester une nouvelle fois notre force décuplée en pliant les accoudoirs métalliques jusqu'à ce qu'ils soient complètement horizontaux.

Lorsque nous nous sommes installés, Rell était de nouveau à côté de moi. Je le savais parce qu'un petit badge lumineux flottait au-dessus de sa combinaison avec son nom dessus. Mes compagnons étaient tous étiquetés ainsi pour que je puisse les reconnaître.

— Ah, Josephine, avoua Rell d'un air penaud. La dernière fois, la chute libre m'a rendu malade.

Nous avons donc eu droit à un résumé rapide des caractéristiques médicales de la combinaison, dont certaines étaient plutôt atroces. Elle cautériserait par exemple notre moignon si nous perdions un membre au combat. *Aïe !* Je commençai à me demander contre quoi les soldats de l'AGD-FR s'étaient battus.

Rell opta pour un antiémétique, qui lui fut aussitôt injecté dans la cuisse. Le cas échéant, le casque pouvait également mettre en place un embout de vomissement ; les capteurs corporels de la combinaison étaient en mesure de prédire quand on était sur le point de rendre gorge.

Mon casque pouvait également me fournir des images provenant directement des capteurs externes de l'Armstrong. Durant la nuit, les cybots de la Pouponnière avaient réparé l'ensemble des dégâts que les yis lui avaient infligés juste avant notre lancement. Je vis glisser sur le sol du hangar et pénétrer dans le sas les trois Gagarine que Josephine avait équipés d'armes à impulsion.

Dès que le dernier fut dans le sas, ce fut notre tour.

— C'est un privilège d'avoir fait la connaissance de chacun d'entre vous et un honneur de suivre ce plan pour récupérer ce qui nous revient de droit, déclara Josephine. Si l'un d'entre vous souhaite partir, il doit le faire maintenant, sans éprouver la moindre honte.

Personne ne bougea. Le silence régnait.

La porte en flexsteel du sas du hangar se referma derrière nous comme un rideau d'argent, et on descendit sur le quai.

* * *

La demi-heure suivante ne fut pas vraiment ennuyeuse, mais elle ne fut pas non plus particulièrement tendue. Nous étions installés dans la cabine, le regard rivé sur un écran tactique sur lequel étaient surtout diffusées des images de caméra avec des badges et des symboles nageant au milieu tels des poissons lumineux.

Les Gagarine furent lancés un par un. On les observa en train de se mettre en position, les appareils espacés de manière régulière autour du *Daedalus*. Ils déclenchèrent simultanément leurs armes à impulsion… et disparurent de l'écran.

Les rayons de l'impulsion auraient tué tous les systèmes électroniques sur la moitié avant de la coque, expliqua Josephine.

— Et le tube de décélération du quai ? demanda Frazer immédiatement.

Josephine fit apparaître un affichage qui était au vert pour la plupart des indicateurs et commença à expliquer à mon frère que le revêtement du tube était assez épais pour protéger les circuits électriques dedans.

— Même si les capteurs autour de l'écope de sortie auront besoin d'être remplacés, admit-elle. La Pouponnière y expédiera des cybots de maintenance après notre lancement, afin de permettre notre retour.

L'Armstrong se faufila dans l'entrée du tube de décélération, tendant ses grappins magnétiques. Sous mes yeux, dans un petit carré, des chiffres rouges entamèrent le compte à rebours du lancement.

— Et de deux…, déclara Zawn.

Je me tournai vers lui, ce qui était particulièrement inutile. Le badge au-dessus de sa combinaison m'indiquait où il était, mais je ne pouvais pas voir son visage. Et lui ne pouvait certainement pas voir le mien.

— Et de deux quoi ? demandai-je.

— C'est mon deuxième vol spatial en moins de vingt-quatre heures, répondit-il. Je me demande ce que je vais faire demain…

J'éclatai de rire. L'Armstrong s'engouffra dans le tube de décélération.

Avec Josephine aux commandes de l'Armstrong, on ne perdit pas de temps. On longea le *Daedalus*, passant devant les Gagarine inertes. L'impulsion avait grillé tous les circuits à bord, les laissant culbuter lentement dans l'espace. Lorsque je demandai à John ce qu'il allait advenir d'eux, il me répondit qu'ils allaient s'éloigner progressivement jusqu'à ce qu'ils sortent de la zone de protection du bouclier de plasma. Ensuite, ce serait une question d'heures, sans doute moins, avant que les gaz interstellaires les réduisent en miettes.

— Vous avez déjà une idée de la façon dont nous allons nous débarrasser des yis ? demanda Alisha tandis que le rocher de l'arche apparemment sans fin défilait devant nous, beaucoup plus rapidement que lorsque c'était John qui pilotait.

— C'est sur les reines-cerveaux que nous devons nous focaliser, répondit Josephine. Quand elles ne seront plus là, les types II et III ne recevront plus d'ordres. Nous pourrons nous inquiéter de les pourchasser par la suite, même si je refuse de prendre cette tâche à la légère. Ce que j'espère confirmer avec cette expédition, c'est que les reines-cerveaux se trouvent encore dans la mer centrale. Non pas qu'elles aient la moindre raison d'aller ailleurs, mais il nous faut des certitudes, à présent.

— Et si elles sont bien là, alors quoi ?

— Alors, on avance et on met au point une méthode pour les attaquer. L'idéal serait d'en éliminer un grand nombre à la fois et le plus rapidement possible. Ce qui ne nous laisse pas beaucoup le choix.

— On les gèle, suggéra Frazer.

— Comment comptes-tu faire cela ? demanda Mortos.

— Quand Lazarus a augmenté la pression de l'atmosphère de l'habitat jusqu'au niveau correct, il a utilisé l'air dans les réservoirs. De l'air liquéfié qui est incroyablement froid, d'accord ? Alors, on n'a qu'à ouvrir un autre réservoir, celui qui approvisionne la mer centrale, et on laisse le contenu y souffler. Nous savons que les yis ne fonctionnent pas bien quand il fait froid.

— Le concept est bon en principe, Frazer, commenta Josephine. Mais j'ai l'impression que cela prendrait trop de temps. Et nous serions engagés dans une bataille dans le réseau pour le contrôle des réservoirs cryogéniques, sans avoir la certitude de l'emporter.

— Oh.

— Actuellement, je suis en faveur d'un essaim d'une variante aéroportée de milibots, bien que nous manquions de temps pour les fabriquer. Cependant, lorsque nous connaîtrons le nombre de reines-cerveaux et leurs éventuelles défenses, nous aurons une meilleure idée de la quantité qu'il sera nécessaire d'en fabriquer. Ce qui ne résout pas la difficulté qu'il y aura à en introduire un escadron entier dans la mer centrale. Il y a une différence entre notre petite expédition furtive et l'envoi d'une armée mécanique entière.

Sur les écrans de l'Armstrong la surface rocheuse fit place à la paroi noire et lisse du bouclier de carbone. On survola son extrémité avant de nous diriger vers le centre. La proue du *Daedalus* était pour le moins singulière, la mousse de carbone était devenue un paysage de monticules et de cratères marqués par les traces de divers corps étrangers. Elle scintillait sous la lueur sinistre du vaste tampon de plasma luminescent au-dessus de nos têtes.

La base du nuage conique ne touchait jamais l'arche, mais lévitait à quelques centaines de mètres au-dessus du centre de la surface endommagée où les ondulations s'atténuaient jusqu'à former une zone plane. Sous le spectre rayonnant brillaient trois petits dômes en métal poli d'un kilomètre de diamètre disposés en simple triangle. D'après John, c'étaient les générateurs magnétiques qui produisaient le puissant champ permettant de maintenir en place les atomes du tampon. Chacun d'eux était installé au sommet d'un puits qui traversait toute l'épaisseur du bouclier de carbone. La surface avant s'érodant progressivement, ils s'enfonçaient de plus en plus dans leurs puits, réduisant au maximum leur exposition.

On passa entre deux d'entre eux avant de se diriger vers le centre exact du vaisseau, l'axe. Il était symbolisé par un cratère sans fond parfaitement circulaire. À l'intérieur, l'obscurité était aussi dense que le vide entre les étoiles décalées vers le rouge et celles décalées vers le bleu. Même les capteurs de l'Armstrong ne révélaient pas grand-chose dans les profondeurs du large tunnel menant au principal corps rocheux de l'arche.

Grâce aux petits coups de gaz des propulseurs, on se mit en position au-dessus du trou. Même de ce poste d'observation, rien n'était visible à l'intérieur.

— Nos capteurs ne détectent aucune activité thermique ou électromagnétique, annonça Josephine. On entre.

Ma claustrophobie se fit de nouveau sentir. Le puits axial faisait cinq kilomètres de long. Je ne pensais pas que c'était l'obscurité qui était à l'origine de mon malaise. C'était un sentiment de vulnérabilité. La même sensation que celle que j'avais éprouvée en descendant dans le puits de ventilation la veille, mais amplifiée par l'immensité de l'abîme apparemment sans fond.

Une éternité plus tard, nous avons atteint le quai de l'axe. Les projecteurs de l'Armstrong s'allumèrent, éclairant une salle circulaire de cinq cents mètres de diamètre. Des machines silencieuses et inertes semblaient cramponnées à son sol rocheux, tandis que des canalisations et des câbles en parcouraient les parois incurvées. Je distinguais tout juste leurs contours. Tout était couvert d'une épaisse couche de poussière noire granuleuse, comme si la roche repoussait pour tenter de remplir le quai. C'était le premier endroit à bord du *Daedalus* qui me paraissait vraiment avoir plusieurs siècles.

— De la poussière de carbone qui a descendu le long du tube d'accès après les impacts d'ablation, expliqua Josephine. Elle s'accumule ici depuis cinq cents ans. Ça explique pourquoi aucun capteur ne fonctionne. Ils sont complètement recouverts de cette substance.

L'Armstrong pivota à quatre-vingt-dix degrés et les propulseurs nous poussèrent vers le bas, vers ce que j'avais cru être le mur. Avec la manœuvre de l'Armstrong, ma perception se modifia, et, bien sûr, la surface incurvée était en réalité le sol. John déclara que l'on ne bénéficierait que d'environ un pour cent de la pesanteur de l'habitat à laquelle nous étions habitués. C'était suffisant pour amarrer l'Armstrong.

Une fois l'appareil posé, j'eus du mal à croire John sur parole. Mes oreilles internes persistaient à m'indiquer que j'étais encore en chute libre.

Durant le vol, les milibots avaient été entreposés dans la cabine inférieure. Josephine les fit d'abord sortir par le sas afin de « sécuriser le quai de l'axe ». Contre quoi, je l'ignorais, car les lieux semblaient incontestablement morts.

Il s'avéra que les milibots étaient également équipés de petits propulseurs afin de pouvoir manœuvrer en chute libre. Je vis grâce à l'affichage du casque que cinq d'entre eux tournaient autour de l'Armstrong, tandis que les autres s'éloignaient pour scanner le reste de la salle déserte.

— Les milibots confirment l'absence totale de systèmes actifs, finit-elle par déclarer.

— Vous communiquez avec eux ? demanda Zawn. Je croyais que les yis étaient en mesure d'intercepter nos communications et de prendre le contrôle des machines connectées...

— Ce serait le cas si nous utilisions le réseau standard, oui. Mais, en plus des liaisons laser ultraviolettes, nos armures utilisent un cryptage de qualité militaire. Pour les yis, il s'agit simplement de bruits parasites.

Tu parles, articulai-je. John aurait pu le remarquer. J'entendis une petite toux complice dans mon casque.

Dès qu'on nous a donné le feu vert, nous sommes passés un par un par le sas. Cela ne me rendait même plus nerveuse. Après tout, j'étais désormais une habituée des combinaisons spatiales et des sorties extravéhiculaires.

* * *

Josephine sortit la première, équipée d'un pack de mobilité doté de petites fusées à gaz froid de tous les côtés. Elle dévida un filin de sécurité jusqu'au sas le plus proche, au pied de la paroi rocheuse.

Les milibots s'engagèrent sur l'épaisse couche de poussière. Après tout, je n'avais pas totalement tort au sujet de la roche qui semblait repousser. Sous vide, la poussière s'était agglomérée, formant une croûte extrêmement dure, un processus qui poussa Frazer à assaillir Josephine de questions.

En se frayant un passage à l'aide de leurs lames-D, les milibots soulevèrent d'épais nuages de carbone. Au bout de quelques minutes, ils atteignirent une feuille de flexsteel. Une fois que l'ensemble de la porte fut dégagé, ils y accolèrent une bulle de flexsteel dans laquelle pénétra Josephine, accompagnée de trois milibots.

Je suivis l'image relayée par sa combinaison. À l'intérieur, la bulle était pressurisée à une atmosphère standard. Josephine découpa un trou dans le flexsteel du sas. Lorsqu'elle eut confirmé qu'il y avait de l'oxygène de l'autre côté, la bulle s'adapta à la pression exacte, et elle découpa le reste de la porte. Les milibots se précipitèrent dans la pièce intérieure, faisant pivoter leurs minicanons à la recherche d'une cible. Il n'y en avait pas. Josephine les suivit à l'intérieur.

Ce serait, avait-elle dit, la partie la plus délicate. Sur le quai, la poussière de carbone avait étouffé les capteurs. De l'autre côté, il se pouvait que le réseau et l'électronique soient encore actifs. Elle connecta ses propres modules électroniques à divers câbles et différentes unités.

— Bon, dit-elle. Les nœuds du réseau sont inactifs. J'ai installé un blocage sur les contrôles d'alimentation locaux. Ouverture de la porte du sas intérieur, à présent.

Je retins mon souffle pendant que le flexsteel s'écartait. Les milibots se propulsèrent aussitôt à travers l'ouverture.

Dans mon casque, les images étaient déroutantes. Grâce aux capteurs des milibots, je vis un ensemble de pièces de petite dimension remplies de machines. Et je poussai un petit cri de surprise en apercevant deux squelettes, par terre.

Quelle que soit leur identité, ils étaient morts vêtus de tenues d'une seule pièce qui ressemblaient étrangement à nos tuniques. Certains de leurs membres se trouvaient à quelque distance de leur buste. Je me dis que, d'une manière ou d'une autre, c'était certainement dû à la pesanteur d'un pour cent.

— Aucune entité hostile dans les environs immédiats, annonça Josephine. Vous pouvez entrer.

Chapitre 16

Le sas de l'axe était juste assez grand pour accueillir trois personnes à la fois. J'y pénétrai en compagnie de Rell et Alisha, et de deux milibots. Les pièces dans lesquelles nous nous trouvions étaient illuminées par le faible éclairage secondaire bleu-vert auquel je commençais à m'habituer. Je planai vers la salle de préparation aux sorties extravéhiculaires où patientait Josephine, et où gisaient les squelettes.

— Je me demande si je les connaissais, dit-elle doucement.

— Y a-t-il un moyen de vérifier ?

— Pas pour le moment, non. Extraire de l'ADN d'ossements si vieux demande du matériel spécial. De plus, je ne suis pas certaine de vouloir le savoir. Il faut que je me focalise sur l'expédition et que j'assure votre sécurité.

C'était gentil de sa part, mais je commençais à me lasser de l'argument selon lequel il fallait qu'elle veille sur nous.

Avec quelques coups de talon seulement, je traversai la pièce et me rattrapai aux poignées des casiers des combinaisons spatiales pour m'immobiliser. Lorsque je lâchai prise, il me fallut un long moment avant de commencer à redescendre vers ce qui était théoriquement le sol.

— Cette pesanteur d'un pour cent ne sert pas à grand-chose, grommelai-je.

Je demandai à la combinaison d'afficher une carte sommaire de la partie avant du *Daedalus*, qui était ridiculement complexe. Un cylindre transparente vert et gris pendait devant mes yeux, hébergeant des milliers de compartiments de toutes les tailles, reliés entre eux par un système de couloirs et de puits. Dans le noyau où nous nous trouvions, les pièces étaient plus petites et serrées les unes contre les autres. La mer centrale se trouvait à quatre kilomètres du quai de l'axe, mais aucun chemin direct ne les reliait.

L'idée de me traîner en chute libre dans les couloirs sur une telle distance, même si c'étaient les muscles de la combinaison qui encaissaient tous les efforts, était plutôt intimidante. Cela nous prendrait des heures.

— Nous allons descendre de deux ponts, annonça Josephine. Ainsi, nous nous retrouverons au niveau de l'anneau de la galerie d'observation de la mer centrale. C'est un champ gravitationnel de dix pour cent. Il devrait donc nous être plus facile de nous y déplacer.

Lorsque tout le monde eut franchi le sas, Josephine s'élança dans la série suivante de compartiments. Sept des milibots lui ouvraient la voie. Elle ordonna à deux d'entre eux de rester près du sas, tandis que trois autres fermaient la marche.

— Ça va ? demandai-je à Rell pendant que nous progressions.

L'un des avantages des communications de nos combinaisons était qu'en plus du canal général nous pouvions demander une liaison privée avec n'importe qui.

— Pas trop mal, en fait, répondit-il. Ces antiémétiques sont efficaces.

Au bout de quelques minutes, on atteignit la première cage d'escalier. En quelque sorte. Il s'agissait d'un passage circulaire qui descendait en spirale en suivant une large courbe, avec un grand nombre de rebords et d'arceaux dépassant du mur.

— Les escaliers sont un peu superflus avec cette faible pesanteur, nous expliqua Josephine en franchissant l'entrée.

Je m'efforçai d'imiter ses mouvements, me poussant à l'aide de mes mains contre toutes les saillies afin de me propulser en avant, m'aidant des arceaux pour conserver une direction stable.

À mi-chemin, on se retourna, les pieds en avant. La gravité gagnait en force à présent, nous attirant vers le fond de la spirale, devenue une rampe. Les rebords disparurent et la pente fit place à un toboggan.

Je glissai – avec une élégance relative – jusqu'à un large couloir. Grâce aux éclairages secondaires omniprésents, il y régnait une pâle luminosité. Les lampes ne fonctionnaient pas toutes, créant de vastes zones de quasi-obscurité devant moi, comme si des tronçons du couloir étaient déconnectés. La caméra de ma combinaison me fournit une image plus nette, donnant aux tronçons plongés dans la pénombre un teint monochrome blafard. Le long des murs, certaines portes étaient ouvertes, mais la plupart étaient fermées.

Dans le couloir, le sol était composé d'une série de stries espacées de trois mètres, comme des ondulations qui se seraient figées. Je découvris que, si je poussais doucement dessus avec un pied en me penchant, je faisais un bond en avant, et que l'espacement entre les bonds était idéal pour recommencer au pas suivant.

Nous avancions à grandes enjambées, ce qui pouvait sembler assez lent quand on planait dans l'air, mais en réalité nous taillions la route. La fonction de navigation de ma combinaison projetait des lignes orange le long du couloir. Elles s'éloignaient à angle droit à certaines intersections, me guidant vers la galerie d'observation.

— Si nous venons à être séparés, le processeur de votre combinaison pourra toujours vous guider vers le quai de l'axe, indiqua Josephine. En fait, il peut établir un itinéraire vers n'importe quelle partie de l'habitat, si vous le lui demandez. Donc, si nous sommes séparés, ne vous affolez pas.

Après la septième ou huitième intersection, la ligne orange prit une teinte rouge à une centaine de mètres devant moi. Une lumière plus forte brillait dans l'un des couloirs.

— Les capteurs des milibots ont repéré des nœuds de réseau actifs devant nous, m'informa John.

Deux petites capsules volantes bardées de capteurs et semblables à des oiseaux, mais avec des ailes d'insecte transparentes, prirent leur essor du sac à dos de Josephine. Elles étaient si noires que même les capteurs de ma combinaison avaient du mal à les repérer.

— Elles sont inspirées du colibri-abeille, précisa-t-elle. Même si elles ne sont pas aussi jolies, naturellement.

Elles filèrent tous les deux dans le couloir jusqu'à l'intersection éclairée avant de bifurquer.

Grâce à leurs caméras, je constatai que devant elles la voie était libre. Mais, par terre et sur le bas des murs, le couloir présentait des traînées d'humidité scintillante.

— Ils ne sont pas loin, comprit Mortos.

— Il fallait s'y attendre, répondit Josephine. Nous ne sommes plus qu'à un kilomètre de la mer centrale. Les yis sont une espèce tournée vers le conflit. Les reines-cerveaux sont attachées à la préservation des limites de leur domaine. Surtout maintenant.

— Qu'allons-nous faire, alors ?

— Explorer d'autres itinéraires vers la mer centrale, en commençant par la prochaine intersection. Je peux aussi mettre en place quelques contre-mesures électroniques afin de neutraliser leurs capteurs. Ne vous inquiétez pas, je l'avais prévu.

Mais tu ne nous l'avais pas dit ! Je gardai cependant mes réflexions pour moi.

On progressa prudemment jusqu'à l'intersection, mon rythme cardiaque augmentant à mesure que nous approchions.

Quatre milibots se rassemblèrent, leurs minicanons braqués sur le couloir lumineux alors que nous nous dirigions vers le passage opposé.

Les battements de mon cœur ne ralentirent que lorsqu'on s'engagea dans un autre couloir un peu plus loin. Il était inouï que mon inconscient puisse à présent considérer la lumière ordinaire comme un danger.

— Il y a un compartiment de maintenance électrique à cinquante mètres, annonça Josephine tandis qu'un badge bleu se matérialisait sur la carte affichée par mon casque. Nous y ferons une halte.

Une nuée de petites capsules de détection me passèrent devant, se mettant en observation aux intersections et le long des couloirs adjacents. Elles étaient équipées non seulement de caméras, mais aussi de détecteurs de sons capables de capter les ondes des biosonars des yis, ce qui nous préviendrait bien à l'avance s'ils approchaient.

Josephine demanda à Rell, Zawn et Frazer de l'aider à découper la porte du compartiment de maintenance. Elle n'avait pas vraiment besoin d'aide, bien sûr. Elle souhaitait simplement leur montrer où découper pour éviter de déclencher une alarme. La plupart des portes étaient pourvues d'un mécanisme manuel et d'un dispositif automatique, leur expliqua-t-elle, et les deux méthodes d'ouverture étaient surveillées par le réseau.

Je trouvai le compartiment de maintenance des plus inquiétants. Pas à cause des machines, car il s'agissait de l'habituel ensemble de cubes et de sphères quelconques des systèmes du *Daedalus* que j'avais vu et revu dans la partie avant. Sauf que, cette fois, elles étaient toutes actives, leurs fins panneaux de commande parcourus de symboles colorés.

Mais les conduites et les câbles qui descendaient du plafond et qui montaient du sol étaient couverts des fibres blanches entrelacées des yis. Les principaux segments étaient aussi épais que mon poignet, avant de se ramifier à l'infini en brins capillaires qui s'introduisaient dans les boîtiers des unités. Le fait de les voir au grand jour me rappela à quel point les yis étaient omniprésents. Ce n'étaient pas seulement les créatures que nous avions vues, les reines-cerveaux faisaient désormais partie intégrante du *Daedalus*. Et cela me gênait en me rappelant comment Josephine s'était fusionnée avec l'IA de la Pouponnière.

Il nous fallait faire attention où nous marchions et où nous nous asseyions pour éviter de briser des fibres. Car cela aurait fait venir les yis plus vite que le déclenchement d'un circuit électrique pour ouvrir une porte.

— Je vais tenter de pirater le réseau à présent, déclara Josephine. Je vous suggère de manger quelque chose et de vous détendre avant que nous nous introduisions dans la mer centrale.

Sur ce, elle déposa un petit module électronique sur un boîtier près du plafond, puis s'assit en dessous. J'aurais voulu lui demander combien de temps cela prendrait, mais cela me sembla plutôt impertinent. Je cherchai donc un endroit dégagé par terre et m'y installai. Rell vint s'asseoir à mes côtés. Les éléments de son casque s'escamotèrent pour me montrer son visage. Ses cheveux étaient mouillés de sueur, et il se fendit d'un sourire irrésistible qui fit ressortir ses joues. Le simple fait de le voir me rendit heureuse. J'ordonnai à mon casque de s'ouvrir et lui rendis son sourire.

— Ça va ? me demanda-t-il.

— Oui. Même si ces trucs me donnent la chair de poule.

Je désignai d'un geste les fibres d'un blanc maladif qui étouffaient les appareils électriques de la pièce. John les avait comparés à des nerfs. Quand on en sectionnait un, je me demandais si la reine-cerveau à laquelle il était connecté ressentait la douleur. C'était une perspective tentante.

Tout le monde s'installa en veillant à ne pas endommager les fibres.

On ouvrit les casques et s'adressa des sourires, soulagés d'être parvenus à aller si loin. Nous avions confiance en nous.

Je me mis à sucer l'embout alimentaire de la combinaison. Le casque en avait deux : un pour un sirop qui contenait tous les nutriments dont l'organisme avait besoin – apparemment – et un autre pour l'eau. J'étais déraisonnablement dépitée qu'il n'y en ait pas un pour le chocolat chaud.

— Je vais avoir mal partout, demain, se plaignit Zawn. (Il avait pris place en face de Rell et moi.) Je sais que c'est la combinaison qui fait le plus gros du travail, mais c'est l'angle qu'on doit prendre pour marcher sous cette faible pesanteur. Je fais des efforts incroyables pour garder l'équilibre.

— J'ai déjà pris une dose d'anti-inflammatoire, avoua Alisha. Mon dos a du mal à supporter tout ça.

— Neuf cents mètres, mamie, annonça Frazer. C'est tout. Vérifie ta carte de navigation. C'est la distance qu'il nous reste à parcourir jusqu'à l'anneau de la galerie d'observation.

— Oui, c'est une bonne nouvelle. Merci.

J'attendais que Frazer lui dise : « *Ensuite, il y aura tout le chemin du retour jusqu'au quai.* » Mais il n'en fit rien. Il n'y avait pas que les connaissances scientifiques qu'il apprenait rapidement.

Josephine ouvrit son casque. Dans la pénombre du compartiment, son visage vert paraissait plus sombre, mais l'inquiétude dans son regard était aussi évidente qu'en plein jour.

— Que se passe-t-il ? demanda Alice.

— Je crois avoir compris ce qui est arrivé à l'esprit des reines-cerveaux, déclara-t-elle lentement. Lazarus vous a informés du type de contre-mesures qu'il allait employer sur le réseau, n'est-ce pas ?

— Oui, répondit John. Son plan consistait à piéger une partie de ses caches de mémoire grâce à des paquets infiltrés à retardement.

— Je ne crois pas qu'il ait été le seul à adopter cette approche pour riposter, suggéra Josephine. Une ou plusieurs IA de commandement vaincues par les reines-cerveaux yis il y a cinq cents ans ont certainement adopté la même stratégie.

— Je me rappelle, intervins-je. Les paquets de Lazarus allaient se déclencher après que les reines-cerveaux l'auraient anéanti. Ils allaient les attaquer à leur tour, d'une manière ou d'une autre. Au sein du réseau ?

Josephine m'adressa un regard songeur.

— Je sais que vous ne maîtrisez pas vraiment le processus de vieillissement humain, mais l'un d'entre vous a-t-il déjà entendu parler de la maladie d'Alzheimer ?

— Moi, oui, répondit Rell. Il en est fait mention dans le manuel de médecine que tous les apprentis médecins doivent étudier. C'est une sorte de maladie neurologique dégénérative ?

— Oui, les cellules du cerveau des personnes âgées sont vulnérables à la dégradation et aux maladies. Lorsque les cellules meurent, ou que le mécanisme de transfert entre neurones dysfonctionne, les effets peuvent se manifester par une perte de mémoire chez certains, de la confusion chez d'autres, des sautes d'humeur, des problèmes d'expression… une longue liste de symptômes désagréables. Il en résulte une déficience cognitive progressive. Même les thérapies géniques mises au point avant que le *Daedalus* quitte la Terre ne parvenaient pas toujours à neutraliser la maladie d'Alzheimer.

— Ça a l'air horrible, estima Alice.

— Ça l'était.

— Et vous pensez que les paquets infiltrés ont infligé cette maladie aux reines-cerveaux ? demandai-je.

— Un équivalent électronique, oui. Cela n'a pas affecté directement les reines-cerveaux, mais les IA qu'elles ont assujetties et intégrées à leur esprit étendu montrent incontestablement des signes de dysfonctionnements et d'instabilités aléatoires. J'ai repéré des paquets d'effacement perdus dans l'architecture du registre. Imaginez qu'il s'agit d'asticots numériques grignotant de vieux souvenirs et corrompant les routines de gestion élémentaires du processeur. Le plus impressionnant, c'est que les IA n'ont plus aucune capacité d'autodiagnostic : elles ont été totalement éradiquées. Ainsi, comme c'est le cas chez les victimes de la maladie d'Alzheimer, l'esprit des reines-cerveaux ne se rend pas compte que quelque chose ne va pas dans son processus de pensée.

— Mais les reines-cerveaux ont les idées parfaitement claires, protestai-je. Dès qu'elles se sont aperçues de ce que nous avions fait, elles se sont lancées à ma recherche. Elles savaient que Lazarus avait attaqué le réseau.

— Oui, parce que c'étaient des événements importants. C'est le truc avec ce type de paquets infiltrés. La conscience élargie des reines-cerveaux est incapable de donner un sens aux événements connexes, parce qu'elles n'ont plus la faculté perceptuelle d'établir des liens. Quand le *Daedalus* a été heurté par un rocher, il y a trois ans, elles en ont pris conscience instantanément. Mais c'est tout. Comme, en apparence, rien à bord n'avait changé après cet événement, elles n'en ont pas tenu compte. Elles auraient dû s'apercevoir que la pression atmosphérique commençait à baisser, mais, comme la fuite était lente, aucune alerte majeure n'a été déclenchée. Elles n'avaient plus la capacité d'associer les événements et de comprendre que le projectile avait réellement perforé l'habitat. La baisse de pression ne les a pas dérangées parce qu'elle n'avait pas atteint un niveau de menace suffisant. Tandis que, lorsque vous avez commencé à couper leurs racines nerveuses entrant dans les machines à Tressaco, elles ont aussitôt pris conscience de la menace, car elle n'était pas filtrée par les noyaux des IA.

— Ça les a réveillées, alors ? demanda Frazer.

— En un sens, oui. L'impact que la Fille de la Capitaine a eu sur la population du *Daedalus* les a fait sortir de leur torpeur. Elles savaient qu'elles devaient réagir. Raison pour laquelle elles ont coupé la lumière et l'eau de l'habitat. C'était une réaction instinctive. Elles l'avaient déjà fait pour éliminer des humains gênants, elles l'ont donc refait. Mais leur pouvoir est plus limité qu'il y a cinq cents ans. Il faut que leurs réactions soient dirigées par la partie biologique de leur esprit, celle qui réside au sein même des reines-cerveaux. Imaginez un berger qui donne des ordres à son chien. Ce dernier – l'IA – est utile, mais seulement lorsqu'il reçoit des instructions explicites sur ce qu'il doit faire. Sinon, leur conscience se réduit à un vague halo de satisfaction, et elles n'ont aucune perception générale de quoi que ce soit de nouveau, comme le fait d'avoir dépassé le nouveau monde, parce que l'information se trouve hors de la base de connaissances des reines-cerveaux. Pour analyser notre position et agir en conséquence, il leur aurait fallu s'en remettre à la partie IA de leur esprit.

— Guano ! jura Alice. On vole donc vers nulle part à cause de la bataille pour le *Daedalus* d'il y a cinq siècles ? On s'est fait ça tout seuls.

— Je ne crois pas que dans ces circonstances il soit utile de chercher des coupables et encore moins de les condamner. Notre situation actuelle est une des conséquences de la guerre entre les yis et les humains. De plus, nous le savons. Nous pouvons y remettre de l'ordre.

— Vous ne cessez pas de le répéter. Mais si quelque chose nous arrive à tous les neuf, c'en est terminé, hein ? Peut-être n'aurions-nous pas dû participer tous à votre folle expédition.

— Navrée que ce soit ce que vous ressentiez, déclara sèchement Josephine. Toutefois, je considère que vous avez tort. En piratant le réseau, j'ai eu la confirmation que la plupart des générateurs à la poupe sont sécurisés et continuent de fournir de l'énergie à l'habitat et à la mer centrale. Mais la meilleure nouvelle est que les sections du service de la propulsion à l'arrière sont scellées et intactes. Elles ne sont pas tombées aux mains des yis.

— Parce que, si les IA là-bas avaient cessé d'entretenir les moteurs à antimatière, ces derniers auraient explosé, déclara Frazer d'un ton assuré.

— Les réservoirs de confinement de l'antimatière, oui, admit Josephine. Donc, vous voyez, il sera vraiment possible de reconduire le *Daedalus* vers le nouveau monde.

— D'accord, admit Alice d'un ton las. C'est bon à entendre.

— Les yis ne sont pas idiots, cependant, ajoutai-je. Ils savaient comment s'y prendre avec moi, comment tenter de me discréditer aux yeux de tous les autres villages. Évitons de faire preuve de suffisance.

— Ce n'est pas ce que je suggère, protesta Josephine. Mais ça peut nous donner un avantage tactique dans certains domaines. Dans les situations de stress, leur naturel reprendra vite le dessus.

— Qu'entendez-vous par « leur naturel » ?

— Les yis sont de nature tribale, juste assez développés pour se battre pour leur territoire. À leurs yeux, chaque problème a une solution physique. (Elle se pencha pour me tapoter la jambe, produisant un léger claquement.) Et, dans ce domaine, nous sommes leurs égaux à présent. Ils ne s'y attendront pas.

— D'accord, acceptai-je à contrecœur.

Je comprenais ce qu'elle voulait dire, que nous ne pouvions rien reprocher à qui que ce soit pour l'aspect désastreux de notre situation actuelle, et encore moins aux IA qui avaient été anéanties. Mais j'étais pour le moins troublée de découvrir qu'une arme que nous avions employée si longtemps auparavant s'était finalement retournée contre nous.

Chapitre 17

On referma nos casques et on quitta le compartiment de maintenance. La ligne lumineuse orange menant à la galerie d'observation monta d'un niveau avant de redescendre juste avant la mer centrale. À contrecœur, on remonta l'un des passages en spirale, et on se retrouva dans un champ gravitationnel si faible que je n'avais pas l'impression que l'on puisse réellement lui attribuer un pourcentage.

Les milibots ouvrirent la route, et on leur emboîta le pas. Plus nous approchions de la mer centrale, moins nous avions le cœur à bavarder. Toute la conviction que j'avais eue au départ fondit comme neige au soleil. La carte y fut pour quelque chose. À mesure que nous approchions, l'échelle se modifiait, me montrant à quel point la mer centrale était vaste. Si les yis l'occupaient en totalité, je ne voyais pas comment nous allions pouvoir tous les éliminer. Il allait nous falloir une armée de milibots, et du temps pour les fabriquer. Du temps pendant lequel les yis n'allaient pas manquer de riposter. De plus, le *Daedalus*, qui, pour être honnête, n'était actuellement pas en très bon état, pouvait être gravement endommagé au cours d'un combat de grande ampleur.

Je me demandai si nous ne devions pas tenter de négocier une sorte de trêve. Nous, les humains, conduirions le *Daedalus* vers le nouveau monde en échange de notre liberté. Quelle idée déprimante… De plus, je ne me voyais pas convaincre les villageois de s'entendre avec les yis une fois qu'ils seraient informés de notre situation réelle. Au fond de moi, je savais que, si je voulais que cela se produise, il me faudrait le faire moi-même.

Il aurait été bien de pouvoir discuter de l'idée avec mes amis – et peut-être papa et maman –, mais, à cinq cents mètres de la mer centrale, ce n'était vraiment pas l'endroit idéal pour débattre d'une telle question.

— John ?

— Oui, Hazel ?

— À quel point les yis sont-ils rationnels ?

— Dans quel contexte ?

— Je voudrais savoir s'il est envisageable de trouver un arrangement avec eux.

— Quel genre d'arrangement ?

Je lui expliquai mon idée. Il garda le silence un peu plus longtemps qu'à l'accoutumée.

— Il serait difficile d'avoir la garantie qu'ils respecteraient leur part du marché, finit-il par répondre. Josephine a raison de dire que les yis voient les solutions à leurs problèmes en termes purement physiques. Toutes les îles de leur monde leur étaient précieuses en raison de la rareté de la terre. Par nature, un esprit de reine-cerveau est incapable de partager. Je doute qu'ils maîtrisent le concept d'accord contractuel.

— Ils devaient bien établir des alliances sur Kianira, des îles s'unissant pour vaincre un ennemi commun…

— C'est vrai. Mais, comme vous le dites, dès que les humains du *Daedalus* connaîtront leur véritable histoire, il deviendra problématique de leur demander de passer un accord.

— C'est de la politique !

— Précisément. De plus, notre avantage est d'en savoir plus qu'eux. Dès que les yis auront compris que le *Daedalus* a dépassé le nouveau monde, ils n'auront plus rien à perdre. Nous sommes les seuls à pouvoir faire que l'arche y retourne.

— Ce qui nous rend indispensables, pas eux.

— C'est bien ce qui m'inquiète. Si les reines-cerveaux s'aperçoivent un jour de leur situation actuelle... Bien que le respect de toute forme de vie fasse partie des fondements de ma programmation, je suis d'accord avec Josephine. S'il existe une méthode pour éliminer les yis, nous devons la suivre sans aucun scrupule. C'est l'option la moins risquée. Si elle n'est pas possible, alors, toutes les autres solutions deviennent envisageables.

— Donc, nous devons vraiment voir ce qu'il y a dans la mer centrale.

— Absolument.

L'alarme de proximité de ma combinaison se déclencha. Un badge ambré se matérialisa sur ma carte et se mit à clignoter de manière pressante. Un yi se trouvait à deux cents mètres de nous, et il se déplaçait.

— Veuillez vous protéger et ne plus bouger, ordonna Josephine.

La façon dont elle l'avait dit, si claire et autoritaire, me fit l'effet d'une série d'impulsions nerveuses poussant mes membres à exécuter ce qu'on leur demandait.

M'agrippant à un arceau, je me hissai contre le mur, puis cessai totalement de bouger. Les autres en firent autant. Même les milibots, qui ressemblaient à présent à des machines faisant partie de l'équipement ordinaire du vaisseau.

Les impulsions soniques du yi s'affichèrent dans mon casque. Elles avaient la forme de vagues vert pâle coulant au long du couloir, se déformant en ricochant contre les murs.

Le yi surgit à l'intersection devant nous, un type II. Le faible éclairage secondaire réduisait sa peau à une texture rugueuse de charbon couverte d'un liquide poisseux. Les ordres de Josephine n'avaient plus beaucoup de force à présent. Mon instinct m'ordonnait de partir de là, de ficher le camp au plus vite. Je me tenais avec détermination, espérant que mes doigts ne serraient pas trop l'arceau, ce qui pourrait trahir ma présence auprès du yi. Il se déplaçait sans peine, ses tentacules tendus comme une couronne de tournesol, leurs pointes glissant comme des serpents le long du mur. Ils s'ajoutèrent aux ondes soniques sur mon affichage, créant un nuage arc-en-ciel translucide de plus en plus proche.

Je m'attendais à ce que l'un des milibots ouvre le feu. Josephine semblait s'éterniser avant d'en donner l'ordre. Le yi approchait, un peu trop à mon goût. Je contractai nerveusement mes muscles. J'aurais voulu dire quelque chose, mais j'ignorais si cela s'entendrait à l'extérieur de l'armure.

Le yi dépassa les deux premiers milibots, ses tentacules profitant de leur présence, comme de celle de toutes les surfaces planes autour de lui. J'étais fascinée par la facilité avec laquelle il se mouvait malgré une pesanteur si faible, sans doute parce qu'il s'agissait avant tout d'un être aquatique.

Il était presque arrivé à hauteur de Josephine lorsqu'elle ouvrit le feu. Je vis un petit éclair sur mon affichage, un fil blanc ténu s'étirant de son avant-bras jusqu'à la tête du yi, une balle fendant les airs. Il se dissipa aussitôt, projetant des ondulations violettes. Un autre son aigu retentit à l'intérieur du yi, dont le corps entier tremblait.

Soudain, il se figea. Les impulsions se dissipèrent. Un épais liquide se mit à suinter de la plaie dans la tête du yi. Ses tentacules s'affaissèrent, inertes, tandis que, poussée par son élan, la créature glissait le long du couloir.

— Joli tir, approuva Shao.

— Merci, répondit Josephine. Je me suis servie d'un fusil magnétique plutôt que d'une balle standard. C'est beaucoup moins bruyant.

J'avais du mal à faire le lien entre son explication froide et plutôt fière d'une mise à mort efficace, et la vieille femme tout juste vivante dans sa bulle de support-vie entretenue par la Pouponnière. Je regardai fixement le cadavre à la dérive du yi.

— Je me demande ce qu'il faisait là…

— C'était peut-être une sorte d'éclaireur ? À moins qu'on l'ait envoyé vérifier le matériel ? Nous ne le saurons jamais, répondit Josephine.

— Nous pourrions peut-être en avoir une meilleure idée si nous savions à quel point un type II est intelligent, fit remarquer Frazer. Ont-ils l'intelligence d'un cygne ou d'un chien ? La même que la nôtre ?

— La taille du cerveau d'un type II est légèrement inférieure à celle du cerveau d'un humain adulte. Mais leurs esprits sont très différents. Il n'est pas vraiment possible d'établir une comparaison. Je vous suggère de ne pas penser à eux en termes d'intelligence, mais plutôt de ruse.

— Ce sont donc des créatures conscientes ?

— Encore une fois, pas dans le sens où nous l'entendons. Il vous serait impossible de tenir une conversation avec l'un d'eux. Il ne comprendrait ni l'art, ni la poésie, ni la philosophie. Son intelligence est dédiée exclusivement à l'exécution de la tâche qui lui est assignée. Si une analogie est possible, considérez-le comme un animal de meute, loyal uniquement à l'esprit de la famille de sa reine-cerveau. Il a les moyens d'improviser la méthode à suivre pour accomplir sa tâche. À cet égard, il a donc une certaine faculté d'analyse et peut-être la capacité d'appliquer une logique à des situations physiques.

— Il en va de même pour les types III ?

— D'après le peu que j'en ai vu lors de la prise de pouvoir des yis, j'en dirais autant, mais en plus poussé. Si vous voulez, ils sont plus sournois. La seule chose qu'aucun d'eux ne possède, c'est l'empathie, la gentillesse.

— Capitaine nous protège, marmonna Frazer. D'accord, j'ai pigé.

Je m'éloignai du mur, prenant soin de ne pas m'approcher du yi mort. À l'exception du trou causé par la balle, il était intact. Si je m'approchais trop, je l'imaginais revenir à la vie et enrouler ses tentacules menaçants autour de moi.

— S'il y en avait un ici, il y en aura d'autres, déclara Josephine. À partir de maintenant, je vous suggère d'être plus vigilants.

J'acquiesçai machinalement. Mais, quelques instants plus tard, je m'aperçus de la futilité d'un tel geste sous un casque.

— D'accord.

— Il s'éloignait de la mer centrale, constata Frazer. Il devrait donc s'écouler un bon moment avant que les reines-cerveaux s'aperçoivent de son absence.

— Espérons-le, dit Josephine.

Les milibots s'éloignèrent dans le couloir, et elle leur emboîta le pas. J'hésitai, puis me lançai à sa suite. C'était trop tard à présent pour revenir en arrière. Et j'avais vraiment envie de voir la mer centrale. Après tout ce qui s'était passé, le fait de m'introduire chez les reines-cerveaux représentait pour moi une sorte de victoire. Cela prouvait que nous pouvions les court-circuiter et réussir quelque chose par nous-mêmes.

Après l'intersection, on redescendit d'un niveau. Au pied de la spirale, nous n'étions plus qu'à cent cinquante mètres de la galerie d'observation, dans un large couloir à plusieurs embranchements. L'éclairage principal était allumé, nous ne pouvions nous cacher nulle part. Les capteurs de ma combinaison détectaient de faibles impulsions sonar dans l'air. Dans toutes les directions.

— Je ne décèle aucune preuve que les yis nous aient déjà repérés, déclara Josephine. Mais soyons prudents. Nous ne sommes plus très loin d'une des entrées de la galerie, à présent.

Les milibots ralentirent, adoptant la prudence de Josephine. Les murs étaient désormais si sales que j'avais l'impression que les couloirs rétrécissaient. En cinq siècles de frottements, l'extrémité des tentacules des yis avait produit une croûte gluante qui couvrait aussi bien les éclairages que les grilles, le rail de transport des bots et les portes.

À l'aide de son doigt, Frazer gratta la substance infecte et examina le mucus qui suintait le long de son gantelet.

— C'est une bonne chose, affirma-t-il.

— Une bonne chose ? s'exclama Rell. Comment ça ?

— S'il y avait des capteurs optiques ici, cette substance les a obstrués. Les reines-cerveaux ne pourront pas nous voir.

— Remarque pertinente, valida Josephine. Bien vu, Frazer.

La façon dont elle le traitait, comme le meilleur élève, me ramena tout droit à l'école. J'avais toujours été convaincue que notre professeur le préférait à moi.

La formation de tête composée de cinq milibots poursuivit son chemin dans la pénombre. Au croisement suivant, nous avons pris à gauche, ce qui nous mena à une autre cage d'escalier. Une des capsules de détection se dirigea vers le bas. Deux milibots la suivirent, minicanons déployés. Le couloir du dessous était désert, et encore plus sombre que le nôtre. Sans doute parce que la couche de mucus yi étalée partout y était beaucoup plus épaisse.

Le sol était grumeleux à cause de ce que je devinais être leurs excréments.

Josephine descendit la première. Je la suivis, grimaçant chaque fois que je posais les pieds sur une arête de crasse incrustée, produisant un petit craquement. Non seulement le couloir menant à la galerie d'observation était mal éclairé, mais il me troublait au plus profond de mon être. C'étaient les humains qui avaient conçu le *Daedalus*. C'était notre réussite. Mais il ne nous appartenait plus, désormais. Les yis se l'étaient approprié, l'occupaient et l'utilisaient, mais ils ne s'en préoccupaient pas et ne respectaient pas l'incroyable réussite qu'il symbolisait. Il était impossible de les détester davantage, mais, incontestablement, mon mépris pour eux s'accentua encore un peu.

Une lumière vive étincelait à l'intersection suivante. Je vis aussi sur l'affichage de mon casque des impulsions sonar qui palpitaient jusqu'aux bords de l'image, suivant des motifs erratiques, leur force augmentant au fur et à mesure que les yis qui les émettaient se rapprochaient. Les milibots s'immobilisèrent, et, lorsque Josephine leva son bras, faisant jaillir le canon de son arme de son logement, je retins mon souffle.

Quand le yi de type II surgit à l'intersection, il laissa échapper ce qui ressemblait à un couinement de colère. Si les aliens n'éprouvaient pas d'émotions comme la gentillesse, ils connaissaient donc la surprise… Josephine ouvrit le feu. Encore une balle parfaitement tirée par le canon de son fusil magnétique. Le yi devint instantanément flasque, son cadavre s'écroulant par terre.

— Il faut qu'on l'emporte, déclara-t-elle. C'est ici que les yis sont les plus actifs. Si l'un d'eux le découvre, ils sauront que nous sommes là.

Je voulais l'aider, lui montrer que je n'étais pas qu'une simple pièce détachée ennuyeuse qu'elle devait soutenir et protéger. Mais l'idée d'attraper ces tentacules et de traîner la dépouille me donna la nausée. Je savais que c'était stupide, que grâce à mon armure je n'aurais aucun contact avec la peau de cette créature, mais mes membres refusaient de me porter dans la bonne direction. Dans mon esprit, je me passais en boucle la scène où Tamran disparaissait sous une masse de tentacules en hurlant et en se tordant de douleur.

— Je m'en occupe, se proposa Mortos.

Zawn le rejoignit, et ils saisirent tous les deux le yi, tirant la répugnante créature vers l'intersection illuminée devant nous. Les milibots de tête s'engagèrent dans le passage perpendiculaire, disparaissant dans la lumière.

— La voie est libre, annonça Josephine avec enthousiasme. Dépêchez-vous.

Le couloir faisait une trentaine de mètres de long, avec deux croisements entre nous et une porte ouverte à son extrémité. C'était de là que provenait la lumière. On pressa le pas.

Franchissant la porte, Josephine nous fit signe de la suivre. Je me retournai pour voir comment allaient les autres. Je m'aperçus alors que du sang s'écoulait de la plaie par balle du yi. Pas beaucoup, mais suffisamment pour laisser une traînée derrière nous.

— Je ne suis pas certaine qu'ils seront en mesure de la voir, me répondit Josephine quand je le lui fis remarquer. De toute façon, nous n'allons pas rester ici bien longtemps.

Je fus extrêmement surprise par la galerie d'observation. Inconsciemment je m'attendais sans doute à quelque chose d'un peu plus petit. Elle était aussi large que le réfectoire de la mairie d'Ixia, avec le même genre de baie vitrée, par laquelle toute la lumière entrait. De chaque côté, le sol montait doucement avant de disparaître derrière le plafond, lui aussi incurvé. C'était réellement un anneau qui tournait autour de la paroi terminale.

Avant la prise de contrôle par les yis, l'endroit avait dû être extrêmement apprécié de l'équipage du *Daedalus*.

Tout le long, je vis des tables et des chaises, des machines à nourriture éventrées contre le mur du fond. Le plafond était couvert d'une fresque géante qui s'était effacée au fil du temps. Mais je distinguai un ciel noir constellé de ce que je savais maintenant être des étoiles. De grands cercles étaient dessinés au milieu des constellations. Certains d'entre eux étaient peints dans une multitude de couleurs tourbillonnantes, me faisant penser à du lait que l'on touille en le versant dans du thé. Des rubans semblaient enroulés autour de quelques autres. Enfin, la plupart des autres cercles étaient d'une seule couleur, généralement gris, bruns ou rouge argile, tachetés de cercles plus petits de la même teinte. Je trouvais tout cela un peu terne. Franchement, quitte à se donner tant de mal pour peindre un plafond si vaste, les bâtisseurs auraient pu produire une image un peu plus vive.

Zawn et Mortos traînèrent le yi à l'intérieur avant de le déposer là où il ne pouvait être vu du couloir. Les milibots gardant chaque côté de la porte, on s'approcha tous de la grande baie vitrée. Le verre était incliné vers l'extérieur, si bien que, lorsqu'on plaquait ses orteils contre, il était possible en se penchant de voir sous ses pieds.

La surface extérieure était couverte de buée, et de la brume empêchait de voir distinctement à partir d'une certaine distance, mais la vue d'ensemble était assez nette. La mer centrale du *Daedalus* était un cylindre de cinquante-cinq kilomètres de long, tout comme l'habitat en contrebas. Juste au-dessus du plafond de la galerie d'observation, un portique d'apparence robuste et composé de montants métalliques s'étendait sur toute la longueur de l'axe de l'arche jusqu'à la paroi terminale opposée, bien que cela soit difficile à observer en raison de la lumière éblouissante et de la brume. Le portique avait été conçu en forme de tube d'une centaine de mètres de large, éclairé par une succession de bandes lumineuses circulaires tous les kilomètres faisant penser à des bracelets incandescents.

Jetant un coup d'œil en contrebas, je fus prise d'un léger vertige. J'étais bien trop près du bord et cette chute…

Me morigénant, je m'efforçai de me concentrer sur ce qui était important. La mer elle-même se trouvait à un kilomètre et demi en dessous de moi. Et au-dessus de moi aussi, si j'avais pu voir au-delà de l'éclat de la bande lumineuse la plus proche. Toute la surface intérieure du cylindre était couverte d'eau. Il n'y avait aucune île, aucune terre d'aucune sorte.

Dans tous les livres – peu nombreux, il est vrai – que j'avais lus, les mers de la Terre étaient toujours décrites de manière exagérément élogieuse, l'auteur se pâmant devant leur beauté, leur romantisme, le bleu de leur eau, leur scintillement, leur clarté, leurs vagues grandioses coiffées d'écume immaculée... Elles incitaient généralement les personnages des histoires à y plonger joyeusement. Cette mer-là ne ressemblait à rien de tout cela. Elle était uniformément plate, et d'un gris-brun maussade. Je n'avais aucune idée de sa profondeur, car elle était tout sauf limpide. De longs rubans d'algues bleu-vert dérivaient, ajoutant à l'impression générale de malaise. Aucun mouvement n'était visible. Elle me semblait épuisée, un environnement en déclin.

Me ressaisissant, je me penchai un peu plus, regardant sous mes pieds. Juste à gauche, je vis un échafaudage fixé à la paroi terminale. Me tournant sur ma droite, j'en vis d'autres. J'en comptai vingt en tout qui partaient d'un point situé juste en dessous de la galerie d'observation et s'étiraient vers l'extérieur comme les rayons d'une roue. Ils s'étendaient jusqu'à une passerelle métallique qui entourait le pied de la paroi terminale, juste au-dessus du niveau de l'eau. Ils étaient parcourus sur toute leur longueur par d'épais tuyaux et des câbles qui contournaient la galerie d'observation pour s'immiscer dans le portique de l'axe.

Josephine qualifiait la passerelle en bas de « promenade ». Elle était ponctuée d'une dizaine de jetées d'environ cinq cents mètres de long qui semblaient posées sur l'eau et s'achevaient par des plates-formes circulaires. D'une teinte terne lie-de-vin, elles étaient toutes couvertes d'une sorte de corail huileux qui masquait leurs mailles métalliques. Ce corail s'était également répandu le long de la promenade, de longues langues léchant la paroi terminale et les échafaudages comme du lierre malade.

— Et ça, ce sont les reines-cerveaux, dit Josephine en tendant la main vers le bas. Ces renflements bruns le long du rivage. Elles sont là, installées dans toute leur arrogance, leurs racines nerveuses les reliant entre elles et les connectant au réseau du *Daedalus*. Elles réfléchissent comme une seule entité. Leur esprit croit nous avoir domptés, nous, pauvres humains, elles sont sûres de nous avoir vaincus. Elles s'imaginent victorieuses. Mais elles ne savent rien. Elles n'ont même pas conscience que nous sommes parvenus à affecter leurs précieuses pensées.

Scrutant nerveusement la promenade, j'aperçus les formes gris-brun foncé dont elle parlait. Elles n'étaient rien. D'où je me tenais, loin au-dessus d'elles, ce n'étaient que des points insignifiants. Désormais, nous aussi avions notre première petite victoire. Nous avions confirmé leur position. Nous pouvions commencer à réfléchir à la manière dont nous allions les éliminer. Toutes.

Chapitre 18

Ouvrant son casque, Josephine jeta un coup d'œil en contrebas d'un air si affligé qu'il défigura ses traits aussi singuliers que nobles.

— Avant, nous avions des bateaux là-bas. De simples petites embarcations de plaisance dans lesquelles on pouvait monter pour s'amuser. J'ai navigué un nombre incalculable de fois sur cette mer dans ma jeunesse. Imaginez, voguer sur une mer qui parcourt la galaxie… (Des larmes se mirent à rouler sur ses joues. Je savais qu'elle pleurait la vie d'avant, tout ce qu'on nous avait pris.) Il y avait énormément de poissons dans l'eau. Ils nichaient dans les récifs coralliens tels des arcs-en-ciel vivants qui vous frôlaient lorsque vous nagiez parmi eux. Des dauphins, aussi. Ils étaient si joueurs, si beaux, si élégants… Mais il n'y avait pas de baleines, ce dont je ne suis pas mécontente finalement. Ça aurait été cruel de notre part. Cette mer n'était pas assez grande pour elles, les monarques de toute la vie sur Terre. Pour s'épanouir, elles ont besoin de véritables océans. Il me semble qu'il y a des embryons en suspension dans les sections d'écologie marine. Je vais prier pour qu'ils soient encore intacts.

Alisha posa sa main sur le bras de Josephine.

— Je suis vraiment navrée. Ça doit être horrible pour vous.

— Tout est horrible pour moi à présent. À part vous. En chacun de vous, je vois l'espoir renaître. (Elle prit une profonde inspiration et grimaça en fronçant les sourcils.) Ah oui, je me souviens très bien de cette odeur de poivre à la saccharine. L'atmosphère de Kianira en était imprégnée. Ça vient des champignons marins.

— Vous vous en souvenez ? demandai-je, interloquée. Vous voulez dire que vous êtes allée sur Kianira ?

— Oui. Un rapide séjour à la surface pendant que le *Daedalus* était en orbite haute pour extraire de la glace de remplacement et des minéraux d'un astéroïde avant notre départ pour le nouveau monde. Mon père était ami avec l'un des responsables de la mission scientifique et m'a obtenu une place dans l'un des derniers Tereshkova à descendre. Ashleigh Kruger ayant pris la décision de partir pour le nouveau monde, il voulait que je sache à quoi ressemblait une planète, car je n'aurais plus jamais l'occasion d'en voir.

— Vous… Vous avez foulé le sol d'une planète? demanda Zawn, stupéfait. À ciel ouvert ?

— Absolument. Même s'il n'y avait pas grand-chose à fouler. Kianira n'était constituée que d'archipels de minuscules îles, toutes couvertes des champignons marins que l'on aperçoit en bas. Mais je me suis tenue sur le rivage entre ces reines-cerveaux démoniaques pendant qu'elles jouaient les innocentes et les idiotes. Là-bas, j'ai contemplé l'océan jusqu'à l'horizon. C'était infini, bien plus vaste que semble l'être l'espace. Parce que c'est quelque chose de tangible, bien sûr, pas du néant. Mais mes enfants connaîtront cette merveille.

Son casque se referma, ses éléments se mettant en place et se verrouillant d'un air tristement définitif.

Le moment était si émouvant que j'avais retenu mon souffle le temps qu'elle s'exprime. Je discutais avec quelqu'un qui était allé sur une vraie planète. Aujourd'hui, le concept de ciel ouvert ressemblait plus à un mythe qu'autre chose à bord du *Daedalus*. Et elle s'était tenue sous l'un de ces cieux… Incroyable. Mais Josephine était extraordinaire.

— Bon, déclara Alice. Nous sommes donc arrivés jusqu'ici, et nous avons la preuve que les reines-cerveaux vivent bien dans la mer centrale. Et maintenant ?

— Compte tenu des dimensions de la mer centrale et de la répartition des reines-cerveaux, il faudra choisir une méthode rapide, réfléchit Josephine. Si nous envoyions une escouade de milibots, même en nombre suffisant, ça laisserait la possibilité de représailles.

— Quel genre de représailles ? s'inquiéta Alisha.

— Si elles s'aperçoivent qu'elles sont en train de perdre, elles peuvent encore anéantir l'ensemble des systèmes environnementaux dont elles ont la maîtrise. En fait, elles peuvent tuer l'habitat.

— Il faut donc toutes les éliminer d'un coup, résuma Frazer. Comment ? Peut-on ouvrir la mer centrale vers l'espace, et les laisser… je ne sais pas, aspirer par le sas ? Ça ferait effectivement l'affaire.

— La mer centrale est le cœur du *Daedalus*, déclara Josephine. Et les différentes façons d'évacuer son atmosphère sont extrêmement limitées. De nombreux conduits d'approvisionnement donnent sur les principaux accès qui ont été utilisés au début du voyage pour l'introduction des différentes ressources. Mais ils sont longs et labyrinthiques, pourvus de nombreux mécanismes de sécurité. De plus, ils ne sont pas très larges. Même si nous parvenions à y ouvrir une brèche, il faudrait énormément de temps avant que tout l'air s'en échappe, et les reines-cerveaux prendraient aussitôt conscience de nos agissements. Donc, bien que l'idée soit judicieuse, dans la pratique, cela risque d'être compliqué.

— Comment, alors ? Comment peut-on se débarrasser d'elles ?

— Bien que je sois réticente à cette idée, je crois qu'il faut envisager la perspective de faire exploser une bombe.

— Une bombe ? (Je me tournai vers la mer centrale. Je savais qu'elle était plus petite que l'habitat, mais, avec ce fin portique, le simple volume sous mes yeux la faisait paraître beaucoup plus grande.) Il faudrait qu'elle soit énorme, non ? C'est sûrement très risqué...

— C'est effectivement un problème, admit Josephine. Cependant, certains types de bombes mises au point pendant les pires époques sur Terre pourraient convenir.

— L'armurerie pourrait-elle en fabriquer une ?

— C'est possible. Le processus exigerait une source d'énergie très puissante, indisponible à l'armurerie. Si nous pouvions accéder aux sections d'ingénierie de la poupe, je pourrais consulter leurs IA. Elles seraient capables de...

Mon casque afficha un avertissement de proximité. Il détectait une augmentation des impulsions sonar yis en provenance du couloir extérieur.

— Il faut qu'on parte, annonça Josephine. Tout de suite. Je suggère de poster un milibot ici pour s'occuper des yis qui franchiraient la porte. Nous pouvons sortir par la porte suivante.

Je scannai le mur du fond de la galerie. Dans les deux directions, il était percé de portes tous les cent mètres environ.

— Quel est le chemin le plus rapide ?

Un des milibots s'approcha de la porte par laquelle nous étions entrés, faisant pivoter ses minicanons à l'horizontale. Il y avait quelque chose d'anormal dans ce mouvement. Je n'arrivais pas à déterminer quoi. Comme si le milibot donnait l'impression de plus remuer que c'était le cas en réalité.

— Les impulsions sont fortes, constata Frazer. Il doit y en avoir plus d'un là-dehors. Beaucoup plus.

— Ce couloir est-il assez grand pour qu'il puisse s'agir d'un type III ? demanda Zawn d'un ton inquiet.

— Je ne le pense pas.

Je compris finalement ce qui n'allait pas dans ce que je voyais.

— Des ombres, lâchai-je.

— Pardon ? demanda Frazer.

— Il y a une ombre par terre. Elle se déplace !

— Hein ?

Ce qui était impossible. Pas étonnant que je n'aie pas compris au début. Dans l'habitat, les bandes lumineuses étaient fixes : les ombres qu'elles projetaient ne pouvaient pas bouger. Il en allait de même de celles accrochées au portique de l'axe de la mer centrale. *N'est-ce pas ?*

Je me tournai aussitôt vers la baie vitrée. Quelque chose bougeait derrière. Quelque chose d'énorme. Une énorme machine se laissait glisser le long des poutres du portique de l'axe, un amas de poutrelles et de câbles métalliques pourvu de trois longs bras équipés de pinces à leur extrémité. Elle était plus grande que la mairie d'Ixia et se déplaçait en vibrant, comme si elle devait se frayer un passage pour lequel elle n'était pas faite.

— Qu'est-ce que c'est que ça ? s'écria Rell.

— Un palan de maintenance, répondit Josephine. Ça sert à transporter du matériel lourd le long du portique de l'axe.

— Quel genre de matériel ? demandai-je en retenant mon souffle.

Les pinces au bout de ses bras étaient vides. Mais elles commençaient à s'ouvrir. La machine se trouvait encore à une cinquantaine de mètres de la galerie d'observation, balançant ses bras directement vers nous.

— Elle ne va pas s'arrêter ! comprit Mortos.

Trois yis de type II surgirent dans la galerie. Le milibot ouvrit le feu.

Malgré la protection de mon armure, j'entendis le rugissement des minicanons. Le corps des yis se désintégra tout simplement. En un clin d'œil, ils furent transformés en nuages de chair déchiquetée.

Surprise, je poussai un petit cri. Je sentis quelque chose d'horriblement flasque frapper le devant de ma combinaison. L'espace d'un instant, je crus que j'allais avoir besoin de l'embout de vomissement, mais je parvins à régurgiter ma bile.

— Fuyons ! hurla Frazer.

Il bondit de toutes ses forces, décrivant un long arc, me passant devant en manquant de peu de heurter le plafond avec son casque. La lumière déclina. Tandis que d'autres yis faisaient irruption dans la galerie, je me tournai vers la baie vitrée. Les milibots ouvrirent de nouveau le feu. Derrière la vitre, le palan de maintenance m'empêchait de distinguer le portique. Il se déplaçait toujours aussi vite sur ses rails. Il projeta ses bras mécaniques devant lui.

Je bondis dans la même direction que Frazer en poussant un hurlement inintelligible.

Derrière moi, les grandes pinces mécaniques brisèrent la baie vitrée. Ils se mirent à pivoter, à fendre l'air comme s'ils tentaient de nous écraser, les autres et moi. Tout le monde fuyait éperdument, plongeant le plus loin possible de la machine monstrueuse.

Je heurtai le sol. Je ricochai. Me retournant, je vis fondre sur moi la pince du bras mécanique. Poussant un cri d'effroi, je bondis de nouveau.

La galerie d'observation fut prise d'une secousse. Derrière moi, le plafond et le sol s'effondrèrent sous le poids du palan de maintenance. Les milibots chutèrent. J'en vis au moins trois projetés dans les airs avant d'être précipités dans la faille d'une largeur alarmante qui s'était ouverte à l'endroit où le palan de maintenance avait défoncé le sol. Ils activèrent leurs petits propulseurs à gaz, mais ils n'avaient pas la puissance nécessaire pour les faire voler dans un champ gravitationnel croissant. Ils s'éloignèrent, chutant vers l'eau noire, si loin en contrebas.

Je retombai par terre. Je fus aussitôt désorientée, car je continuais à bouger.

Le sol s'affaissa avec de violentes saccades. Non loin, des milibots continuaient à tirer. Autour de moi, les dalles du plancher se froissèrent et se déchirèrent comme du vieux tissu, tandis que toute la partie de la galerie d'observation où je me trouvais commençait lentement à se détacher de la paroi terminale.

La dalle juste à côté de moi se déforma, révélant des poutrelles de soutien disposées en hexagones. Je m'y accrochai, m'attendant à demi à ce que mon gantelet motorisé les écrase tant je les serrais fort.

J'entendis encore des tirs de minicanon.

Avec un grincement de métal froissé, la galerie d'observation s'immobilisa brusquement. Je me rappelai qu'il fallait que je respire.

— Rell ? Rell, tu vas bien ?

— Je m'accroche.

Je perçus la tension dans sa voix.

Effrayée, je jetai un coup d'œil autour de moi.

— Capitaine nous vienne en aide !

Le palan de maintenance avait traversé la galerie d'observation, la coupant en deux. La partie dans laquelle j'avais bondi avait commencé à se détacher de la paroi terminale, pivotant pour s'incliner vers le bas. La faille était à présent dirigée vers la promenade, un kilomètre et demi plus bas. La pente était raide. Si je ne m'étais pas retenue à la grille de soutien, j'aurais glissé sur le métal froissé et rejoint les milibots dans leur longue chute vers la mer.

Je poussai un gémissement, un son d'autant plus pitoyable à l'intérieur du casque. De mon côté, quatre autres personnes étaient également cramponnées au sol, leurs badges m'indiquant qu'il s'agissait de Frazer, Mortos, Alice et Zawn. Frazer se trouvait tout en haut, là où la galerie était tordue et compressée, mais en sécurité. Bien plus que moi. Zawn et Alice étaient agrippés à la grille du sol au-dessus de moi, tandis que Mortos était juste en dessous de mes pieds.

— Rell ? Rell, où es-tu ? (L'affolement me glaçait le sang.) Rell !

— Je vais bien. Je ne te vois pas. Où es-tu ?

— Je suis…

Je jetai un coup d'œil autour de moi pour tenter de comprendre ce qui s'était passé. En regardant par la baie vitrée, j'eus une idée plus précise de ce qui s'était produit. Lorsque le palan de maintenance avait coupé en deux la galerie d'observation, les deux parties avaient subi le même sort, se détachant de la paroi terminale, brisant leurs poutres de soutènement et basculant vers le bas.

— Oh, guano !

J'avais sauté d'un côté pour éviter le palan de maintenance. Rell avait manifestement bondi dans la direction opposée, vers la porte par laquelle nous étions entrés. Mon affichage tactique le localisa pour moi, son badge se matérialisant dans l'autre partie de la galerie d'observation suspendue dans le vide à une dizaine de mètres de là. Alisha, Shao et Josephine se trouvaient avec lui.

— Je vais bien, le rassurai-je. On a juste été séparés, voilà tout.

Les milibots se remirent à tirer. Des yis avaient surgi par la porte près de Rell. Pour le moment, en direction de l'autre porte vers laquelle nous nous dirigions, juste derrière Frazer, la voie était libre. De notre côté, deux milibots se tenaient de façon précaire sur le sol métallique froissé.

— John, ordonne à nos milibots de couvrir la porte.

— Confirmé.

— Que faisons-nous à présent ? demanda Zawn.

— Pouvez-vous venir par ici ? demanda Josephine.

Ce n'était vraiment pas la question que je voulais entendre. L'autre partie de la galerie n'était qu'à dix mètres. Seulement. En théorie, un saut des plus faciles dans cette pesanteur, avec nos combinaisons. Le problème serait l'atterrissage. Leur partie était aussi endommagée que la nôtre. Cela signifiait que nous allions devoir nous rattraper à quelque chose, et qu'il faudrait que cela tienne. Jetant un coup d'œil à ce qu'il restait de cette partie, je n'avais vraiment pas envie de tenter ma chance. Surtout que le palan de maintenance était toujours là, entre nous. Immobile, mais je me rappelais à quelle vitesse il avait projeté ses bras.

— Peut-être, répondis-je d'un ton dubitatif.

— Non ! intervint Alisha. Josephine, Hazel essaie d'être digne. C'est trop risqué, Hazel, tu le sais très bien.

— Je suis d'accord, concéda Josephine. Hazel, rendez-vous dans une partie plane de la galerie, je vous prie. Sortez par n'importe quelle porte.

— Pour aller où ?

— D'abord, il faut quitter la galerie. Rester ici limite sérieusement nos possibilités. Dès que vous serez sortie, on pourra se regrouper dans le couloir. Ensuite, il nous faudra tous retourner au quai de l'axe. Maintenant que les yis sont au courant de notre présence, d'autres vont rappliquer, y compris des types III. Nous avons d'excellentes armes, mais nous ne pourrons pas leur résister ici, aujourd'hui. Nous devons retourner à la Pouponnière et entamer la prochaine phase de notre reconquête du *Daedalus*.

— Elle a raison, confirma Frazer. Je vois la porte. Les capteurs de ma combinaison ne détectent aucune impulsion sonar à l'extérieur. Il n'y a pas de yi en ce moment.

— Très bien, dis-je. Alice, Zawn, pouvez-vous grimper jusqu'à Frazer ?

— Ouais. Rien de plus facile, répondit Alice. Grâce aux muscles de cette combinaison, ça va être vraiment simple.

— Vas-y, Hazel, m'encouragea Mortos. Je te suis.

Je jetai un coup d'œil en haut de la pente. Ce n'était pas très loin. Le seul problème, c'étaient toutes les brèches qui s'étaient ouvertes dans le sol délabré. Bien que déformée, la grille hexagonale était plus ou moins intacte. Grâce au traitement que les bâtisseurs du *Daedalus* avaient fait subir aux matériaux pour les rendre plus résistants, ses poutres avaient tenu.

Mais cela signifiait que je serais constamment tournée vers le bas, et que, tout au long du trajet, je verrais la mer par tous ces trous, un kilomètre et demi plus bas.

Peut-être qu'il vaudrait mieux que je vérifie s'il y a dans la trousse de premiers soins de la combinaison cet antiémétique que Rell a pris au moment de la chute libre... Je me demande si j'y trouverais aussi une dose de courage...

Ressaisis-toi !

Serrant les dents, j'étudiai la grille juste au-dessus de ma tête et tendis le bras pour saisir la poutre suivante. Pas trop loin, il était totalement inutile de vouloir trop en faire. Il me suffisait de progresser de manière régulière. J'avais l'impression d'entendre papa.

La poutre tint le coup. Je vérifiai jusqu'où je pouvais lever mon pied et l'amenai avec précaution.

L'icone m'indiquant que Rell m'appelait par liaison privée se mit à briller devant mes yeux.

— Fais attention, me recommanda-t-il. Évite de te précipiter.

— Ouais. Pigé. Et toi ? Tu es en sécurité ?

— Ha! on a tous les deux une vision très différente du concept de « sécurité ». Mais je suis au sommet de notre portion de galerie, si c'est ce que tu veux dire. C'est effrayant, je suis à moins de dix mètres de la porte.

— Il y a des yis, là-bas ?

— Non. Je n'en ai plus vu depuis que les milibots ont éliminé le dernier groupe. Il y a des cadavres partout. Ça doit les faire fuir.

Même les types II peuvent comprendre qu'ils risquent leur vie en entrant ici, quels que soient les ordres que leur ont donnés les reines-cerveaux.

— Parfait.

— Josephine est devant la porte avec trois milibots. Elle envoie quelques-unes de ces capsules volantes pour voir ce qui nous attend dehors.

— D'accord.

Je parvins à me hisser de quelques mètres supplémentaires. Alice était presque au bord brisé où Frazer et Zawn se trouvaient. Mortos me suivait.

— Ta porte n'est pas loin de la nôtre, constata Rell. Nous allons nous rejoindre tout de suite.

— Houlà, gémit Frazer.

— Quoi ?

— Les capteurs de ma combinaison ont repéré le sonar de plusieurs yis. Ils se rapprochent de notre issue.

— Capitaine nous protège !

— Ne vous affolez pas, recommanda Josephine. Les couloirs feront des terrains d'exécution parfaits, les yis n'auront aucun endroit où s'abriter contre les tirs des minicanons des milibots.

— Des « terrains d'exécution » ?

— C'est une expression militaire, m'expliqua John. Il s'agit d'une zone dégagée que l'ennemi doit franchir, s'exposant à une attaque.

— Oh.

Je trouvais dérangeant que des gens sur Terre aient développé tout un jargon pour ce genre de choses. Je savais qu'il y avait eu des conflits avant le départ du *Daedalus* – qu'il soit question d'un régiment de l'armée dans *Orgueil et préjugés* en était la preuve –, mais combien de guerres exactement y avait-il eu dans notre histoire ? Les milibots étaient horriblement efficaces pour tuer, et l'incroyable armure que je portais était le fruit d'un millier d'années d'expérience du combat. À quel point les humains étaient-ils dangereux ?

Je me concentrai sur mon ascension. Zawn était sur le rebord au-dessus de moi ; il me tendait la main.

Une ombre se déplaça sur sa combinaison.

Capitaine nous vienne en aide ! Je risquai un coup d'œil. Les bras du palan de maintenance se remettaient en mouvement, déchiquetant l'autre partie de la galerie. Les pinces géantes se refermèrent sur la structure pour en arracher des morceaux. Des débris enchevêtrés chutèrent en silence dans l'eau noire. Des bouts de tuyaux et des fragments de la grille de soutien s'écrasèrent contre la paroi terminale et ricochèrent, tournoyant de plus en plus vite à mesure qu'ils prenaient de l'élan.

— Rell ! appelai-je.

— Je vais bien. Tout le monde va bien.

Les milibots de l'autre partie de la galerie ouvrirent le feu sur le palan de maintenance. Je vis jaillir des étincelles à l'impact des balles, au cœur de cette volumineuse machine. L'un des bras se mit à trembler de manière frénétique.

— Je vise ses activateurs, expliqua Josephine d'une voix aussi posée que si elle suggérait d'essayer une nouvelle recette de cuisine.

Le palan commença à perdre un épais liquide sombre.

Zawn referma sa main sur la mienne. Il me hissa par-dessus le rebord, sur la partie encore intacte de la galerie. Frazer et Alice se tenaient devant la porte, les deux milibots à leurs côtés.

Un groupe de yis de type II fit irruption. On aurait dit une rivière solide. Les minicanons firent leur office, déchiquetant les silhouettes noires et les tentacules qui claquaient dans le vide. Frazer et Zawn se mirent aussi à tirer. Puis Alice les imita. Les yis continuaient à déferler.

Je levai le bras.

— Lancez une grenade, me conseilla John. Tirez-la dans le couloir, où ils sont concentrés.

— Un terrain d'exécution..., marmonnai-je.

Les éléments de l'avant-bras de la combinaison se recombinèrent rapidement, et le canon du petit lance-grenades surgit de l'ouverture. J'alignai le cercle vert de la mire sur la porte presque dissimulée par le déferlement de yis en furie. Je tirai. La grenade explosa dans le couloir. L'onde de choc me fit reculer, et je pris soudain conscience du vide juste derrière moi. Hurlant d'effroi, je bondis en avant. Me rattrapant de nouveau par le bras, Zawn m'entraîna plus loin du bord.

— Je te tiens, me confirma-t-il.

Je perçus à la fois de l'épouvante et de l'euphorie dans sa voix, comme lorsque nous nous éclipsions tous les deux en douce jusqu'à la hutte vacante, à la sortie d'Ixia.

Mon cœur battait la chamade.

— Merci, chuchotai-je.

Les yis avaient interrompu leur assaut. Mais les capteurs de ma combinaison me signalaient encore leurs impulsions sonar derrière la porte brisée.

— Encore, me conseilla John.

— Tenez-vous prêts, ordonnai-je en tirant une nouvelle grenade.

Après l'explosion, le couloir se retrouva plongé dans l'obscurité. La grenade avait dû détruire les éclairages de secours.

Un nouveau grincement métallique perçant me poussa à me retourner. D'une manière ou d'une autre, grâce à deux de ses bras encore en état de fonctionner, le palan de maintenance arrachait des poutres de soutien déformées. Je vis avec horreur le palan reculer le long du portique de l'axe, faisant vrombir ses moteurs. Il était en train d'écarter toute la section de la galerie de la paroi terminale.

— Non ! m'écriai-je.

— Nous sommes en lieu sûr, annonça Josephine. Nous sommes dans le couloir.

— Nous allons vous rejoindre, déclara Alisha. Mortos ? Mortos, tu vas bien ? Où es-tu ?

— Oui, ça va, répondit Mortos d'un ton épuisé. Toujours là.

Avec une pointe de culpabilité, je me tournai vers Mortos, qui tentait de se hisser par-dessus le rebord de la partie brisée. Zawn et moi nous sommes précipités vers lui et l'avons aidé à grimper.

Les capteurs de ma combinaison me signalèrent de nouveaux tirs de minicanon.

— Qu'est-ce qui se passe ? voulut savoir Frazer.

— Ils sont partout, répondit Alisha. Et ils sont nombreux.

— Je suis préoccupée par nos réserves de munitions, déclara Josephine. Il serait préférable qu'on prenne un autre chemin pour vous rejoindre, Hazel.

Pendant qu'elle s'exprimait, des yis de type II surgirent par la porte suivante, à environ cent cinquante mètres. Nos milibots ouvrirent le feu. La baie vitrée derrière les yis vola en éclats, tandis que leurs corps étaient déchiquetés.

Il n'y avait toujours pas de yis derrière la porte par laquelle j'avais tiré les grenades, mais leurs impulsions sonar bourdonnaient toujours dans le couloir. Ils étaient bien là. Ils patientaient.

— Qu'est-ce qu'on fait ? demanda Zawn.

Ce ne fut peut-être pas évident pour tout le monde, mais je perçus de l'inquiétude dans sa voix.

Un bruit de déchirement impressionnant retentit. Les bras du palan de maintenance lâchèrent l'autre partie de la galerie d'observation. Je vis à mon grand désarroi les dernières poutres se détacher de la paroi terminale.

— Guano ! gronda Alisha tandis que la partie entière commençait à basculer.

— Il faut qu'on parte, déclarai-je. Immédiatement. Nous allons devoir faire feu pour nous frayer un passage dans le couloir.

— Est-ce qu'on retourne au quai de l'axe ? voulut savoir Zawn.

— Oui, répondit Josephine. J'ai déterminé une série de points de rendez-vous. Je les envoie à vos combinaisons sur-le-champ.

— Non ! s'écria Frazer.

— Frazer ! m'exclamai-je.

— Réfléchis, insista-t-il. Il faut qu'on sorte de là et qu'on aille s'abriter. C'est ce qui compte pour le moment. C'est tout ce qui compte. Si on se sépare, on double nos chances d'y parvenir.

J'aurais voulu dire : *« Nous aurons plus de chances si nous restons avec Josephine. »* Ce n'était pas particulièrement vrai, car nous avions tous les mêmes armes. Mais, de toute façon, ce que je voulais vraiment dire, c'était : *« Je veux rester avec Rell. »*

— Comment allons-nous partir d'ici ? demanda Zawn.

— De façon contre-intuitive, suggéra Frazer. D'une manière à laquelle les yis ne s'attendront pas. La mer centrale se trouve au milieu de l'habitat, au sommet de soixante-dix tours-montagnes, non ? Chacune d'elles permet un accès direct à l'habitat. Et c'est le chemin le plus court. Le fond de la mer centrale n'est qu'à un kilomètre et demi ; le quai de l'axe est à quatre kilomètres.

— Mais…

— Nos combinaisons disposent d'une carte détaillée du *Daedalus*. Je suis en train d'étudier la mienne. Nom d'un crapaud, c'est possible, Hazel ! Et plus vite nous le ferons, moins nous aurons de munitions à dépenser, et plus nous aurons de chances de nous en tirer.

Je serrai les dents. Je craignais que Rell ne parvienne pas au quai de l'axe.

— Excellente logique, Frazer, le félicita Josephine.

— Attendez, protestai-je. Josephine, que se passera-t-il si on y arrive, mais pas vous ? Il faut qu'on élimine les reines-cerveaux. Et vous seule savez comment vous y prendre.

— Très chère Hazel, il vous suffira d'atteindre une autre IA de commande sécurisée ; ou même de retourner à la Pouponnière, si c'est possible. Il vous suffira de confirmer que les reines-cerveaux vivent toujours dans la mer centrale. N'importe quelle IA sera en mesure de vous fabriquer une arme susceptible de les exterminer.

— Un nouveau groupe de yis est à l'approche, annonça Rell d'un ton sinistre.

— Il faut que nous démolissions les intersections dans les couloirs, ordonna Josephine. Ça les ralentira.

L'icone du canal privé de Rell s'afficha de nouveau sur mon casque.

— Va avec Frazer, me somma-t-il. Je déteste être séparé de toi, tu le sais, mais nous ne pouvons pas nous permettre de perdre du temps et des munitions pour tenter de nous retrouver. Et tu sais que Frazer trouvera un itinéraire d'évacuation convenable. Bon sang ! tu seras probablement de retour dans l'habitat avant nous.

— Je ne veux pas te quitter, protestai-je, sachant qu'il allait me trouver pitoyable.

— Moi non plus. Mais il faut que tu songes à notre objectif. Sauver le *Daedalus*, ça passe avant tout le reste. Même avant nous.

— Je sais, rétorquai-je d'un ton dépité.

— Leurs impulsions sonar s'approchent de nouveau, prévint Frazer. Est-ce qu'on se sépare ?

— Oui, répondis-je brusquement. Alisha, on se revoit à Ixia.

— Fais attention à toi, dit-elle d'une voix étranglée. Et toi aussi, Frazer.

— Eh, fais-moi confiance, mamie, je sais ce que je fais.

Je réprimai un gémissement. Si Ashleigh Kruger devait nous donner un coup de pouce, c'était maintenant ou jamais.

— Nous allons perdre la communication dans un instant, nous prévint Josephine. Bonne chance.

— À vous aussi.

— Bien, dit Frazer. Hazel, envoie une autre grenade derrière la première porte. Il faut qu'on la franchisse.

— On va à la deuxième porte ? demanda Zawn.

— Pas tout à fait.

— Alors où… ?

— Nom d'un crapaud ! Soit vous me faites confiance, soit vous me le dites tout de suite.

— On te suit, Frazer, intervint Alice.

Levant les yeux au ciel, je braquai le cercle de la mire sur la porte en lambeaux. Dès que la grenade eut explosé, on se déplaça aussi vite que possible dans la faible pesanteur qui régnait dans la galerie. Nos deux milibots nous suivirent. Je gardai résolument la mire sur le trou sombre et fumant de la première porte alors que nous la franchissions.

Frazer s'immobilisa en dérapant.

— C'est ici.

Nous étions tout juste à vingt mètres de la porte brisée.

— C'est ici, quoi ? bredouillai-je.

— Le chemin qui mène en bas.

— Hein ?

Se penchant, il frappa le sol. Le panneau se déforma sous son poing. Un autre coup, et il enfonça son gantelet dans la fissure qu'il avait créée. Il s'arc-bouta.

— Que fais-tu, Frazer ?

— Nous allons descendre directement par le chemin le plus rapide et le plus facile.

— Nous nous trouvons juste au-dessus d'un des principaux canaux de service de la mer centrale, expliqua John. On y fait passer les principaux câbles d'alimentation depuis le centre de distribution, ainsi que plusieurs lignes d'approvisionnement secondaire. À côté de la structure se trouve un ascenseur dédié. Frazer a raison, c'est un moyen rapide de descendre.

— Guano, Frazer ! Ça va nous conduire droit aux reines-cerveaux.

— Je le sais. Et les yis ne s'y attendront pas ! Cool, hein ?

— Non !

Il se redressa, arrachant le panneau du sol de la grille hexagonale située en dessous. Il le jeta plus loin. Une lame-D surgit de son avant-bras, et il s'agenouilla pour découper la grille.

— Capitaine nous protège ! gémis-je.

Mais je ne pouvais plus faire machine arrière. Sur mon affichage, le petit icone jaune et violet qui représentait les communications avait quatre emplacements grisés. Rell était hors de portée. Même si je le voulais, je ne pouvais plus changer d'avis. Et ô combien je le voulais...

— Frazer, quel sera le plan quand nous serons en bas ? demanda Alice.

Je me demandai comment elle avait pu garder une voix si calme.

— La sortie de l'ascenseur se trouve juste à côté d'un centre de distribution électrique, répondit Frazer. Et ce n'est pas loin d'une des principales structures de service du ciel de l'habitat par lesquelles sont acheminés les câbles d'alimentation des bandes lumineuses et des tours-montagnes. Elle s'étend le long de la face inférieure du ciel, et elle est équipée d'une passerelle. J'ai l'impression que les tuyaux d'eau qui alimentent les arroseurs de pluie y passent aussi.

— C'est bien le cas, confirma John.

— Tu vois ? Quand on descendra sur la promenade, on sera à quinze mètres de l'entrée du centre de distribution. De là, c'est presque tout droit jusqu'à la tour-montagne la plus proche. Donc, même si cinquante yis de type III nous attaquent au pied de l'ascenseur, nous aurons suffisamment de puissance de feu à nous tous pour nous frayer un passage sur quinze mètres.

J'avais l'impression qu'un résumé de ma vie entière avait été comprimé dans cette simple déclaration. Je ne pourrais jamais surpasser Frazer. Pire, à ce moment-là, je n'en avais aucune envie. Parce que son idée pouvait fonctionner, en fait. Je ne trouvais tout simplement aucune raison de la contester. Sauf qu'elle ne me plaisait pas du tout.

— Eh bien, dit Zawn. On n'avait pas dit qu'on voulait aller jeter un coup d'œil aux reines-cerveaux ?

J'avais envie d'éclater de rire, mais j'avais conscience que je passerais bien trop pour une hystérique.

Chapitre 19

Frazer finit de découper le trou dans la grille.

— Nous allons devoir laisser les milibots ici. Ils pourront continuer à tirer sur les yis chaque fois qu'ils passeront leurs tentacules par une des portes. Peut-être que les reines-cerveaux croiront que nous sommes encore dans la galerie. Qui sait ?

— Bonne idée, approuvai-je à voix basse.

Il entama sa descente. Mortos le suivit.

L'icone du canal privé de Zawn s'alluma.

— Vraiment ? demanda-t-il. C'est vraiment ce qu'on va faire ?

Il était aussi terrifié que moi. D'une certaine manière, le savoir me rassura. Je devais être sur la même ligne que le vieux dicton de maman : *« Un problème partagé est un problème réduit de moitié. »* Sauf que le problème n'était pas loin de quoi, de la stupidité ? de la démence ? de l'absurdité ?

— C'est… Frazer tout craché, répondis-je en m'excusant presque. Tu te rappelles, tu m'as proposé que Frazer vienne vivre avec nous ? C'est à ça que ça aurait ressemblé. Tout le temps.

Il ricana.

— Pas vraiment. Bien que je doive admettre qu'il avait raison de vouloir prendre au piège le type III dans la menuiserie d'Ixia. C'était dingue. Mais ça a fonctionné.

— Bienvenue dans ma vie.

— Ouais. Et puis, tu m'as prévenu que ça risquait d'être dangereux dans la partie avant.

— N'est-ce pas ?

— Il va falloir que j'apprenne à mieux écouter.

— Non, inutile de changer. Tu es très bien comme tu es.

J'eus du mal à comprendre pourquoi j'avais dit cela. Sauf que j'étais très heureuse qu'il soit là avec moi.

C'est mal de ma part ?

— Vas-y, me dit-il. Je vais nous couvrir.

Alice était déjà en train de s'enfoncer dans le trou. Je la suivis. Frazer l'avait découpé au-dessus d'un de ces piliers d'échafaudage qui descendaient le long de la paroi terminale. Sous mes pieds se trouvait un labyrinthe de grosses poutrelles entremêlées de fils et de tuyaux aussi épais. Sur la face extérieure de la structure, cinq des câbles d'alimentation principale du *Daedalus* couraient sur toute la longueur. Les capteurs de ma combinaison détectèrent un bourdonnement provenant de l'électricité qu'ils transportaient vers les bandes lumineuses du portique de l'axe.

Tentant de ne pas tenir compte de l'instabilité de mes jambes en m'éloignant du trou, je fis quelques pas sur le rebord plat couvert d'un large ruban de câbles, permettant à Zawn de se laisser tomber derrière moi. Frazer se trouvait à cinq mètres de là, au-dessus de ce qui ressemblait à une salle en demi-lune dépassant de la paroi terminale, tout comme la galerie d'observation. Ses murs étaient constitués de quelques panneaux gris troués de fenêtres donnant sur la mer centrale. Sous mes yeux, Frazer se mit à découper un trou dans le toit avec sa lame-D.

J'affichai le plan du *Daedalus* dans mon casque. Cette salle semi-circulaire était un poste de contrôle du circuit électrique secondaire. Si j'ouvrais son badge d'identification, cela provoquerait l'affichage de tous les détails concernant son activité. Cela ne m'intéressait pas vraiment.

— Montre-moi le centre de distribution électrique au pied de ce canal de service, demandai-je.

Le plan défila jusqu'à l'endroit en question. Frazer avait raison, l'entrée du central se trouvait à quinze mètres des rails de l'ascenseur.

Donc, s'il a raison sur ce point…

Je repérai l'ascenseur sur le schéma, puis je levai les yeux vers le vrai. C'était une cage en forme de boîte collée sur un des côtés de la salle. De chaque côté de sa porte, je remarquai la présence de deux grosses pinces métalliques avec des petites roues cramponnées à un ensemble de rails qui courait sur toute la longueur de l'échafaudage.

Les ascenseurs que j'avais utilisés à Tressaco étaient de simples cubes sans fenêtres avec une seule porte. Leurs parois n'étaient pas composées de barreaux métalliques exagérément espacés. Je savais que j'allais avoir le vertige quand j'entrerais dans ce machin.

Frazer donna un coup de pied dans le panneau qu'il avait découpé et se laissa tomber dans l'ouverture. Le temps que j'arrive dans la pièce en demi-lune, Mortos et lui avaient déjà forcé la porte de l'ascenseur. Ils examinaient les pinces qui le maintenaient sur les rails.

— Il y a forcément un déverrouillage manuel, déclara Frazer.

Mortos s'approcha du rail.

— On dirait que c'est cette partie qui bloque les essieux.

J'entendis tirer les milibots au-dessus de nous.

— Frazer, dis-je. Il faut qu'on avance.

— Je le sais.

— Je pense pouvoir vous aider, intervint John. J'accède aux capteurs de votre combinaison, Frazer.

— Je te remercie. Peut-on le déverrouiller manuellement ?

— Oui. Grâce au levier rouge dans la colonne sur votre droite. Mais, d'abord, j'aimerais que vous sectionniez les câbles de données qui descendent le long du rail de droite jusqu'au boîtier de couplage électrique, juste au-dessus de la porte. Ainsi, le réseau ne saura pas que nous avons utilisé le déverrouillage manuel.

— Pigé.

Je m'entassai avec Zawn dans la cabine d'ascenseur. Il y avait juste assez de place pour nous cinq. Je me demandai s'il était conçu pour supporter le poids de cinq personnes en armure lourde. Si j'exprimais mes craintes à voix haute, cela ne serait d'aucune utilité à qui que ce soit. Nous n'avions pas vraiment le choix.

Frazer trancha les câbles, et Mortos ferma la porte grillagée en la faisant claquer.

— Frazer, l'interpella Alice.

— Oui ?

— Dis-moi que c'est une de tes bonnes idées.

— La méthode la plus simple est toujours la meilleure.

Elle soupira.

— D'accord.

— Prêts ? demanda Frazer. C'est parti.

Il abaissa le levier rouge.

L'espace d'un instant, je crus que rien n'allait se produire, puis les petites roues dans les pinces commencèrent à tourner en produisant un crissement, forcées de se mettre en mouvement pour la première fois depuis cinq cents ans. J'étais convaincue que c'était suffisamment bruyant pour que les reines-cerveaux à l'autre bout de la mer centrale comprennent que nous arrivions, sans parler de celles qui se trouvaient juste en dessous de nous.

L'ascenseur se déplaça d'abord lentement, avant de commencer à prendre de la vitesse à mesure que la pesanteur augmentait. Cela n'avait rien à voir avec le plongeon de la mort que j'avais imaginé.

Je passai toute la descente à regarder fixement la promenade en contrebas. Très peu de la structure originelle était visible, car elle était couverte de champignons marins rouge foncé. Et de reines-cerveaux. Chacune des créatures extraterrestres trônait au sommet d'un tas biscornu de racines nerveuses enchevêtrées sur la promenade. Certaines d'entre elles pendaient par-dessus le bord et disparaissaient sous l'eau. Les autres étaient agglutinées en d'énormes tresses noueuses ou sommeillaient sous des voûtes creusées dans la paroi terminale.

Nous avions parcouru plus de la moitié du canal de service lorsque Zawn demanda :

— Il n'y a pas quelque chose qui bouge, en bas ?

— Peut-être..., répondit Mortos au bout d'un moment. Au bord de l'eau ? Il faut que nous soyons prêts à ouvrir le feu.

Prenant une inspiration, j'ordonnai à mon arme de se déployer. Elle surgit de mon avant-bras avec un cliquetis rassurant. J'expirai longuement, tentant de me convaincre que j'allais y arriver. Quinze mètres, c'était tout.

À cent cinquante mètres au-dessus de la promenade, les pinces de l'ascenseur entrèrent en contact avec des filaments de champignons marins qui s'étaient accrochés à l'échafaudage. L'ascenseur se mit à trembler, puis à ralentir. Les petites roues arrachèrent la frêle matière organique du rail, la projetant en contrebas comme s'il s'agissait de longs flocons. Elle atteindrait la promenade avant nous.

Pour l'arrivée surprise, c'était raté.

— Préparez-vous, nous recommanda Zawn.

Je fis osciller le cercle de visée d'avant en arrière sur la promenade en contrebas, à la recherche de types II. Si des types III se pointaient, cela se saurait.

Les champignons marins avaient ralenti notre descente, mais nous nous déplacions encore assez rapidement.

— Il va falloir qu'on freine, John, non ?

— Non, il y a des goupilles sur les deux rails. Elles font basculer les étriers de frein.

Je ne pris pas la peine de demander de plus amples détails. Quelques secondes plus tard, j'eus la démonstration de ce qu'il voulait dire. L'ascenseur se trouvait encore à vingt mètres au-dessus de la promenade, provoquant un déluge de fragments de champignons marins, lorsqu'il ralentit brusquement, se mettant à trembler violemment. Un cri strident en provenance des pinces me vrilla les tympans. La jante des petites roues se mit à luire d'une vive teinte mandarine.

— Guano ! m'écriai-je par-dessus le vacarme qui annonçait notre arrivée à toute la mer centrale.

En percutant la promenade, l'ascenseur se mit à tanguer. Frazer poussa énergiquement la porte. Je vis son encadrement se tordre sous l'effet de la force employée. Il bondit hors de la cabine.

Sur la promenade, la pesanteur était de vingt-cinq pour cent de la normale. Ce n'était pas parfait, mais il était beaucoup plus facile de s'y mouvoir qu'avec les dix malheureux pour cent de la galerie d'observation.

Je m'obligeai à sortir de l'ascenseur, même si j'aurais préféré me trouver n'importe où ailleurs dans l'univers que là-bas. La surface d'origine de la promenade était invisible sous l'enchevêtrement des racines nerveuses qui s'étaient multipliées et enroulées les unes autour des autres pour former un tapis complexe mêlé de brins de champignons marins. Il y en avait même sous mes pieds ! Des formes ressemblant à des pierres noires et lisses de la taille de mon poing s'étaient logées dans différentes anfractuosités.

Je m'éloignai de l'ascenseur à pas prudents. Les pierres les plus proches de moi se mirent soudainement à remuer. J'étais tellement tendue que je ne pus contenir un couinement.

Elles avaient déployé ce qui ressemblait à des mandibules d'insecte pour s'éloigner de nous. Je crus d'abord qu'il s'agissait d'une sorte de crabes semblables à ceux qui vivaient sur les rives du lac annulaire de l'habitat. Mais je compris instinctivement que la façon dont leurs mandibules leur sortaient du corps, en anneau autour du milieu, n'allait pas du tout. Je savais tout simplement qu'elles ne venaient pas de la Terre. Et, sur l'affichage de mon casque, je vis qu'elles émettaient de minuscules impulsions soniques.

Mortos braqua son arme vers ces petites créatures.

— Qu'est-ce que c'est ? demanda-t-il d'un ton gêné. Des types IV ?

— Nous n'avons aucune trace de l'existence de yis de type IV, répondit John.

— Non, déclara Zawn avec dérision. Ce sont des miniyis.

Donnant un coup de pied à l'un d'eux, il le projeta un peu plus loin. Heurtant la surface irrégulière des racines nerveuses, la créature ricocha avant de s'immobiliser. Elle se redressa aussitôt et se précipita dans l'eau.

— Allez, on n'a pas de temps à perdre, s'impatienta Frazer. Par ici !

Il se dirigea vers le centre de distribution électrique.

Les reines-cerveaux étaient alignées au bord de la promenade dans les deux directions, telle une rangée de colonnes noires. Immobile, je ne pus m'empêcher de regarder fixement la plus proche. Elle était plus grande que moi d'un bon mètre, de forme grossièrement cylindrique, mais bombée en son centre comme si elle avait du ventre, avec une peau qui faisait penser à de l'écorce d'arbre lisse et fripée. À son pied, elle était pourvue sur tout son pourtour d'orifices circulaires tout juste plus grands que ma bouche. Ouverts en permanence, ils révélaient un tunnel de chair grise qui palpitait lentement. Chacun de ces orifices était entouré de tentacules ressemblant à autant de vers qui s'agitaient comme s'ils faisaient signe à quelqu'un. En dessous, ses racines nerveuses se répandaient, plus épaisses que ma cuisse, telles les principales racines d'un arbre particulièrement ancien.

Je vis sur mon affichage une avalanche d'impulsions sonar provenant du haut de la créature, un anneau d'ondulations vertes après l'autre qui m'éclaboussaient et se fragmentaient en rebondissant sur moi. Au milieu de toute cette peau fortement plissée qui se recourbait pour former une couronne étrangement lisse, je crus la voir cligner des yeux. J'étais sûre qu'elle me regardait.

— Hazel ! m'appela Zawn. Viens !

Curieusement réticente à l'idée de détacher mon regard de la reine-cerveau, je finis par tourner les talons. Puis je vis ce qui jonchait les rides ondulantes formées par les racines nerveuses autour de la reine-cerveau. *Des brindilles blanches et jaunies ?* Fracturées. Aux extrémités noueuses. Au premier coup d'œil, couvertes d'une substance visqueuse par les champignons marins et de je ne sais quel autre flegme répugnant qui s'échappait de ces gueules béantes, il était difficile de les remarquer.

Sans réfléchir, je m'approchai de la reine-cerveau pour tenter d'avoir un meilleur point de vue. Devinant où je regardais, ma surprenante combinaison zooma obligeamment. Ces choses blanches n'étaient pas du tout à leur place dans ce décor, mais elles m'étaient pourtant horriblement familières.

— John, gémis-je d'effroi. Ce sont…

— Je suis en train de lister plusieurs phalanges proximales, un radius, un cubitus, plusieurs côtes, des vertèbres…

— Arrête ! hurlai-je. Arrête, arrête ! Ce sont des os. Des os humains !

— Navré, Hazel. Oui, c'est bien le cas.

— Elles… Elles… Les reines-cerveaux, elles…

J'avais du mal à recouvrer mon souffle, mon corps entier transformé en glaçon, frémissant sous le choc. Je reculai d'un pas, tentant d'effacer ce que je voyais. De le nier complètement. Je me heurtai à Zawn.

— Non ! criai-je. Non, elles ne peuvent pas. Elles ne peuvent pas faire ça. On se Cyclait. Pour préserver l'habitat. Pour que nos enfants puissent atteindre le nouveau monde. On s'est Cyclés pendant cinq cents ans. On se Cyclait nous-mêmes !

— Hazel, sanglota Zawn. ELLES NOUS MANGENT !

— Non. Non, ça ne peut pas être le cas.

— Ça l'est pourtant, déclara Frazer d'un ton chargé de haine pure.

C'était la première fois que j'entendais cette voix chez lui. Il parvint même à me faire sursauter malgré mon chagrin.

— Je comprends, maintenant, poursuivit-il. Tout s'explique. Nous sommes vraiment du guano pour eux. Il n'y a pas de machines à compost pour nous recycler, il n'y en a jamais eu. Nous sommes de la nourriture. De la nourriture qui se nourrit d'elle-même avant de marcher docilement vers l'abattoir pour elles.

Je poussai un hurlement inintelligible, mes larmes m'empêchant de voir l'affichage de mon casque et ses images atroces. Tout ce que je voulais, c'était partir, quitter cet endroit maudit. C'était une compulsion animale, irrésistible. Je commençai à reculer, mais le talon de ma botte se prit dans l'enchevêtrement de racines nerveuses. L'espace d'un instant, je crus que j'allais perdre l'équilibre, mais les muscles de ma combinaison m'aidèrent à rester droite. Je chassai mes larmes en clignant des yeux.

— Ça va ? me demanda Zawn.

Sans lui répondre, je me contentai de regarder fixement la reine-cerveau la plus proche.

— Il faut qu'on y aille, déclara Alice d'une voix chevrotante. Hazel ?

Je levai mon bras. Je le déplaçai très légèrement jusqu'à ce que la mire soit centrée sur la reine-cerveau. Je sélectionnai la tête explosive. Je tirai. Une balle.

Le tiers supérieur de la reine-cerveau éclata, projetant une bouillie d'organes bleu-gris.

— Et ça, ça a bon goût ? braillai-je. Ça t'a plu ?

— Oh que oui, gronda Frazer.

Puis il tira à son tour. Je visai une autre reine-cerveau, et je la tuai. Et une autre. Zawn se joignit à nous.

On tua sans doute une vingtaine de reines-cerveaux en quelques secondes. Le carnage m'étourdit. J'avais chaud dans ma combinaison. Je respirais lourdement, comme si je venais de courir un cent mètres.

Alice me secoua le bras. Un instant, je lui en voulus, et j'eus un mouvement de recul.

— Il faut qu'on parte, Hazel, insista-t-elle. Tout de suite.

— Je… Oui. Oui, d'accord.

Un icone blanc se matérialisa sur l'affichage de mon casque, avec le nom d'Ashleigh Kruger. Ma fureur me quitta en un clin d'œil.

— John ?

— Le réseau du *Daedalus* requiert un canal de communication avec vous. Si vous l'autorisez, votre combinaison le limitera à l'audio uniquement. Les reines-cerveaux ne pourront pas corrompre le processeur de votre combinaison, contrairement à ce qu'elles ont fait avec les IA de commandement.

— Euh… que dois-je dire ? Il faut que je dise quelque chose ?

— Ça dépendra de ce qu'elles veulent, répondit John.

— Non, intervint Zawn. Nous n'avons rien à leur dire. Tuons-en encore quelques-unes et fichons le camp.

Je voulais partir de là, vraiment. Mais cet icone blanc brillait de mille feux, et pas seulement dans mon champ de vision. Que pouvaient-elles me vouloir ? Je savais que cela me hanterait, si nous partions sans le découvrir.

— Accepte, ordonnai-je à l'armure.

Ce fut la voix calme et mielleuse de la Capitaine Électrique qui me répondit.

— Chère Hazel, pourquoi fais-tu une chose pareille ?

Je pouffai de mépris.

— C'est vous qui demandez ça ? Après ce qu'on vient de voir ? Vous êtes bête ou quoi ?

— Mais tu sais que tu ne peux pas nous vaincre, que tu ne peux pas me tuer. Je suis légion. Je suis partout. Comme tu peux le constater en ce moment même.

— Ça m'est égal. Je trouverai un moyen.

— Et pour quoi faire ? Ce chemin, ton chemin, mène à la ruine. Je sais comment traiter avec les humains.

— Il y a un type II qui arrive, gronda Alice.

Frissonnant, je clignai énergiquement des yeux. La voix de la Capitaine Électrique m'avait envoûtée, accaparant toute mon attention. Je me concentrai sur mon affichage. Derrière la rangée de reines-cerveaux mortes, un yi de type II sortait péniblement de l'eau. Il se mit à escalader la couche de racines nerveuses. Un autre surgit à ses côtés, puis encore un. Et beaucoup d'autres.

Quelqu'un ouvrit le feu. J'ignore lequel d'entre nous. Les types II se désintégrèrent, transpercés par nos balles.

— Et c'est comme ça que nous traitons avec vous, m'écriai-je. Alors, rallumez les bandes lumineuses de l'habitat, ou nous reviendrons. Nous pouvons revenir autant de fois que nécessaire. Maintenant que nous sommes au courant, plus rien ne nous arrêtera.

Deux nouveaux types II se hissèrent sur la promenade.

Mortos tira sur les deux.

— Ce n'est pas logique, vitupéra Frazer. Elles savent que les types II ne peuvent plus nous faire de mal depuis que nous avons ces combinaisons.

— Tu seras châtiée, Hazel, déclara la voix de la Capitaine Électrique. Nous allons rendre une petite visite à Ixia. Nous allons Cycler l'ensemble de ton village. Ta Mutinerie sera balayée, et, débarrassé de cette souillure, le *Daedalus* poursuivra sa route vers le nouveau monde.

— Si vous vous approchez encore une fois d'Ixia, je vous détruirai. Je le pense vraiment.

— Je suis en train d'étudier les caractéristiques de vos combinaisons AGD-FR, chère Hazel. Elles sont robustes, mais pas tant que ça.

Je ne m'attendais pas à cela. Mais, bien entendu, les reines-cerveaux avaient accès aux mêmes connaissances que Josephine. Si les armures avaient un point faible, elles le découvriraient.

— Il y a un truc qui ne va pas, Hazel, déclara Frazer d'un ton pressant. Pourquoi est-ce qu'elles s'adressent à toi ? Je ne comprends pas ce qu'elles essaient d'obtenir.

— Que voulez-vous ? demandai-je.

— Votre exil, répondit la voix de la Capitaine Électrique.

— Pardon ?

— Regagnez la section 3 du service d'écologie. Enfermez-vous-y. Restez-y jusqu'à la fin de vos jours. Que la paix puisse de nouveau régner dans l'habitat.

— Vous êtes folle. Non. Jamais je ne ferai une chose pareille. Jamais. Est-ce que vous m'entendez ?

— Nous sommes désolées de l'entendre.

— HAZEL ! s'écria Zawn. ATTENTION !

— Hein ?

Des ombres. Encore. L'une d'entre elles fila sur la promenade. Sur l'affichage de mon casque des symboles d'avertissement se mirent à clignoter. Une alerte de proximité qui fit aussitôt place à une alerte de collision.

Levant les yeux, je laissai échapper un cri de stupéfaction.

Le palan de maintenance se trouvait juste au-dessus de moi, un enchevêtrement difforme de poutrelles métalliques emmêlées de câbles arrachés qui claquaient dans les airs comme des fouets géants.

De l'endroit où je me trouvais, la silhouette semblait énorme, masquant les bandes lumineuses du portique de l'axe. Et elle chutait plus vite que je l'aurais cru possible dans la faible pesanteur de la mer centrale.

Je fis un bond désespéré sans me soucier de l'endroit où j'atterrirais, que ce soit sur la promenade ou dans la mer.

Quand mes bottes quittèrent le sol, je me mis à voler dans les airs en agitant frénétiquement les bras. Quelque chose me frappa de plein fouet. Violemment. Je me retrouvai plaquée au sol sur la promenade, comme si un type III m'avait jetée à terre. L'espace d'un instant – ou peut-être plus –, je fus étourdie. J'avais mal, mais je ne savais pas trop où. Un grand nombre de symboles rouges clignotaient sur l'affichage, et je vis des taches rouges que je ne comprenais pas bien. Il faisait beaucoup plus sombre qu'avant.

Quelqu'un marmonnait près de moi.

— Hein ?

Je ne comprenais plus rien, je n'étais pas vraiment sûre de l'endroit où je me trouvais.

— … injection de stimulant, disait John.

Mon corps se mit à me brûler, une sensation qui dura quelques secondes, puis j'eus l'impression que de l'eau glacée me coulait dans les veines. Mes muscles se mirent à trembler. Je ne m'étais jamais sentie si éveillée et alerte.

Me rendant compte de la situation, je faillis replonger dans le néant. Cette conscience dopée par le stimulant fit progressivement place à un sentiment de panique. Le palan de maintenance m'avait heurtée en plein saut, me projetant sur la promenade. Je me retrouvais clouée au sol, ensevelie sous un amas de métal. Au-dessus de moi, les poutres tordues formaient un épais treillage. Je voyais à peine les rais de lumière qui parvenaient à le franchir. Les muscles de la combinaison avaient beau se contracter, le palan était trop lourd à soulever. La seule liberté dont je disposais résidait dans la capacité à remuer mon bras gauche sur une quarantaine de centimètres. Je pouvais tourner la tête à l'intérieur de mon casque, les capteurs de la combinaison m'aidant à reconnaître mon environnement immédiat.

Sur l'affichage, ces curieuses taches rouges restaient fixes. Je compris qu'il s'agissait de sang. Je saignais du nez, je le sentais dans ma gorge.

En jetant un coup d'œil à travers les débris métalliques, je distinguai les jambes de deux armures sur la promenade, celles de Zawn et d'Alice. Ils se précipitaient vers moi en faisant de longs sauts. Zawn s'immobilisa pour tirer sur quelque chose que je ne voyais pas.

— Un poids élevé est un point faible, déclara la voix de la Capitaine Électrique.

Je compris alors vraiment combien les reines-cerveaux yis étaient étranges. Cette voix ne changeait jamais. Elle n'avait jamais aucune inflexion, aucune charge émotionnelle. Pas même de la malice.

— Je vais vous tuer, lui jurai-je d'un ton acerbe. Je vais vous tuer toutes.

L'icone blanc disparut.

— Hazel ! m'appela Frazer. Ça va ?

— Ouais. J'imagine. Je suis coincée. Je vais avoir besoin d'aide pour soulever ce truc.

Je vis des pieds se poser droit dans mon champ de vision, me masquant l'armure de Zawn.

— Je te vois ! s'exclama Mortos. Guano ! tu es en plein milieu. (Il garda le silence un moment.) C'est lourd. Je ne crois pas qu'on pourra t'en débarrasser en une seule fois.

J'entendis Frazer se poser en faisant craquer sous ses pieds des champignons marins et des racines nerveuses. Puis je vis ses jambes à côté de Mortos.

— Nom d'un crapaud ! il va falloir tout découper, m'annonça-t-il. Désolé, Hazel.

— Tu es là. Tu vas me sortir de là.

— Pas pour ça. J'aurais dû m'en douter. C'était une diversion. C'est pour ça que les reines-cerveaux voulaient tant discuter. J'imagine qu'elles connaissent très bien la curiosité humaine.

—Ouais.

Je me sentis bête. Évidemment qu'elle avait une idée derrière la tête. La perfidie était une des tactiques préférées des yis. Ils avaient l'expérience des conflits, plus que nous malgré notre histoire regorgeant de guerres. Ils savaient qu'il fallait user de subterfuges et d'angles d'attaque dont leurs adversaires ne s'apercevraient que lorsqu'il serait trop tard. Je me promis de ne plus l'oublier.

—Bon, Hazel, dit Frazer. La bonne nouvelle, c'est qu'avec nos lames-D on va découper ce truc assez facilement.

—Parfait.

Je détestais être immobilisée comme ça. Je luttais vraiment pour éviter de céder à l'affolement.

—L'un de nous doit monter la garde, suggéra Zawn. Ils vont envoyer des types III. C'est ce qu'ils avaient prévu depuis le début.

—Bonne idée, dit Mortos. Toi et Frazer continuez à couper, je vais surveiller de ce côté. Alice ?

—Oui ? demanda-t-elle d'une voix pleine d'appréhension.

—Occupe-toi de l'autre côté. Fais attention aux types III.

—D'accord. Oui.

Je la connaissais si bien que je savais qu'elle secouait la tête en fronçant les sourcils. Puis elle s'en voudrait de s'être laissé déborder par le choc et la consternation.

—Rien ni personne ne t'approchera, Hazel, me garantit-elle. Je te le promets.

—Je te remercie.

—Accroche-toi, on va te sortir de là rapidement.

Chapitre 20

Tandis que Zawn et Frazer découpaient des poutres, un nouveau rai de lumière pénétra l'amas de métal sous lequel j'étais coincée. Je commençai à réfléchir à ce que Frazer avait dit. Au fait que les reines-cerveaux avaient fait diversion, qu'elles avaient détourné notre attention pendant qu'elles s'affairaient au-dessus de nous. Mais elles devaient se douter que le palan ne pourrait pas tous nous écraser. Et elles disposaient de toutes les caractéristiques de nos armures. Elles en connaissaient vraiment les points faibles. Elles avaient un plan. J'en étais convaincue. Il ne nécessitait pas forcément la partie IA de leur esprit élargi, mais elles planifiaient quelque chose de fourbe, c'était évident. Il suffisait de regarder ce qu'elles avaient fait aux humains, nous bernant durant cinq cents années en nous faisant croire que le Cyclage était une bonne chose. En termes de tromperie, elles n'auraient rien eu à envier à George Wickham dans *Orgueil et préjugés*.

— Alice ?

— Oui ?

— Tu vois quelque chose ? Y a-t-il des types III qui approchent ?

— Non. Ne t'inquiète pas. Je saurai les repérer à une bonne distance.

— Rappelle-toi qu'ils sont aquatiques. Ils arriveront par la mer.

— Je surveille, Hazel. Je m'en occupe.

— D'accord.

De plus en plus de lumière me parvenait à travers l'enchevêtrement au-dessus de moi. Puis je vis surgir un gantelet. Il saisit une poutre tordue et la jeta un peu plus loin.

— Tu y es presque, l'encourageai-je.

À environ un mètre de mon casque, je vis s'enfoncer le rayon lumineux d'une lame-D par une ouverture. Puis elle remonta, sectionnant des câbles et une épaisse poutrelle, donnant l'impression que c'était extrêmement facile. Je tentai de me redresser, mais le poids était encore trop grand. Un casque surgit dans l'espace ouvert. Ma combinaison l'identifia comme étant celui de Frazer. Il était en fait en train d'escalader le palan, ajoutant à la masse qui m'écrasait. Je me retins de faire un commentaire.

Ils dégagèrent encore plus de métal. Je parvins à remuer mon autre bras.

— Mouvement détecté, prévint Mortos.

Frazer et Zawn s'interrompirent. J'aurais voulu leur crier de continuer, de découper tout ce métal qui m'emprisonnait. Je ne voulais pas que les types III me surprennent dans cette position, impuissante et immobilisée.

— J'ai vu une ride sur l'eau, expliqua Mortos. Au bout de la jetée. Elle a disparu, à présent.

— Une ride ? répéta Frazer.

— Ouais.

— Allez, Zawn, il faut qu'on la libère.

Ils se remirent au travail. Je pouvais désormais voir ce qui me coinçait les jambes : un des longs bras du palan. La pince, à son extrémité, m'avait manquée de peu. Je sentis un picotement vertigineux dans mes jambes. Je n'étais pas sûre que l'armure aurait pu résister à l'une de ces longues mâchoires si elle s'était abattue sur moi.

Zawn sectionna en deux une barre qui me comprimait la poitrine. Ensemble, Frazer et lui la retirèrent, la jetant un peu plus loin comme d'une chiquenaude grâce à la faible pesanteur. Je réussis à me redresser. Enfin, un peu. Suffisamment pour voir Mortos, qui montait la garde sur la promenade. Autour de la jetée, la mer était d'huile.

J'allumai ma propre lame-D et commençai à tailler dans le métal à portée de bras. Ce n'était pas grand-chose, l'angle que j'avais était terrible, et je craignais d'entamer mon armure.

— Il va me falloir un peu de temps pour m'occuper de ce monstre, déclara Frazer en enfonçant sa lame-D dans le bras du palan.

Je constatai que, même à fond, la lame n'était pas assez longue pour le traverser. Il allait devoir découper des morceaux, de la même façon que papa se servait de sa hache pour abattre un arbre.

— Il est de retour, annonça Mortos.

Les capteurs de ma combinaison zoomèrent sur l'eau. Il avait raison, une ride grossissait et s'étirait en forme de « V », son sommet se dirigeant droit sur l'endroit où la jetée rejoignait la promenade.

Mortos se dirigea vers le phénomène.

— Non, l'avertis-je.

Je savais que les armes de sa combinaison étaient en mesure d'éliminer un type III. Il n'était donc pas nécessaire qu'il s'en approche.

Une forme solide remonta à la surface, à une cinquantaine de mètres de la jetée. Un simple hémisphère gris foncé à peine plus gros que nos casques. *Ce n'est pas un type III*, me dis-je. *Qu'est-ce que… ?*

La silhouette continua à s'élever au-dessus de l'eau. Il me fallut un moment, mais je finis par comprendre de quoi il s'agissait : la crête d'une reine-cerveau yi. J'étais si effrayée que j'en demeurai bouche bée. L'alien se dressait de toute sa hauteur au fur et à mesure qu'il progressait. Je ne comprenais pas de quelle manière il se déplaçait. Ceux du rivage n'avaient ni queue ni nageoires, et Lazarus et Josephine nous avaient tous les deux assuré que ces maudites créatures demeuraient immobiles toute leur vie d'adulte.

— Capitaine nous vienne en aide…, marmonna Zawn.

Puis la chose sur laquelle la reine-cerveau était montée glissa hors de l'eau. Ma première impression fut de penser qu'il s'agissait d'une petite montagne noire. Sa pente était bossuée mais régulière. Ma combinaison zooma pour moi, ce qui me permit de comprendre que chacune de ces bosses était un miniyi. Il y en avait des centaines. Des milliers.

— Type IV. C'est un essaim, chuchota Frazer, horrifié.

Mortos ouvrit le feu. Transpercés par les balles, des miniyis éclatèrent dans une gerbe de chair blanc et vert. Dans l'ensemble, cela ne changea pas grand-chose. Le monticule continuait à s'élever.

— Que faut-il faire, John ? demandai-je avec crainte.

— Le conglomérat de miniyis est dirigé par la reine-cerveau. Sans elle, ils n'auront plus ni cohésion ni direction.

Mortos visa un peu plus haut.

La reine-cerveau disparut. Je crus d'abord qu'elle était tombée, mais sa disparition ne devait rien au hasard. Elle s'était en fait laissée tomber. Les miniyis qui la soutenaient avaient certainement dû se réorganiser, lui permettant de s'enfoncer directement au milieu d'eux.

— Guano ! s'exclama Frazer. Je ne sais pas si nous aurons assez de munitions…

— Frazer ! m'impatientai-je, incapable de dissimuler plus longtemps l'effroi dans ma voix. S'il te plaît, continue à découper. Je t'en prie !

— D'accord !

Se retournant, il reprit le découpage du bras du palan. Aussitôt, Zawn l'imita, ses mouvements tout aussi frénétiques.

Mortos s'approcha de plus en plus des yis, tirant au fur et à mesure. Des balles puis des grenades. On savait quand une grenade explosait quelque part dans la masse de l'énorme amas. Les miniyis à la surface se soulevaient ensemble, formant un monticule, avant de redescendre aussitôt à leur place. La seule différence, après, était la pulpe organique qui suintait entre leurs corps.

La masse noire et scintillante n'était plus qu'à une vingtaine de mètres de la jetée, et elle continuait à s'élever. Elle était au moins trois fois plus grande que Mortos. J'avais du mal à imaginer combien de miniyis étaient accrochés les uns aux autres pour produire un organisme si unifié.

Tandis que Mortos atteignait le début de la jetée, Alice bondit par-dessus le palan brisé. Elle se mit à tirer, lançant grenade après grenade en direction de la masse grouillante. Les explosions continuaient à déformer la vague, mais, invariablement, elle se rétablissait et reprenait sa progression.

La partie la plus avancée était presque parvenue à la jetée lorsque deux explosions retentirent simultanément à l'intérieur. Sa surface se torsada, commençant à s'affaisser. Je vis les miniyis lâcher la prise des uns aux autres et commencer à se désagréger.

— Oui ! applaudis-je. Vous l'avez eue !

Des miniyis dévalèrent la pente, venant s'écraser sur la promenade. Leur effondrement se transforma en une avalanche qui s'accéléra rapidement.

Mon allégresse se dissipa aussi vite, comprenant que l'issue était inévitable.

— Mortos, va-t'en ! m'écriai-je.

L'avalanche de miniyis fit place à un raz-de-marée, repoussant l'eau sur le côté. Quand elle toucha le bord de la promenade, elle éclata vers le haut telle une vague. Mortos se retourna, fléchissant les jambes pour bondir. L'avant de la vague s'incurva au-dessus de lui et s'effondra au moment même où il quittait le sol. Je le vis submergé par le déluge de miniyis qui s'abattait sur lui.

— Mortos !

La souffrance dans le cri d'Alice était dévastatrice.

— Ne…, commença Mortos.

Puis il fut englouti, et la communication interrompue.

La mer de miniyis se souleva lorsqu'une puissante explosion détona en leur sein. Je compris que Mortos avait choisi la même fin qu'Elijah en faisant sauter toutes ses munitions à la fois. Je me sentis aussitôt gagnée par le chagrin. Les miniyis se rassemblèrent de nouveau, reprenant la forme de la structure montagneuse d'origine. Les éléments de tête se trouvaient à une trentaine de mètres de moi.

Frazer et Alice ouvrirent le feu à leur tour. Zawn se pencha sur le bras mécanique qui m'emprisonnait les jambes, et le trancha sauvagement avec sa lame-D. Il projeta au loin de longs copeaux de métal.

— Non, lui ordonnai-je. Va-t'en.

Il ouvrit son casque. Je le regardai droit dans les yeux. Des larmes roulaient sur ses joues.

— Je ne te quitterai jamais, Hazel, déclara-t-il d'un ton de défi.

— Je t'en prie. Il faut transmettre aux IA ce que nous savons.

— Et c'est toi qui le leur diras.

— Zawn…

Sentant ma gorge se serrer, je ne pus rien dire d'autre. Je savais que si j'essayais je me mettrais à geindre, voire pire.

Je vis ses traits fins se tordre de douleur.

— Je ne peux pas te quitter. Je ne te quitterai pas. Je t'aime, Hazel !

Je n'avais pas d'arguments pour le convaincre. Il allait mourir. J'allais mourir. La masse terrifiante de miniyis approchait, se dirigeant droit sur moi. Même Frazer et Alice avaient cessé de tirer. Ils reculaient pas à pas alors que le type IV devenait plus grand encore.

— Utilise ton jet à air chaud ! s'écria Frazer. Maintenant !

Ils levèrent tous les deux leur bras gauche. Les segments de l'avant-bras de leur armure se réorganisèrent, permettant au petit tuyau de se déployer. Je vis d'autres éléments basculer sur leur dos, révélant des entrées d'air.

Un jet d'air jaillit du tuyau de Frazer, si puissant qu'il le poussa en arrière jusqu'à ce qu'il s'arc-boute pour lutter contre sa force, enfonçant ses pieds dans le fatras de racines nerveuses. Le jet était si brûlant que je pouvais le voir, un large éventail intangible de gaz qui ondulait et se déformait dans l'air. L'impact lorsqu'ils le braquèrent sur la montagne de miniyis fut des plus violents. Ceux qui se trouvaient au centre même du faisceau éclatèrent, des panaches de fumée s'échappant de leurs entrailles tandis qu'elles grillaient. Tous les corps autour d'eux perdirent leur emprise, tombant à terre, leurs mandibules s'embrasant.

— Ça marche ! s'écria Frazer. Nous le tenons. Zawn, fais-la sortir de là !

Le visage de Zawn s'illumina de soulagement. Puis il referma son casque et repartit frénétiquement à l'assaut du palan.

Frazer et Alice poursuivirent leur attaque, braquant leurs jets brûlants d'un côté et de l'autre, obligeant le type IV à s'immobiliser. Il réagit en s'étalant sur la promenade.

— Il tente de nous encercler, comprit Frazer.

— Dépêche-toi, Zawn, s'impatienta Alice.

— C'est ce que je fais.

À mon grand désarroi, je vis le type IV continuer à se dresser tout en s'incurvant le long de la promenade. La réserve de miniyis semblait inépuisable. La mer centrale devait en être entièrement remplie.

— Ils vont nous ensevelir, gémit Alice.

— Zawn ? s'inquiéta Frazer.

— J'y suis presque.
— Zawn…, dis-je d'une voix faible.
Il avait entaillé un peu plus de la moitié du bras.
— Non ! Je ne renoncerai pas.
— Alice, dit Frazer. Retiens-le juste encore un peu.
— Je vais essayer, répondit-elle d'une voix tremblante.
Frazer tourna alors les talons et s'élança. Il atteignit ce qu'il restait du palan de maintenance en quelques pas. Je ne comprenais pas. Peut-être venait-il aider Zawn ? Ce qui n'était pas une bonne idée, car Alice n'allait pas être en mesure de retenir bien longtemps la montagne de miniyis. Puis il se réceptionna sur l'une des poutres, et il bondit, balançant ses bras au-dessus de sa tête.
Il se cambra dans les airs au-dessus de moi. Zawn cessa de découper le métal pour le regarder. Même le type IV sembla faire une pause dans sa croissance pour voir ce qu'il faisait.
— Frazer ?
Il se dirigeait droit vers le treillage du canal de service. L'espace d'un instant, je crus qu'il allait l'escalader pour s'enfuir. Ce que je n'aurais vraiment pas pu lui reprocher, notre situation étant plutôt désespérée. J'espérais simplement qu'il pourrait rentrer sans encombre chez nos parents, car, s'ils nous perdaient tous les deux, cela risquait de les détruire. Puis je m'aperçus qu'il lui était inutile de remonter jusqu'à la galerie d'observation. Le temps qu'il y parvienne, les yis l'y attendraient.
— Quoi ?…
Il se réceptionna à l'avant des poutrelles métalliques et s'y cramponna avec ses deux gantelets sans le moindre effort. Puis il se déplaça de côté comme un crabe vers le gros canal où se trouvaient les câbles d'alimentation. Ce qui n'avait aucun sens.
— Oh, guano ! geignit Alice.
Le type IV avait désormais l'apparence d'une falaise luisante deux fois plus grande qu'Alice. Il se dressa loin au-dessus d'elle.

D'un instant à l'autre, il se briserait sur nous, une montagne étouffante à laquelle même nos armures ne pourraient échapper.

À l'aide de sa lame-D, Frazer sectionna le plus gros câble d'alimentation. Cela produisit un éclair qui aveugla les capteurs de ma combinaison. Un court instant, tout devint blanc. Je poussai un petit cri de panique, me rappelant ce qui était arrivé à Noran à Ixia, alors qu'il ne s'était agi que d'un petit fil de rien pour charger le tuk-tuk.

Le néant immaculé fit progressivement place à une image. Frazer avait saisi le câble à cinquante centimètres de son extrémité. Des étincelles en jaillissaient.

— Frazer, non !

S'accroupissant, il bondit du treillage comme s'il tentait de prendre son envol. Il entraîna le câble derrière lui, l'arrachant au canal.

Le sommet du type IV entama sa chute meurtrière. Face à l'inévitable, Alice recula en titubant. Au-dessus d'elle, Frazer plongea droit vers elle. Il poussa un redoutable cri de guerre. Le bras tendu, il brandissait l'extrémité du câble dans les airs.

Je retins mon souffle. Frazer frappa le sommet du type IV avec un gigantesque foudroiement actinique. Le long du portique de l'axe, l'éclairage vacilla et s'atténua, avant de reprendre peu à peu toute sa puissance. À l'exception de la bande lumineuse au-dessus de nous, qui s'éteignit.

— Frazer ! braillai-je.

Des centaines de miniyis éclatèrent autour du point d'impact, des rubans de fumée dans leur sillage. J'aperçus l'armure de Frazer à demi ensevelie, sur le ventre, dans le reste du monticule.

— Nom d'un crapaud ! gémit-il. Je ne m'attendais pas vraiment à une telle explosion.

Le type IV commença à s'affaisser. Les miniyis morts et fumants avaient perdu toute cohésion. À présent, leur masse se désagrégeait lentement, la majorité d'entre eux retombant dans l'eau, sans vie. Se débattant, Frazer tenta de se redresser tant bien que mal sur le tas dangereusement mouvant. Un long éboulis de miniyis carbonisés se forma autour des jambes d'Alice, jusqu'à ses genoux. Elle pataugea au milieu d'eux pour aller aider Frazer. Il parvint finalement à sortir son casque à l'air libre.

— C'était incroyablement dangereux ! lui reprochai-je.

— Bien joué, Frazer, le félicita Zawn, admiratif.

— Capitaine nous protège, ne l'encourage pas !

— Ce n'était pas dangereux, protesta modestement Frazer. J'avais vérifié les propriétés d'isolation de la combinaison avant.

— Tu aurais pu être tué.

— Hazel, c'est ce qui aurait fini par se produire de toute façon.

— Il a raison, le soutint Zawn, se remettant à découper le bras du palan.

Je m'efforçai de recouvrer mon souffle. Comme toujours, Frazer avait fait ce qu'il fallait. Bizarrement, cela m'inquiéta plus que tout.

Il s'en était encore tiré, cette fois. Cela allait-il l'encourager à se montrer encore plus imprudent à la prochaine difficulté ?

Alice et Frazer s'approchèrent de moi d'un pas mal assuré sur la couche de miniyis morts qui jonchait la promenade.

— Ma lame-D est fichue, regretta Frazer. Le courant l'a bousillée quand j'ai tranché le câble.

— La mienne fonctionne encore, répliqua Alice. Repose-toi un moment, d'accord ?

— D'accord, accepta-t-il avec gratitude.

Elle rejoignit Zawn qui s'attaquait au bras du palan. À eux deux, ils me libérèrent en quelques instants.

Je me redressai avec précaution, impatiente de voir si mes jambes allaient bien. Maintenant que j'avais une idée précise du poids qui m'était tombé dessus, j'étais encore plus reconnaissante à ceux qui avaient conçu les combinaisons AGD-FR.

J'avais quelques contusions, beaucoup même. Mais j'étais indemne, ou du moins, encore capable de bouger.

— On y va, déclarai-je. Et, Frazer…

— Oui ?

— Merci.

— De rien.

On se dirigea vers l'entrée du centre de distribution électrique. On y accédait par un grand passage voûté dans la paroi terminale encombré par un enchevêtrement encore plus dense de racines nerveuses agglutinées par terre. En y pénétrant, je reconnus le bord métallique des portes de secours installées sous la voûte.

— John, peut-on fermer ces portes, voire les désactiver ?

— Non. Ici, la mainmise des reines-cerveaux sur le réseau et les systèmes est absolue. De plus, même si nous parvenions à alimenter les mécanismes, je ne suis pas certain que ça servirait à quelque chose. Les racines nerveuses sont épaisses et empêcheraient les portes de se fermer complètement.

— D'accord.

Je risquai un regard angoissé derrière nous. Tout était immobile. Les capteurs de ma combinaison ne détectaient aucun mouvement, en tout cas. Mais j'étais convaincue que les reines-cerveaux n'avaient pas renoncé. Pas ces démons. Elles allaient trouver autre chose.

Le centre de distribution ressemblait au poste de contrôle en haut de Tressaco, mais en plus grand. On pénétra dans une longue salle encombrée de cubes de la taille d'une hutte qui servaient de boîtiers de dérivation pour des dizaines de câbles à haute tension. Ils étaient presque invisibles sous les entrelacs de racines nerveuses qui les recouvraient. De minuscules voyants colorés brillaient sous l'infestation biologique extraterrestre. J'avais envie de sortir mon arme, d'annihiler l'asservissement de ces machines par les reines-cerveaux. Nos machines.

Mais je parvins à me contenir. Frazer nous avait appris que le centre de distribution acheminait l'électricité vers toutes les tours-montagnes. Nous allions en avoir besoin par la suite quand nous aurions repris le *Daedalus*. Et il y avait déjà eu suffisamment de dégâts comme cela, inutile d'en causer davantage uniquement pour que je me sente mieux.

— John, quel est le meilleur itinéraire ?

— Vers une tour-montagne ?

— Oui ! s'exclama Frazer. Nous préférons éviter d'avoir à nous battre en descendant un escalier dans la section avant.

— Très bien. La tour-montagne la plus proche est Mallux, à un peu plus de cinq kilomètres.

— Génial, allons-y. La route la plus rapide.

J'avais prononcé ces paroles machinalement, mais quelque chose dans ce nom avait réveillé un lointain souvenir. Je n'y étais jamais allée, naturellement, mais, sans que je sache vraiment pourquoi, il me mettait mal à l'aise.

— Il nous faudra descendre d'un kilomètre.

— Pardon ? Pourquoi ?

— La paroi rocheuse qui contient la mer centrale est épaisse d'un kilomètre. Nous nous trouvons à hauteur de la surface supérieure, au niveau du fond de la mer. Il nous faut atteindre la surface inférieure, qui correspond au ciel de l'habitat.

— Ah, d'accord. Alors, dans quelle direction ?

— Prenez à gauche. Sur quatre-vingt-cinq mètres. Franchissez la seconde porte.

On aurait pu croire que ce serait facile : vingt-cinq pour cent de pesanteur, une combinaison dotée de ses propres muscles… Mais ces racines nerveuses enchevêtrées qui couvraient le sol le rendaient instable. Certaines étaient aussi dures que du bois séché par l'âge, tandis que d'autres cédaient sous mes bottes avec un bruit de succion. On ne pouvait jamais savoir à l'avance où l'on mettait les pieds. Il fallait choisir son chemin avec précaution, ce qui nous ralentissait bien trop à mon goût.

Je m'attendais à ce qu'au moins une meute de types III nous poursuive ou, plus probablement, à ce que les reines-cerveaux se rassemblent et nous envoient deux ou trois types IV.

La deuxième porte était ouverte. Comme dans l'entrée, le sol était enseveli sous les racines nerveuses des yis. Elles s'étaient concentrées pour franchir le seuil, tels une dizaine de ruisseaux noirs gelés. On dut les escalader pour atteindre le couloir de l'autre côté.

Pendant que nous franchissions l'obstacle, j'activai ma lame-D, donnant quelques coups au hasard. Un épais fluide crémeux s'écoula des plaies. Une fois de plus, j'espérai sincèrement que les reines-cerveaux ressentaient la douleur.

— Il y a une cage d'escalier dans cinquante mètres, annonça John.

Je demandai à ma combinaison de projeter la carte sur l'affichage de mon casque, et je suivis la ligne orange. La cage d'escalier était un puits circulaire étroit avec un escalier en colimaçon qui ne laissait suffisamment de place en son centre que pour un seul rail dédié aux cybots. Une disposition qui me mettait en réalité mieux à l'aise. J'étais toujours un peu à cran dans les grands puits ouverts qui permettaient à l'air de circuler dans la partie avant. L'escalier était éclairé aussi, ce qui était une bonne chose. Je vis des filaments de racines nerveuses plus fins que mes doigts serpenter dans des goulottes sur le mur.

— Le réseau est allumé ici ? demandai-je à John.

— Oui.

— Ne devrions-nous pas détruire les nœuds ?

— Ça nous ralentirait et ça ne servirait à rien. Les reines-cerveaux savent où nous nous trouvons.

— Ce qui m'inquiète, c'est ce qu'elles vont nous envoyer dessus, admit Zawn. Je suis descendu à quatre-vingts pour cent de munitions.

Je vérifiai aussitôt ma réserve de munitions, qui s'élevait à quatre-vingt-quatorze pour cent. Mais, bon, je n'avais pas tiré tout le temps où j'étais restée coincé sous le palan.

—Les types IV sont difficiles à vaincre, reconnut Frazer, employant sans doute le plus formidable euphémisme de toute sa vie. Mais ces couloirs et ces compartiments les ralentiront considérablement. Et je n'ai pas l'impression qu'ils pourront se servir de la passerelle de la structure de service, du moins, pas sous la forme qu'ils avaient sur la promenade. C'est plutôt étroit.

—Je me fiche de sa largeur, déclara Alice, tant qu'elle nous permet de nous éloigner d'ici. Il faut qu'on rentre à Ixia au plus vite.

—On y arrivera, tentai-je de la rassurer.

Je n'étais pas certaine du temps que cela nous prendrait, cependant. Je me souvenais de la durée de notre expédition pour monter jusque chez Alisha et en descendre, à Tressaco, même après avoir rétabli le courant dans les ascenseurs. Et nous n'étions allés qu'au soixante-septième étage. Les tours-montagnes faisaient trois kilomètres de haut. Et, de toute façon, le courant était coupé dans l'ensemble de l'habitat, donc pas d'ascenseurs. Nous allions devoir descendre à pied.

—Attention, ça pourra nous prendre un jour ou deux. Il est très long de descendre une tour-montagne.

—Mais, Hazel, on ne peut pas se permettre de perdre tant de temps…

—Que veux-tu dire ?

—Les reines-cerveaux ont dit qu'elles allaient se rendre à Ixia et Cycler tout le village.

Je n'avais pas oublié, mais j'en avais certainement fait abstraction, supposant qu'il s'agissait juste d'une diversion.

—Tu crois qu'elles vont vraiment le faire ?

—Oui ! Quoi ? tu crois qu'elles plaisantaient ?

—Non, mais elles me faisaient parler pour avoir le temps de lâcher le palan sur nous.

—Mais ce n'est pas tout ce qu'elles ont dit, hein ? rappela Frazer. Nous avons eu un véritable aperçu du fond de leur pensée.

—Ah bon ?

—Oui, elles t'ont aussi proposé un accord d'exil. Retourne à la Pouponnière et restes-y. Laisse la paix revenir dans l'habitat. Tu ne vois pas ? Elles veulent que les choses redeviennent comme avant. Se débarrasser de toi, la source de vérité, et Cycler tous les nouveaux mutins : c'est-à-dire le village d'Ixia. Sans nous, les autres villages pourraient accepter que tu sois vraiment une mutine folle qui faisait des ravages dans la partie avant avec l'aide des machines survivantes.

—Non, c'est impossible, protesta Zawn avec indignation. Tous les villages ont vu Hazel sur leurs écrans quand elle nous expliquait qu'elle réparait la fuite et que nous n'avions plus besoin de Cycler qui que ce soit.

—J'ai dit que nous n'avions plus besoin de Cycler parce que nous étions proches du nouveau monde, marmonnai-je. C'était un mensonge.

—Dans les faits, ce n'est pas un mensonge, me fit remarquer Frazer. Nous n'en sommes pas loin.

—Mais allant dans la mauvaise direction, ajouta Alice.

—Voiiiilà, merci.

—Eh, arrête, Hazel, tu ne peux pas t'en vouloir pour ça. Tu es la Fille de la Capitaine, et tu as fait ce qu'il fallait depuis le début. Les gens seront reconnaissants. Et si ce n'est pas le cas, il faudra qu'ils m'expliquent pourquoi.

Cela, malgré ma lassitude, me fit sourire. Alice était toujours là pour moi. Je ne savais pas ce que j'aurais fait sans elle.

—Je te remercie.

—Vous avez aussi montré les images de votre première expédition dans la partie avant à Akebia, rappela Zawn. On y voit le yi et Elijah. Les reines-cerveaux ne pourront pas en effacer le souvenir.

— Nous avons également diffusé l'enregistrement à Malva et à Ulex, sur le chemin d'Ixia, ajouta Frazer. Les yis n'ont aucun moyen d'empêcher la nouvelle de se répandre.

— Oui, reconnus-je, ces villageois ont tous regardé ces images. Et les reines-cerveaux ont pu identifier ces gens à travers les écrans sur lesquels nous les avons diffusées. Si on élimine tous ceux qui ont vu ces enregistrements, il ne reste plus que des histoires et… (Consternée, je serrai les dents.) Et des dessins à la craie sur les murs…

C'était pour cette raison que je me souvenais de Mallux. C'était là que Narline avait vu les représentations des yis de type II.

— Elles ne pourront jamais faire taire tous ceux qui connaissent la vérité, réfléchit Alice. Nous sommes trop nombreux, à présent.

— Elles essaieront. Par tous les moyens, ajoutai-je d'un ton sinistre en tentant de me concentrer sur la situation.

Mon esprit courant après toutes les possibilités ; ce qui devait être la façon dont Frazer réfléchissait tout le temps. J'en étais presque étourdie. Mon pauvre frère…

— Rappelez-vous, repris-je, quand elles ont mis la main sur le *Daedalus*, elles ont tué presque tout le monde à bord. Elles n'ont dû laisser en vie que les très jeunes enfants, afin que personne ne puisse remettre en question les mensonges que la Capitaine Électrique leur faisait avaler. Raison pour laquelle nous n'avons jamais su que les yis existaient et avons cru que la Mutinerie avait réellement eu lieu. Donc, si elles l'ont déjà fait et que ça ait fonctionné, elles seront convaincues qu'elles peuvent recommencer. Et, à l'époque, le peuple d'Ashleigh Kruger avait toutes les connaissances que nous avons perdues depuis, ainsi que les machines. Cela lui a été totalement inutile, il a quand même été défait. Cette fois, les humains seront totalement impuissants face aux attaques de yis. Ces derniers n'auront même pas besoin d'attaquer, il leur suffira de ne remettre ni l'éclairage ni le chauffage dans l'habitat.

— Ils ne peuvent pas nous tuer, protesta Zawn. Si le *Daedalus* ne fait pas demi-tour, tout le monde mourra, y compris les yis.

— La vengeance est un plat qui se mange froid, marmonna Frazer.

— Tu veux dire que nous devrions leur proposer un marché ? demanda Alice avec le plus grand des scepticismes. On les aide à conduire le *Daedalus* jusqu'au nouveau monde, et, en échange, on les emmène avec nous ?

— Non, répondis-je. Nos connaissances sont à notre avantage. Contrairement à eux, nous savons à quel point notre situation est désespérée. Et nous devons faire en sorte que cela perdure. Si jamais ils découvrent que nous avons dépassé le nouveau monde, ils comprendront que les humains ne leur servent plus à rien. Jusqu'à présent, ils nous ont utilisés pour préserver l'habitat et... et... (J'étais incapable de me résoudre à le dire.) Et autre chose. Si plus rien ne les en empêche, ils nous extermineront. Totalement, cette fois.

— Il nous faut donc vraiment les éliminer, comprit Zawn. Et rapidement.

— Ouais.

— Josephine a dit qu'elle allait utiliser une bombe, dit Frazer. Et elle voulait l'aide des IA de la section arrière. D'après ce qu'elle disait, je pense qu'elles sont meilleures que celles de la Pouponnière, d'une manière ou d'une autre.

— Je ne vois pas comment une bombe pourrait tous les tuer d'un coup, se méfia Alice. Enfin, si nous devions faire sauter une bombe là où nous étions, quelle taille devrait-elle avoir pour tuer tous les yis le long de la promenade ? La mer centrale fait trois kilomètres de diamètre. Et on ne voyait même pas l'autre rive, à cinquante-cinq kilomètres de là. Il doit forcément y en avoir d'autres, là-bas. Au moins la moitié d'entre eux !

— Elle a dit que la Terre en avait fabriqué qui pourraient faire l'affaire, lui rappela prudemment Zawn.

— Si elles sont assez puissantes pour éliminer d'un coup tout ce qui se trouve dans la mer centrale, elles le sont aussi pour faire sauter tout le *Daedalus*.

— Je ne sais pas, dus-je admettre. Josephine semblait assez confiante.

— Capitaine nous protège… J'espère vraiment qu'elle sait ce qu'elle fait, dit Alice d'un air soucieux. Ils sont toujours quelque part là-haut. Shao est avec elle.

— Et Rell aussi, ajoutai-je.

— Josephine les fera tous sortir sains et saufs, vous verrez, leur assura Frazer.

— Ouais, répondit Alice.

Mais je perçus le doute dans sa voix.

Chapitre 21

Nous avons poursuivi notre descente en spirale, la pesanteur augmentant progressivement. Au bout de quelques minutes, une alerte s'afficha dans mon casque. Les capteurs avaient détecté les impulsions sonar des yis.

— Ils sont au-dessus de nous, nous prévint John. À plusieurs centaines de mètres d'après la puissance des impulsions.

M'immobilisant, je tentai de jeter un coup d'œil en haut par le centre de la cage d'escalier. Je distinguai ce qui ressemblait peut-être à des ombres mouvantes quelque part au-dessus de nous. Difficile à dire.

— Ça ne peut pas être des types III, a dit Frazer. On les verrait à coup sûr.

— Nous ne sommes plus qu'à deux cents mètres du niveau du ciel, nous rappela Zawn. Allons-y.

On descendit le reste de l'escalier aussi vite que possible. La porte qui donnait sur le niveau du ciel était close. Zawn sortit sa lame-D pour la découper.

La puissance des impulsions sonar s'intensifia.

— Ils sont aussi en dessous, annonça John.

— Ça n'a aucune importance, affirma Frazer. Nous pouvons affronter des types II.

— Alors pourquoi les reines-cerveaux nous en envoient-elles ? objectai-je.

— Aucune idée. En éclaireurs ? Ils vont faire appel à des types III.

Un claquement métallique caractéristique retentit au-dessus de nous. Je me penchai par-dessus le rail et demandai aux capteurs de ma combinaison de zoomer vers le haut. Une sorte de cybot s'était accroché au rail de transport, au centre de la cage d'escalier. Il était impossible que ce soit Josephine qui l'ait envoyé…

J'ordonnai à mon arme de se déployer, je visai et tirai deux balles à tête explosive. Les détonations résonnèrent dans la cage d'escalier. Quelques morceaux de métal déchiqueté chutèrent devant nous. L'angle permettait difficilement de bien voir, mais, en vérifiant de nouveau, je constatai que le cybot s'était immobilisé, son mécanisme toujours accroché au rail, bloquant totalement ce dernier.

La fumée se dissipa progressivement autour du bot.

Cela me paraissait trop facile, mais je n'en dis rien. Frazer devait également s'en être rendu compte.

Zawn acheva de découper la porte, et la section ovale chuta avec fracas. Il y avait un couloir de l'autre côté. Sur mon plan, la ligne orange y menait tout droit.

Le niveau du ciel était toujours à trois kilomètres au-dessus du sol de l'habitat, mais sa pesanteur était de quarante et un pour cent, ce qui rendait mes mouvements beaucoup plus faciles. En fait, c'était la première fois depuis que nous avions quitté l'Armstrong que j'avais l'impression de pouvoir marcher correctement.

La ligne orange nous conduisit à un compartiment qui me rappela le sas du quai de l'axe. Il ne semblait pas y avoir de racines nerveuses, mais, malgré tout, moins de la moitié des éclairages fonctionnaient, projetant des ombres lugubres dans les allées étroites entre les rangées de casiers métalliques. Les recoins étaient occupés par des cybots détruits, certains réduits à quelques morceaux de métal et de plastique, d'autres souffrant simplement de quelques fissures dans leur enveloppe.

Au fond, une grande plaque de flexsteel circulaire encastrée dans le mur était encadrée de rayures jaunes et noires. Sur sa droite, on pouvait lire sur un grand panneau rouge : « ATTENTION. PASSERELLE DE SERVICE EN HAUTEUR. PERSONNEL AGRÉÉ UNIQUEMENT. »

— Il faut couper physiquement les connexions réseau du système de commande de la porte, expliqua John. Ça empêchera les reines-cerveaux de neutraliser la commande d'ouverture du flexsteel.

— C'est quel boîtier de dérivation ? demanda aussitôt Frazer.

Pendant qu'il s'efforçait de résoudre ce problème, je me retournai pour apprécier la taille du compartiment. Je m'apprêtais à vérifier s'il n'y avait pas d'impulsions sonar à l'approche. Zawn se tenait devant moi. Son icone de communication privée s'afficha dans mon casque.

— Ça va ? me demanda-t-il d'un ton inquiet.

— Oui. Un peu endolorie, mais… ça aurait pu être pire.

— Parfait.

— Merci, Zawn.

— Oh. Eh bien, tu en aurais fait autant.

— Je l'espère.

— Non, j'en suis convaincu. Je te connais.

Et le non-dit était là, suspendu entre nous deux : les paroles qu'il avait eues pour moi. Il les avait sans doute prononcées parce que nous pensions tous les deux vivre nos derniers instants. À un moment où la vérité était non seulement facile à dire, mais aussi nécessaire. Sachant qu'il n'avait rien à perdre, il s'était montré honnête envers moi et envers lui-même.

Moi ? Je souhaitais désespérément les oublier, faire comme si rien ne s'était passé.

Enfin, quoi, comment tenir compte d'une confession suscitée par une mort imminente ?

Ce qui montrait combien j'étais lâche et superficielle. Mais il m'était impossible de faire comme si de rien n'était. Zawn serait resté avec moi jusqu'à la fin, je lui devais au moins une réponse. Honnêtement, il méritait mieux.

Et je le connaissais suffisamment pour savoir qu'il devait être totalement mortifié par ses paroles.

— À ce propos…, commençai-je.

— Non. Désolé. Je n'aurais pas dû dire ce genre de choses.

— Si, tu as bien fait. Inutile de t'en excuser. Nous avons passé de bons moments quand nous étions ensemble. Tout ce qui s'est passé ensuite, c'était ma faute. Tu es quelqu'un de très bien, Zawn.

— Qu'est-ce que j'ai fait de mal, Hazel ? Tu ne me l'as jamais dit.

— Rien. Rien, c'était moi.

— C'est ce qu'on dit toujours quand c'est la faute de l'autre.

— Pas cette fois, honnêtement. J'ai juste… C'est à cause de ce que je vivais à l'époque. Je n'étais pas heureuse.

— Avec moi.

— Non. Bon, écoute. Tu es rapidement devenu très sérieux à propos de nous deux.

— Plus rapidement que tu le crois, en fait. Tu as toujours été l'élue.

— Ah.

— Alors, je t'ai fait peur ?

— Non. Mais le fait d'être ensemble, ça m'a fait réfléchir. À mon existence, au genre d'avenir qui s'offrait à nous, au fait que nous n'avions pas de vie au village, pas vraiment. Et j'étais terrifiée à l'idée d'être Cyclée. Je trouvais ça terriblement injuste. Je ne pouvais pas m'empêcher de penser au fait que la Capitaine Électrique pouvait annoncer notre arrivée au nouveau monde le lendemain de mon Cyclage. Tu vois, nous, l'ensemble des occupants de l'habitat, on s'est contentés de survivre. Bien sûr, durant quelques années, nous pouvions attendre les bals avec impatience. Mais, ensuite, c'était avoir des enfants et travailler, travailler, travailler, avant de mourir. C'était tout, il ne pouvait rien y avoir d'autre. Ça ne me suffisait pas. J'en voulais aux Mutins de nous avoir réduits à cette existence-là. Je ne rêvais que d'atteindre le nouveau monde, de faire quelque chose de différent, d'être libre.

— C'est pour ça que je t'aime, dit-il doucement. Parce que tu vois au-delà de la vie que nous avons au sein de l'habitat. Tu as des rêves, Hazel. Personne d'autre n'en a. Tu es plus vivante que n'importe qui d'autre à bord du *Daedalus*.

— Je te remercie, Zawn. Sincèrement. Mais, d'une certaine manière, le fait d'être avec toi a mis tout ça en évidence. J'ai juste paniqué, voilà tout.

— J'étais donc ennuyeux à ce point-là ?

— Arrête ça. Cesse de te dénigrer. Non, tu m'as fait réfléchir sérieusement à – tu sais – avec qui je pourrais vivre. La plupart des filles ont des enfants au début de la vingtaine, ce qui leur permet de passer le plus de temps possible avec eux, peut-être même de voir leurs petits-enfants. Tu sais, le simple fait de te dire tout ça me rend furieuse. Comment a-t-on pu adhérer à ce mensonge pendant si longtemps ? Cinq cents ans ! Personne d'autre ne s'est révolté ?

— J'aurais dû, j'imagine. Mais beaucoup d'autres ont protesté. À commencer par les Tricheurs. Ils sont intelligents. Ils se sont rebellés.

— Ouais, j'ai l'impression que c'était dans mon sang.

— Alors… tu es amoureuse de Rell ?

— Je… Je l'aime beaucoup, oui. On a bien accroché, l'un et l'autre. C'est assez fort. Beaucoup de choses se sont passées. Et beaucoup de choses se passent encore. Je ne suis certaine de rien pour le moment, d'accord ?

— Oui. Je n'aurais pas dû dire quoi que ce soit. Désolé.

— Non. Je suis contente que tu l'aies fait. Je me suis sentie affreusement mal de rompre avec toi.

— Si c'est ce que tu avais en tête, alors, tu as bien fait. Ça fait mal, c'est sûr. Mais, Hazel, regarde où ça nous a menés. Je fais enfin quelque chose qui en vaut la peine. Je suis monté à bord d'un vaisseau spatial qui a quitté le *Daedalus* ! J'ai combattu des aliens. Nous allons atteindre le nouveau monde. Tout ça, c'est grâce à toi. Tu fais de nouveau rêver tout le monde.

— Tu m'as sauvée. Deux fois maintenant.

— Je recommencerai autant de fois qu'il le faudra.

— Tu es quelqu'un de bien, Zawn.

— C'est très important pour moi, de t'entendre dire ça.

— Tentons juste de rester en vie les deux prochains jours, d'accord ?

— D'accord.

— Je l'ai ! annonça Frazer.

Je me retournai juste à temps pour voir le flexsteel s'ouvrir. Le centre se rétracta en ondulant, produisant un trou de plus en plus grand. Derrière, il faisait totalement noir.

— Ils n'ont toujours pas rallumé les bandes lumineuses de l'habitat, alors, constata Alice.

Les projecteurs du casque de Frazer illuminèrent l'ouverture, révélant une vaste plate-forme avec une grille métallique couverte de givre en guise de plancher. Elle était ceinte de hautes rambardes de sécurité incurvées vers l'intérieur à leur sommet.

— Ni sources thermiques ni sonar, déclara Frazer. Allons-y.

Il franchit le seuil.

— Tu peux refermer le flexsteel ? demandai-je quand on fut tous sur la plate-forme.

L'affichage de mon casque m'indiqua qu'il faisait moins trois degrés. Il semblait donc que les yis envisageaient sérieusement de faire mourir tout le monde de froid.

— Non. J'ai totalement désactivé le système de commande. Enfin… je l'ai réduit en cendres, à vrai dire.

— Ah. On ferait bien de ficher le camp, alors.

On ne peut pas vraiment dire que nous avons couru, la pesanteur n'étant pas la plus indiquée. Mais chacun de mes pas devenait un bond de quelques mètres dans une série de sauts faciles et fluides. La passerelle faisait environ trois mètres de large entre les hautes rambardes de sécurité, ce qui n'était pas tout à fait suffisant pour que nous puissions tenir à deux de front, pas avec nos armures, en tout cas. Le sol était formé d'une fine grille hexagonale. En braquant les lampes de mon casque dessus, je ne vis rien de particulier, l'obscurité en dessous étant si profonde que mon esprit l'interprétait comme une masse, et non un vide.

Quand je dressais la tête, à l'occasion, l'éclairage de mon casque illuminait les poutres au-dessus de nous, tels les vestiges squelettiques et fantomatiques du ciel solide que je savais se trouver là. Mais, grâce à l'imagerie infrarouge qui alimentait l'affichage de mon casque, je pus distinguer la roche pourpre et pâle à une quinzaine de mètres au-dessus de nos têtes. Devant moi, il n'y avait aucune destination visible. Rien derrière non plus. Seul notre rythme régulier me permettait de savoir que nous allions quelque part. La passerelle était le lieu le plus isolé que j'aie jamais connu, bien plus que les tunnels sous l'habitat. Même l'espace était constellé d'étoiles décalées vers le rouge et le bleu permettant de s'orienter.

— Quand nous serons de retour à Ixia, tu préfères qu'on attende Josephine ? demanda Alice. Ou qu'on se rende directement aux compartiments d'ingénierie arrière ?

— Ça va dépendre de l'ampleur de l'attaque des yis, lui répondis-je. Je n'ai aucune envie d'attendre avant d'aller à la poupe, mais nous ne pourrons pas partir tant que nous n'aurons pas la certitude que le village est sûr.

— Combien penses-tu qu'il y ait de yis à bord ? demanda Zawn.

— Aucune idée. John, un moyen de calculer ce chiffre ?

— J'estime qu'il y a environ trois mille huit cents reines-cerveaux, en partant du principe qu'elles sont espacées d'environ cinq mètres en moyenne, et que l'autre partie de la mer centrale est colonisée de la même manière.

— Et les autres types ?

— Si l'on suppose l'existence de trois ou quatre types II par reine-cerveau, il pourrait y en avoir jusqu'à quinze mille. Je dirais qu'il y a moins de types III, peut-être un ou deux par reine-cerveau, ce qui fait tout de même un nombre élevé. Quant aux miniyis, je ne voudrais pas m'aventurer à déterminer combien d'entre eux vivent dans la mer centrale, mais le nombre de types IV qu'il est possible de constituer doit être limité.

— Capitaine nous vienne en aide ! jura Zawn. Nous n'aurons jamais assez de munitions pour quinze mille types II...

— Je ne pense pas que les reines-cerveaux enverront tous leurs types II à Ixia, fit remarquer John. Ce serait une stratégie des plus imprudentes, d'autant plus qu'elles savent que nous nous y rendons afin de défendre le village. Elles sont très douées dans l'art de la guerre.

— Mais les types II pourraient nous submerger, compris-je avec inquiétude.

— À grands frais. Et ça rendrait les reines-cerveaux vulnérables aux représailles des autres humains, maintenant que la vérité a été révélée.

— Alors, qu'est-ce que tu en dis ? demanda Frazer. Elles vont nous faire une nouvelle offre ?

— La première n'était pas une véritable offre, répondis-je précipitamment. Elles souhaitaient certainement voir notre réaction. Il ne peut pas y avoir de marché, insistai-je. Il faut qu'on fasse faire demi-tour au *Daedalus*. Pour ça, nous devons éliminer les yis. Jusqu'au dernier.

— Ce qui nous ramène à ma question, déclara Alice. Est-ce qu'on attend Josephine ?

— Je dois vous prévenir qu'elle ne considère pas forcément la défense d'Ixia comme une priorité, intervint John.

— La véritable question est de savoir ce que nous jugeons prioritaire, estima Frazer.

Il avait raison, mais je n'avais aucune envie de décider cela moi-même. J'étais convaincue que, si nous nous aventurions dans les sections d'ingénierie arrière, il fallait que ce soit en équipe. Même s'il était peut-être préférable que Zawn et Alice restent à Ixia pour défendre le village. Je ne me voyais pas demander à Alice de faire une chose pareille. Cela ressemblerait au minimum à de la lâcheté de ma part. Elijah avait raison : si je voulais qu'on me suive, il fallait que je fasse preuve d'autorité à tous les niveaux. Encore de la politique.

— Allons-y d'abord, décidai-je. Ça nous donnera une meilleure idée de ce qu'il faut faire.

Ce n'était pas entièrement vrai, mais cela me permettrait de repousser mon choix en toute légitimité.

— Si tu veux, dit Alice. Mais, si j'étais à la place des reines-cerveaux, je me concentrerais d'abord sur notre élimination.

— Super, merci.

Tout ce que je voulais en ce moment, c'était rentrer à Ixia et m'assurer que tout y allait bien. Ensuite, on pourrait aborder les grandes décisions, et j'étais à peu près sûre que ce ne serait pas moi qui les prendrais. Surtout si les adultes entraient en contact avec les IA de commandement dans la partie arrière. L'idée de me détendre et laisser aux autres la responsabilité était très tentante. Même si je persistais à douter que les maires des villages soient les mieux placés pour décider dans les circonstances actuelles. Ils ne comprenaient pas à quel point notre situation était critique, pas vraiment.

— John, est-ce que les IA de commandement se rendront compte qu'il leur faudra décider ce que les villageois devront faire, à présent ?

— Je suis désolé, Hazel, mais je ne vous suis pas.

— Je veux dire : qui devient capitaine ? Les maires ou les machines ? Parce que je suis loin d'être sûre que les maires soient à la hauteur.

— Un point intéressant. Les IA du *Daedalus* sont obligées d'accepter les ordres de l'équipe de commandement humaine, cela fait partie du noyau de notre personnalité. Cependant, l'équipe de commandement humaine n'existe plus. À part vous, évidemment.

— Moi ?

— Oui. Vous êtes actuellement la capitaine désignée.

— Hein ?

— Quand la capitaine Kruger a imposé une restriction d'accès aux IA survivantes, elle a effectivement légué son autorité de commandement à la personne capable de nous déverrouiller. Par défaut, cela fait de vous la capitaine.

— Nom d'un crapaud, chuchotai-je.

— Un autre point technique intéressant serait de savoir si Josephine doit vous remplacer, désormais. Elle faisait partie de l'équipage originel, mais, étant donné la question de son humanité, son statut précis exigerait un jugement légal hautement spécialisé, ce qui n'est plus possible à bord du *Daedalus*.

— C'est de la folie ! Tu ne peux pas attendre de moi que je continue…

— Tu as vu ça ? appela Zawn.

— Quoi donc ?

— J'ai cru voir un reflet, droit devant.

— Une arme ? demanda Frazer.

— Non. Euh… en fait, je ne sais pas.

— Les yis ne peuvent pas avoir d'armes, hein ? demanda Zawn avec inquiétude.

— Si c'était le cas, ils les auraient déjà utilisées contre nous, répondit Frazer. À moins qu'ils aient eu besoin d'un peu de temps pour les faire fabriquer par les bâtibots sous leurs ordres, naturellement. Comme pour Josephine.

Un jour, il allait vraiment falloir que j'aie une discussion sérieuse avec lui sur le devoir de réserve et le moral des troupes. Je faillis lancer le sujet, mais une alerte apparut sur mon affichage.

— Impulsions sonar, annonça John. Faibles, mais les yis sont sur la passerelle, derrière nous.

— Eh bien, on ne comptait pas rebrousser chemin de toute façon, déclara Alice. Il faut juste qu'on garde une longueur d'avance sur eux.

— Tu as raison, acquiesçai-je avec plus d'enthousiasme que j'en avais en réalité.

Mallux se trouvait à moins de quatre kilomètres, désormais. Mais j'étais inquiète à propos du temps qu'il nous faudrait pour atteindre le sol de l'habitat.

— Au sujet des impulsions sonar…, poursuivit John.

— Oui ?

— Il y en a plusieurs dizaines, et elles sont disséminées.

— Euh… d'accord.

— Hazel, elles ne sont pas disséminées le long de la passerelle. Mais en largeur.

— Pardon ? Comment ça ?

— À mon avis, il s'agit de types II qui se déplacent le long des poutres circonférentielles qui enveloppent directement le ciel. Ils sont manifestement assez agiles pour ce genre d'exercice.

— Tu parles de ces grandes poutres que j'aperçois au-dessus de nous ?

— Oui.

— D'accord, mais je ne vois pas en quoi ça peut leur être utile. Frazer ?

— Ils seront sans doute plus difficiles à abattre à distance, mais c'est à peu près tout.

Je m'étais immobilisée pour jeter un coup d'œil derrière nous, ce dont j'aurais dû m'abstenir, mais je voulais donner aux capteurs de la combinaison le temps de composer une meilleure image. Bien sûr, les sources des impulsions soniques étaient signalées par des petites taches violettes s'étalant en une ligne irrégulière légèrement surélevée par rapport à la passerelle. Et alors, je l'aperçus : une étincelle ou une flamme… un petit éclat lumineux, loin derrière, mais bel et bien sur la passerelle.

— J'ai vu un reflet, déclarai-je.

— Je n'ai rien remarqué, rétorqua Zawn.

— Pas devant nous. Derrière.

— Allez, direction Mallux !

Deux pas. Ce fut tout ce que je parvins à faire. Soudain, le jour se leva. L'explosion de lumière fit disparaître mon affichage dans une brume blanchâtre, comme la décharge du câble électrique dans la mer centrale. Le processeur de la combinaison restaura l'image en moins d'une seconde. Ne comprenant pas vraiment ce qui s'était passé, je demeurai désorientée un moment supplémentaire. Toute ma vie, les aubes avaient été beaucoup plus progressives, passant graduellement du clair de lune nocturne à la pleine clarté. Mais j'aperçus brusquement un paysage verdoyant, bien que souillé de fines stries blanches. *Du givre*, compris-je bêtement. En réalité, c'était assez joli.

À ce moment-là, mon cerveau comprit enfin l'angle vertical sous lequel je distinguais le sol : il se trouvait directement en dessous de nous. La grille métallique de la passerelle était d'une finesse inquiétante, si bien que la seule chose qui semblait supporter mon poids était une mince dentelle grise et scintillante. Et si j'étais incapable de distinguer le moindre détail du sol, c'était parce que je me trouvais si horriblement haut que tout ce que j'apercevais – les arbres, les champs, les canaux, les villages – était minuscule.

Le vertige me frappa comme la charge d'un yi de type III. Je me laissai tomber à genoux en poussant un gémissement involontaire, car j'eus soudain l'impression que l'impact de ma chute serait suffisant pour déchirer la fine structure de la passerelle. Je tentai de saisir les barreaux de la balustrade. Je m'y cramponnai désespérément, les pliant entre mes doigts gantés.

— Guano ! glapit Zawn à côté de moi.

Il s'accrocha lui aussi à la barrière de sécurité. Une partie mesquine de mon esprit en fut bêtement satisfait.

Alice était agenouillée juste devant moi. Quant à Frazer... il se tenait encore debout.

— Nom d'un crapaud ! s'exclama-t-il joyeusement. C'est une vue vraiment cool. D'ici, on aperçoit pratiquement toute la longueur de l'habitat. Là-bas, c'est la rive du lac annulaire arrière, regardez. C'est à cinquante kilomètres. L'air est si pur...

Mon instinct me poussa à dresser la tête, ce qui fut une nouvelle erreur. Le ciel se dressait au-dessus de moi, des kilomètres d'une roche noire et oppressante qui devait sûrement peser des millions de tonnes, prêt à descendre de quelques mètres pour m'écraser.

— Capitaine nous vienne en aide !

Des formes indistinctes ambrées se matérialisèrent devant mes yeux. Du texte y était inscrit, mais flou.

— Votre combinaison vous administre un léger sédatif, m'informa la voix de John, qui me parut lointaine.

Je fronçai les sourcils, car il me semblait que la combinaison m'avait déjà administré un traitement lorsque le palan s'était abattu sur moi. Soudain, je m'en voulus d'être si fragile.

— Non, refusai-je catégoriquement. Annule le médicament. (Fermant les yeux, je m'efforçai de recouvrer la maîtrise de mon souffle.) C'était juste un choc, voilà tout, expliquai-je à John mais surtout à moi-même. Tout s'est déroulé très subitement. Je ne m'y attendais pas.

— Ce genre de réaction est parfaitement naturelle.

Prenant une nouvelle inspiration, je rouvris les yeux. Eh oui, le sol de l'habitat était encore là, tout en bas. À trois kilomètres ! Mais je demeurai immobile, je ne tombais pas. *Allez,* me suis-je dit, *tu as déjà voyagé dans l'espace. Tout tombe dans l'univers. Mais tout est relatif.*

Encore quelques profondes inspirations, et je me levai tant bien que mal, serrant les dents, redoutant que la passerelle s'effondre sous mon poids. Ce ne fut pas le cas. Ce ne serait pas le cas : c'étaient les bâtisseurs qui l'avaient conçue.

Je jetai un coup d'œil autour de moi, tentant de tout quantifier, de trouver une logique et de comprendre. Il fallait que je sois plus rationnelle. Comme Frazer.

Alors, oui, le ciel était incurvé au-dessus de ma tête. La roche était tapissée de poutres métalliques, certaines interminables, d'autres plus petites, un vaste treillage auquel la passerelle était suspendue. De gros câbles électriques et de gros tuyaux s'y frayaient un passage sur toute la longueur de l'habitat. Les bandes lumineuses se trouvaient en fait en dessous de nous. Entre deux d'entre elles, nous étions protégés de tout éblouissement direct. Des conduites d'eau pendaient dans le vide, non loin. Je distinguai même un énorme gicleur d'où provenait la pluie, toutes les trois nuits. Il était couvert d'algues devenues cassantes à cause du gel.

Derrière, Mallux formait un pilier géant reliant le ciel à la terre. Ou l'inverse, mon cerveau ne s'était pas encore décidé. Mais il était titanesque, ce qui me fit penser à la distance qui… *Arrête !*

Je m'empêchai ensuite de lever les yeux, me focalisant sur la passerelle qui nous conduirait directement à Mallux. Ma combinaison zooma, me donnant l'impression de voler le long de cet étroit passage aérien.

— Oh, non…

— Qu'y a-t-il ? demanda Frazer.

Je dus me contenter de tendre le doigt. Devant nous, à deux ou trois kilomètres, étaient rassemblés cinq grands cybots de maintenance. Deux sur la passerelle, deux sur la rambarde de sécurité – sur l'extérieur de la rambarde de sécurité – et un au-dessus, son rail fixé à une épaisse poutre de la structure. Leur enveloppe était usée, leur marquage éraflé, de la crasse s'était accumulée dans leurs jointures et les cavités réservées aux outils, mais ils pouvaient encore remuer la majeure partie de leurs bras caoutchouteux. Ils s'affairaient à découper la passerelle à l'aide de lames-D. Une soudeuse à faisceau d'électrons s'activa brièvement à un embranchement sur la balustrade, et une petite partie s'en détacha, chutant dans le vide.

Ce n'était pas facile à distinguer, les caméras de ma combinaison étant en zoom maximal, mais ces cybots avaient déjà supprimé une portion de la passerelle d'environ dix mètres, derrière eux. Sous mes yeux, ils en découpèrent un nouveau segment de deux ou trois mètres, qui chuta hors de vue. Ils avancèrent de plusieurs mètres et se remirent au travail.

Je me retournai. Oui, un autre groupe de cybots de maintenance était occupé à découper la passerelle derrière nous. Ils avaient déjà débité un tronçon de quinze mètres, créant un vide entre eux et nous. Au-dessus et autour d'eux, les poutres qui longeaient le ciel rocheux grouillaient de yis de type II. Ils étaient des dizaines, se déplaçant sans difficulté le long des poutres et des canalisations, se faufilant même le long des câbles à haute tension qui transportaient le courant jusqu'aux bandes lumineuses et aux pompes des gicleurs d'eau.

— Ils nous ont eus, admit Alice, consternée. Nous sommes piégés. Même si nous tirons sur les cybots, cela ne changera plus rien…

— Nous pourrons escalader les poutres qui longent le ciel, suggéra Zawn d'un ton peu convaincu. En rampant là-haut, il nous faudra plus de temps pour gagner Mallux, mais, au moins, nous arriverons à destination.

— Ils sont déjà là-haut, lui fis-je remarquer sans cacher mon désarroi. Nous allons devoir les combattre tout au long du trajet. Il sera presque impossible de les abattre au milieu de toutes ces poutres. Ils vont nous faire tomber.

— Derrière nous, oui, admit Frazer. Mais si nous continuons à avancer, il nous suffira de franchir la brèche. Ce ne sont que quelques mètres. Ce sera possible sur les poutres.

— Il a raison, reconnut Zawn. Il n'y a pas de types II, devant.

— Et les cybots ? demanda Alice. Ils nous empêcheront de passer.

— Pas si on leur tire dessus, rétorqua Frazer. Venez, il faut qu'on s'approche.

Il se remit en route.

On le suivit sur la passerelle. Je continuais à observer les cybots devant nous. Extrêmement appliqués, ils abattaient régulièrement plusieurs mètres de passerelle. Nous avions moins d'un kilomètre à parcourir lorsque j'aperçus un nouveau reflet, devant nous. Un bref éclat de lumière bleu-blanc presque masqué par les cybots. J'étais convaincue que cela provenait de quelque part derrière les cybots.

— Vous avez vu ça ?

— Ouais, répondit Frazer. Peut-être y a-t-il une autre équipe de cybots. Vous savez, la redondance...

— John, le réseau est-il actif ici ?

— J'ai mis en route la suite logicielle de guerre électronique de votre combinaison. Vous avez raison, il y a une activité du réseau considérable, ici. Plus de trente unités sont connectées aux nœuds locaux. Elles utilisent un cryptage de haut niveau. Je ne suis donc pas en mesure de déterminer leurs affectations opérationnelles.

— Trente unités ? répéta Zawn. Tu veux dire trente cybots ?

— Très probablement, oui.

— Où ? voulus-je savoir.

— Neuf unités sont derrière nous, vingt-trois devant. Elles sont toutes postées le long de la passerelle en direction de Mallux.

Pendant qu'il s'exprimait, j'aperçus un nouveau reflet, devant nous. Cette fois, la caméra filma la chute d'un tronçon de passerelle un kilomètre derrière les cybots dont nous nous approchions.

— Capitaine nous protège, ils ont découpé plusieurs sections !

— Il faut qu'on les en empêche, déclara Frazer.

S'agenouillant, il leva son avant-bras. Le canon de son fusil surgit de son armure, et il ouvrit le feu sur les cybots. L'un d'eux chuta dans le vide en tournoyant, finissant par quitter notre champ de vision. Les deux suivants furent pris de soubresauts lorsque les balles explosèrent en eux, de la fumée s'échappant de leur carcasse.

— Bien joué, le félicita Zawn.

Frazer tira de nouveau. Le cybot qu'il toucha explosa dans une boule de feu blanc aveuglante. On se baissa tous. Lorsque l'explosion se dissipa, la brèche était beaucoup plus grande, les montants et les poutres maintenant la passerelle noircis et tordus. Même certains des gros tuyaux étaient endommagés, de minces jets d'eau jaillissant des fissures. Il n'y avait plus aucun signe des cybots. L'explosion avait dû les faire tomber de la passerelle.

— Guano ! gronda Frazer. Ça n'a fait qu'agrandir la brèche. Mais on peut encore longer les poutres.

La caméra de ma combinaison zooma sur le groupe de cybots un peu plus loin. Ils étaient trois, découpant la passerelle à trois cents mètres de la première rupture. Je poussai un soupir. Se rendre à Mallux allait se révéler beaucoup plus difficile que je l'avais escompté.

J'étais encore en train d'observer les cybots lorsqu'ils explosèrent. Je reculai, même si nous étions bien trop loin pour ressentir l'explosion. L'affichage de mon casque baissa la luminosité, et je vis deux autres explosions se produire derrière la première.

— Capitaine nous vienne en aide ! gémis-je. Les reines-cerveaux ont dû ordonner à tous les cybots de faire exploser leurs batteries.

— Ce qui fait désormais quatre brèches entre nous et Mallux, déclara Frazer d'un ton sinistre. Et si nous parvenons à les franchir, j'imagine que des cybots armés de batteries explosives entièrement chargées nous attendront à l'entrée de Mallux. Les reines-cerveaux les feront exploser si jamais nous approchons.

J'aurais préféré qu'il n'en dise rien, mais c'était exactement mon avis. Je vérifiai mes capteurs. Les types II scintillaient toujours autant dans le treillage de poutres le long du ciel.

— Et maintenant, alors ? voulut savoir Zawn.

Je perçus le désespoir dans sa voix.

Je faillis poser la question à Frazer, lui demander : *« Que fait-on ? »* Mais je savais qu'il serait totalement ridicule de ma part de lui mettre cela sur le dos. Oui, il était super intelligent, mais, quand même, il n'avait que quatorze ans. Il fallait que je cesse de dépendre de lui pour me fournir des idées.

Bien sûr, cela signifiait que je devais trouver le moyen de nous en sortir. Je jetai un coup d'œil au paysage, si loin en contrebas. Quelques minutes auparavant, j'avais eu hâte de pouvoir enfin retourner en bas, marcher dans les champs et les forêts… chez moi. Cet environnement accueillant n'était qu'à trois kilomètres, mais il me semblait à présent aussi distant et inaccessible que le nouveau monde.

Poussant un juron, je donnai un coup de pied dans la balustrade. C'était fou, nous étions à bord du plus grand et du plus miraculeux vaisseau que les humains aient jamais mis au point, et trois misérables kilomètres avaient eu raison de moi. Toute défaite serait une trahison vis-à-vis de mes ancêtres, y compris

Ashleigh Kruger, qui avait tout misé sur ses descendants pour le sauvetage de ce voyage maudit.

Franchir trois kilomètres aurait semblé insignifiant à chacun de mes ancêtres.

Désormais, mon unique option était d'attendre là jusqu'à ce que nous mourions de faim.

Je préfère encore sauter. Au moins, ce sera plus rapide. Oh !

Je me figeai.

— John ?

— Oui, Hazel ?

— Ces armures possèdent un mode de saut avancé, n'est-ce pas ?

Je me souvins de Frazer s'entraînant dans l'armurerie, les propulseurs sur ses épaules se déployant et émettant des jets d'air pour l'aider à se réceptionner.

— C'est exact.

— D'accord. Et si on sautait d'ici ? Je veux dire : la pesanteur n'est à son maximum qu'à la fin, non ?

— Hazel ! s'écria Zawn. C'est hors de question !

— Vous atteindriez néanmoins la vitesse terminale avant l'impact, m'avertit John. Qui est d'environ deux cents kilomètres par heure.

— Guano !...

— Mais vous avez raison, le mode d'assistance au saut est conçu pour réduire l'impact. Les combinaisons étant surtout destinées à être déployées en milieu urbain, les concepteurs leur ont donné la faculté de sauter d'immeubles de plusieurs étages en cas d'urgence. Les insurgés savaient manier des explosifs improvisés pour...

— Stop. Dis-moi juste si le fait de sauter d'ici risque de nous tuer.

— En théorie, non. Mais il s'agirait là d'une application extrême du mode d'assistance. Les pales et les propulseurs du compresseur fonctionneraient bien au-delà de leur capacité nominale.

Je pris une profonde inspiration. Plusieurs, en fait. Les autres gardèrent le silence.

— Quelqu'un a une meilleure idée ? demandai-je.

À ce moment-là, j'aurais été heureuse de pouvoir rejeter toute ma responsabilité sur Frazer. Parce que, si quelqu'un pouvait trouver une meilleure idée, ou plutôt une idée plus sensée, c'était bien lui.

— Je dois dire…, commença Frazer.

— Oui ?

— Je suis impressionné. La solution la plus simple est toujours la meilleure.

— Ah. Je te remercie.

— Donc… c'est vraiment ce que tu veux faire ? s'inquiéta Zawn.

— Pas vraiment. Mais je crois que nous n'avons pas le choix.

— Je ne sais pas si je vais pouvoir, avoua Alice. Enfin, je sais que ces combinaisons sont ce qu'il y a de mieux. C'est juste que – bon sang, Hazel ! – ce ne sera pas comme à la cascade : la chute sera longue.

— Alors, je vais y aller en premier, m'entendis-je dire. Si j'arrive en bas saine et sauve, vous saurez que c'est sans danger. Si ce n'est pas le cas, eh bien, vous devrez tenter de rejoindre Mallux en escaladant les poutres.

— Je vais sauter avec toi, se proposa Frazer.

— Moi aussi, l'imita Zawn.

— Rien ne vous y oblige. Attendez de voir si ça fonctionne.

— Non. Hors de question que tu fasses ça toute seule.

— Capitaine nous protège ! jura Alice. Allons-y tous ensemble, ou n'y allons pas.

Je voulais les remercier, mais ma stupide gorge s'était de nouveau serrée.

Zawn et moi avons découpé une partie de la rambarde de sécurité. Sans vraiment que je sache pourquoi, cela me rendit encore plus nerveuse. Je faillis demander à John si ma combinaison pouvait m'administrer un médicament qui donne du courage.

— Je pense que c'est le moment de réaliser une vérification des systèmes de vos combinaisons, suggéra John.

— D'accord, répondis-je avec enthousiasme.

Il nous fit donc tous passer en revue les différentes options du menu disponible sur l'affichage et nous indiqua comment lancer un diagnostic du fonctionnement. Cela dura deux bonnes minutes.

Toutes nos combinaisons marchaient impeccablement. Nous étions à court d'excuses.

Ordonnant l'ouverture de mon casque, je me tournai vers Zawn.

— Ouvre ton casque.

Il obtempéra. On échangea un sourire nerveux. Je me penchai vers lui. Je parvins tout juste à lui effleurer les lèvres. Comme baiser, ce n'était pas grand-chose, mais c'était suffisamment éloquent.

Je refermai mon casque. Nous étions tous les quatre alignés au bord de la passerelle, Zawn sur ma gauche, Frazer à droite et Alice à côté de lui.

— Hazel, intervint John. D'un point de vue psychologique, plus vous attendez, plus ce sera difficile. Je vous suggère de compter jusqu'à trois.

Je comptai deux battements de cœur.

— On fonce ! m'écriai-je en me jetant dans le vide.

Ouais, je crois que je suis officiellement folle...

Chapitre 22

Je ne saurais pas dire vraiment comment c'était, au début. J'étais trop occupée à crier, fermant fort les yeux. J'agitais frénétiquement les jambes et les bras comme si je tentais de courir jusqu'à la terre ferme.

Je m'attendais à un impact douloureux au bout de quelques secondes, entraînant aussitôt ma mort. Ce ne fut pas le cas. Ne cherchant plus à courir, j'ouvris les yeux.

Le sol blanc et gris n'était guère différent de ce à quoi il ressemblait depuis la passerelle. D'une manière ou d'une autre, il était mouvant, ce qui me laissa perplexe, jusqu'à ce que je m'aperçoive que les taches de givre grandissaient au fur et à mesure de ma descente. J'avais beau être secouée dans tous les sens, la vitesse à laquelle je chutais ne me paraissait pas trop élevée. Puis, en levant les yeux, je vis le ciel s'éloigner précipitamment, alimentant mon sentiment de panique.

Même si j'avais voulu dire quelque chose, cela n'aurait servi à rien. Mon casque résonnait des cris et des hurlements des autres. Mais je les apercevais juste au-dessus de moi. Zawn tournoyant violemment sur lui-même. Alice avait eu la même réaction que moi, agitant les bras et les jambes comme si elle cherchait désespérément à se raccrocher à quelque chose qui n'existait pas.

Frazer, quant à lui, se tenait à l'horizontale, bras et jambes tendus, ce qui semblait le maintenir dans un état stable. Lorsque je tentai de l'imiter, les secousses s'interrompirent. Ma chute était à présent ridiculement paisible. Même les autres avaient cessé de crier.

— Zawn, Alice ! braillai-je. Étendez-vous comme moi.

Il leur fallut un long moment, mais ils parvinrent à déployer les bras et les jambes comme il fallait pour cesser de s'agiter dans tous les sens. Nous volions tous à l'horizontale, désormais, dans une formation relativement lâche. Oui, nous volions comme des canards en pierre. En contrebas, je distinguai une forme en demi-lune composée de petits rectangles bruns le long de ce qui devait être un canal asséché. Je vis une lueur orangée en son centre.

Un village. Avec un brasier qui brûlait sans discontinuer au milieu. Et nous nous en approchions dangereusement. Cela me fit pousser un éclat de rire. Après tout ce que nous venions de vivre, la perspective de m'écraser sur la hutte de quelqu'un ne faisait pas partie de mes principales préoccupations.

— Dix secondes avant réception, annonça John.

Au moins, il a cessé de parler d'« impact ».

Je finis par comprendre ce qu'était ce grand amas de points noirs qui s'affairaient autour du feu. Il s'agissait de personnes, même si, vues d'en haut, elles ressemblaient à des insectes exotiques en train de courir à droite et à gauche.

Des arbres, des animaux, des chemins, même des charrettes, je commençai à tout reconnaître.

De si haut, mon point de vue était très différent de celui que j'avais en temps normal. Alors que j'identifiais tous ces détails, mon atterrissage prit un tour de plus en plus terrifiant. J'étais encore loin, mais je prenais progressivement conscience de ma vitesse hallucinante.

Je remarquai la présence d'une grange juste en dessous, des balles de foin entassées d'un côté de manière désordonnée.

Elle se trouvait au milieu d'une cour boueuse, qui montait à toute allure…

Des mécanismes se mirent à vrombir dans ma combinaison, et je sentis des éléments se déplacer sur mes épaules. Autour de mon armure, l'écoulement de l'air se modifia, me secouant de nouveau aussitôt que je me redressais. Les muscles artificiels des jambes de ma combinaison se fléchirent légèrement à hauteur des genoux, m'obligeant à me mettre en position accroupie.

C'était insupportable. Le sol était là, parfaitement solide, et se précipitait violemment sur moi. Cela ne pourrait se terminer que d'une seule façon… Je hurlai à pleins poumons.

Les pales du compresseur, dans mon dos, se mirent à hurler. Je touchai le sol.

Ce fut presque aussi douloureux que le palan de maintenance qui s'était écrasé sur moi. Chaque force qui m'assaillit était de trop. La doublure en éponge de ma combinaison se contracta, enserrant ma peau comme une bande de fer. À l'impact, j'eus l'impression qu'on tentait d'enfoncer mes jambes dans mon crâne, provoquant des explosions de douleur dans mes genoux et mes hanches, qui se propagèrent dans ma colonne vertébrale. Mon casque et ma poitrine frappèrent la boue visqueuse.

Sonnée, je fus réduite au silence. Une fois encore, j'avais mal partout. Étalée par terre de tout mon long, je tentai de recouvrer mon souffle. Mon dernier hurlement à la mort m'avait totalement vidé les poumons. Je compris instinctivement que la pesanteur était revenue à son niveau habituel.

Lorsque les autres s'écrasèrent autour de moi, leurs cris successifs me percèrent les tympans. Puis j'entendis un grand nombre de gémissements proches de l'apitoiement.

—Ah, mes chevilles ! s'exclama Alice. Et mes poignets…

—Je ne m'attendais pas à cette arrivée, reconnut doucement Frazer.

—À quoi t'attendais-tu ? demandai-je avec incrédulité.

J'observai son armure étendue dans la boue et la neige, immobile.

— Je pensais vraiment que l'atterrissage serait plus doux.

— On vient de faire une chute de trois kilomètres ! Comment voulais-tu que ce soit plus doux ?

— Je sais…

— Zawn, ça va ?

Tu es encore en vie ?

Zawn poussa un éclat de rire aussi hésitant qu'incrédule.

— Je pense bien que oui. Est-ce qu'on vient vraiment de faire ce que je crois ?

— Oui. Je n'arrive pas à croire que tu m'aies suivie.

— Je te l'avais dit.

Me retournant lentement, je tentai de m'asseoir. Je fus reconnaissante aux muscles de la combinaison de faire le plus gros du travail, les miens étant encore engourdis. Ensuite, je m'agenouillai, avant de me relever en vacillant.

Un grand nombre de personnes s'étaient rassemblées dans l'entrée de la cour.

Plusieurs d'entre elles étaient armées d'arbalètes braquées sur nous. Les autres avaient des pieux aiguisés et des fourches qu'ils tenaient fermement dans notre direction.

Je demandai à mon casque de s'ouvrir. Je trouvai l'air glacial rafraîchissant, en fait. Il effaça les dernières traces d'étourdissement dues à ma chute.

— Bonjour.

Ils poussèrent tous un petit cri de surprise.

Je repérai parmi eux la maire Rebke. J'avais répondu à quelques-unes de ses questions au conclave d'Akebia, ce qui – si ma mémoire était bonne – signifiait que le village où nous avions atterri était Oxalis, du côté opposé de l'habitat par rapport à Ixia.

— La Fille de la Capitaine ? s'étonna-t-elle. (Elle abaissa sa machette.) C'est vous ?

— Ouais.

Alice était toujours par terre, mais Zawn et Frazer s'étaient relevés, ouvrant leurs casques pour que les villageois voient qui nous étions. Cela ne sembla pas les rendre moins méfiants.

— Comment avez-vous... ? commença Rebke, cherchant ses mots en agitant une main hésitante vers le ciel. Nous avons vu des éclairs, là-haut, juste après que les bandes lumineuses se sont rallumées.

— Ouais. On affrontait des yis, mais on s'est retrouvés piégés derrière les bandes lumineuses. C'était notre seule porte de sortie.

— Quoi donc ?

— On a sauté, se vanta Frazer d'un air suffisant.

Cela déclencha un brouhaha de chuchotements, et nous valut des regards aussi incrédules que méprisants.

— Regardez, leur demanda Frazer d'un ton arrogant.

Il s'élança vers la foule.

Les villageois braquèrent aussitôt leurs arbalètes sur lui. Frazer bondit. Le mode d'assistance au saut de sa combinaison le propulsa au-dessus de leurs têtes. Ils se baissèrent brusquement pour l'esquiver, et il se réceptionna derrière eux avec un bruit sourd.

Des sifflets admiratifs et quelques applaudissements retentirent.

— Nous avons sauté, insista Frazer.

Personne ne protesta.

— Comment diable êtes-vous montés là-haut ? demanda Rebke, incrédule.

— C'est une longue histoire, lui répondis-je. Pour le moment, il faut que nous retournions à Ixia. Les yis vont attaquer le village.

— C'est vous qui avez rallumé les bandes lumineuses ? demanda quelqu'un.

— Non. Et je ne sais pas combien de temps elles vont rester allumées, alors profitez-en pour vous préparer.

— Nous préparer à quoi ?

— Aux yis.

Je vis leurs visages s'assombrir. Peu d'entre eux croyaient à la présence d'aliens, tous étaient angoissés par le froid et l'obscurité. La seule chose qu'ils savaient avec certitude était que j'étais la cause de tous ces bouleversements. De leur point de vue, le changement était source de privations et de peur.

Je m'efforçai de ne pas leur renvoyer leur regard. Après tout ce que j'avais fait pour nous libérer, après le sacrifice ultime de Mortos, leur manque de reconnaissance était exaspérant. Je ne demandais pas à être adulée. Qu'ils aient un peu confiance en moi aurait suffi. Mais il était difficile d'influer convenablement sur l'opinion des gens. C'était de la politique.

Une fille leva la main. Elle ne devait pas avoir plus de dix ans.

— S'il vous plaît, Fille de la Capitaine ?

— Oui, ma grande, qu'y a-t-il ?

— On va vraiment aller dans le nouveau monde ?

— Absolument. Tu sais comment je le sais ?

Soudain timide, elle secoua la tête.

— Nous en sommes proches à présent. J'ai vu son soleil de mes propres yeux.

— Comment ça ?

— Quand je suis sortie du *Daedalus*.

Cela me valut un regard dubitatif.

— C'est comme ça que nous sommes montés dans le ciel, expliqua Frazer, en s'approchant d'elle. Nous sommes montés à bord d'un des petits vaisseaux spatiaux de la partie avant pour survoler l'extérieur du *Daedalus*.

La fille le dévisagea en écarquillant les yeux d'incrédulité.

— Quel tas de guano ! s'écria un homme.

— Ah ouais ? le défia Frazer. Où croyez-vous que nous avons eu cette armure ?

— Là où les Mutins l'avaient planquée !

Je grimaçai.

— Ça suffit, dis-je à Frazer.

Si je ne l'en empêchais pas, il pourrait probablement retourner tout le village contre nous, d'autant plus qu'il savait pertinemment qu'il avait raison, ce qui était une arme dangereuse pour lui et sa langue bien pendue.

— Navrée que vous le preniez comme ça, lançai-je à l'homme. Nous allons partir, à présent, et vous laisser tranquilles.

Rebke me fit signe d'approcher.

— Est-ce que les bandes lumineuses vont encore s'éteindre ?

— Honnêtement, je n'en sais rien.

Maintenant que nous n'étions plus sur la passerelle, je ne comprenais pas vraiment pourquoi les reines-cerveaux les laissaient allumées. Je levai les yeux au ciel en les plissant, mais cela me fut inutile. Éblouie, je ne voyais rien au-delà des bandes lumineuses. Les capteurs de ma combinaison pourraient peut-être…

— John, y a-t-il des capteurs sur le ciel ?

— Oui.

— Grâce à eux, les reines-cerveaux peuvent-elles nous voir ?

— Pour identifier des individus, il faudrait les pousser à la limite supérieure de leur résolution. Ils n'ont pas été conçus pour faire de la surveillance. Cependant, votre armure leur permet de vous distinguer.

Je me tournai vers Zawn.

— Elles vont nous voir prendre la direction d'Ixia. Ce sera une course contre la montre.

— Nous sommes en combinaison, me fit-il remarquer. Nous pourrons nous déplacer rapidement.

— Oui, acquiesçai-je d'un air dubitatif.

Malgré les muscles de la combinaison, il nous faudrait malgré tout courir. Je vérifiai le plan de l'habitat sur l'affichage de mon casque. Oxalis était à un peu plus de vingt-cinq kilomètres d'Ixia, et encore, en prenant en ligne droite. J'étais raisonnablement en forme, mais il ne fallait pas exagérer.

— Il nous faut un autre tuk-tuk. Rebke, où est l'accès de votre station ?

— De notre quoi ?

— Oxalis est sur la Ligne rouge. Il doit y avoir un panneau qui l'indique, quelque part…

— Ah, notre cuisine. Par ici.

Je lui emboîtai le pas. Harbin, le régulateur en chef du village, se joignit aussitôt à nous.

— Je sais que c'est difficile pour tout le monde, déclarai-je tranquillement. Mais il faut vraiment que vous restiez sur vos gardes en ce qui concerne les yis. Nous venons de leur échapper de justesse, et ces combinaisons sont lourdement armées.

— Oui, vos combinaisons ont l'air… dangereuses, constata Harbin.

— Vous n'avez pas idée, marmonna Zawn.

— Que vous est-il arrivé ? voulut savoir Rebke.

— Nous sommes tombés sur une autre machine intelligente dans la partie avant. Elle nous a aidés. Mais nous avons également découvert où vivent les yis. (Je désignai le ciel du doigt.) Là-haut, dans la roche du ciel.

— Ils sont au-dessus de nous ?

— Oui.

J'étais soulagée de pouvoir discuter avec quelqu'un qui savait que nous disions la vérité et que la situation était plutôt désespérée. Mais Harbin et elle avaient visionné l'enregistrement que j'avais diffusé au conclave à Akebia.

Il nous faudrait des jours – un luxe dont nous ne disposions pas – pour le montrer dans tous les villages. En même temps, il était indéniable que cela allait se révéler indispensable pour que les gens fassent ce qui leur serait nécessaire ; enfin, ce que j'estimais nécessaire qu'ils fassent. Il me semblait désormais évident qu'il allait me falloir beaucoup plus d'aide que celle fournie par mes quelques amis. Expliquer ce qui se passait dans tous les villages – et arriver à le leur faire croire – allait prendre beaucoup de temps. Et, bien sûr, nous en manquions sérieusement.

— J'imagine qu'aucun d'entre vous n'envisage de rester…, déclara Harbin.

Il ne quémandait rien, il avait sa dignité, mais, dans le même temps, je perçus de l'angoisse dans ses paroles.

— Nous reviendrons, je vous le promets, lui garantis-je, m'en voulant aussitôt.

J'ignorais totalement si je pourrais tenir cette promesse, et les bonnes intentions n'allaient pas suffire, surtout avec ce qui allait se passer.

— Ils détestent le feu, leur apprit Frazer. Si vous avez le temps, creusez des fosses et des pièges avec plein de trucs inflammables dedans.

— D'accord, répondit Harbin d'un ton énergique. Je vais voir ce qu'on peut faire.

Je pris soin d'éviter le regard de Zawn. Cela m'était inutile. Je lisais dans ses pensées.

Le bâtiment de la cuisine d'Oxalis était beaucoup plus petit que la mairie d'Ixia, un simple hexagone avec trois côtés ouverts. Les fours étaient à l'intérieur, ainsi que la machine médicale que possédait chaque village. Mais Oxalis avait bâti des extensions en bois partant de chacune des trois ouvertures originelles : un long réfectoire, le bureau de Rebke, ainsi qu'une annexe de leur hôpital.

On traversa le réfectoire pour se rendre dans l'hexagone. Dès qu'on eut franchi l'entrée voûtée, on se retrouva face à un écran. Et là, je me vis en couleurs vives, au cœur de la section 17, vêtue d'une combinaison spatiale, figée dans mon air paniqué.

— Guano ! lâchai-je d'un ton sec.

Bien sûr, Rebke ne pouvait pas savoir que les reines-cerveaux observaient tout le monde à travers cet écran.

Zawn donna un coup de poing dans l'écran, le brisant. Mon image disparut tandis que les éclats de verre tintaient par terre.

— Qu'est-ce que… ? s'indigna Harbin, perplexe.

— Ça ne suffit pas, déclara Frazer en s'avançant. (Il referma ses doigts sur le bord d'un des côtés de l'écran pour l'écraser. Puis il en fit autant de l'autre côté.) Il faut détruire les caméras dedans, expliqua-t-il.

— Elles vous observaient, ajoutai-je. (J'arrachai les restes de l'écran du mur, brandissant le fil blanc de la racine nerveuse yi qui s'était introduite dans l'électronique de l'écran.) C'est comme ça qu'ils contrôlent tous les appareils électriques.

Rebke fixa avec une fascination horrifiée le filament à l'extrémité brisée d'où perlait une petite goutte de fluide visqueux.

— C'est vrai, n'est-ce pas ? Tout ça ?

— Oui. Je suis désolée. Je sais que c'est difficile à accepter.

Au centre de l'hexagone descendait un escalier en colimaçon. Il était loin d'être aussi large que l'escalier d'Ixia. Je le descendis et découpai la porte qui se trouvait au fond avec ma lame-D pour éviter de déclencher un capteur. Les reines-cerveaux étaient au courant de notre présence, mais je refusais qu'elles sachent ce que nous faisions. Chacun de mes actes suivait une tactique, à présent. Il était d'ailleurs curieux de constater avec quelle facilité je m'étais conformée à ce mode de pensée.

La station souterraine était différente de celles où j'avais eu l'occasion de me rendre. Elle était beaucoup plus petite.

Même l'éclairage secondaire était éteint. Les projecteurs de nos combinaisons illuminaient des couloirs humides couverts d'une épaisse couche de poussière. Rebke et Harbin nous accompagnèrent, fascinés et tendus face aux mystères en décomposition dissimulés sous leur village.

— Oxalis n'était qu'une station de service auxiliaire, expliqua John. Elle n'a pas été prévue pour le transport du public au sein du parc.

Sur le plan de la station affiché dans mon casque je distinguais cinq salles disposées autour de l'escalier central. L'une d'elles hébergeait un petit quai, une autre, la plus grande, une sorte de garage avec un monte-charge donnant à la surface dont le village s'était servi pour Cycler les surnuméraires. Les trois autres étaient des salles d'entreposage. Comme chaque fois, les machines qui s'y trouvaient avaient été détruites par les yis. Je fus surprise par le nombre de niches destinées aux cybots : il devait y en avoir une cinquantaine par entrepôt.

— Ce sont des cybots d'agronomie, révéla John. Ils s'occupaient de la préservation de l'écologie de l'habitat avant que ce dernier soit transformé en vastes terres agricoles.

À mes yeux, ils avaient tous l'air de vieux tas de ferraille. Mais, tout en jetant un coup d'œil dans les réserves, je les surveillai, à l'affût du moindre signe de remise en route.

Frazer parvint à mettre la main sur trois soudeuses à faisceau d'électrons encore en état de fonctionnement et les posa sur des disques chargeurs.

— Vous pourrez vous en servir contre les yis, expliqua-t-il à Harbin. Il suffit de viser et de tirer. Elles n'ont pas une grande portée, mais elles viendront à bout d'un type II sans problème.

— Et pour les types III ?

Frazer s'abstint de lui répondre. Harbin hocha la tête pour lui montrer qu'il avait compris.

Dans le garage, on découvrit un véhicule. Plus grand qu'un tuk-tuk, il était équipé de quatre grosses roues sur des essieux à ressorts. À l'arrière, il était doté d'une large plate-forme. John expliqua qu'il s'agissait d'un utilitaire qui servait à transporter du matériel un peu partout dans l'habitat, là où il n'y avait pas de pistes. Les paysagistes du parc s'en servaient régulièrement.

Les dégâts qu'il avait subis étaient superficiels, bien que deux des pneus aient été gravement entaillés, révélant en leur sein une substance spongieuse. Frazer trouva un câble de charge qu'il brancha.

— Il y a donc du courant ici, marmonna-t-il.

— Combien de temps ça va prendre ? voulus-je savoir.

Il étudia les petits écrans de verre derrière le volant.

— Une charge complète, sans doute plusieurs heures.

— Vous n'avez pas besoin d'une charge complète, nous fit savoir John. Juste assez pour aller à Ixia. J'estime que ça équivaut à quatre pour cent du total. Soit six minutes.

— Je vais voir si le monte-charge fonctionne, se proposa Zawn. Pour l'amener à la surface.

— Attendez. (Je levai la main.) Les reines-cerveaux vont certainement nous repérer, si nous traversons l'habitat avec ça, non ?

— Oui.

— John, est-ce qu'on peut le faire passer par les tunnels ?

— L'empattement de l'utilitaire est plus étroit que celui des voitures souterraines.

— C'est oui, alors. (Je tentai de me repérer sur le plan des voies souterraines que j'avais affiché dans mon casque.) Peut-on se rendre à Ixia en passant par les tunnels ?

— Il faudra changer deux fois de ligne. Sachez que cet itinéraire portera la distance que nous devrons parcourir à trente et un kilomètres.

— Combien de temps ça va nous prendre ?

— Ce genre d'utilitaire a une vitesse maximale de quatre-vingts kilomètres par heure.

— Cool, ronronna Frazer.

— Vitesse qu'il vous sera impossible d'atteindre dans les tunnels.

— Même si ça nous prend une heure, nous y serons bien plus vite qu'en courant ! fis-je remarquer.

— Mais les yis n'utilisent-ils pas les tunnels aussi pour se déplacer ? nous rappela Zawn.

Je tressaillis.

— Si.

— Il serait fatal pour eux de nous affronter dans ces souterrains, déclara Frazer. Nous y aurons une ligne de mire parfaite pour leur tirer dessus. Ils n'auront aucun endroit où se mettre à couvert lorsque nous ouvrirons le feu.

— Un excellent terrain d'exécution, déclarai-je. Prenons les tunnels.

* * *

Dix minutes plus tard, nous avons donc débranché l'utilitaire et manœuvré le long des couloirs jusqu'au quai. Au moins, les petites ampoules bleues d'urgence du tunnel de la Ligne rouge étaient allumées. Et, cette fois, je pus conduire. Ce n'était pas difficile, il suffisait de tenir fermement le volant et d'éviter de rouler dans le mince filet d'eau qui s'écoulait le long du tunnel. Frazer s'installa avec moi à l'avant, scannant le tunnel devant nous à l'aide des capteurs de sa combinaison afin que je puisse me concentrer sur la conduite. Zawn et Alice prirent place derrière nous, vérifiant que nous n'étions pas suivis.

— Que comptes-tu faire après ? demanda Frazer.

— Aucune idée, lui répondis-je. Ce qu'on fait habituellement sur une planète, j'imagine.

Même si, d'une manière ou d'une autre, je ne me voyais pas vraiment arpenter la campagne et gérer la maisonnée comme les sœurs Bennet.

— Je voulais dire : après l'attaque d'Ixia, si elle a lieu. Et, si ce n'est pas le cas, même question : « Et après ? »

— Mais tu sais bien, m'agaçai-je. D'une manière ou d'une autre, il nous faudra nous introduire dans la partie arrière. John nous trouvera un itinéraire.

— Il existe de nombreux points d'accès, m'appuya l'IA. À leur façon, ils sont tous risqués. Je vous conseillerais de faire d'abord un repérage afin d'évaluer le danger.

— Encore une fois : non, Hazel. Que comptes-tu faire pour papa, maman et les autres villageois ?

— Que veux-tu dire ?

— On repousse une attaque des yis. Super. Puis on se précipite vers la partie arrière et on les abandonne encore une fois. Comment crois-tu que les yis vont réagir ? Ça va leur laisser l'occasion d'étouffer ce soulèvement et de ramener les humains à l'état de moutons dociles. Car si Ixia survit, cette occasion ne pourra plus se présenter.

— Exactement. Nous recevrons de l'aide de la part de l'IA de la partie arrière.

— Si nous parvenons à y accéder. Et si ça ne nous prend pas trop de temps. Reconnaissons que, sans nous, Ixia ne résistera pas cinq minutes à une attaque. Et si nous restons, nous finirons par manquer de munitions.

J'avais envie de lui dire d'arrêter, de se taire et de me laisser me concentrer sur la conduite.

— Alors qu'est-ce que tu essaies de me dire ? Qu'on devrait se séparer ? Deux restent pour protéger le village, et deux vont à la poupe ?

— Peut-être. Je veux juste que tu sois prête. Tu sais comment ils sont : ils vont vouloir savoir ce qu'ils doivent faire. Ce sera à toi de décider.

Pourquoi est-ce que ce serait à moi de décider ? N'ai-je pas assez à faire pour rester en vie afin de pouvoir me rendre dans la partie arrière ?

— Il a raison, Hazel, le soutint Alice.

— J'ai besoin que les gens m'aident, déclarai-je d'un air malheureux. Vous attendez tous de moi que je prenne des décisions capitales. Je ne peux pas. Et je ne peux pas parce que je suis terrifiée. Si je commets la moindre erreur, c'est la fin du *Daedalus* !

Durant neuf cents années, des individus se sont battus et sont morts pour nous amener jusqu'ici, et tout pourrait finir… à cause de moi. Je ne peux pas faire une chose pareille. Ça m'est impossible.

Mes mains tremblaient. De légers tremblements que les muscles de ma combinaison amplifièrent, provoquant une embardée. Des projections d'eau sale jaillirent des roues de chaque côté, jusqu'à ce que je remette l'utilitaire dans la bonne trajectoire.

— Hazel…, dit timidement Zawn. Tu sais que nous te soutiendrons quoi qu'il arrive. Mais il faut que tu aies quelque chose à dire aux villageois, que tu leur donnes une idée de ce qu'on compte faire après, voilà tout. Si tu as un plan et que tu l'expliques avec confiance, les gens le suivront. Ils n'auront pas le choix, car ils ne sauront pas quoi faire d'autre.

— C'est bien le problème… Capitaine me vienne en aide, je ne sais pas quoi faire !

— Alors, nous trouverons quelque chose ensemble, me garantit-il. Mais c'est toi qui l'annonceras, car tu es la Fille de la Capitaine.

— D'accord, acceptai-je sans grâce.

L'utilitaire choisit ce moment pour tanguer. Je tournai brusquement le volant pour compenser. Trop brusquement. Il me fallut un moment pour le ramener sur sa trajectoire. Une des roues arrière se mit alors à grincer. Le bruit se fit de plus en plus fort, faisant bientôt place à un hurlement strident qui ne pouvait provenir que d'une pièce métallique en train de se désintégrer. L'ensemble du véhicule se mit à vibrer.

— Pas maintenant ! gronda Frazer.

Le tremblement prit fin avec une sérieuse secousse, et le cri strident s'acheva par une détonation. Les éléments de mon casque se refermèrent juste au moment où la roue arrière se retourna et où l'utilitaire pivota, s'arrêtant brusquement. Frazer me percuta, et je faillis tomber de mon siège.

Zawn poussa un juron sonore.

— C'est une blague ? Pourquoi maintenant ?

— Tu parles comme Hazel, lui fit remarquer Frazer.

— Eh !

— Ça ne nous aide pas, Frazer, lui reprocha Alice. L'utilitaire nous a amenés jusqu'ici. Au fait, c'est encore loin ?

— Il reste un peu plus de six kilomètres jusqu'à Ixia, répondit John.

— Ça pourrait être pire, relativisa Frazer. Nous allons devoir cesser de compter sur ces vieilles machines chaque fois que nous en avons besoin.

Tandis que nous trottinions dans le tunnel, je ne cessai de réfléchir à cette phrase.

Nous nous étions reposés sur les vestiges de l'époque d'Ashleigh Kruger, sans vraiment les comprendre. Cela décrivait très bien nos vies, en fait. C'était sans doute ce qui arrivait à ceux qui cessaient de remettre en question ce qui se passait autour d'eux. Les reines-cerveaux avaient vu juste à notre sujet : elles avaient rempli nos existences de la routine essentielle dont nous avions besoin pour simplement nous nourrir, et pour que personne n'ait le temps de penser à autre chose.

Chapitre 23

Nous nous trouvions à un kilomètre d'Ixia lorsque les capteurs de ma combinaison détectèrent les premières impulsions sonar yis quelque part devant nous.

— Elles sont très faibles, reconnut John. Il est difficile de déterminer à quelle distance les yis se trouvent. Les ondes sonores se répercutent contre les parois du tunnel et portent plus loin qu'en temps normal.

— Quelle est ta meilleure estimation ? demandai-je.

— Ça dépend du nombre de yis. Plusieurs impulsions se chevauchent. C'est impossible à calculer.

— Regarde le bon côté des choses, déclara Frazer.

— Parce qu'il y a un bon côté ?

— S'ils sont nombreux dans le tunnel, alors ils ne sont pas à Ixia.

— Tu as raison. (J'accélérai mon allure.) Comment ont-ils fait pour arriver si vite ? La dernière fois qu'ils ont attaqué Ixia, le froid les a vraiment gênés.

— Dans les souterrains, l'air n'a pas encore refroidi, expliqua John. Et quand ils remonteront à la surface, ils ne ressentiront probablement pas l'effet de la basse température avant un certain temps.

— De plus, les bandes lumineuses sont allumées, désormais, nous rappela Frazer. L'atmosphère va commencer à se réchauffer.

Lorsque nous nous sommes introduits dans la station d'Ixia, sur la Ligne bleue, les capteurs de la combinaison ne détectèrent plus seulement des impulsions sonar. Sur l'image infrarouge de mon affichage, je distinguai une source de chaleur floue qui approchait rapidement dans le tunnel, tel un nuage. Une horde de yis de type II fonçait vers nous, tortillant leurs tentacules dans tous les sens. Ils se trouvaient à environ quatre-vingts mètres.

— On se remue ! brailla Zawn.

Bondissant sur le quai, je me dirigeai vers le passage voûté. Derrière moi, Zawn lança deux grenades dans le tunnel.

On s'élança dans les couloirs jusqu'à la salle où se trouvait l'ascenseur du Cyclage. Bien sûr, depuis l'accident électrique de Noran, le mécanisme ne fonctionnait plus.

Frazer escalada les piliers de soutien de l'ascenseur avec une facilité déconcertante et donna des coups dans les portes de sécurité, au-dessus de lui. Elles tremblèrent, leurs goupilles de verrouillage se déformant. Quand il frappa de nouveau, un des pans de la porte s'ouvrit à la volée. Une lumière éclatante illumina la salle, accompagnée d'un brouhaha indistinct. J'entendis des cris.

— Que se passe-t-il là-haut ? s'étonna Alice.

Je le savais. Je savais que nous n'avions pas été assez rapides. Je savais que ça n'avait pas été une si bonne idée que cela de passer par les tunnels, après tout. Nous aurions dû privilégier la vitesse avant tout. On repasserait pour la qualité de mes décisions.

Frazer se hissa dans l'ouverture.

— Montez ! nous appela-t-il.

Zawn courait déjà, les muscles artificiels de sa combinaison le faisant décoller du sol à chacun de ses pas. Il bondit, franchissant gracieusement l'ouverture.

Je le suivis aussitôt, m'attendant déjà au pire. En bondissant, j'entendis des coups de feu.

La puissance de ma combinaison me fit décrire une longue courbe au-dessus du sol gelé. Je me réceptionnai non loin de la mairie d'Ixia. À cinquante mètres de là, les villageois avaient érigé une barrière de pointes, un cheval de frise, exactement comme Frazer le leur avait conseillé. Tout le monde se trouvait à l'intérieur de la barricade. Vraiment tout le monde. C'était la première fois que je voyais tant de gens au même endroit, entassés, épaule contre épaule. Le maire Fininen et le chef Atov avaient manifestement fait du bon travail et avaient convaincu les habitants d'autres villages de rejoindre Ixia. J'étais encore en train de me faire une idée de la taille de cette foule au moment même où cinq yis de type III s'écrasaient contre la barrière de bois, la brisant comme si elle était faite de brindilles. Ils étaient suivis par une gigantesque nuée de yis de type II.

Des hommes étaient alignés derrière les pointes grossières, certains armés d'arbalètes, d'autres jetant de longues perches à l'extrémité enveloppée d'étoffe enflammée. Ils ne parvinrent même pas à ralentir les types III. Ces derniers balancèrent leurs longs tentacules, projetant les défenseurs dans tous les sens.

Me réceptionnant genoux fléchis, je levai mon bras tandis que la gueule de mon arme en surgissait.

— Tête explosive, ordonnai-je.

La mire se posa sur le type III le plus proche. Je lui tirai dessus. Deux balles. Elles durent le tuer instantanément en explosant, mais sa masse et sa vitesse firent qu'il continua à foncer sur les villageois. Des corps furent projetés sur le côté, d'autres disparurent sous sa masse. Leurs cris me vrillèrent les tympans.

Je changeai de cible. Zawn et Frazer avaient déjà chacun éliminé un monstre. J'eus le quatrième. Alice acheva le dernier. Cela ne ralentit même pas l'assaut des types II.

Je vis briller un rayon laser au milieu du combat, infligeant une profonde plaie à un type II. Le cybot d'escorte se tenait juste à l'intérieur de la barricade. Pétrifiée, maman se tenait à ses côtés, agitant frénétiquement un couteau à découper.

Je me mis à tirer sur la nuée de yis, éliminant les plus proches d'elle. Je ne voyais papa nulle part.

— Une balle chacun, m'écriai-je.

Grâce aux mécanismes de visée de ma combinaison, je faisais mouche chaque fois, mais je tirais si près des gens que je devais prendre mon temps pour éviter de toucher qui que ce soit.

— Nous n'aurons jamais assez de munitions, gronda Frazer.

Nous faisions tous les quatre en sorte que chaque tir compte. Les yis tombaient les uns après les autres, mais les pertes dans leurs rangs n'émoussaient en rien leur folie meurtrière. Le cybot d'escorte bascula sous le poids de deux d'entre eux.

— Capitaine nous vienne en aide, marmonnai-je.

Cela allait être le massacre que j'avais toujours redouté. Les types II se trouvaient déjà au milieu des villageois serrés les uns contre les autres, faisant virevolter leurs tentacules. La population se défendait vaillamment. Certains utilisaient leurs pieux enflammés comme des masses, d'autres maniaient désespérément leurs longues lames, et d'autres encore luttaient même au corps à corps contre des tentacules. Mais les yis étaient trop forts, et toujours plus nombreux à se déverser par les allées entre les huttes.

— Nous devons aller au contact, décida Zawn.

Il s'élança, bondit, atterrissant au milieu des yis. Frazer et moi, on s'élança à notre tour, nous jetant dans la mêlée. Aussitôt après, Alice nous imita.

Je me réceptionnai en position accroupie, prête à tout. Un type II fondit sur moi. Malgré le choc, ma combinaison ne céda pas d'un pouce. Tandis que des créatures agitaient leurs tentacules autour de moi, griffant mon armure de manière compulsive avec leurs pointes, tentant de se frayer un passage jusqu'à moi, je poussai un cri de guerre indéfinissable. Puis je ripostai de toutes mes forces presque au jugé. Les muscles de la combinaison décuplèrent ma puissance. Mon poing transperça l'enveloppe du yi, et j'enfonçai mon bras dans son corps jusqu'au coude. L'immonde créature fut prise de convulsions, puis s'effondra. Je manquai de basculer sous son poids. Je libérai mon bras d'un coup sec. Il était couvert d'une substance visqueuse abjecte. Une semaine auparavant, j'aurais probablement vomi mes tripes. Ce jour-là, je me contentai de pousser un nouveau cri. Victorieux, cette fois.

Mais je ne pouvais pas perdre mon temps à frapper chacun des yis. Je dégainai ma lame-D de son fourreau et l'abattis sur le yi le plus proche, lui tranchant des tentacules et lui creusant une énorme entaille dans le flanc.

Nous nous sommes tous les quatre regroupés au milieu du déluge d'aliens et avons attaqué, donnant des coups de pied et de poing. Je lançai des grenades sur leur flot ininterrompu, à l'endroit d'où ils surgissaient, entre les huttes.

Cela les ralentit… l'espace d'un instant.

— Jets d'air chaud ! suggéra Zawn.

Finalement, je les vis se baisser et se détourner. Formant une ligne de défense en travers de la brèche que les types III avaient ouverte dans la barricade, nous braquions nos jets brûlants pour éloigner les types II des villageois. Puis nous avons avancé, les obligeant à reculer vers les huttes. Frazer et Alice lancèrent des grenades partout où ils se regroupaient.

Les yis se replièrent progressivement dans le village. J'en vis escalader les murs des huttes pour se réfugier sur les toits, d'autres passer par les fenêtres. Ils disparurent peu à peu de mon champ de vision et des capteurs de ma combinaison. Il allait nous falloir une éternité pour les débusquer de chaque habitation.

— Il faut qu'on en termine au plus vite, annonça Frazer. Nous devons les poursuivre avec les jets et les piéger dans une tempête de feu. C'est la solution idéale, comme avec le type III dans la menuiserie.

— Non, protestai-je d'un ton catégorique. Les huttes vont brûler, nous n'aurons pas la possibilité de limiter les dégâts.

— Ils vont nous tuer, Hazel. Tous autant que nous sommes. C'est la guerre. Une vraie guerre. Et tu sais que nous allons finir par abandonner le *Daedalus* de toute façon.

C'était Frazer. Il avait raison. Et il fallait que je garde la tête froide. Je ne pouvais pas laisser mes émotions influer sur mes décisions. Ashleigh Kruger n'aurait jamais laissé ses sentiments l'empêcher de faire ce qui était nécessaire.

— Brûlez-les, cédai-je. Brûlez-les tous.

On s'enfonça dans le village. Et on le détruisit.

Le bois, les roseaux et les bambous s'enflammèrent avec une violence aveuglante lorsqu'on braqua nos jets d'air incendiaires sur les habitations. Je progressai méthodiquement le long des chemins de mon village, qui existait depuis cinq cents ans, le réduisant à néant. Chaque hutte, chaque abri, chaque grange, chaque entrepôt, tout ce que chaque famille possédait. Tout fut dévoré par les flammes.

Les yis s'enfuirent en hurlant, s'échappant des huttes d'où les flammes s'élevaient en tourbillons, prêts à tout pour échapper à l'incendie. On les poursuivit, les transperçant avec nos jets d'air mortels, les découpant en morceaux, les obligeant à retourner dans le brasier.

À la fin, il ne resta plus rien. Les ennemis étaient anéantis, et Ixia n'était plus qu'un tas de cendres sous une horrible colonne de fumée qui montait jusqu'au ciel.

* * *

Lorsque ce fut terminé, quand même les capteurs de nos combinaisons ne purent trouver un autre yi vivant, je rebroussai chemin entre les monticules rectangulaires de charbon encore brûlants jusqu'à la mairie. Ses baies vitrées étaient couvertes de suie grisâtre, et l'élégant toit blanc était terni de noir. La fumée s'attardait à l'intérieur, étouffant la cuisine et l'hôpital. De petites volutes s'échappaient encore des porches cintrés. Je me laissai tomber devant l'entrée principale, adossée à la vitre, et me mis à sangloter.

Toute la volonté et la détermination qui m'avait poussée à avancer s'était dissipée. J'avais envie de m'enfuir, de retourner à Tressaco. Les deux jours que j'avais passés là-bas avaient été très joyeux. J'avais senti… Non, j'avais su que j'avais accompli quelque chose à l'époque.

— Il y a un problème ? demanda doucement John.

— Tu plaisantes, n'est-ce pas ?

— Non. Il m'est très difficile de plaisanter. L'humour est subjectif. Même si je considère que mes routines d'adaptation se sont harmonisées à votre personnalité avec succès, je ne me risquerais pas à un tel exercice. Surtout quand vous êtes si contrariée.

— Je te remercie. Mais réfléchis. Je viens de mettre le feu à ma hutte.

— Vous avez sauvé des milliers de vies, Hazel.

— Peut-être. Pour l'instant. Jusqu'à ce qu'ils reviennent. Que ferons-nous, alors ? Nous commençons à être à court de munitions. Il n'y a plus rien à brûler…

— La réponse est évidente : ne pas rester ici.

— Je n'ai aucune envie de rester. Vraiment aucune, tu peux me croire.

— Vous subissez ce qu'on appelle une « descente ». C'est un état temporaire après un événement comme celui-ci. Vous recouvrerez bientôt votre optimisme et votre dynamisme.

— Un événement comme celui-ci ? (Je contemplai le champ de ruines fumantes qui avait jadis été Ixia. La culpabilité était difficilement supportable.) Il n'y a jamais eu d'événement comme celui-ci.

— En fait, l'histoire humaine semble être composée de très peu d'autres choses. Vous êtes façonnée par l'issue des batailles que vos ancêtres ont menées.

Zawn et Alice approchèrent. Ils ouvrirent leurs casques. Ils semblaient aussi abattus que moi.

— Ça va ? me demanda Zawn.

Ordonnant à mon casque de s'ouvrir, je secouai la tête. Puis je tentai de sécher mes larmes, sur mes joues, un geste ridicule quand on portait de tels gants.

Il s'agenouilla auprès de moi.

— Eh, on les a sauvés. On a gagné.

— Gagné quoi ? rétorquai-je d'un ton sec. C'était chez nous.

— Oui, mais Frazer avait raison. Nous allions devoir quitter Ixia de toute façon. Qu'importe quand. Il n'y a plus qu'une seule chose qui compte à présent.

Fermant les yeux un long moment, je poussai un léger soupir.

— Éliminer les yis. Faire opérer un demi-tour au *Daedalus*.

— Ça fait deux, mais oui. (Il me tendit la main.) Viens. Allons faire notre travail, surtout toi.

— Notre travail ?

— Rassurer les gens en leur expliquant que tout se passe bien. (Esquissant un sourire, il désigna les ruines calcinées d'un geste de la main.) Ils ne pourront pas dire que nous avons fait les choses à moitié !

— C'étaient nos huttes, Zawn !

— Ce n'était plus vraiment le cas. Mais ce n'était déjà plus le cas depuis le Soubresaut, hein ? C'est là que tout a commencé.

— À moins que ce soit quand je me suis enfuie du village et que tu m'as laissée faire.

— Peut-être. Allez, les gens ont besoin de nous voir.

Frazer s'approcha de nous, son casque ouvert.

— Certains d'entre eux se sont enfuis. Je les suivais le long de la route vers Rubain, mais ils n'étaient que deux. Je n'ai pas vu l'intérêt d'insister.

— Bonne décision, le félicita Alice. Hazel, ça va ?

— À peu près.

— Papa et maman vont bien ?

Cela finit par me sortir de ma torpeur.

— Aucune idée.

— Tu n'as pas pris de leurs nouvelles ? me demanda Frazer d'un air choqué.

— Je suis incapable de regarder qui que ce soit dans les yeux, marmonnai-je. Tout le monde va me détester pour ce que nous avons fait. Il n'y a plus rien.

— Toujours aussi folle. Alice, dis-lui.

— Il a raison. (Elle m'adressa un sourire timide.) Nous avons mené une bataille et nous l'avons gagnée. Nous ! En armure. Face à des aliens. Et ça, après avoir sauté du ciel ! (Elle éclata de rire, des larmes coulant sur les joues.) Il n'y a que toi pour te poser tant de questions, Hazel.

— Personne ne te déteste, surenchérit Zawn. (Le regard impassible, il tendait toujours la main vers moi.) Au contraire. Viens le voir par toi-même.

— D'accord.

L'attrapant par les doigts, je me relevai.

Tandis que nous faisions le tour de la mairie, je pris une profonde inspiration. J'aperçus la barricade. Des équipes traînaient les cadavres de yis pour les jeter dans le canal à sec. Une zone était réservée aux blessés. Marana et le reste du personnel médical s'occupaient d'eux. Il y avait beaucoup de sang sur les vêtements. Une rangée de corps était alignée, les visages couverts de chemises et de vestes.

La majorité des villageois était encore regroupée, formant un grand cercle au centre duquel les parents réconfortaient leurs enfants. J'entendais des sanglots.

En nous voyant approcher, ils interrompirent presque tous leurs activités. Puis ce fut le chahut. Des centaines de personnes se ruèrent sur nous. Ils poussaient des hurlements, des cris de joie. Ils se mirent à nous applaudir.

— Hein ?

— Je te l'avais dit, déclara Zawn du coin de la bouche, aussi suffisant que Frazer.

Et des acclamations... si sonores que les reines-cerveaux devaient les entendre là-haut dans le ciel.

— Qu'est-ce qu'il leur prend ? hoquetai-je.

Frazer éclata de rire. Zawn se contenta de me sourire d'un air plein d'espoir.

Maman fut l'une des premières à nous rejoindre. J'ignorais qu'elle pouvait courir si vite. Des larmes coulaient sur son visage lorsqu'elle se jeta sur Frazer, le serrant fort dans ses bras. Elle n'arrivait même pas à faire le tour de son armure. Quand je m'approchai, elle me serra également contre elle.

— Tu es vivante, pleurnicha-t-elle.

Détestant la voir si bouleversée, je me contentai de lui répondre :

— Eh bien oui. Cette armure est plutôt efficace.

Je n'eus pas le temps d'ajouter quoi que ce soit. Nous étions submergés de questions, de plus en plus à mesure que les villageois se pressaient autour de nous. Ils tâtaient nos armures avec stupéfaction.

— C'est quoi ce truc ?

— Merci. Merci.

— Vous les avez récupérées dans la partie avant ?

— Vous nous avez sauvés !

— Où sont les autres ?

— On a été séparés, répondis-je, sans savoir qui avait posé la question.

Je trouvais toute cette gratitude difficile à accepter.

Les parents de Zawn l'étreignirent, souriant comme des déments.

— Maman, dis-je. Où est papa ?

Elle me le montra du doigt. Je le vis assis par terre, dirigeant ses collègues de la menuiserie. Ils récupéraient les armes qui avaient été jetées. Tanari était à ses côtés, s'occupant manifestement de son bras.

— Il est blessé ? demandai-je d'un ton inquiet.

— Non. Enfin, sa jambe est fichue.

M'éloignant de la cohue, je me précipitai vers lui. Me voyant arriver, il se cramponna à Tanari pour se relever.

Je m'immobilisai à deux pas de lui.

— Papa !

Sa merveilleuse et astucieuse jambe de bois avait été cassée en deux.

Il se fendit d'un sourire éclatant tandis que Tanari l'aidait à sautiller vers moi. Il m'enlaça, le sourire aux lèvres.

— J'étais convaincu que tu y arriverais.

— Ça va ?

— Ça va.

— Non, ça ne va pas, répliqua fermement Tanari. Fais-le s'asseoir, Hazel. Il a perdu beaucoup de sang.

— Cesse d'en faire toute une histoire, grommela papa.

Je jetai un coup d'œil à son bras. Tanari l'avait enroulé d'une bande de tissu, désormais rouge de sang.

— Que s'est-il passé ?

— Je n'ai pas esquivé assez vite. Ces tentacules sont rapides. Ne t'inquiète pas, ça va aller.

— Ça va pas… Attends, tu te battais ?

— Bien sûr que je me battais contre ces enfoirés. Qu'est-ce que tu croyais, que j'allais rester là sans rien faire ?

— Mais… (Je parvins à me retenir de désigner sa jambe.) Oh, papa.

Comme il se mettait à osciller, je l'aidai à s'asseoir par terre.

— C'est une machine incroyable que tu portes là, déclara-t-il à propos de mon armure. Je peux en avoir une ?

Je lançai un regard inquiet à Tanari.

— Marana l'a vu ?

Elle secoua la tête.

— Les médecins sont très occupés.

Je lançai un regard coupable à la rangée de blessés.

— Bon. John, comment se soigne ce genre de blessure ? Avec quelque chose que le processeur pharmacologique peut produire ?

— En cas de blessure profonde, il faut des biotiques contre l'infection et une bande de peau artificielle.

— Pigé. Frazer ?

— Je suis là, répondit mon frère.

Il était juste derrière moi. Je sursautai.

— Bien. Suis-moi. Zawn, Alisha, appelai-je.

— Oui ? répondit Zawn.

— Aidons les blessés. Vous deux, parlez aux médecins, demandez-leur ce dont ils ont besoin. Je vais ordonner à la machine médicale de le fabriquer. Frazer, tu t'occuperas de le leur fournir.

Il hocha la tête avec enthousiasme.

— Bien sûr.

On se précipita vers la mairie. J'étais sûre que le processeur pharmacologique n'avait pas été endommagé. Nous n'avions jamais utilisé nos jets en direction du bâtiment.

Il y avait encore de la fumée à l'intérieur. Mon casque se ferma automatiquement dès qu'on pénétra dans le bâtiment. Le processeur semblait intact, mais ses écrans et ses voyants étaient éteints.

— Il n'y a pas de courant, me rappela Frazer. Les reines-cerveaux l'ont coupé.

— Bon…, dis-je calmement. Frazer, c'est ton domaine. Comment pouvons-nous la refaire fonctionner ?

— Il nous faut une source d'énergie. Je peux retourner à la station pour chercher une.

Je jetai un coup d'œil au grand escalier au milieu de la salle. Cette idée ne me plaisait pas du tout. Je n'avais aucune envie de forcer l'ouverture des portes, les yis utilisant les tunnels pour se déplacer. Ils pouvaient surgir sans prévenir. En fait, il nous fallait même surveiller l'ascenseur de Cyclage. Tentant de me concentrer, je poussai un grognement de désarroi.

— Non. Trouve autre chose. Sur place.

— Nos combinaisons, s'enthousiasma-t-il. Elles sont équipées de batteries de haute capacité.

— D'accord. Utilise la mienne. Je vais rester travailler sur la machine médicale.

— Bien. Il faut que tu la quittes. Je vais chercher des câbles.

Les éléments de la poitrine de ma combinaison se réarrangèrent pour s'ouvrir. Autour de moi, je sentis le rembourrage se desserrer. Je dus ensuite libérer mes bras et me tortiller maladroitement lorsque la colonne vertébrale de la combinaison bascula en arrière pour sortir ma tête du casque. Il était tout aussi difficile de l'ôter que de l'enfiler. Et, cette fois, je n'avais pas cette petite plate-forme bien pratique sur laquelle monter.

Après quelques contorsions peu gracieuses, je parvins à plus ou moins m'en extirper. J'avais mal partout. Je ne l'avais pas remarqué dans la combinaison. Puis je tentai d'estimer combien de temps je l'avais portée. Plusieurs jours, non ?

M'étirant, je plaquai mes mains dans le creux de mon dos en m'efforçant de me tenir droite, grimaçant tant j'étais courbatue. Ma tunique grise était trempée de sueur et me collait à la peau. Je me mis à tousser en raison des restes de fumée.

— Beurk ! J'espère pour toi que Rell ne reviendra pas de sitôt, me railla Frazer. (Son casque était encore fermé, mais son air moqueur était manifeste.) Tu ressembles à du guano rance.

Je demeurai indifférente à ses commentaires. J'avais l'habitude.

— Tu as trouvé… ?

Il brandit un long câble.

— Pousse-toi.

Entendant quelqu'un m'appeler, je me dirigeai vers la porte.

Itzy se tenait devant l'entrée de la mairie, lançant autour d'elle des regards nerveux.

— Je peux vous aider ? demanda-t-elle. Ça me ferait plaisir. Je t'en prie.

— D'accord. En fait, il faudrait que je voie le chef Atov et le maire Fininen. Tu peux me les trouver et leur demander de venir, s'il te plaît ?

Elle hocha énergiquement la tête.

— Oui.

Je la regardai s'éloigner. Je ne me serais jamais attendue à la voir courir.

— Son traitement semble fonctionner, constatai-je.

— En effet, dit John. Tant mieux.

— Oui, approuvai-je.

— Rapidement, aussi.

À l'aide de son câble, Frazer brancha les batteries de mon armure au processeur pharmacologique. Quand ses voyants s'allumèrent, je commandai un rouleau de peau artificielle et de la pommade biotique.

Une partie du système de communication était amovible. Je le tirai de mon casque et le fixai à mon oreille.

— Zawn, Alice, de quoi les médecins ont-ils besoin ?

Chapitre 24

Les demandes de produits, surtout des analgésiques et de la peau artificielle, affluèrent vite. Frazer fit appel à certains de ses amis pour l'aider à les remettre aux médecins. Atov et Fininen se présentèrent rapidement, et on discuta de la mise en place de guetteurs autour du village, qui nous préviendraient s'ils apercevaient un yi.

J'avais eu raison à propos des autres villages. En notre absence, Rubain, Nepeta, Inula et Orchis avaient tous répondu aux messagers qu'Ixia leur avait envoyés. Leurs résidents avaient fait le trajet à la lueur de torches dans l'obscurité et aidé à ériger le cheval de frise. Résultat, il y avait plus de cinq mille personnes devant l'hôtel de ville d'Ixia, sans abri et sans rien à manger.

Tandis que je chargeais des instructions dans le processeur pharmacologique, les différents maires rejoignirent Fininen dans la mairie. Ils étaient impatients de s'adresser à moi, d'apprendre ce qui se passait exactement. Ils étaient polis mais insistants. Tous avaient des amis et des proches qui avaient été tués ou blessés durant l'assaut des yis, me disaient-ils. Les survivants étaient aussi bouleversés qu'effrayés.

— Nous avons le droit de savoir ce que vous comptez faire à présent.

— Je dois me rendre dans la partie arrière, leur expliquai-je.

— Pourquoi ?

— Parce que nous avons besoin des machines intelligentes encore en état.

— Pourquoi ?

— Josephine nous a assuré qu'elles pourraient nous aider à fabriquer une arme capable d'éliminer les yis.

Je n'avais aucune envie d'utiliser une expression comme « énorme bombe ». Surtout après le carnage que nous venions tous de vivre.

— Qui est Josephine ?

— Une machine intelligente de la partie avant.

— Et nous ? Qu'allons-nous faire pendant que vous tenterez de vous introduire dans la partie arrière ?

— Euh…

— Est-ce que les yis vont revenir ?

— Qu'avez-vous fait pour qu'ils nous en veuillent tant ?

— Taisez-vous ! m'écriai-je. Vous n'avez aucune idée de ce que nous avons vu, de ce que nous avons vécu.

Je me détournai. Je ne voulais pas qu'ils voient mes larmes.

— Hazel, intervint Atov avec douceur. Je suis désolé. Tu ne sais pas à quel point, à l'extérieur, les gens te sont reconnaissants. Tous les quatre, vous nous avez sauvés. Mais ils sont effrayés, et tu es la seule à savoir ce qui se passe. Peux-tu simplement t'adresser à eux ? Je t'en prie. Tout ce que tu pourras leur dire qui les aiderait à comprendre. Nous t'en serions infiniment reconnaissants.

Après avoir acquiescé, je pris un moment pour me ressaisir avant de me retourner vers eux. En définitive, je savais ce qu'il fallait faire et comment convaincre tout le monde de suivre exactement mon idée. Je devais leur dire la vérité.

— Oui. J'ai compris. John ?

— Oui, Hazel ?

— Est-ce que ma combinaison a enregistré ce qu'on a vu dans la mer centrale ?

— Oui.

— Bien. Et est-ce que le projecteur du cybot d'escorte fonctionne encore ?

— Oui.

— Parfait. (J'adressai à Atov un regard soutenu.) Je vais vous montrer ce qui s'est passé. Mais ça risque de ne pas vous plaire.

* * *

Lorsque les dernières commandes médicales furent prêtes, je réintégrai mon armure. Ce n'était pas vraiment nécessaire, mais je me sentais beaucoup plus à l'aise avec toute cette protection autour de moi.

Le cybot d'escorte était étendu sur le flanc au milieu du givre fondu, son enveloppe passablement déformée, et avec une patte en moins.

— Ce n'est pas grave, me rassura John. Le projecteur compensera l'angle.

Zawn, Frazer et Alice se tenant à mes côtés, nous faisions face tous les quatre à l'intimidant rassemblement de cinq mille personnes aussi effrayées qu'angoissées. Elles venaient de nous voir repousser les yis. Elles s'attendaient donc à présent à ce que je fasse un nouveau miracle en cas de seconde vague d'attaque.

— Tu es sûre de toi ? me demanda Frazer à voix basse.

— Oui, répondis-je avant de perdre courage.

Nous leur avons alors montré les images. Un grand souvenir fantomatique suspendu dans les airs entre eux et nous. La promenade de la mer centrale avec sa rangée de reines-cerveaux immobiles et silencieuses. Un murmure d'excitation et de crainte parcourut la foule lorsque Zawn s'approcha d'un des miniyis et lui assena un coup de pied. Puis je toisais une reine-cerveau de haut en bas, où les capteurs de ma combinaison zoomèrent sur les ossements humains éparpillés tout autour de son corps, sous ses gueules béantes.

— Voilà. Maintenant, vous êtes au courant, déclarai-je à mon public horrifié. Les yis ne se contentent pas de nous tuer.

Je remarquai leur air aussi bouleversé qu'écœuré. Les parents serraient leurs enfants contre eux, les adultes gagnés à la fois par la colère et l'effroi. Plusieurs s'effondrèrent, la tête dans les mains, dissimulant leurs larmes. Je fermai les yeux, mais, en esprit, je revis les Cyclés descendre inlassablement sous terre à l'aide de la plate-forme. Pendant cinq cents années, les habitants d'Ixia avaient regardé passivement tandis que leurs parents, grands-parents et arrière-grands-parents ayant accepté la Bénédiction disparaissaient devant leurs yeux, ravis de ce nouveau jour de fête et de festin.

Le maire Fininen se tourna vers moi, son désespoir si grand qu'il lui était impossible de garder son calme.

— Tu ne peux pas aller dans la partie arrière, déclara-t-il avec une dignité malgré tout fragile. Hazel, je t'en prie, tu ne peux pas encore nous abandonner. Pas… Pas pour ça.

— Je ne vous abandonne pas, proclamai-je haut et fort. Parce que vous allez venir avec moi. Vous tous. Nous allons dans la partie arrière du *Daedalus*. Il y a là-bas des machines intelligentes qui n'ont pas été détruites par les yis. Elles pourront nous protéger. Les blessés devront voyager dans des chariots, les autres se soutenir mutuellement. Et nous n'abandonnerons personne.

Je fis signe à Fininen et aux autres maires d'approcher.

— Aidez-les à s'organiser pour un voyage, et vite, leur demandai-je à voix basse. Vérifiez qu'ils ne se chargent pas inutilement. J'aimerais partir dans moins d'une heure.

— Mais il nous faut prendre de quoi manger et de l'eau, protesta le maire de Nepeta. Et les enfants sont fatigués.

— Juste de l'eau, répondis-je fermement. Plus nous nous déplacerons vite, moins les yis auront le temps de nous intercepter. Mettez les enfants dans des charrettes, s'il y en a assez. Sinon il vous faudra les porter.

Je fus impressionnée par la rapidité avec laquelle tout le monde parvint à s'organiser. Cela dit, je ne connaissais rien de plus motivant que les images que je leur avais montrées. Les habitants des cinq villages se mirent en ordre de marche, prêts à s'engager sur le chemin du canal. C'était l'itinéraire le plus rapide pour gagner le lac annulaire arrière.

J'étudiai le trajet sur la carte affichée dans mon casque.

— Il y a trois villages le long du canal d'ici au lac, m'informa Zawn. Ça pourrait se révéler problématique.

— Nous ne nous y arrêterons pas, répondis-je. Soit ils accepteront de se joindre à nous, soit ils se débrouilleront avec les yis. Nous pourrons prendre quelques minutes pour leur montrer l'enregistrement de la mer centrale, mais c'est tout.

— Je comprends. Il faudrait qu'ils soient fous pour refuser de nous suivre. Mais Hazel, ça fera en tout plus de huit mille personnes.

— Très bien. Huit mille personnes en sécurité.

— Comment comptes-tu les conduire de l'autre côté du lac annulaire ? Il n'y a pas assez de bateaux de pêche dans tout l'habitat pour faire traverser la moitié d'un village en une fois, alors huit…

J'avais vaguement imaginé que tout le monde pourrait emprunter un tunnel sous le lac annulaire jusqu'à la rive opposée. À présent, je n'étais plus si sûre que ce soit une bonne idée. Cela nous rendrait très vulnérables à une embuscade tendue par les yis, surtout s'ils trouvaient le moyen d'y faire entrer l'eau du lac… Je frissonnai.

— Chaque chose en son temps. Frazer, John, j'aimerais que vous vous penchiez tous les deux sur le problème. Trouvez-nous un chemin sûr vers la rive opposée.

— Je m'en occupe, s'enthousiasma Frazer.

* * *

Une colonne s'éloigna de la foule rassemblée, des chariots transportant les blessés à l'avant. Des chevaux avaient été trouvés et attelés, des équipes d'adultes avaient été formées pour tirer les voitures à tour de rôle. Installé à l'arrière de l'une d'elles, papa était furieux.

— Je n'ai rien à faire dans un chariot, protesta-t-il. Hazel, je t'en prie, trouve-moi un bâton de bonne taille, je m'en servirai de béquille.

Épuisée, Tanari était appuyée contre le flanc d'un chariot, visiblement sur le point d'éclater en sanglots.

J'ouvris mon casque, ce qui me permit de regarder mon père droit dans les yeux.

— Non, papa, lui répondis-je catégoriquement. Tu seras trop lent, avec une béquille. Et je ne permettrai à personne de mettre ce convoi en danger. Tu vas rester dans ce chariot et te rendre utile en aidant les blessés.

Je désignai ses deux compagnons, couverts de longues bandes de peau artificielle sur les membres.

Il ouvrit grand la bouche. Puis il baissa docilement la tête.

— Oui, bien sûr. Désolé, je n'avais pas réfléchi.

— Ce n'est rien. Je te reparlerai quand nous aurons atteint le lac annulaire.

Je refermai mon casque. J'aurais difficilement pu conserver cette attitude quelques secondes de plus.

Fininen et le maire d'Inula se trouvaient en tête de la colonne, sur le chemin du canal. Je me dirigeai vers eux.

— Allons-y.

Nous étions convenus que je marcherais devant, endossant le rôle du leader que tout le monde suivrait docilement, mais scrutant vraiment devant moi, à l'affût de la moindre activité des yis. Frazer et Alice resteraient au milieu, Zawn fermerait la marchc avec le chef Atov, et une équipe de régulateurs de chacun des villages aurait pour mission de s'occuper de ceux qui prendraient du retard.

J'avais parcouru environ quatre cents mètres le long du chemin du canal lorsque l'icone d'Alice s'afficha dans mon casque.

— Oui ?

— Tu sais quel village de pêcheurs se trouve au bout de ce canal, hein ? me demanda-t-elle de sa voix la plus malicieuse.

— Oui, admis-je.

C'était la première chose que j'avais remarquée en étudiant le plan. Je ne l'avais pas oublié, mais...

— Viride, me railla-t-elle.

— Et alors ?

— Et alors, je me demande ce que Scott en pensera quand il te verra débarquer en armure à la tête d'un convoi de réfugiés !

— Tu n'auras qu'à lui poser la question...

Je supprimai son icone, mais pas avant de l'avoir entendue glousser.

Je jetai un coup d'œil par-dessus mon épaule. La colonne avançait bien. L'ensemble des chariots était sur le chemin à présent et, derrière eux, tous restaient proches les uns des autres. Ils marchaient à quatre ou cinq de front. Curieusement, le groupe de ceux qui attendaient leur tour pour se mettre en route ne semblait pas plus réduit qu'à mon départ. Cela me fit comprendre à quel point la file risquait d'être longue. Ce qui pourrait se révéler problématique si nous devions la défendre.

— Tout va bien ? me demanda Fininen.

Je ne lui avais pas dit – ni à personne d'autre – que le *Daedalus* avait dépassé le nouveau monde. Il ignorait également que la seule raison pour laquelle nous nous dirigions vers la partie arrière était qu'une femme de cinq cents ans dans une bulle de verre nous avait dit que c'était ce qu'il fallait faire. Chaque chose en son temps.

— Bientôt, tout ira mieux, lui assurai-je.

S'il avait des doutes, il n'en montra rien.

— John ?

— Oui, Hazel ?

— Ça fait longtemps. Joue-moi un peu de musique de la Terre.

Cela faisait trop longtemps que je n'en avais pas entendu.

— Très bien.

J'étais impressionnée par la façon dont ses routines aux grandes capacités d'adaptation pouvaient deviner mes humeurs, désormais. La chanson qu'il choisit était pour moi l'accompagnement idéal pour m'aider à quitter ma maison en ruine. Une magnifique mélodie mettant en valeur une voix délicieusement mélancolique.

Derrière moi, la fumée qui s'échappait des ruines d'Ixia se dissipait enfin, se séparant en deux pour s'enrouler autour du ciel de l'habitat. Et je longeais le chemin avec une voix de mille ans chantant à propos d'un « monde merveilleux avec des arbres verts et des roses rouges aussi[1] ».

---

1. « *A wonderful world with trees of green and red roses too* » : paroles de la chanson *What a Wonderful World* (1967), écrite et composée par Bob Thiele et George David Weiss pour le musicien de jazz Louis Armstrong. (*NdT*)

Aubin
IMPRIMEUR

IMPRIM'VERT
Votre imprimeur agit pour l'environnement

Achevé d'imprimer en août 2023
par Aubin Imprimeur à Ligugé
N° d'impression 2306.0126
Dépôt légal, septembre 2023
Imprimé en France
2811667-1